KB269448

서문문고
080

수호지 (6)

김 광 주 옮김

차   례

101 봄볕에 놀아난 여자

謀 墳 地 陰 險 産 逆
踏 春 陽 妖 艶 生 奸

무학에 관한 채경의 이야기를 듣지 않고, 천장 한 귀퉁이
만 노려보고 있는 관원이 누군가 하고 알아봤더니 그는 성
이 나(羅), 이름은 전(戩)이라 하며 운남군(雲南郡)에 속하
는 달주(達州) 출신으로, 현재 무학유(武學諭—무학교사)
노릇을 하고 있는 사람이었다.

당장에 채경은 가슴이 메어질 듯 노발대발, 발작을 일으
킬 것 같은 판인데, 때마침 천자께서 이리로 납신다는 통지
가 왔다. 채경은 그만 일쯤은 내던져 버리고 문무백관을 거
느리고 성가(聖駕)를 영접해서, 강무장(講武場)으로 들어
가 배무(拜舞)의 예도 올렸고 만세의 호창(呼唱)도 끝냈다.

도군황제께서 무학의 강의를 마치시게 되자, 채경이 입을
열기도 전에 무학유로 있다는 나전이 자리에서 몸을 일으켜
앞서 나와 꿇어 엎드려 계주했다.

"무학유, 소신 나전, 만번 죽어 마땅할 줄 아오면서도, 이
에 삼가, 회서(淮西) 땅의 강적(强賊) 왕경(王慶)이 반역하
고 있는 상황을 아뢰옵고자 하옵니다. 왕경이 회서 땅에서
반란을 일으킨 지, 이미 5년이나 되옵는데도 관군은 감히
적에 저항하지 못하고 있사옵니다.

동관(童貫)과 채유(蔡攸)는 성지를 받들어 회서 땅으로
토벌을 나갔으나, 전군이 몰살을 당하고도 문죄를 두려워하

여 숨기고 있었사오며, 폐하를 기만하와 병사들이 그 고장 수토불복(水土不服)의 탓으로 싸움을 중지했다 계주하여, 마침내 대환(大患)을 초래했사옵니다. 왕경은 이제야말로 기세가 등등하여 걷잡을 수 없이 횡포한 지경에 이르러, 지난달에는 소신의 고향인 운안군(雲安軍)을 공격 함락시켜, 살인·간음의 처참하고 악독한 품이 말로써 다하기 어려웠사옵니다. 도합 여덟 군데 군주(軍州)와 86군데 주현을 점거하게 되었사옵니다. 채경은 국사를 맡고 폐하를 보필하와 받들어야 할 신분이며, 또 그의 아들 채유는 형편없이 군대를 혼란에 빠뜨렸고, 장수들을 죽였고, 나라를 욕되게 했고, 병사들을 상실했으면서도 방금 폐하께옵서 이 자리에 납시기 전에는, 기고만장하게 상좌에 앉아 군사를 논하며 부끄러운 줄도 모르고 호언장담을 하고 있었사오니, 이야말로 병광상심(病狂喪心)이 아니오리까. 원컨대 폐하께옵서는 시급히 채경 따위의 나라를 그르치는 적신들을 제거하시옵고, 장수를 뽑고 군사를 보내시어 즉각에 토벌하시와 도탄에 빠진 백성을 구출하옵시고 사직을 무궁히 보존하옵실 수 있으시오면, 소신으로서도 또한 온 천하가 이에 더 다행함이 없을 줄 아옵나이다.”

도군황제는 그 말을 듣자 노발대발. 채경의 무리들이 사실을 감추고 있었던 점을 호되게 꾸지람했지만, 채경은 교묘한 변명으로 발뺌을 했기 때문에 죄를 가하지 않고 그대로 궁중으로 돌아가고 말았다.

그 이튿날은 박주(亳州)의 태수로 있는 후몽(侯蒙)이 지시를 받으려고 서울로 올라와, 동관과 채유가 군사를 빼앗기고 나라를 욕되게 했다는 죄과를 서면으로 상달하여 솔직히 고백했고, 아울러 송강을 가장 적당한 인물로 천거했다.

"송강은 실로 비범한 재략을 지니고 있사오며, 항시 눈부신 공적을 세웠사옵니다. 지난 번에도 요를 토벌하와 개선하였삽고, 이번에도 또 하북 땅을 진압하고 방금 개선의 노래도 우렁차게 돌아오고 있는 중이온데, 마침 왕경이란 자가 방자하게 날뛰고 있다 하오면, 원컨대 폐하께옵서는 조칙을 내리시와 우선 송강 등에게 포상하옵시고, 즉각에 그들의 병력으로써 회서 땅을 토벌케 하옵시면 기필코 큰 성공을 거두게 되옵실 줄 아옵니다."

휘종황제는 그의 계주하는 바를 옳게 생각하고, 즉각에 성지를 내리어 성원(省院)이 송강 등에게 관작을 주도록 협의해서 처리하라 명령했지만, 성원관은 채경의 무리들과 상의한 결과, 마침내 다음과 같이 회주(回奏)했다.

"왕경은 완주(宛州)를 격파했으며, 어제는 다시 우주(禹州), 허주(許州), 엽현(葉縣) 세 지방으로부터 사태의 급박함을 호소하는 문서가 올라와 있사옵니다. 이 세 지방은 서울이 직접 관할하는 중요한 주현으로서, 신경(神京)과도 인접해 있사오니, 원컨대 폐하께옵서는 진관(陳瓘), 송강 등에게 서울로 개선해 돌아올 필요가 없다는 성지를 전달하옵시는 한편, 그들로 하여금 군사를 거느리고 시급히 우주 이하의 각지로 내려가 구원의 임무를 담당토록 하옵소서. 신등은 후몽을 행군참모(行軍參謀)로 추대하옵고, 나전(羅戩)은 평소에 병법에 관한 조예와 지략이 있는 자이오니 후몽과 함께 진관에게로 보내시와 그의 지휘를 받도록 하옵시고, 한편 송강 등은 현재 토벌에 종사하고 있는 몸이온즉 벼슬자리를 내려주옵실 시기가 아닌 줄 아옵니다. 일후 회서 땅에서 개선하여 돌아온 다음 서서히 다시 협의하시와 봉상(封賞)하심이 좋으실 줄로 아뢰오."

이리하여 그들 적신 네 명의 전의를 도군황제는 모조리 받아들여 성지를 내려 조칙을 기초케 한 다음, 즉각에 후몽과 나전에게 조칙과 상품으로 하사할 금은·비단·포의(袍衣)·갑옷·말·술 등을 기탁하여 그날 중으로 하북을 향해서 급행, 송강에게 이런 성지를 전달하도록 명령했다.

아울러, 하북 땅에 있어서 이번에 탈환한 각 부·주·현 중 정부(正副) 책임자의 결원된 곳에 적임자를 시급히 보충, 부임토록 하게 하라고 담당 관청에게 명령을 내렸다.

도군황제는 이렇게 정사를 돌보기는 했지만, 그것이 끝나기만 하면 왕보(王黼), 채유 두 사람의 권에 못 이겨 간악(艮嶽——송나라 휘종(徽宗)이 등극, 황사(皇嗣)가 없을 것을 걱정하고 금성(禁城)의 산이 있는 쪽에 새로운 산을 쌓아 올렸다. 하북성 개봉현 성내 동북쪽 일우(一隅))으로 놀러 가곤 했다.

후몽은 조칙과 장사들에게 상으로 하사할 물건들을 맡아 가지고, 수레 서른다섯 대에다 잔뜩 실은 다음 서울을 뒤로 하북 땅으로 떠났다.

도중에서는 별일없이 어느덧 하루를 지나 호관산(壺關山) 소덕부(昭德府)를 거쳐서 위승주로 들어가, 성에서 불과 20리밖에 떨어지지 않은 곳까지 이르렀을 때 적군의 모가지를 후송해 오고 있는 송강의 군사들과 맞닥뜨리게 되었다.

송강은 앞서, 개선하고 돌아오도록 하라는 조칙을 받게 되었을 때, 마침 경영이 모친을 매장하고 돌아왔는지라 그들 모자와 섭청의 정효절의(貞孝節義)의 사실과 경위, 그리고 도적의 원흉을 붙잡은 공적, 아울러 교도청·손안 등이 천자의 조정으로 귀순하여 공적을 세웠다는 사실을 일일이

상세히 기록해서 상주문을 작성하였다. 그리하여 장청·경영·섭청을 사신으로 내세워, 이것을 조정에 바치려고 적군의 모가지를 호송하는 편에 먼저 함께 떠나 보낸 것이다.

이때, 장청은 앞으로 썩 나서며 후몽 참모와 나전에게 넙죽 절을 했다. 그리고 이런 소식을 시급히 진안무와 송강에게 부하를 보내어 알리도록 했다.

진관과 송강은 여러 장수들을 거느리고 교외까지 나와서 일행을 영접했다.

후몽 일행은 천자의 성지를 받들고 성 안으로 들어와 천자를 상징하는 용정(龍亭)과 향궤(香机)를 나란히 자리잡아 놓았다.

진안무와 송강 이하 여러 장수들은 질서정연히 늘어서서 북쪽을 향해 꿇어앉았다.

배선이 호령하고 절을 시작하자 모든 사람이 그를 따라 절을 마쳤다. 절이 끝나자 후몽은 남쪽을 바라보며 용정 왼쪽에서 조서를 낭독했는데 그 중요한 골자는 다음과 같았다.

이래, 변경지대는 다사다난하였으며, 나라의 복됨과 세월의 순조로움이 적었도다. 그대, 선봉사 송강 등은 산을 넘고 물을 건너, 온갖 위험과 난관을 극복하고, 전번에는 적군을 무찔러 진압시키는 데 성공했고, 다음 계속해서 도적의 무리를 소탕함에 업적이 현저했으니 짐은 실로 대견하고 믿음직스럽게 여기는 바이로다.

조서가 도착하는 날에는 즉각에 군마를 통솔하여 경각을 지체하지 말고 달려가 먼저 완주를 구출하라. 그대들 장사, 협력하고 충성을 다하여, 소탕하고 평정하는 공로를 세운다면, 반드시 상을 내릴 것이로다.

후몽이 조서를 다 읽고 나자, 진관·송강 등은 천자의 만수무강을 비는 만세를 불렀고, 재배의 예의를 갖추어 성은(聖恩)에 감사했다.

그러고 나서 후몽은 금은·비단 등 갖가지 물품을 차례차례 순서를 따라 호명하면서 분배해 주었다. 진관·송강·노준의(盧俊義)에게는 각각 황금 5백 냥과 비단 열 필, 비단 포의 한 벌, 명마 한 필, 어주 두 병씩.

오용 이하 34명에게는 각각 백금 2백 냥, 비단 네 필, 어주 한 병씩, 주무 이하 72명에게는 각각 백금 1백 냥, 어주 한 병씩, 나머지 금은은 진안무가 부족한 것을 더 보태서 병사들에게 적당히 분배해 주었다.

송강은 다시 장청·경영·섭청에게 명령하여 전호(田虎)·전표(田豹)·전표(田彪)를 서울로 호송하고 가서 포로로 바치도록 했다.

공손승이 말했다.

"형장! 오룡산 용신묘에 있는 다섯 마리 용의 화상을 다시 손질해 주셨으면 좋겠소!"

송강은 그의 의사대로 용의 소상(塑像)을 수리하게 해 주었다.

송강은 한편, 대종과 마령을 보내어 각지에서 성을 지키고 있는 장사들에게 새로 부임하는 관원들이 도착하는 대로 즉각에 인사교체를 단행하고, 병사를 집결시켜서 왕경을 토벌하러 갈 수 있도록 하라고 분부했다.

그밖에도 송강은 군무의 뒷수습 때문에 며칠을 소모하게 되었는데, 그러는 동안에 각지에 새로 부임해 온 관원들은 전원 도착했으며, 성을 지키는 장사들도 병사를 거느리고 계속 한군데로 집결했다. 송강은 조정에서 하사받은 은붙이들을 그들에게도 분배해 주었다. 끝으로 송강은 소양과 김대견에게 이번 사적을 기록케 하여 비석에 새겨 두기로 했다.

바로 천중절(天中節—5월 5일) 명절날이 되어서 송강은 송청에게 명령하여 성대한 잔치자리를 마련하고 천하태평함을 경축하기로 했다.

이리하여 진안무를 상좌에 모시고, 새로 부임해 온 태수와 후몽, 나전 그리고 고을의 보좌관들이 잇달아 다음 자리에 앉게 되었고, 서울로 떠나간 장청을 제외한 송강 이하 1백7명과 하북 땅에서 투항해 온 장수 교도청·손안·변상 이하 17명은 질서정연하게 양쪽에 나란히 자리잡고 앉았다. 그 석상에서 진관·후몽·나전은 송강의 공훈을 칭찬하여 마지않았다. 송강과 오용 등은 세 사람의 절친한 친구들에게 감격하면서 국사도 논하고 고충도 서로 호소하며 술잔을 주고받다가, 눈부시게 찬란한 등불 아래서 밤이 깊도록 실컷 마시고 헤어졌다.

그 이튿날, 송강은 오용과 상의해서 군사를 정비하고 고을 관원들과 작별하고 위승을 떠나, 진관 등과 함께 남쪽을 향해 전진했다.

지나가는 고장마다 털끝만큼도 백성들에게 폐를 끼치는 일이 없었고, 주민들은 꽃을 장식하고 등불을 밝혀 주면서 길이 미어지도록 줄을 지었다. 그들은 송강 일행이 도둑을 토벌하고 진압시켰기 때문에, 두 번 다시 하늘을 쳐다볼 수 있게 됐다면서 그 은혜를 찬양하며 절을 했다.

한편에서 몰우전 장청은 경영·섭청과 함께 함거에 전호 일당을 처박아 가지고 호송하여 이미 동경에 도착, 우선 송강의 서신을 숙태위에게 전달하고 금은보석도 보내 주었으며, 이런 뜻을 숙태위는 천자에게 상신했다.

천자는 경영 모자의 정절과 효의를 기특하게 여기서 칙지를 내려, 특히 경영의 모친 송씨를 현주(縣主)의 다음 가는 개휴(介休) 땅의 정절현군(貞節縣君)이라는 벼슬자리에 봉하고, 그 고장의 관원들을 시켜 사당을 짓게 하고 그 정절을 찬양하여 봄과 가을로 제사를 지내도록 명령했다.

그리고 경영에게는 정효의인(貞孝宜人)이라는 벼슬자리를 봉해 주었고, 섭청을 정배군(正排軍)으로 발탁하고 백은(白銀) 50냥을 상금으로 하사, 그 절의를 찬양했다.

장청은 여태까지의 직책에 되돌아가게 됐고, 세 사람은 송강을 도와서 회서(淮西) 땅을 토벌하러 가라는 명령을 받았으며, 공을 세우고 나면 상을 후하게 내리기로 결정되었다.

도군황제는 법사(法司)에게 조칙을 내려 역적 전호와 두 전표를 네거리 한복판으로 끌어내다가 능지처참해 버리라는 명령을 내렸다. 그때 경영은 부모님의 초상을 모시고 나가서, 사형 감독관의 승낙을 받고 부친 구신(仇申)과 송(宋)씨의 초상을 형장에 드높이 내걸고 그 아래 상을 마련해 놓았다.

점심때가 조금 넘어서 전호의 사형이 집행되자, 경영은 전호의 머리를 상 위에 놓고 줄줄 흐르는 피로써 부모의 영전에 제사를 올리며 방성통곡했다. 경영에 관한 이런 소문이 동경 장안에 퍼져서, 그날 구경하는 사람들은 울타리를 세운 듯하였고 경영이 구슬프게 통곡하는 것을 보고 감격하여 같이 울지 않은 사람이 없었다. 이리하여 세 사람은 동경을 뒤로 하고, 그 길로 완주로 향해서 송강을 도와 왕경을 토벌하게 되었다.

　이야기의 순서가 바뀐 것 같지만, 여기서는 먼저 왕경이란 위인의 어렸을 적 이야기부터 해나가야겠다.

　이 왕경이란 위인은 본디, 동경 개봉부의 부배군(副排軍—中隊補佐官)이라는 자리에 있던 자로 그의 부친 왕획(王耇)은 동경 장안의 큰 부자였으며, 관청에 뇌물을 바쳐서 이런 일 저런 일 닥치는대로 말썽을 일으켜 재판을 일삼으며 사복을 채우기 일쑤였고, 선량한 사람들을 모함하기 때문에 누구나 꺼리는 존재였다.

　왕획은, 집터와 묏자리를 잘 잡는다는 지관(地官) 한 사람이 한군데 묘지를 발견하고, 기막히게 훌륭한 아들을 낳을 것이라 한 말을 틀림없으리라고 잔뜩 믿었다.

　그 땅은 왕획의 친척집의 묘지였는데, 왕획은 지관과 계교를 꾸며서 친척을 속임수에 빠지게 했다. 왕획은 도리어 선수를 써서 그 집에 말썽이 생겼다 해서 관가에 고소장을 냈다. 재판은 몇 해를 계속했고, 상대방은 가산을 탕진한 끝에, 결국 왕획에게 지게 되어, 동경을 떠나 멀리 이사를 가버리고 말았다.

　그후에 왕경이 반란을 일으켰기 때문에 삼족이 모두 몰살해 버린 지경에 이르렀지만, 이 집만은 멀리 떨어져 있었기 때문에 관가에서도 왕획에게 억울함을 당한 집이라는 사실을 밝혀내어 무사할 수 있었다.

　마침내 왕획은 그 묘지를 빼앗아서 부모를 매장했는데, 아내가 임신을 해서 해산달이 되었다. 왕획은 꿈속에서 호랑이가 집 안으로 달려 들어와 대청 서쪽 귀퉁이에 쭈그리고 앉아 있나 했더니, 느닷없이 사자 한 마리가 뛰어 들어와 호랑이를 물고 나가는 꼴을 보았다. 그리고 왕획이 눈을 떴을 때, 아내는 왕경을 낳은 것이었다.

왕경은 어렸을 적부터 사방으로 놀러다니기에 여념이 없었고, 16,7세가 되면서부터 몸도 거창하고 힘도 억센 남자가 되었지만, 글공부 같은 것은 거들떠보지도 않고, 고작해야 닭싸움을 붙이거나, 말달리기나 하면서, 창을 던지고 몽둥이를 휘두르는 그런 일에만 열중해 있었다.

왕획 부부에게는 왕경밖에 다른 자식이라곤 하나도 없었기 때문에, 어렸을 적부터 응석받이로 키워서 무슨 일이나 제멋대로 했다. 어른이 되었을 때에는 이미 손을 댈 수 없는 위인이 되어 버렸다.

이리하여 왕경은 노름판으로 돌아다니기 일쑤였고 계집질과 술에 빠져 버려서 왕획 부처도 때로는 꾸짖고 타이르고 했지만, 왕경은 도리어 성미를 부리고 부모에게 욕설을 퍼붓는 것이었다.

왕획은 도무지 손을 댈 수가 없어서, 제멋대로 하라고 내버려 두는 수밖에 없었다. 이렇게 해서 6년이라는 짧지 않은 세월이 흘러가는 동안에 재산은 몽땅 날려 버렸고, 어쩌다가 몸에 지니게 된 무예만 믿고 관가로 들어가 부배군(副排軍)이 되었는데, 돈만 수중에 들어왔다 하면 일당들을 유인해서 아침부터 밤까지 실컷 먹고 마시고, 주머니 속이 빈털터리가 되면 주먹을 휘둘러서 사람을 치는 것이 버릇인데, 이 때문에 세상 사람들은 그를 무서워하지만, 그 반면에는 좋아하는 축들도 있었다.

어느 날, 왕경은 밤이 오경이나 되는 새벽녘에 관청에 나가 아침보고를 하고, 일이 끝나자 한가한 발길을 성 밖 남쪽으로 옮겨서 옥진보(玉津圃)라는 곳으로 놀러 갔다.

때는 마침 휘종황제 정화(政和) 6년. 봄이 바야흐로 화창한 중춘(仲春)의 날씨, 놀러 나온 사람들은 개미떼처럼 들끓고, 거마는 구름과 같이 몰려들었다.

상원의 꽃이 활짝 피니
방축의 버드나무는 잠이 들고
놀러 나온 사람들의 대오 속에는
여기저기 미인들이 섞여 있다.
황금빛 재갈을 문 말은
녹음이 우거진 땅에서 울부짖고
옥루의 사람은
살구꽃 만발한 하늘 속에 도취해 있다.
上苑花開堤柳眠　遊人隊裏雜嬋娟
金勒馬嘶芳草地　玉樓人醉杏花天

왕경은 한동안 한가하게 이리저리 빙빙 돌고 나서, 잔디밭 한복판 연못가 수양버드나무에 어깨를 비스듬히 기대고 서서 누구든지 아는 친구라도 나타나기를 기다려, 술집에 가서 서너 잔 들이켜고 성 안으로 들어갈 생각을 하고 있었다.

얼마 안 되어서 연못가 북쪽으로 집사, 하인, 유모 등 열 명이나 넘는 사람들이 한 채의 가마를 둘러싸고 이리로 오는 것이 바라보였다.

그 가마 속에는 꽃송이처럼 아리따운 젊은 여자가 타고

있었다. 그 여자는 경치를 구경하려고 대나무발마저 걷어
달고 있었다. 왕경이 좋아하는 것은 여색이었다. 그 아리따
운 여자를 보자 홀딱 반해서 얼이 다 빠진 사람 같았다. 그
들 집사나 하인배들이 추밀 동관의 집 사람들임을 대뜸 알
아차렸다. 왕경은 멀리서부터 가마 뒤를 따라서 일행의 뒤
를 쫓아 간악(艮嶽) 근처까지 가고 말았다.

이 간악이란 곳은 경성 동북쪽 끝에 있었다. 도군황제가
건축한 것으로서 기이한 산봉우리, 괴상한 바윗돌, 나무들,
신기한 짐승들, 정사(亭榭) 지관(池館) 같은 것들이 무수하
게 많았다.

밖으로 붉은 칠을 한 담과 자줏빛 문이 금문(禁門)과 똑
같고, 그 안에는 금군(禁軍)의 병사들이 파수를 보고 있어
서 보통 사람은 손가락 하나도 섣불리 그 문전을 더듬지 못
하게 되어 있었다.

일행이 가마를 내려놓자 유모들이 여자를 부축해서 내려
놓으니, 그 여자는 그대로 간악 문안으로 사뿐사뿐 아기작
아기작 걸어 들어갔다. 문을 지키고 있던 금군의 내시들이
모두 길을 틔워 주어서 여자를 통과시켰다.

알고 보면 그 여자는 바로 동관의 아우 동세(童貫)의 딸
이며 양전(楊戩)에게는 외손녀뻘이 되는 여자였다. 동관은
이 여자를 수양딸 삼아서 키우며 채유의 아들과 짝지어 주
기를 허락한 사이였다. 즉, 채경(蔡京)의 손자며느리뻘이
되는 것이다. 애명을 교수(嬌秀)라 하고 나이 겨우 이팔(二
八).

그 여자는 동관에게, 천자께서 요즘 이삼 일 동안 이사사
의 집에 바람을 쐬러 가신 틈을 타서, 간악에 구경가고 싶
다고 부탁해 두었던 것이다. 동관이 미리 금군병사들에게

일러두었기 때문에 그들을 가로막지 않고 통과시킨 것이다.

교수라는 여자는 한 번 안으로 들어간 채로, 두 번 다시 나오려고 하지 않았다.

왕경은 넋을 잃고 언제까지고 멍청이 서서 기다리고만 있었다. 배가 고파서 견딜 수 없어서, 동쪽 거리에 있는 한 군데 선술집으로 들어가서, 술과 고기를 사가지고 허둥지둥 대여섯 잔을 연거푸 족족 들이켰다.

그 여자가 나와서 어디로 가버리면 큰일이라는 생각으로 술값 계산도 똑똑히 하지 않고, 주머니 속에서 두 돈짜리쯤 되는 은붙이 하나를 꺼내어 심부름꾼 녀석에게 주면서,

"조금 있다가, 다시 와서 똑똑히 술값을 계산할 테니 우선 이것을…."

왕경은 두 번째 간악 문앞에 나타났다.

거기서 잠시 기다리고 있자니까 그 여자가 유모와 함께 사뿐사뿐 가볍게 발을 떼어 놓아 간악에서 나오기는 했으나, 그대로 가마를 타지 않고, 간악의 바깥 경치를 바라다 보고 있었다.

왕경이 살며시 가까이 다가서서 그 여자의 모습을 새삼 스럽게 유심히 살펴보니, 그야말로 형언키도 어려운 절세의 미모.

왕경은 아리따운 여자의 모습을 바라보고 있다가 정말 바보 천치가 돼버린 것처럼, 가슴속이 두근두근 방망이질을 치며, 뼈와 살이 금방 으스러져 버리는 듯, 흡사 커다란 눈 사람이 불이라도 쬐듯이 당장에 녹아 버리는 것 같았다.

한편, 교수도 여러 사람 틈으로 왕경의 모습을 살짝 곁눈 질해 봤다. 봉황의 눈깔처럼 또랑또랑한 눈에 짙은 눈썹, 허여멀쑥하고 깨끗하게 생긴 얼굴, 앞이마가 넓고 시원스럽

게 탁 틔었으며, 칠척장신의 건장한 체구… 어느 모로 보나 멋들어진 사나이임에 틀림없었다.

왕경의 늠름한 풍채를 한 번 곁눈질해 보는 순간에, 교수도 첫눈에 홀딱 반해서 어쩔 줄 모르게 되었다.

가마 옆에 지켜 서 있던 집사와 하인배들은 사람들을 비키게 하고 유모를 시켜서 교수의 손을 잡아 가마 위에 올려 태우게 하고, 여러 사람이 둘러싸고 동쪽으로 구부러지고 서쪽으로 돌아들고 하면서 간신히 산조문(酸棗門)에 이르러, 문밖에 있는 악묘(嶽廟)에 참배하러 갔다.

왕경은 끈덕지게 뒤를 쫓아서 악묘에까지 갔으나 사람이 인산인해를 이루고 있어서 몸을 움직이기조차 어려운 형편이었다. 여러 사람들은 그래도 일행이 동추밀 집 사람들인 것을 알아차리고 모두들 길을 틔워 주었다.

교수는 가마에서 내리자 향불을 피워 올렸다. 왕경은 앞으로 쑤시고 나갔지만, 바로 여자의 곁에까지 접근해 갈 수는 없었다.

거기다 또 여자를 모시고 온 사람들이 꾸지람을 하거나 악을 쓸까 겁이 나서 묘지기와 친한 사이인 체하고, 초에 불을 붙인다든가 향불을 피운다든가 하는 일을 거들어 주는 체하며, 두 눈으로 유심히 교수를 훔쳐보고 있었다. 교수 편에서도 쉴새없이 곁눈질을 해서 왕경을 흘겨보곤 했다.

본디, 채유의 아들은 세상에 태어나면서부터 모자라는 위인이었다. 규수는 집 안에 있으면서도 매파가 그것을 사실이라고 전해 주는 말을 여러 번 듣고, 낮이나 밤이나 원한을 풀 길이 없어서 괴로워하던 중이었다.

그런 판에, 오늘날 왕경의 멋들어진 모습을 보게 되었으니 이 앙큼스런 아가씨가 싱숭생숭한 마음이 일어나지 않을 수 없을밖에.

바로 이때, 동씨집 사랑방을 지키는 하인으로 있는 동(董)가란 사람이 재빨리 그런 눈치를 챘다. 그것이 바로 배군(排軍)으로 있는 왕경인 줄 알게 되자, 동가는 왕경의 뺨을 후려갈기고 노발대발 호통을 쳤다.

"이게 뉘댁 분인 줄 알기나 하고 버르장머리 없이 군다는 거냐? 네 놈은 개봉부의 일개 군졸의 신분으로 정말 대담한 놈이구나! 어째서 이런 곳엘 쑤시고 들어왔단 거냐? 우리 영감마님께 여쭈어서, 네 놈의 대가리를 모가지 위에 붙어 있지 못하게 할 테다!"

왕경은 찍소리도 못하고 머리를 부둥켜 쥔 채 쥐구멍을 찾아서 묘 밖으로 뛰쳐나오자 침을 탁 뱉고 큰 소리를 질렀다.

"이런 빌어먹을! 내가 정말 바보천지같이 못생긴 짓을 했단 말야! 야들야들하고 말랑말랑한 새고기를 덮어놓고 먹어 볼 생각을 했으니…."

그날 밤에는 분함을 억지로 참고 찍소리도 못하며 부끄럽고 쑥스러운 모습으로 집으로 돌아왔다.

그런데 이상하게도 교수라는 아가씨는 집에 돌아오자마자 왕경을 그리워하는 애절한 마음을 참을 길 없어서, 시비(侍婢)들에게 뇌물을 주면서까지, 이쪽에서 반대로 동가라는 하인을 찾아가서 왕경에 관한 일을 자세히 물어 보고 오라고까지 했다.

시비는 설(薛)씨라는 노파와 각별히 친한 사이여서, 둘이 계교를 꾸며 살며시 왕경을 데리고 와서 뒷문으로 끌어들이고 사람도 모르고 귀신도 깨닫지 못하게 교수와 정을 통하게 해주었다. 왕경이란 놈은 천만뜻밖에 저절로 닥쳐든 기뺨 때문에 진종일 축배만 들고 있어야 할 판이었다.

세월이 빨리 흘러 지나갔다. 그야말로 즐거움이 극도에 달하면 슬픔이 생긴다는 이치다.

어느 날 왕경은 술이 엉망진창으로 취해 가지고 본부의 정배군(正排軍)으로 있는 장빈(張斌)이라는 친구의 면전에서 마각(馬脚)을 드러내고야 말았다.

즉각에 이런 소문이 세상에 좍 퍼지니 동관의 귀에도 들어가지 않을 리 없게 되었다. 동관은 대로하여 어떻게 해서든지 왕경의 죄과를 찾아내어 한 번 톡톡히 혼을 내줘야겠다 벼르고 있었는데, 그 이야기는 그만두기로 한다.

한편, 왕경은 사실이 탄로났으니, 두 번 다시 동씨집에 갈 수가 없게 되었다. 어느 날, 집에서 아무 일도 없이 한가하게 앉아 있었다. 때는 벌써 오월 하순.

날씨가 찌는 듯이 더워 왕경은 걸상 하나를 뜰에 내놓고 앉아서 바람을 쐬고 있었다. 다시 몸을 일으켜 부채를 가지러 집 안으로 들어가려고 했을 때, 돌연 괴상하게도 걸상이 네 다리를 가지고 저절로 움직여 뜨락 한복판으로부터 걸어오고 있지 않은가?

왕경은 큰 소리로 호통을 쳤다.

"이건 해괴망측한 일이로구나."

오른쪽 다리를 높이 쳐들어 걸상을 단숨에 걸어차 버렸다.

"아이쿠! 아야야야…."

왕경은 또 한 번 큰 소리를 질렀다.

발길질을 해서 걸어차 버리지 않으면 숫제 아무 일도 없었을 것을, 한 번 걸어차 놓고 보니 옴짝달싹도 못하게 기막힌 일이 당장에 닥쳐들게 되었다.

이야말로 하늘에는 예측키 어려운 풍운이 있고, 사람에게는 조석을 헤아릴 수 없는 화복이 있다는 격이다. 그러면 왕경은 그 걸상을 발길로 걷어차 놓고, 어째서 아프다고 소리를 지르고 야단법석을 하게 되었을까?

102 아내는 가버리고

王 慶 因 姦 喫 官 司
龍 端 被 打 師 軍 犯

왕경은 걸상이 괴상망측한 짓을 하는 것을 보고 발길로 걸어차다가, 너무 무지하게 힘을 썼기 때문에 겨드랑 밑 갈빗대를 삐어, 땅바닥에 쭈그리고 앉아서 아이쿠! 아야야! 아야야! 소리만 지르면서 한동안은 옴짝달싹도 하지 못했다.

그의 아내가 그 소리를 듣고 달려나와 보니, 걸상은 한 옆으로 거꾸로 나뒹굴어 있고 남편은 꼴사납게 되어 있는지라, 손바닥으로 왕경의 얼굴을 찰싹 보기 좋게 후려갈기고 악을 썼다.

"이런 괴물 같은 병신이… 엉큼스럽게… 진종일 밖에 나가서 집안살림이라곤 돌보지도 않더니, 오늘 밤에는 어쩌다가 집에라고 들어온 것이, 이건 또 무슨 꼴을 하고 있는 거야."

왕경이 말한다.

"농담으로 듣지 마오. 나는 갈빗대를 삐어서 죽을 지경이오."

아내가 왕경을 부축해서 일으켰다. 왕경은 아내의 어깨를 움켜잡고 고개를 흔들며 이를 잔뜩 악물고 소리를 질렀다.

"아야야! 아야야! 이건 아파서 못 견디겠구나!"

아내가 욕설을 퍼붓는다.

"이런 건달, 망나니… 노상 발길질이나 주먹질만 하고 살아오더니, 오늘날 이런 지랄을 하게 된 거지 뭐야!"

그렇게 말을 해놓고 보니, 아내는 딴소리를 했구나 하는 생각이 들어서 비단옷 소맷자락으로 입을 가리고 웃음을 참지 못했다.

왕경도 '지랄을 하게 됐다'는 말을 듣자 아파서 쩔쩔매는 판이면서도 우스워서 견디다 못해 소리를 지르고 껄껄 웃었다.

아내는 또 왕경의 뺨을 후려갈기며 악을 썼다.

"이런 엉큼스럽게! 또 거기 가고 싶어서!"

이내 아내는 왕경을 침상으로 데리고 가서 뉘어 놓고, 호두 깐 것 한 접시에, 따끈한 술 한 병을 주어서 마시게 했다. 아내는 손수 문을 잠그고 모기를 내쫓고 모기장을 치고 나서 남편과 함께 쉬게 되었다. 왕경은 겨드랑 밑 갈빗대가 어찌나 아픈지 아랫도리 그 물건이 옴짝달싹도 못하는 것은 더 말할 나위도 없는 일이었다.

그날 밤에는 별다른 이야기도 없었고, 이튿날 아침이 되어서 왕경은 아직도 아픈 데가 가라앉지 않는지라 속이 탔다.

"이 몸으로 어떻게 관부에 나가서 일을 제대로 볼 수 있단 말인가?"

점심때까지 그럭저럭 하고 있다가, 아내가 재촉을 하는 바람에 고약을 사러 밖으로 나갔다.

왕경은 간신히 부 아문 앞까지 걸어가서, 북쪽으로 가게를 내놓고 넘어져서 다친 데나 얻어맞아서 다친 데를 잘 고치며 고약을 팔고 있는 전(錢)씨 노인에게서 고약 두 장을 사서 갈빗대 위에다 붙였다.

전씨 노인이 말하였다.

"도배님! 빨리 나으시려면 상처를 치료하고 혈액순환을 좋게 하는 달여 잡숫는 약을 두 첩만 쓰십쇼."

즉석에서 약 두 첩을 지어서 왕경에게 주었다. 왕경은 주머니 속에서 1전 2,3푼쯤 되는 무게의 은붙이 한 개를 꺼내 종이 한 장을 받아 가지고 그것을 쌌다.

전씨 노인은 왕경이 은붙이를 종이에 싸는 것을 곁눈질해 보면서도 모른 체하고 얼굴을 옆으로 돌리고 있었다. 왕경은 종이에 싼 것을 내주면서 이렇게 말했다.

"선생, 얼마 안 되는 것이지만 과히 언짢아 마시고, 시원한 참외라도 한 개 사잡수십쇼."

전씨 노인은 손을 내저었다.

"도배님! 잘 아는 친구끼리 이게 무슨 짓이시오. 이러실 것까지는 없습니다."

전씨 노인은 입으로는 그렇게 말하면서도 오른쪽 손은 벌써 종이에 싼 것을 받아들고 있었다. 그리고 약상자 뚜껑을 열고 종이에 싼 것을 잽싸게 그 속에 넣어 버렸다.

왕경이 약을 사가지고 집으로 돌아가려는 판에 부의 서쪽 거리 위로 점쟁이 한 사람이 걸어왔다. 머리에는 단사(單紗)로 만든 두건을 썼고, 몸에는 갈포(葛布)로 만든 홑옷을 입고, 볕받이 양산을 쓰고, 양산 아래로는 종이로 만든 간판조각을 늘어뜨리고 있었는데, 거기에는 선천신수(先天神數)라는 넉 자가 큼직하게 씌어 있고, 또 그 양쪽으로는 조그만 글자가 열여섯 자, 다음과 같이 적혀 있었다.

형남 땅의 이조
점 한 번 쳐주는 데 열 푼.

　무엇이나 귀신처럼 알아맞히니

　점술은 관로(管輅—삼국시대의 유명한 점술사)보다도 훨씬 용하다.

　왕경은 그것이 점쟁이인 줄 알자, 미모의 아가씨 교수와의 사건이 꺼림칙한데다가, 어제는 또 해괴망측한 일을 당하게 되었으므로, 당장 소리를 질러 점쟁이를 불렀다.

　"이선생, 이리 좀 앉으시오!"

　그 선생이란 사람이 물었다.

　"존관께서는 무슨 일 때문에 그러십니까?"

　입으로는 이렇게 말하면서 두 눈을 뒤룩뒤룩 왕경을 머리 위에서 발끝까지 유심히 훑어봤다.

　왕경이 말했다.

　"소생은 점을 한 번 쳐보고 싶습니다."

　이조는 우산을 내려놓고 고약가게 안으로 걸어 들어왔다. 전씨 노인에게 두 손을 한데 모아 절하며 말했다.

　"폐를 끼쳐 죄송합니다."

　이내, 홑겹 갈포옷 소매자락 속으로부터 자단(紫檀)으로 만든 산통을 더듬어냈다. 산통 뚜껑을 열고 큼직한 동전 한 닢을 꺼내어 왕경에게 주면서 말했다.

　"존관께서는 저쪽으로 가셔서 묵묵히 하늘에 기도를 올리시오!"

　왕경은 괘(卦)를 작정하는 데 쓰는 큼직한 동전을 받아들고, 불길처럼 이글이글 타오르는 시뻘건 태양을 향해서 허리를 구부려 절을 하려고 했지만, 어찌나 아픈지 허리를 구부릴 수 없어서 팔구십 세 노인처럼 허리를 억지로 짚고 서서 절반쯤 어색한 읍(揖)을 하고 얼굴을 쳐들고 기도를 올렸다.

저쪽에서 이조가 그 꼴을 보더니 전씨 노인에게 슬쩍 떠보았다.

"선생의 고약을 붙이면 반드시 속히 나을 터인데…. 저분은 아마 누구에게 매를 맞아서 상처를 입은 모양이지요?"

전씨 노인이 대답하였다.

"저분은 결상이 무슨 해괴망측한 짓을 했다나요. 그래서 발길로 걷어차다가 갈빗대를 상했다고, 이리 올 때에는 숨도 제대로 못 쉬고 씨근씨근했습니다. 내 고약 두 장을 붙이고 나더니 이제야 허리도 구부릴 수 있게 된 것입니다."

이조가 말하였다.

"내가 보기에도 갈빗대를 삔 것 같군요!"

왕경이 기도를 다 올리고 나서 동전을 이조에게 주니, 이조는 왕경의 성명을 물어 보고, 산통을 흔들면서 입으로 중얼중얼 외었다.

꽤 오랫동안 중얼대고 나더니 산통 뚜껑을 두 번이나 열었다 닫고 괘(卦)가 나왔다 하며,

"이건 수뢰둔(水雷屯)이라는 괘입니다."

하고 소위 음양(陰陽)이 여섯 쌍씩 합쳐져서 한 괘가 되었다는 육효(六爻)를 한참 동안이나 유심히 들여다보더니,

"존관께서는 무슨 일을 점쳐 보고 싶으십니까?"

하고 물었다.

"집안일을 알아보고 싶습니다."

왕경이 이렇게 말하니까, 이조가 머리를 흔들면서 입을 열었다.

"존관께서는 이상하게 생각지 마십쇼. 소생은 솔직히 곧이곧대로 말씀드립니다. 둔(屯)이란 바로 난(難)입니다. 당

신께 재난이 일어나고 있다는 의미입니다. 몇 구절의 단사(斷詞)가 있으니 존관께선 잘 기억해 두셔야 합니다."

이조는 기름종이에 대나무살을 끼워 만든 부채를 접었다 폈다 하면서 중얼중얼 외었다.

집안이 종횡으로 어지럽고, 백 가지 괴물들이 재앙을 일으켜 집이 편안치 못하다(家宅亂縱橫, 百怪生災家未寧). 오래되고 낡은 묘가 아니면 곧 위태로운 다리다(非古廟卽危橋). 백호 있어 흉악한 산을 넘나드니, 관가의 시끄러움과 병마를 만나게 되다(白虎冲凶官病遭).

머리는 있고 꼬리가 없으니 무슨 쓸모가 있으리오(有頭無尾何曾濟).

귀신을 보자 흉악한 일과 소송사건이 엎치고덮치게 된다(見鬼凶駕訟獄交).

사람들이 편안치 않으니 넘어지고 자빠지는 일만 당하게 된다(人口不安遭跌蹼).

사지에 힘이 없고 보니, 어린아이를 유괴해 가는 자도 극성을 떨고 떠메어 간다(四肢無力拐兒撬).

딴 곳으로 이사를 가면 이러쿵저러쿵 하는 시비가 없어지리라(從改換是非消).

십이지(十二支) 중에서 범, 용, 닭, 개의 날을 맞게 되면, 허다한 근심걱정과 화성을 초래할 것이다(逢着虎龍鷄犬一許多煩惱禍星招).

그때 왕경은 이조와 마주 대하고 앉아 있었는데, 그의 기름종이로 만든 부채에서 냄새가 지독하게 나서, 견디다 못해 비단옷 소맷자락으로 콧구멍을 막으면서 간신히 듣고 있었다.

이조가 다 중얼대고 나서 왕경을 바라보며 말하였다.

"소생은 이치대로 솔직히 말씀드리는 것이지만, 댁에는 해괴망측한 일이 또 있을 겁니다. 반드시 잘못을 뉘우치시고 이사를 하여야만 무사하실 수 있을 겁니다. 내일은 병진일(丙辰日)이니 조심하셔야 됩니다."

왕경은 기막히게 불길한 말을 듣고도 어떻게 해야 좋을지 몰라, 어리벙벙한 채로 돈을 꺼내 이조에게 사례를 했다. 이조는 고약 파는 가게를 나와서 동쪽으로 가버리고 말았다. 그때 마침 근처에 있던 부에 나가는 대여섯 명의 공무원들이 왕경을 알아보고 이렇게 물었다.

"어째서 이런 데서 우물쭈물하고 계시는 거요?"

왕경이 집 안에서 해괴망측한 일을 당했다고 이야기하자, 여러 사람들은 껄껄대고 웃음을 참지 못했다. 왕경이 말하였다.

"여러분, 만약에 부윤 어른께서 뭐라고 물으시거든 적당히 잘 말씀해 주시오."

"그것쯤야 잘 알고 있소."

여러 사람들은 이렇게 대답하고 뿔뿔이 흩어져 돌아갔다.

왕경은 집으로 돌아오자, 아내더러 약을 달이라고 했다. 아픈 데가 빨리 나았으면 하는 조급한 생각으로 미처 두 시간도 못 되어서 약 두 첩을 모두 마셔 버렸다. 거기다 또, 약이 효과를 충분히 발휘할 수 있도록 하기 위해서 술까지 몇 잔인지 마셨다. 그런데 상처를 가라앉히고 혈액순환을 좋게 한다는 그 약은 모두가 흥분제였다. 그날 밤 잠을 자려고 했을 때, 아내가 옆에서 지분거리고 시끄럽게 굴자, 불끈하고 불덩어리 같은 게 치밀었지만, 허리가 아파서 몸을 옴짝달싹도 할 수 없었다.

　한편, 아내는 왕경이 교수라는 아가씨와 죽을둥 살둥, 밤이나 낮이나 집에 돌아오지 않는 동안에 독숙공방(獨宿空房)만 해왔는지라, 정욕이 불길처럼 훨훨 타올라 도저히 참고 견디기 어려웠다. 마침내 왕경을 그대로 내버려 둘 수 없어 그의 배 위로 기어 올라가 엉덩이를 높이 쳐들고 허리채를 휘두르는 기묘한 재간을 부렸다.

　둘이서는 이튿날 아침까지 푹 쉬고 나서 겨우 일어나 머리도 빗고 세수도 했다. 왕경은 배가 고파서 견딜 수 없었다. 술을 따끈하게 데워서 마셨다. 얼마 안 있다가 아침 밥을 먹고 있자니까, 밥상을 물리기도 전에, 갑자기 누가 밖에서 부르는 소리가 들렸다.

"도배님! 댁에 계십니까?"

　아내가 판자벽 틈으로 내다보더니 입을 열었다.

"부중 사람이 두 분 오셨는데…."

　왕경은 그 말을 듣자 잠시 어리둥절했으나 어쩔 수 없이 밥그릇을 내려놓고 입을 썩썩 닦으면서 걸어나와 손을 한데 모으고 공손히 물었다.

"두 분께서는 수고스럽게도 무슨 일 때문에 오셨습니까?"

　두 공인이 말하였다.

"도배님! 팔자가 늘어지셨습니다. 이른 아침부터 얼굴에는 거나하게 봄기운이 도시고…. 부윤께서 오늘 아침에는 호명을 하시다가 도배님께서 결근을 하셨다 해서 노발대발, 우리들은 모두 당신을 위해서, 집 안에 괴상한 일이 생겨 갈빗대를 삐었다고 아뢰었지만, 도무지 믿지 않으시고 당장 쪽지 한 장을 떼주시면서 우리 둘을 보내시어 데리고 오라고 하셨습니다."

　하고 종이쪽지까지 왕경에게 내보였다. 왕경이 말했다.

"이렇게 시뻘건 얼굴을 해가지고 지금 당장 가뵙기도 난처하니, 잠시 기다려 주시면 어떻겠소?"

두 공인은,

"우리들의 힘으로야 어쩔 수 없는 일입니다. 부윤께서 눈이 빠지도록 기다리고 계시니, 우물쭈물 시간만 보내다가는 우리들에게까지 누가 미쳐서 매를 맞게 될 것이니, 자, 빨리 가십시다! 빨리 가십시다!"

하면서 둘이서 왕경을 부축해서 떠메다시피 데리고 갔다. 왕경의 아내는 어찌나 당황했던지 쫓아나와서 뭐라고 소리를 질러 보려고 했을 때에는, 남편은 이미 대문 밖으로 나간 뒤였다.

두 공인이 왕경을 부축해서 떠메다시피 하고 개봉부로 들어가니, 부윤은 마침 대청 안 호피의자에 앉아 있었다. 두 공인은 왕경을 데리고 앞으로 썩 나서서 이렇게 아뢰었다.

"영감마님의 분부를 받들어 왕경을 데리고 왔사옵니다."

왕경은 간신히 고개를 쳐들고 네 번이나 이마가 땅에 닿도록 절을 했다.

부윤이 호통을 쳤다.

"왕경, 그대는 일개 군건(軍健—군병)의 몸으로서 어째서 직무에 태만하고 상사에게 인사도 하러 나오지 않는단 말인가?"

왕경은 재삼, 그 해괴망측한 일을 보고 갈빗대를 다친 일을 자세히 이야기하고 나서,

"사실, 어깨 밑 갈빗대가 아파서 앉을 수도 없고 누울 수도 없을 지경이오며 걸음을 걸어다닐 수도 없사옵니다. 어찌 감히 직무에 태만하여 꾀를 부리겠사옵니까. 상공께옵서

선처해 주옵소서.”
하고 애걸했다.

부윤은 그 말을 듣고 왕경의 시뻘건 얼굴을 보더니 크게 노하여 호통을 쳤다.

“네 놈은 술만 퍼먹고 다니는 게 일이고, 또 그런 불공불법(不公不法)의 일을 저지르더니, 오늘날에는 요언(妖言)을 날조해 가지고 상관을 속이려고 하느냐?”

그리고 끌어내다가 매를 때리라고 호령을 했다. 왕경은 무엇이라 변명을 해볼 여지도 없이 피부가 벗겨지고 살점이 튀도록 톡톡히 매를 맞았고, 요언을 날조하고 어리석은 백성들을 선동, 현혹케 하고 못된 음모를 꾸미려고 했다는 죄를 승인하라고 강요당했다.

왕경은 어제는 아내에게 혼이 났고, 오늘은 관부에서 매를 맞게 되었으니, 이야말로 한 나무가 한꺼번에 두 도끼에게 찍히는 격이라고나 할까. 죽을 뻔하다가 다시 정신을 차렸지만 매에 못 이겨 시키는 대로 죄과를 승인하고야 말았다.

부윤은 왕경에게서 진술서를 받고 옥졸에게 명령하여 형구인 큰칼을 씌우고 손에 수갑을 채워서 사형수 감옥에 처박아, 요언을 날조했고 못된 음모를 꾸미려고 했다는 이유로 사죄(死罪)로써 처리하려고 했다. 옥졸은 왕경을 떠메고 가서 감옥에 집어 넣었다.

알고 보면, 이것은 동관이 비밀리에 사람을 시켜서 부윤에게 분부한 때문이었다. 왕경의 죄과를 찾아내어 처치해 버리려는 판이었는데 마침 공교롭게도 이런 괴상한 일을 저질렀기 때문에, 부중(府中) 사람들은 상하를 막론하고 교수와의 뒤숭숭한 사건을 모르는 이 없는지라, 왕경은 이 사건 때문에 죄를 졌으니 이제 살아날 도리가 없다고 어수선하고 떠들썩하게 말이 퍼졌다.

그때, 채경과 채유는 바깥소문이 뒤숭숭하면 좋지 못하다 생각하고 부자지간에 상의한 결과,

"만약에 왕경을 죽여 버린다면 떠도는 소문이 틀림없이 정말이 되어서 세상에 추잡스런 풍문이 떠돌게 될 것이다."

하고, 마침내 부윤은 잘 아는 심복의 관원을 보내어 왕경을 시급히 멀리 떨어진 군주(軍州)로 귀양살이를 보내어 후환이 없도록 해달라고 부탁했다.

이리하여, 채경과 채유는 좋은 날을 택해서 교수를 맞아들여 혼례식을 거행하여, 첫째로 동관의 수치스러움을 감추게 하고, 둘째로 사람들의 시끄러운 소문을 막아 버리려고 했다. 채유의 아들은 워낙 바보천치여서 교수가 진짜 처녀인지 아닌지도 몰랐지만, 이런 이야기는 여기서 그만 두기로 한다.

개봉 부윤은 채태사에게서 파견된 심복지인의 밀령을 받자, 즉각에 부중으로 나갔다. 부윤은 감옥으로부터 왕경을 끌어내어 큰칼을 벗기고 볼기를 스무 대나 때리고 나서, 뜸장이를 불러다가 얼굴에 먹실로 뜸을 떠서, 먼 곳이라고 생각되는 서경(西京) 관할하에 있는 섬주(陜州) 감옥으로 보내기로 결정했다. 그 자리에서 무게가 열 근 반이나 되는 단두철엽(團頭鐵葉)이라는 큰칼을 머리에 씌우고, 종이딱지를 붙이고, 일견 서류를 작성해서 손림(孫琳), 하길(賀吉)이라는 두 호송관에게 명령하여 데리고 가도록 했다.

세 사람이 개봉부 밖으로 나서자마자, 왕경의 장인 되는 우대호(牛大戶)란 사람이 기다리고 있다가, 왕경과 손림,

하길을 아문 앞 남쪽 골목에 있는 선술집으로 데리고 갔다.

우대호는 심부름꾼 녀석을 시켜서 술과 고기를 가져오게 해서 서너 잔 얼큰하게 먹이고 나더니, 주머니 속에서 조그마한 은붙이 꾸러미를 꺼내어 왕경에게 주며 말하였다.

"백은 30냥일세. 이것으로 길을 가는 동안에 용돈으로 쓰게."

"장인어른, 정말 감사합니다!"

왕경이 이렇게 대답을 하면서 손을 내밀어 그것을 받으려고 하자, 우대호가 왕경의 손을 뿌리치면서 엉뚱한 말을 했다.

"그렇게 호락호락 주지는 못하겠네. 나는 할 일이 없어서 공연히 자네에게 은붙이를 주는 게 아냐. 자네는 이제부터 섬주땅으로 귀양살이를 하러 떠나는데, 천리 길도 더 되게 먼 곳을 언제 다시 돌아오게 될지 모를 일이 아닌가. 자네는 남의 집 여자를 집적대면서 제 아내는 모른 체하잖았나. 아내는 혼자 남아 있으니 자네 대신 누가 보살펴 주겠나? 그리고 어린것 하나도 없는 처지에, 논밭도 다 없어지고 재산도 없이 자네만 기다리고 있어야 할 게 아니겠나? 그러니까 여러 말 말고 이혼장을 써주게. 자네가 떠나간 뒤에는 어디로 다시 시집을 가든지 간에 나중에 어쩌니저쩌니 딴소리를 하지 않기로…. 그렇게 해준다면 이 은붙이를 주겠네."

왕경은 근자에 쓸데없는 데 돈을 뿌리며 지내왔지만, 곰곰 생각해 보면 현재 주머니 속에는 은전이라곤 한 푼도 없이 빈털터리니, 이래 가지고는 도저히 섬서 땅까지 가기도 어려울 형편이었다.

이런 궁리 저런 생각 해보았지만, 그 은붙이를 쓰지 않고

는 못 배길 형편이었다. 긴 한숨을 두 번이나 내쉬면서,

"예이, 빌어먹을! 모르겠다!"

하고 어쩔 수 없이 이혼장을 써주었다. 우대호는 한 손으로 그 이혼장을 받으면서, 또 한 손으로 은붙이를 넘겨 주고 기뻐하며 돌아갔다.

왕경은 두 관원들과 함께 짐짝과 보따리를 수습하려고 가봤더니, 아내는 벌써 친정집에서 데려간 뒤였고, 문에는 자물쇠가 채어져 있었다.

왕경이 옆집 사람에게서 도끼와 끌을 빌려 문짝을 뜯어 젖히고 안으로 들어가 보니, 아내는 몸에 걸치고 있던 물건이나 머리에 장식하고 있던 물건은 무엇이나 모조리 가져가 버리고 눈에 띄지 않았다. 왕경은 화가 나서 견딜 수 없었지만 한편 처참한 생각도 들었다.

옆집에 사는 주(周)씨 노파더러 건너와 달라고 해서, 술과 음식을 마련하여 관원들에게 대접하고 은붙이 열 냥쯤을 손림과 하길에게 집어 주고 부탁했다.

"소인은 매맞은 데가 아파서 몸을 움직이거나 길을 걸어갈 수 없습니다. 며칠 동안 쉬어야만 길을 떠날 수 있겠습니다. 그쯤 아시구 좀 봐주셨으면…."

손림과 하길은 돈을 받았는지라 그렇게 하라고 승낙했지만, 공교롭게도 채유의 심복부하가 달려와서 관원들에게 출발을 재촉했다. 왕경은 세간을 몽땅 팔아치우고 들었던 셋집을 호원외(胡員外)에게 돌려주었다.

이 무렵에 왕경의 부친 왕획은 아들 때문에 울화를 못 참아 안질을 앓다가 두 눈이 모두 실명이 되어서 별거하고 있었는데, 아들이 돌아오기만 하면 언제나 때리고 욕설을 퍼붓곤 했다.

이번에 또 아들녀석이 재판에 걸려 귀양살이를 가게 되었다는 소문을 듣자, 불쌍하고 딱한 생각이 들어서 어린것에게 손을 끌게 하고 왕경의 집에까지 왔다.

"아아, 이 자식아! 네 녀석은 내 말을 듣지 않았기 때문에 이렇게 혼이 나게 된 것이다!"

하고 소리를 지르더니, 앞도 못 보는 시커먼 두 눈에서 눈물이 줄줄 흘러내렸다. 왕경은 어렸을 적부터 아버지라고 한 번도 불러 본 일이 없었는데, 이제야 집안이 풍지박산이 되고 사람이 갈라지는 마당인지라, 마음속에 뭉클하고 치밀어오르는 게 있어 소리를 질렀다.

"아버지! 저는 오늘날 억울한 죄를 뒤집어쓰게 되었습니다. 더군다나 참기 어려운 것은 우영감의 지독한 처사입니다. 강제로 저에게 이혼장을 쓰게 해놓고 은붙이를 얼마간 주었습니다."

왕획이 말하였다.

"네 녀석이 평소에 아내를 사랑하고 장인에게 효성스럽게 굴었다면, 그 사람인들 오늘날 너를 그렇게 소홀히 대할 까닭이 있겠느냐?"

왕경은 이런 꾸지람을 듣자, 울화통이 터져서 부친을 거들떠 보지도 않고 그대로 두 관원과 짐을 꾸려 가지고 성밖으로 나가 버렸다.

왕획은 발을 구르고 가슴을 두드리며 말하였다.

"저런 못된 자식을 내가 와서 보는 게 아니다!"

하며 다시 어린것에게 끌려서 돌아갔는데, 그 이야기는 여기서 그만두기로 한다.

왕경은 손림·하길과 함께 동경을 떠나, 한 군데 조용하고 깊숙한 곳에서 집을 빌려 가지고 십여 일이나 치료를 했더니 매맞은 상처가 훨씬 나았다. 관원들의 재촉에 못이겨 다시 멀리 섬주를 향하고 길을 떠났는데, 때마침 9월 초순경이어서 더위가 심한지라 고작해야 하루 4,50리 길밖에 더 가지 못했다. 길가는 도중에서는 죽은 사람이 누워 있던 침상에서도 잠을 자고 끓이지 않은 냉수라도 마시는 도리밖에 없었다. 세 사람은 15,6일 동안이나 걸어서 숭산(崇山)을 넘어섰다.

어느 날, 손림이 걸어가면서 손을 서쪽으로 높이 쳐들어 먼 산을 가리키며 말하였다.

"저 산은 북인산(北印山)이라고 하는데 서경(西京)의 관할하에 속하는 산이오."

세 사람은 이야기를 주거니 받거니 하면서 아침결 서늘한 틈을 타서 20리나 더 되게 걸었다. 그때 북인산 동쪽에 있는 마을이 보였다. 근처 마을 백성들이 차츰차츰 넓은 거리로 몰려들고 있었다.

그 거리 동쪽으로 집들이 띄엄띄엄 서 있는 근처에 세 그루 큼직한 잣나무가 정(丁)자 형으로 버티고 서 있는데, 그 나무 그늘에는 사람들이 떼를 지어서 밀치고 닥치고 야단법석을 떨면서 어떤 사나이 하나를 둘러싸고 있었다.

그 사나이는 윗도리를 벗어제치고 서늘한 나무 그늘 아래에서 에잇! 야아! 여어! 큰 소리를 치면서 몽둥이를 휘두르고 있었다. 세 사람은 나무 그늘로 들어가서 바람을 쐬고 있었다. 왕경은 먼 길을 걸어오느라고 전신에 땀이 비오듯, 김이 무럭무럭 흠뻑 젖어 가지고 큰칼을 쓴 채, 사람 틈을 헤치고 발뒤꿈치를 높이 쳐들어서 그 사나이가 몽둥이 쓰는 것을 구경했다.

　잠시 구경을 하고 있다가 왕경은 부지중 입을 놀려 웃으면서 한마디 했다.
　"저 사람이 하고 있는 짓은 일부러 구경을 시키느라고 장난질을 치고 있는 것이군!"
　한창 신바람이 나서 몽둥이를 휘두르던 그 사나이는, 왕경의 말을 듣자 몽둥이를 멈추고 자세히 보니 귀양살이 가는 군인인지라, 벌컥 화를 내면서 호통을 쳤다.
　"귀양살이 가는 놈아! 나의 창봉 솜씨는 가까운 곳에서나 먼 곳에서나 유명한 것이다. 네 놈이 감히 함부로 주둥이를 놀려서 내 몽둥이를 깔보고 돼먹지도 않는 소리를 지껄여댄 것이구나!"
　몽둥이를 내동댕이치고 주먹을 휘두르며 얼굴을 후려갈기려고 덤벼들었다. 들끓는 사람 틈에서 두 젊은 장정이 달려나와서 가로막으며,
　"손을 멈추시오!"
하고 나서 왕경에게 물었다.
　"당신께선 반드시 솜씨가 대단하신 분이시겠군요?"
　왕경이 대답하였다.
　"쓸데없는 말을 한 마디 공연히 했다가 저 친구가 화를 내게 된 것뿐이오. 소생도 창봉을 다소 쓸 줄은 알지만…."
　저쪽에서 몽둥이를 휘두르고 있던 사나이가 노발대발, 호통을 쳤다.
　"귀양살이 가는 놈아! 네 놈은 나하고 한 번 맞서 보고 싶다는 거냐?"
　두 장정이 왕경에게 말하였다.
　"만약에 저 사나이하고 몽둥이 솜씨를 경쟁해서 이기기만 하신다면, 저기 싸여 있는 두 관이나 되는 돈은 모두 당신

에게 드릴 수 있습니다."

왕경이 웃으면서 대답했다.

"이거 한번 해볼 만한 일이군!"

그리고 여러 사람들의 틈을 헤치고 하길에게로 가서 몽둥이를 얻어 들고, 속적삼까지 벗어 던진 채 아랫도리 옷자락을 걷어올리고 몽둥이를 잔뜩 움켜잡았다.

여러 사람들이 모두 입을 모았다.

"큰칼을 머리에 쓴 채 어떻게 몽둥이를 휘두를 수 있단 말인가?"

왕경이 대꾸하였다.

"바로 이것이 희한한 솜씨라는 것이오. 큰칼을 쓴 채로 저 사나이를 이겨내야만 놀라운 솜씨랄 수 있죠!"

여러 사람들이 일제히 소리를 질렀다.

"큰칼을 쓰고도 이겨낸다면 두 관이나 되는 돈은 반드시 당신에게 줄 것이오!"

하면서 길을 틔워주고 왕경을 사람들의 테두리 안으로 들어오게 해주었다.

몽둥이를 휘두르던 사나이도 기고만장하게 소리쳤다.

"아! 아! 덤벼 봐라!"

왕경도 소리를 질렀다.

"여러분! 너무 웃지나 말아 주십쇼!"

저쪽 사나이는 왕경이 큰칼을 쓰고 있기 때문에 마음대로 몸을 쓰지 못하리라는 점을 깔보고 '구렁이가 코끼리를 삼키는 식(蟒蛇呑象)의 수법을 발휘했고, 왕경은 '잠자리가 물 위를 누비는 식(蜻蜓點水)의 수법을 발휘.

결국, 왕경은 몽둥이를 휘두르는 데는 본디 놀라운 솜씨를 지니고 있는지라, 큰칼을 쓰고도 상대방 사나이의 손목을 호되게 후려쳐서 몽둥이를 땅에 떨어뜨리게 했다.

사람들 틈에서 뛰쳐나온 젊은 장정들은 공단(龔端), 공정(龔正)이라는 형제로서, 왕경 일행 세 사람을 자기 동네 공가촌(龔家村)으로 모시고 가서 술과 안주를 흠뻑 대접하면서 왕경을 스승으로 삼겠다고 했다.

거기에는 그럴 만한 까닭이 있었다.

공씨 형제들이 노름판에서 황달(黃達)이란 동쪽마을 장정과 옥신각신 싸움이 벌어진 뒤 매를 실컷 얻어맞고, 분풀이를 해야겠기 때문에 몽둥이 쓰는 법을 열심히 배워 둬야겠다는 것이었다.

이튿날 날이 밝자, 왕경은 아침 서늘한 틈을 타서 보리타작하는 넓은 마당에서 공단 형제에게 훈련을 시키며 주먹을 휘두르고 발길질을 가르쳐 주고 있었다.

바로 이때, 밖으로부터 어떤 사나이 하나가 뒷짐을 지고 뚜벅뚜벅 걸어 들어오더니 터지는 음성으로 호통을 쳤다.

"귀양살이 가는 놈이 무슨 주제에 여기 와서 건방지게 솜씨자랑을 하고 있단 말이냐?"

이 사나이가 나타났기 때문에 왕경은 점점 더 화근의 씨앗을 뿌리게 되고 공단도 더욱 깊은 원한을 맺게 되는데, 그야말로 화(禍)란 것은 부랑(浮浪)에서 일어나고 욕은 도박에서 초래된다는 격이었다. 공단의 집으로 갑자기 뛰어들어온 사람은 과연 누구일까.

103 원수, 외나무다리에서

張管營因妾弟喪身
范節級爲表兄醫臉

왕경이 아침결의 서늘한 틈을 타서, 보리타작하는 넓은 마당에서 공단 형제에게 주먹 휘두르는 법, 발길질하는 법을 가르쳐 주고 있을 때, 느닷없이 키가 후리후리하고 거창한 체구에 두건도 쓰지 않는 사내가 한 손에 창포로 만든 부채를 들고 얼굴을 떡 쳐들고 뒷짐을 지고, 제법 의젓한 태도로 뚜벅뚜벅 걸어 들어왔다.

그 사나이는 어떤 귀양살이 가는 죄수가 주먹질 발길질을 가르쳐 주고 있다는 것을 대뜸 알아차렸고, 또 어제 망동진(邙東鎭)이라는 마을에서 어떤 귀양살이 가는 죄수가 창봉 쓰는 사람을 때려눕혔다는 소문을 들었기 때문에 공단 형제가 이런 수법을 배워서는 안 되겠다 싶어서 당장에 왕경에게 호통을 쳤다.

"네 이놈! 귀양살이 가는 죄수의 몸으로서 도중에 뛰쳐나와 남의 집 도련님들을 속이고 있단 말이냐?"

왕경은 그 사람이 공씨 집안의 친척 되는 사람인 줄 알고 잠자코 있었지만, 알고 보면 이 사나이가 바로 공단 형제가 앙심을 먹고 있는 황달(黃達)이었다. 그는 동쪽 마을에 살고 있는데, 역시 서늘한 아침결에 공가촌 서쪽 끝에 살고 있는 유대랑(劉大郞) 집의 노름판에서 셈을 못한 나머지 돈을 받으려고 나왔던 길에, 이쪽 마을에서 야얏! 에잇! 하는 괴상한 소리가 들려오는지라, 평소에 깔보고 상대도 하지 않던 공단의 집으로 뻔뻔스럽게 불쑥 얼굴을 내민 것이었다.

공단은 나타난 사람이 황달이라는 것을 알아차리자, 가슴속에 보이지도 않게 타오르는 격분의 불길이 3천 장이나 되게 높이 치솟아 오르는 것을 참지 못하고 큰 소리로 호통을 쳤다.

"짐승이 내질러 놓은 개새끼야! 지난번에는 나의 판돈을 싹 쓸어 가더니, 오늘 또 사람을 깔보고 뻔뻔스럽게 여길 왔느냐!"

황달도 노발대발.

"이 돼먹지 않는 놈아!"

창포부채를 팽개치고 주먹을 불끈 쥐더니 후딱 덤벼들어 공단을 정통으로 때려 눕히려고 했다. 왕경은 그들 둘이서 몹시 흥분해서 옥신각신하는 소리를 듣자, 역시 이자가 황달이라는 놈이구나 하고, 쌍방을 슬슬 구슬리며 말리는 체하다가 한 발짝 앞으로 선뜻 나서서 큰칼로 황달의 팔뚝을 한 번 호되게 후려쳤다.

황달은 벌렁 나자빠져서 두 다리를 허공으로 번쩍 쳐들고 몸부림을 쳤다. 공달과 공정, 그리고 하인배들이 잽싸게 달려들어 주먹질 발길질… 황달의 잔등, 앙가슴, 어깨, 옆구리, 팔꿈치, 얼굴, 이마, 사지… 할 것 없이 닥치는대로 때리고 걷어찼다. 남겨 둔 것은 겨우 혓바닥 정도였다.

이리하여 여럿이서 황달을 실컷 걷어차고 때리고 몸에 걸친 옷까지 갈갈이 찢어 놓았다. 황달은 어쩔 수 없이,

"놈들! 나를 쳤것다? 때렸것다? 두고 보자!"

하고 중얼대는 도리밖에 없었다. 실오라기 한 자락도 걸치

지 않은 벌거숭이 알몸뚱이가 되어 버렸다.

옆에 있던 호송관원 손림과 하길이 간신히 구슬리고 달래어 공단 쪽 사람들은 손을 멈추었다. 황달은 그들에게 엉망진창이 되도록 두들겨 맞고, 겨우 땅바닥에서 씨근씨근 숨을 쉴 수 있을 정도로 일어설 만한 힘도 없었다.

공단은 3,4명의 하인배들에게 분부해서, 황달을 동쪽 마을로 통하는 길 중턱쯤 되는 풀밭 속에 내동댕이치고 오라고 했다. 황달은 반나절 동안이나 뜨거운 햇볕을 쬐고 있었는데, 옆집 농부가 쇠풀을 베려고 나왔다가 우연히 알아보고 구출해서 집으로 데리고 갔다. 황달은 자리에 누워서 아픈 몸을 쉬면서, 다른 사람에게 부탁해서 고소장을 작성, 지독한 봉변을 당했다는 사실을 신안현(新安縣)에 내었는데, 이 이야기는 여기서 일단 그만두기로 한다.

한편, 공단 쪽에서는 아침결의 분란이 가라앉은 다음, 하인배들을 시켜서 술과 음식을 가져다가 왕경 일행에게 아침식사를 대접했다.

왕경이 말하였다.

"그놈은 나중에 반드시 복수를 하려고 덤벼들 것이오."

공단이 자신만만하게 대꾸하였다.

"그놈은 인제 볼장 다본 셈입죠. 집 안에는 아내 혼자 있을 뿐이고, 이웃 사람들은 모두 놈의 압력에 눌려 있었기 때문에 놈이 매를 맞아 거꾸러졌다 해도 이제는 어떤 사람 하나 선뜻 나서서 도와줄 사람은 없을 겁니다. 만약에 그놈이 죽었다손 치더라도 그때에는 하인 하나를 대신 내세우고, 또 고소를 당했댔자 대단할 것은 없습니다. 그저 대수롭잖은 싸움을 하다가 고소를 하게 되었다는 정도겠죠. 이번에는 정말, 스승님 덕분에 톡톡히 분풀이를 할 수 있었습

이 바로 방원(龐元)이란 놈에 틀림없구나. 이상하다 했더니, 그래서 장관영 장세개란 놈이 내 흠집만 잡아내어 들추려고 하는 판이었구나!'

왕경은 장의사와 작별하고 뇌성으로 돌아와, 아무도 모르게 장관영의 측근에서 심부름을 하고 있는 젊은 녀석에게 술과 고기를 사서 한턱 단단히 내고, 돈까지 주어 가면서 슬금슬금 방원에 관한 일을 물어 봤다.

그 젊은 녀석의 이야기는 조금 전에 하던 장의사의 말과 똑같았고, 그밖에 또 몇 가지 자세한 이야기를 덧붙여 했다.

"저 방원이란 분은 얼마 전 망동진에서 당신한테 혼이 난 까닭으로, 언제나 장관영님 앞에서 당신에 대한 원한을 털어놓고 있습니다. 그러니까 장관영님께서 당신에게 혹독하게 대하시는 건 면할 수 없을 겁니다."

이야말로, 이기기를 좋아하고 강한 것을 자랑함은 화근의 바탕이 되고(好勝誇强是禍胎) 겸손하고 온순하게 본분을 지키면 저절로 재앙은 없어진다(謙和守分自無災)이니.

단지 몽둥이질 한 번 때문에 원수를 맺고(只因一棒成仇隙), 이제 그것이 이자까지 덧붙어서 되돌아온다(如今加利奉還來)는 격이다.

왕경은 젊은 녀석에게 자세한 이야기를 듣고 난 뒤 자기 방으로 돌아가 혼자 긴 한숨을 내쉬며 중얼거렸다.

'관은 무섭지 않지만, 권력(權力—管—包管)이란 게 무섭구나! 며칠 전에 부지중 입을 놀려 그놈의 말을 했고, 몽둥이질을 해서 그놈을 이겨냈더니, 바로 그놈이 장관영이 홀딱 반해 있는 계집의 친동생일 줄이야! 장관영이 악착같이

나를 괴롭힐 작정이라면, 차라리 다른 곳으로 달아나서 그 다음 일을 또 생각하기로 하자!'

이런 생각이 들자, 왕경은 아무도 모르게 거리로 나가서 비수를 한 자루 사서 품속에 간직해 두고 부득이한 경우에 쓸 수 있도록 대비했다. 또 10여 일이 지나갔다. 다행히 장관영에게서 호출명령도 없었고, 장관영에게 몽둥이를 맞은 상처도 많이 회복되었다.

어느 날, 장관영은 왕경에게 비단 두 필을 사가지고 오라고 명령했다. 왕경은 벌써 마음속으로 작정한 바 있어, 일부러 공손한 태도로 즉시 가게로 뛰어가서 사가지고 갔다. 장관영은 그 비단을 보자마자 빛깔도 좋지 않고, 자수도 모자라며, 감도 옛날 것이라고 잔소리를 늘어놓으며 또 욕설을 퍼부었다.

"이 뻔뻔스러운 놈아! 네 놈은 애당초 일개 죄수의 몸으로 물통을 떠메거나 돌을 나르거나…, 그런 일을 시키는 게 고작이고… 그렇지 않다면 굵다란 쇠사슬로 매두는 것이 당연한 일이다. 그런 것을 마음대로 풀어 놓아서 바깥 심부름을 하고 뛰어다니게 하는 것은 모두 특별히 봐주기 때문인데, 이 개 같은 놈아! 너는 그것도 모른단 말이냐?"

욕을 실컷 먹고도 왕경은 입을 다문 채 굽실굽실, 잘못을 용서해 달라고만 했다. 그러나 장관영은 연거푸 호통을 쳤다.

"우선 매를 때리지는 않기로 하겠으니, 당장 나가서 제일 좋은 비단과 바꿔 가지고 오너라! 오늘 밤 안으로 꼭 써야만 될 것이니까, 시간을 어긴다든지 하면 네 놈의 목숨은 붙어나지 못할 줄 알아라!"

왕경은 하는 수 없이 입고 있던 옷을 벗어 전당포에 잡혔다. 돈 두 관을 돌려 가지고 더 좋은 비단과 바꾸어 가지고 옆에 끼고 뇌성으로 돌아왔다. 그런데 오랫동안 갈팡질팡 헤맨 까닭으로 날이 어두어 등불을 켤 시각도 지났고 영문(營門)도 잠겨 있었다.

영문을 지키는 당직 군인장정이 말하였다.

"어두운 밤중에 당신을 영문 안으로 통과시키는 그런 시끄러운 일은 하지 못하겠소!"

"장관영님의 심부름을 갔다 오는 사람이오!"

하고 왕경이 아무리 변명을 해도 그 파수병은 막무가내였다. 하는 수 없이 품속에서 나머지 몇 푼 안 되는 돈을 꺼내어 군인장정의 손에 쥐어 주고 간신히 영문을 통과했는데, 여기서도 그럭저럭 시간을 보내게 되어, 비단 두 필을 들고 장관영의 집 문앞에 당도했을 때는 문지기가 이런 말을 했다.

"영관님께선 마님과 옥신각신 말다툼을 하시다가, 뒷방에 계신 작은부인한테로 가셨소. 마님께선 굉장히 역정을 내고 계신 판이니, 당신의 사정을 전달해 드리지 못하겠소."

왕경은 혼자서 곰곰 생각했다.

'관영은 꼭 오늘 밤까지 써야 할 물건이라고 했는데 어째서 이다지도 공교롭게 된담? 이건 나를 해치려는 꿍꿍이속에서 나온 계책이 아닐까? 나는 이 지긋지긋한 등쌀에 못 견딜 것만 같다. 내 목숨도 결국 저놈 때문에 저승길로 가야 한단 말인가? 나는 여태까지 저놈한테 삼백 대도 더 되게 많은 매를 맞아왔다. 매 한 대만한 분풀이라도 해봤으면 좋겠다. 저놈이 내가 처음 이리로 왔을 때 공정한테서 은전을 두둑이 받아 처먹고도 이제 와서 입을 쓱 내리쓸고 나를 들볶아 대다니!'

왕경은 어렸을 적부터 성품이 악독하고 누구에게나 거역을 잘했다. 자기를 낳아 준 친부모조차 두 번 다시 그를 건드리기 싫어할 지경이었다. 반발심이 욱하고 치밀어올랐다. 당장 중얼거렸다.

'원한이 약한 것은 군자가 아니고, 모진 마음이 없으면 대장부가 아니다!'

밤이 점점 깊어갔다.

영문 안 사람들도 죄수들도 모두 잠이 든 뒤에, 왕경은 아무도 모르게 장관영의 집안을 뒤로 돌아 들어가 담을 넘어서서, 안문의 고리쇠를 벗기고 깊숙이 침범. 앞으로 또 담이 보이는데 담 저편에서 난데없이 웃고 떠들고 지껄이는 소리가 들렸다.

왕경은 담밑으로 살금살금 다가서서 몸을 숨기고 엿들었다. 그것은 바로 장관영의 목소리와 어떤 여자의 목소리, 그리고 어떤 남자의 목소리가 한데 어울어져서 술을 마시며 저마다 흥겹게 떠들고 있는 판이었다.

왕경이 꽤 오랫동안 엿듣고 있노라니 장관영의 음성이 들렸다.

"그놈이 내일 보고를 하러 오거든 몽둥이찜질을 호되게 해줘야겠단 말야!"

잇따라서 상대방 사나이의 음성이 들렸다.

"그놈은 인제 신변에 지니고 있던 것은 몽땅 털어서 써버린 모양입니다. 제발 눈 딱 감으시고 한 번만 결단을 내리셔서 저의 답답한 가슴속을 후련하게 해주십시오!"

다시 장관영의 음성,

"내일 모레쯤 되면, 자네 속을 후련하게 해줌세!"

그 다음은 여자의 음성,

"이제 그만들 둬요! 그만두라니까."

다시 사나이의 음성,

"누님! 무슨 말씀을 하시오? 잠자코 계시라니까…."

왕경은 담 밖에서 그들 세 사람이 분명히 주고받는 말을 듣고 보니, 격분의 불길이 이글이글 타오르기 삼천 장, 도저히 참고 견딜 수가 없었다. 금강신 같은 힘이 있어서 당장 그 흰 벽으로 된 담을 부숴 버리고 날아 들어가 그들을 모조리 죽여 버리지 못하는 게 원망스러울 뿐이었다.

왕경이 도저히 참기 어려워 격분을 금치 못하고 있을 때, 별안간 큰소리를 치는 장관영의 소리가 들렸다.

"게 아무도 없느냐? 불을 밝혀서 나를 뒤에 있는 변소까지 인도해 다오!"

왕경은 그 말을 듣자, 대뜸 품안에 감췄던 비수를 뽑아들고 몸을 구부려 매화나무 그늘에 쭈그리고 앉아 있었다. 삐걱! 하는 소리가 나더니 두짝 문이 열렸다. 왕경은 어둠 속에서 가만히 살펴봤다. 그것은 바로 얼마 전에 소식을 알려준 그 젊은 녀석으로 등롱을 들고 있으며, 그 뒤로 장관영이 유유히 걸어오고 있었다.

칠흑 같은 어둠 속에 사람이 있으리라는 것은 꿈에도 생각지 못하고 뚜벅뚜벅 곧장 걸어와서 안쪽에 있는 문앞까지 오더니,

"어떤 놈이고 간에 모두 조심성이 없단 말야! 이런 때 안문의 고리쇠를 벗겨 둔 채 잠그지 않고 내버려 두다니…."

하고 문단속을 소홀히 했다고 투덜투덜하였다.

젊은 녀석은 문을 열고 장관영에게 불을 비춰 주었다. 장관영이 안쪽 문밖으로 썩 나섰을 때, 왕경은 살며시 그 뒤를 쫓아갔다. 장관영은 등덜미에서 발소리가 나는 것을 알

아차리고 몸을 휙 돌이켰다. 왕경이 오른손에 칼을 뽑아들고 왼손 다섯 손가락을 활짝 펼친 채 덮쳐 들고 있지 않은가! 장관영은 심간오장(心肝五臟)이 하늘 높이 구름 밖으로 흐트러져 버리는 듯, 고함을 질렀다.

"도둑이야!"

그러나 이쪽은 늦었고 저쪽은 빨랐다.

왕경은 어느 틈엔지 한칼에 내리쳐서 장관영의 귀밑으로부터 모가지까지 푹 찔러 버렸으니 철썩! 하고 땅바닥에 나자빠지는 수밖에.

젊은 녀석은 평소에 왕경과 친하게 지냈다고는 하지만, 이제 왕경이 번쩍번쩍 눈부신 칼을 들고 흉악한 짓을 하는 꼴을 보자, 무서워서 견딜 수 없었다. 뺑소니를 치려고 해도 발에 못이 박힌 듯 말을 듣지 않고, 소리를 질러 보려고 해도 벙어리가 된 것처럼 입이 떨어지지 않아서 찍소리도 못하고 너무나 벅찬 놀라움에 어리둥절해 있을 뿐이었다. 장관영이 죽을 힘을 다해서 도주하려고 하는 것을, 왕경이 뒤쫓아가서 그의 등줄기 한복판을 노리고 마지막 한칼을 푹 찔러서 끝장을 내버리고 말았다.

방원은 그때 누이의 방에서 술을 마시고 있었는데, 밖에서 신음소리가 나는 것을 듣자 불을 켜볼 겨를도 없이 허둥지둥 형편을 살펴보려고 달려나갔다. 왕경은 안에서 사람이 뛰쳐나오는 것을 보자 등롱불을 들고 서 있는 젊은 녀석을 발길로 걷어찼다. 젊은 녀석은 등롱을 손에 든 채 벌렁 나자빠졌고 불도 꺼져 버렸다. 방원은 장관영이 젊은 녀석을 발길로 찬 줄로만 알고,

"자형(姉兄)! 어째서 젊은 녀석을 때리시는 거요?"

하고 소리를 지르며 앞으로 달려들어 말리고 구스르려고 했

다. 바로 그때 왕경이 잽싸게 덮쳐 들어 어둠 속으로부터 방원을 겨누고 찌르고 덤비니 비수는 정통으로 그의 옆구리를 찔렀고, 방원은 마치 돼지 멱따는 소리를 내지르며 땅바닥에 벌렁 나뒹굴어 버렸다. 왕경은 머리채를 휘감아 쥐고 한칼에 모가지를 뎅겅 잘라 버렸다.

방씨 부인은 밖에서 심상치 않은 비명소리가 울리자, 시급히 시녀에게 등불을 켜게 해서 함께 나와 비추어 보려고 했다. 왕경은 방씨 부인이 나오는 것을 보자, 이쪽에서도 죽여 줍쇼 하는 듯이 그쪽으로 달려들었다.

그런 일이 있을 수 있느냐 하겠지만, 사실인즉 왕경은 그 아슬아슬한 순간에 방씨 부인 뒤에서 10여 명의 하인배들이 저마다 무기를 손에 들고 우르르 덮쳐 드는 것을 보았기 때문이었다.

왕경은 극도로 당황해서 밖으로 뛰쳐나와 뒷문을 열고 영(營) 안의 뒤쪽 담을 뛰어넘어, 피투성이가 된 옷을 벗어 던지고 비수를 말끔히 씻어서 품속에 간직했다. 밤은 깊어서 삼경. 왕경은 길에 사람의 그림자가 없는 것을 다행으로 알고 성벽 쪽으로 살금살금 빠져나갔다.

이 섬주라는 고장은 흙을 쌓아올린 성벽이 둘러쳐져서 과히 높지도 못하고, 성호(城濠) 역시 그다지 깊지 않아서 밤중으로 왕경은 성벽을 넘어서 도망쳐 나왔다.

한편, 장관영의 첩 방씨가 두 시녀를 거느리고 등불을 밝혀 가지고 보러 나왔을 뿐, 다른 사람은 하나도 더 따라나오지 않았다. 부인은 먼저 자기 동생이 모가지와 몸뚱이가 따로따로 떨어져 있는 것을 보았다. 어찌나 놀랐던지 방씨와 시녀들은 서로 얼굴을 쳐다보며 골통이 으스러지거나 냉

수 한 통을 뒤집어쓴 듯, 한동안 입도 벌리지 못하고 어리둥절했다. 한참 만에 방씨 부인과 시녀 셋은 쓰러지고 나뒹굴고 부들부들 떨면서 안으로 달려 들어가 목청이 터질 듯 고함을 질러서, 측근에 있는 당직 졸병들을 불러일으키고 횃불을 밝히고 무기를 손에 잡게 하여 여러 사람이 다 같이 뒤로 돌아 들어가 자세히 살펴보았다.

안쪽 문밖에는 장관영도 죽어 자빠졌고, 그 젊은 녀석도 땅바닥에 쓰러진 채 죽을 듯이 몸부림을 치고 있었는데, 목숨을 건질 가망은 전혀 없었다. 여러 사람들은 뒷문이 열려 있는 것을 보고,

"도둑놈은 뒷문으로 침입했구나!"

하며 여러 죄수들을 호명해 보니, 왕경의 모습만이 보이지 않았다. 즉각에 뇌성 근처와 전후좌우 일대에 야단법석이 일어났다. 뇌성 안 담밖에서 피투성이가 된 물건을 찾아냈는데, 자세히 조사해 보니 모두가 왕경의 물건이었다.

여러 사람들은 협의한 결과, 성문이 열리기 전에 재빨리 주윤에게 보고해서 시급히 포리를 파견해 달라기로 했다.

밤이 오경을 넘어서 통지를 받은 주윤은 대경실색, 급거 현위를 파견하여 살해당한 사람의 수효와 하수인의 출입장소를 조사시키고, 부하를 파견해서 섬주의 네 군데 성문을 폐쇄시키고 범인 왕경의 수색에 전력을 다했다. 이렇게 되어서, 성문을 잠가 둔 채 이틀 동안이나 일대 소동이 일어났고, 가가호호 물샐틈없이 뒤져 봤지만 왕경은 그림자도 형체도 없었다.

주윤은 공문서를 발포, 관하 각 향(鄕)과 보(保), 도(都), 촌(村) 방방곡곡에 위임해서 하수자를 수색케 했다. 왕경의 출신지, 연령, 인상, 모양을 그림으로 만들고, 현상

금 일천 관을 걸어서 왕경의 행방을 정확하게 파악하여 관청으로 알려 준 자에게는 약속대로 상금을 주고, 범인을 집안에 은닉시키고 숙식을 제공한 자가 발각될 때엔 범인과 같은 죄로 다스리겠다고 널리 주, 현에 통지해서 범인을 잡는 데 협력하라고 호소했다.

한편, 왕경은 그날 밤 섬주 성벽을 훌쩍 넘어서자, 아랫도리 옷을 걷어올리고 성호의 얕은 물을 건너 저편 언덕으로 올라가 곰곰 생각해 보았다.

"다행히 목숨을 건지기는 했지만, 이제 어디로 가서 몸을 숨기면 좋단 말이냐?"

때는 중동(仲冬)이 가까워 올 무렵. 나뭇잎은 떨어지고 풀은 시든 가운데서도 별빛 아래서 길을 찾아낼 수 있었다. 왕경은 그날 밤 서너너덧 군데 뒷길을 간신히 빙빙 돌아서 큰 거리로 나오자 숨이 턱에 닿도록 줄달음질을 쳐서, 동녘 하늘에 아침 해가 솟아오를 무렵에는 6,70리 길이나 멀리 떨어져 나와 있었는데, 계속 남쪽을 향하고 달아나다 보니, 앞으로 사람이 살고 있는 것 같은 집이 한 채 바라보였다.

왕경은 또 한 번 곰곰 생각했다.

'아직도 주머니에 일 관쯤 되는 돈은 남아 있으니, 우선 저 집으로 들어가서 배불리 음식이나 먹고 나서 보자!'

사람이 살아간다는 것은 항시 공교로운 법이었다.

눈앞에 보이는 집을 찾아드니, 여인숙이라고 쓴 다 찢어진 초롱에 불이 켜져 있었고 안으로부터 덥수룩하게 차린 사나이가 하나 비실비실 나오는데, 그 사람이야말로 천만뜻밖에도 왕경의 어머니 편으로 외사촌 형님뻘이 되는 범전(范全)이란 사람이었다. 방주(房州) 땅에서 장사를 하고 있다가 한밑천 잡게 되자, 벼슬자리까지 얻어서 이 고을 양원

압뢰절급(兩院押牢節級)으로 있는 터였다.

험상궂게 된 왕경의 얼굴을 처음에는 잘 알아보지 못했지만 왕경이,

"형님! 날 좀 살려 주시오."

하고 덤벼드니, 범절급(范節級)도 그제야,

"자네, 바로 왕경 아닌가?" 하고 반색을 했다.

"쉬잇!"

하고 왕경이 손을 흔들자, 범절급은 재빨리 눈치를 채고 왕경의 소맷자락을 끌고 아무도 없은 여인숙 독방으로 들어갔다. 모기소리만큼이나 가느다란 음성으로 물었다.

"자네, 어쩌다가 이 꼴이 되었다는 건가?"

왕경은 범절급의 귓전에 입을 대고 그 동안의 일을 자초지종 자세히 말해 주었다.

범절급은 왕경과 함께 여인숙을 뛰쳐나와, 밤에는 여인숙에 들고 새벽 일찍이 길을 떠나 아무도 모르게 방주땅에 숨어 버렸다.

이틀쯤 지났을 무렵, 섬주로부터 하수자를 체포해야겠다는 공문이 돌아왔다. 범절급은 당황해서 어쩔 줄 모르며 집에 돌아와서 왕경에게 말했다.

"성 안에 있으면 위험하네. 성 밖 정산보(定山堡) 동쪽에 내가 초가집 몇 채를 마련해 둔 게 있고 스무 마지기쯤 되는 논밭도 있으니, 거기 가서 몸을 숨기고 하인배들과 함께 섞여서 지내도록 하게. 그럭저럭 하는 동안에 또 무슨 방법을 생각할 테니…"

범절급은 칠흑같이 어두운 밤중에 왕경을 데리고 성 밖으로 나와 정산보 동쪽에 있는 초가집에다 숨겨 놓았다. 그리고 왕경의 성명도 고쳐서 이덕(李德)이라고 부르기로 했

다. 범절급은 왕경의 얼굴에 뜸을 뜬 금빛 줄이 좋지 않다 생각하고, 다행히 예전에 신의 안도전의 명성을 듣고 정중하게 선물을 보내어 사귀고 금인(金印)을 지워 버리는 법을 배워 둔 적이 있었기 때문에, 우선 독약을 왕경의 금빛 줄기에다 바르고 다시 좋은 약을 칠해서 불그스름하고 울퉁불퉁한 흉터로 변하게 했다가, 두 달이나 걸려서 그런 흔적마저 깨끗이 없애 버리는 데 성공했다.

세월이 차츰차츰 흘러가서 어느 틈엔지 백여 일이 지나, 선화원년(宣和元年) 중춘(仲春)이 되었다. 관부에서 체포한다고 떠들썩하던 일도 호두사미(虎頭蛇尾)격이 되어서 처음에는 야단법석을 하다가도 나중에는 싱겁게 잦아들어 버렸다.

왕경은 얼굴의 금빛 자국도 없어졌으므로 차츰차츰 밖으로 어슬렁어슬렁 나돌기 시작했다. 의복, 신, 버선 등속은 모두 범절급이 돌봐 주고 있었다.

어느 날, 왕경이 초당(草堂) 안에 따분하게 앉아 있노라니 느닷없이 먼 곳에서 떠들썩한 소리가 들려왔다. 왕경은 밖으로 뛰쳐나가 하인배에게 물어 봤다.

"어디서 이렇게 시끄럽게 떠드는 소리가 들려오느냐?"

하인배가 대답하기를,

"이대관께서는 모르시겠지만, 여기서 서쪽으로 1리 남짓하게 간 곳을 정산보(定山堡)의 단가장(段家莊)이라고 하는데, 그곳 단씨(段氏)집 형제들이 주현에서 기생 하나를 데리고 와서 무대를 꾸며 놓고 가지각색 노래를 부르게 하고 있거든요. 그 기생이란 여자는 서경(西京—낙양)에서 새로 흥행을 하러 왔는데, 용모라든지 재간이라든지 어느 모로 보나 비범한 바 있어서, 인산인해를 이루고 야단법석이

났다고 합니다. 대관께서는 어째서 한 번 구경이라도 가보시지 않으십니까?"

왕경은 그 이야기를 듣자, 마침내 잠자코 있을 수 없어서 당장에 정산보로 떠나갔다.

이리하여 왕경이 그곳에 갔기 때문에 귀양살이 간 죄수가 시골 여자와 혼인을 하게 되고, 지호(地虎)와 민앙(民殃)같이 시끄러운 존재들이 한 고장에서 앙화를 일으키게 되는 것이다. 과연 왕경이 그곳으로 구경을 갔을 때, 정말 기생이 노래를 부르고 있었는지?

104 신랑·신부, 첫날밤에

段家莊重招新女壻
房山寨雙併舊强人

 왕경이 달려간 정산보라는 고장은 5,6백 호나 되는 마을로서, 무대라는 것은 마을 동쪽 보리밭에 마련되어 있었다. 그때까지도 기생이란 여자는 아직 무대에 나타나지 않고 있었다. 무대 아래 사방으로 여기저기에는 3,40개나 되는 상이 놓여 있는데, 모두 많은 사람들이 둘러싸고 주사위를 던지며 도박들을 하고 있었다.

 이런 도박의 종류는 한 가지가 아니고 육풍아(六風兒)·오공자(五公子)·화료모(火燎毛)·주와아(朱窩兒) 등 여러 가지가 있고, 또 돈을 던지는 노름을 하느라고 스무 쌍도 더 되는 사람들이 땅바닥에 쭈그리고 앉아 있었다. 돈을 던져서 앞뒤가 나오는 대로 승패를 결정하는 노름도 한 가지뿐이 아니고, 혼순아(渾純兒)·삼배간(三背間)·팔차아(八叉兒) 따위들이 있었다.

 주사위 노름꾼들은 저쪽에서 요(幺)다! 육(六)이다! 하고 소리를 지르며, 돈을 던지는 노름꾼들은 앞쪽[表]이다! 뒤쪽[裏]이다! 하고 소리를 지르며, 어떤 사람은 웃고 어떤 사람은 욕지거리를 퍼붓고 또 어떤 사람은 멱살을 움켜잡고 싸움을 하고 있었다.

 돈을 잃은 사람은 저고리를 벗어서 저당을 잡히고, 두건을 벗고 버선을 벗어 가면서까지 본전을 찾아내려고, 일도 집어치우고 침식을 잊어버릴 지경인데도, 결국은 잃기만 하고 따지는 못하는 모양이었다.

돈을 딴 사람은 의기양양해서 동서남북으로 흔들흔들, 비틀비틀, 이리 기웃 저리 기웃하면서 노름꾼들을 찾아다니며, 전대와 허리춤, 소맷자락 속에 은전을 듬뿍 간직하고 있다. 막상 본전을 제해 놓고 따져 보면, 개평꾼이나 돈 바꿔 주는 사람에게 다 뜯기고 아무 소득도 없이 되는 판이었다.

노름판 이야기는 그만두기로 하고, 마을의 아가씨들이나 농사 짓는 부인네들도 보리밭에 호미질도 그만두고 채소밭에 물주기도 하지 않고, 여기 서넛, 저기 대여섯씩 떼를 지어 몰려서서, 시커먼 흙덩이 같은 얼굴을 쳐들고, 금빛같이 누런 이빨을 내밀고, 얼빠진 사람처럼 멍청히 서서 그 기생이 나오기만 기다리고 있었다. 똑같이 부모님네들이 낳아 준 사람인데, 어째서 그 기생은 그렇게 예쁘게 생겼나 하고 구경을 나왔다는 것이겠지.

부근의 마을 사람들뿐만 아니라, 성 안 사람들까지 구경을 하겠다고 몰려나와서 새파랗던 보리밭이 엉망진창으로 짓밟혀 버렸다.

이때 왕경은 어처구니없다는 듯이 바라다보고만 있다가, 차츰차츰 손이 근질근질해지는 것을 참을 수 없었다.

무대 동쪽 옆으로 사람들이 떼를 지어 몰려서 있는 가운데, 체구가 거창하고 우락부락하게 생긴 남자 하나가, 두 손으로 상 위를 떡 버티고 네모진 걸상에 앉아 있는 것이 눈에 띄었다.

그 사나이는 부리부리하고 둥그런 눈에 큼직한 얼굴, 떡 벌어진 어깨에 미끈한 허리채. 상 위에는 오 관이나 되는 돈을 높이 쌓아올려 놓고, 주사위를 던지는 대야와 주사위가 여섯 개나 있는데, 이 사람을 상대로 하고 노름을 하려는 사람은 하나도 없었다.

왕경은 마음속으로 곰곰 생각했다.

'관가에 끌려가서 옥신각신하고 나서부터 열 달이 넘도록 한 번도 이런 짓을 해본 적이 없었지. 며칠 전에 범전형이 땔나무를 사라고 은붙이 한 닢을 준 게 있는데, 이걸 잡혀서 저놈과 몇 번쯤 노름을 해보고 얼마간 따가지고 군것질이라도 해볼까!'

왕경은 당장 은붙이를 꺼내서 상 위로 훌쩍 팽개치면서 그 사나이에게 말했다.

"어디, 한 번 해봅시다!"

그 사나이는 흘깃 왕경을 훑어보았다.

"할 테면 해봅시다!"

이 말소리가 그치기가 바쁘게 또 다른 사나이 하나가 앞에 놓인 상가에 모였던 사람 틈에서 이쪽으로 어슬렁어슬렁 다가왔다. 키가 후리후리하게 크고 거창하게 생긴 사나이로서, 상 앞에 앉아 있는 사나이와 비슷했다.

그 사나이가 왕경에게 말하였다.

"그 은붙이는 노름 밑천치고는 꽤 많은 편인데. 이리 주시오. 우리는 엽전을 가지고 있으니까 바꿔 드리리다. 당신이 땄을 경우에는 엽전 한 권(券)마다 이십육 문(文)의 이자를 가산해서 받으면 되니까…"

"좋소!"

왕경은 선선히 대답하고 은붙이를 그 사나이에게 주고 두 관의 엽전과 바꿨다. 그런데 사나이는 잽싸게도 한 관에 대해서 처음부터 10문씩 제해 버리었다. 왕경은,

"그도 그럴 법한 일이군!"

하고 중얼거리면서 즉각에 먼저 사나이와 주와아(朱窩兒)라는 주사위 던지기 도박을 시작했다. 왕경은 동경의 노름꾼 중에서도 명수 축에 드는 인물이었다. 순식간에 상대방 사나이는 오 관이나 되는 많은 돈을 왕경에게 잃고 말았다. 왕경은 돈을 따가지고 엽전 두 관은 끈에 꾀어서 따로 떼어 두고, 은돈을 바꿔 준 사나이를 찾아내어 저당해 둔 은붙이를 도로 찾아내려고 했다. 그리고 나머지 삼 관은 꼬박꼬박 노끈에 꿰어서 어깨에 짊어지려고 했다. 그런데 바로 이때, 노름에서 돈을 잃은 사나이가 별안간 호통을 쳤다.

"이놈아, 대체 돈을 어디로 가지고 가겠다는 거냐? 아마, 방금 불에 달궈낸 뜨거운 엽전이 되어서 손을 데고야 말걸!"

왕경도 화를 내며 소리쳤다.

"노름을 해서 졌으면 졌지, 왜 시시한 수작을 하느냐?"

그 사나이는 부리부리하게 생긴 괴상한 눈을 딱 부릅뜨고 욕설을 퍼부었다.

"이 개새끼야! 감히 이 서방님을 어쩌겠다는 거냐?"

왕경도 똑같이 욕지거리를 했다.

"이 시골뜨기 놈아! 네 놈의 주먹이 내 배를 때리고 빠져 나오지 않을까 봐서, 내가 이 돈을 가져가지 못한단 말이냐?"

그 사나이는 주먹을 불끈 쥐고 주먹을 휘두르며 왕경을 때리려고 정면으로 덤벼들었다. 왕경은 잽싸게 몸을 뽑아 그 사나이의 손을 막아내며, 오른쪽 팔꿈치로 사나이의 가슴 한복판을 팍 내지르고, 오른쪽 발로 연거푸 사나이의 왼쪽 다리를 걸어찼다. 그 사나이는 뚝심이 세기는 했지만 이

런 발길질의 재간을 알 리 없었다. 그대로 뒤로 벌렁 나자
빠져서 얼굴은 하늘을 향하고 등은 땅에 깔린 것 같은 꼴사
나운 모양. 순식간에 몰려든 어중이떠중이 구경꾼들이 까르
르 웃음을 터뜨렸다.

그 사나이가 일어나려고 하자 왕경은 짓밟아서 눌러 버
리고, 여기저기 급소란 급소는 닥치는대로 후려갈겼다. 그
때 은붙이를 엽전과 바꿔 준 사람이 이쪽으로 달려들기는
했지만 싸움을 말리러 들지는 않고, 상 위에 남아 있는 돈
을 깡그리 훔쳐 가지고 뺑소니쳤다.

왕경은 노발대발, 땅에 나자빠진 사나이를 내버려 둔 채
뺑소니치는 놈을 붙잡으려고 성큼성큼 뒤를 쫓아갔더니, 난
데없이 여러 사람 틈에서 어떤 여자 하나가 뛰쳐나오며 큰
소리를 쳤다.

"이놈, 무례한 짓을 하면 안 된다! 내가 여기 있다!"

어떻게 생긴 여자인가 바라보니, 부리부리한 두 눈에서는
흉악한 광채가 번뜩번뜩, 눈썹에는 살기가 등등하고 허리채
가 우둔해서 절구통 같으며, 얼굴 살갗이 철면피같이 두꺼
운데다가 분칠만 처덕처덕해서 간신히 체면을 유지하고, 여
자다운 매끈한 곳이라곤 한 군데도 찾아볼 수 없는데다가,
머리에는 이상야릇한 장식품을 함부로 꽂았고, 두 팔에는
제법 유행을 따라서 굵다란 팔찌를 끼었으며, 바느질 같은
것은 근처에도 못 가본 여자요, 발길질과 주먹질이 장기(長
技)라는 괴상한 여자.

여자 나이는 불과 이십사오 세.

저고리를 훌훌 벗어서 둘둘 말더니 닥치는대로 아무 데
나 상 위로 훌쩍 집어던진다. 안에는 몸에 찰싹 달라붙은
소매 짧은 속옷뿐, 아랫도리에는 보랏빛 튼튼해 보이는 겹

치마. 우쭐우쭐 대들더니 이내 주먹을 휘둘러 왕경을 때리려고 덤벼들었다.

왕경은 상대방이 여자라는 것을 알았고 또 주먹을 휘두르며 대드는 품이 서투르기 짝이 없이 허점투성이인지라, 그저 한 번 놀려 주기나 하겠다는 생각으로 발길질은 통 하지 않고, 두 주먹만 적당히 휘둘러서 막아내는 자세로 싸움을 하고 있을 뿐이었다.

그때 한편에서는 벌써 기생이 무대에 나와서 대단치도 않은 재간을 부리고 있었는데, 사람들은 다른 편에서 남자와 여자가 싸우고 있는 꼴을 보자, 일제히 그쪽으로 몰려가서 두 사람을 둘러싸고 구경을 하느라고 야단법석이었다.

그 여자는 왕경이 주먹을 받아내고 막아내는 것만 보자 쳐들어올 만한 재간이 없는 줄 알고, 자기 딴에는 놀라운 재간이라는 '흑호투심(黑虎偸心―검정 호랑이가 상대방의 심장을 훔쳐낸다)' 따위의 수법을 써서 왕경의 가슴팍을 노리고 주먹을 뻗쳐 왔다.

왕경이 잽싸게 몸을 뒤집으니 여자는 허탕을 치고 주먹을 오므라뜨릴 겨를도 없는데, 왕경에게 대뜸 팔뚝을 덥석 움켜잡혀, 비틀리는 바람에 그대로 벌렁 나자빠지게 되었다. 그러나 땅바닥에 쓰러지기 전에 날쌔게 왕경에게 안겨서 꼿꼿이 일어섰다. '호포두(虎抱頭―호랑이가 머리를 껴안는다)'라는 왕경의 묘기였다.

"의복을 더럽히지는 않았을 것이오. 다소 우악스럽게 힘을 썼지만 과히 노여워하지 마오. 당신이 먼저 덤벼든 싸움이니까…."

그 여자는 털끝만큼도 화를 내는 법이 없이 도리어 왕경을 칭찬하였다.

"어머나! 정말, 굉장한 솜씨세요! 너무나 멋들어지세요!"

돈을 빼앗기고 매를 맞은 사나이와, 은붙이와 엽전을 꿔준 두 사나이가 사람 틈을 헤치고 나란히 나서면서 큰 소리를 쳤다.

"이 개새끼야! 네 놈이 뭘 믿고 감히 내 누이동생을 자빠뜨리려고 하느냐!"

왕경도 큰 소리를 치며 욕설을 퍼부었다.

"노름도 할 줄 모르는 시골뜨기 놈아! 내 돈을 몽땅 털어가고도 도리어 시시한 수작을 하고 있구나?"

하면서 달려들어 주먹을 불끈 쥐고 때려 주려고 했다. 그때 마침, 어떤 사나이가 사람들 틈을 헤치고 뛰쳐나와서 세 사람의 여섯 개 주먹을 가로막으며 큰 소리를 질렀다.

"이대랑(李大郎), 무례한 짓을 해선 안 되네. 모두들 같은 고장 사람들이 아닌가. 따질 일이 있으면 서로 좋도록 이야기하면 될 것을 가지구…."

왕경이 얼핏 보니 그 사람은 바로 범전이었다. 세 사람이 이내 손을 멈추자 범절급은 대뜸 그 여자를 보고 넙죽 절을 하면서,

"아니, 이건 누군가 했더니, 바로 삼랑(三娘) 아니시오?"

했다. 여자도 역시,

"그 동안 안녕하셨어요!"

하고 인사를 하면서 물었다.

"이대랑이라고 하시는 분은 바로 범원장(范院長—옥역중(獄役中)의 우두머리를 원장이라고 부름)님의 친척되시는 분이셨군요?"

"바로, 내 사촌 동생이오."

"발길질, 주먹질이 아주 대단하고 멋들어진 솜씨던 걸

요!”

왕경은 범절급에게 말했다.

“저 병신 같은 자가, 노름을 해서 돈을 다 잃고 그 돈을 도리어 자기 편 사람에게 홀딱 털리고서….”

범절급이 웃으면서 말하였다.

“그게 바로 단이(段二)형과 단오(段五)형의 장사란 말일세. 자네는 왜 남의 장사를 방해했느냐 말일세?”

저쪽에서 단이와 단오라는 사나이들이 네 눈을 똑바로 뜨고 자기네들의 누이동생을 쏘아보았다. 그 여자가 말하였다.

“범원장님 체면도 있고 하니 저분과 따따부따 따지는 건 그만둬요. 그 은붙이는 내게 줘요!”

단오라는 사나이는 누이동생이 적당히 구슬리자, 투덜투덜하면서도 처음에 바꿔 주었던 은붙이를 누이동생 삼랑에게 내주었다.

삼랑이 그것을 범절급에게 내주면서 말하였다.

“맨 처음에 바꾸셨다는 은붙이에요! 도로 받아 넣어 주세요!”

그리고 단이와 단오를 끌고 사람들 틈을 헤치면서 돌아가 버렸고, 범절급도 왕경을 데리고 곧장 초가집으로 돌아갔다.

범절급이 왕경을 원망하며 말하였다.

“나는 어머니 체면을 생각하고 목숨을 내걸다시피 자네를 이 고장에 숨겨 두고 있는 걸세. 그럭저럭하다가 은사라도 내리는 기회가 있으면 자네 좋을 대로 생각해 주려고 했더니 왜 이렇게 주책없는 짓을 했단 말인가? 단이니 단오니 하는 작자들은 지독한 악당들이고, 그들의 누이동생 단삼랑이라는 여자는 말괄량이에다 개차반인 여자여서 세상 사람들이 '범의굴〔大虫窩〕'이라는 별명으로 부르지. 그 여자는 열다섯 살 때 어떤 영감에게 시집을 갔었는데 그 영감이란 위인도 무지막지하고 사나운 남자였지만, 1년도 못 가서 여자의 손에 죽어 버리고 말았단 말일세. 그러고 나서부터 그 여자는 기운깨나 쓴다는 것만 믿고 단이·단오들과 함께 노상 이리저리 싸움판이나 찾아다니고 억지 돈이나 긁어 모아 살게 되어, 근처 마을에서 그 여자를 겁내지 않는 사람은 하나도 없다고 할 지경일세! 저 일당들이 기생을 불러왔다는 것도 사람들을 모아 놓고 도박을 시켜 먹자는 것이고, 그 상이 바로 년놈들의 낚시밥이란 말일세! 그런데 자네는 거기 뛰어들어서 옥신각신 따따부따 싸움을 하고 있었으니, 만약에 자네 본색이 탄로되는 날에는 나나 자네나 적지 않은 화해(禍害)를 면할 수 있겠나?"

왕경은 범절급이 타이르는 말에 한 마디 대답도 하지 못했다. 범절급은 자리에서 일어서면서 계속 말하기를,

"나는 당직이 돼서 주로 가봐야겠으니 내일 또 옴세!"
하고 방주(房州)성으로 돌아갔다.

한편, 왕경은 그날은 별일없이 하룻밤을 지냈고, 그 이튿날 아침결에 세수를 하고 몸차림을 거뜬히 하고 있는 참인데, 뜻밖에도 하인배가 나타나서 아뢰었다.

"단태공(段太公)께서 대랑님을 뵈러 오셨습니다."
왕경은 시무룩한 얼굴을 하고 밖으로 영접하러 나갔다. 나타난 사람은 주름살투성이에다 머리가 백발이 된 어떤 노인이었다. 인사를 마치고 주인과 손님이 각각 자리잡고 앉으니, 단태공은 왕경을 머리 위에서 발끝까지 훑어보고 혼

자서 중얼댔다.

"과연, 거창한 체구로다!"

그는 왕경에게 태생이 어디냐? 어째서 이 고장에 왔느냐? 범절급하고는 어떻게 되는 친척이냐? 아내가 있느냐? 등등을 꼬치꼬치 캐물었다. 왕경은 노인의 묻는 품이 아무래도 수상쩍다 싶어, 적당히 말을 만들어서 어물어물해 넘겼다.

"소생은 서경 태생으로 양친께서 모두 세상을 떠나셨고 아내마저 잃었습니다. 범절급과는 부친 편으로 외사촌 형제간입죠. 범절급이 공무로 서경에 출장 왔을 때, 소생이 홀아비 생활을 하고 신변을 돌봐 줄 사람이 없는 것을 보고, 특히 이 고장으로 불러 주셨습니다. 소생은 다소나마 주먹질과 발길질을 할 줄 아는 편이어서, 언젠가는 이 고을에서 연줄을 찾아서 입신양명하려고 합니다."

단태공은 그 말을 듣자, 크게 기뻐하며 즉각에 왕경의 생년월일을 물어 보고 허둥지둥 돌아갔다.

왕경이 심히 수상쩍고 까닭을 몰라 어리벙벙해 있는데, 얼마 안 있다가 또 다른 사나이가 문을 열고 들어와서 이렇게 물었다.

"범원장님은 계십니까? 당신께서 바로 이대랑이라는 분이시군요?"

두 사람은 서로 얼굴을 쳐다보며 피차간에 똑같이 가슴이 섬뜩했다.

'어디서 만나본 사람 같은데?'

쌍방이 똑같은 생각을 했다.

서로 인사를 마치고 물어 보려 하는 판에 공교롭게도 범절급이 불쑥 나타났다. 세 사람이 각각 자리잡고 앉자마자,

범절급이 말을 꺼냈다.

"이선생, 어떻게 여기까지 오셨습니까?"

왕경은 그 말을 듣자 퍼뜩 생각이 났다.

'이 사람은 점쟁이 이조(李助)였구나!'

한편, 이조는 이조대로 지나간 일이 생각났다.

'이 사나이는 동경 사람으로 성이 왕(王)가고, 예전에 한 번 점을 쳐주었던 일이 있었지!'

이조가 범절급에게 물었다.

"범원장님! 소생은 지금까지 깊이 사귀지 못하고 지내 왔습니다만, 친척 되시는 분 중에 이대랑이라는 분이 계십니까?"

범절급은 왕경을 손으로 가리키면서 말했다.

"이 친구가 바로 내 아우 이대랑이오."

왕경이 바로 그 말을 가로채고 나섰다.

"소생은 본래 성은 이(李)고, 왕(王)이란 것은 모친 쪽의 성이었소!"

그 말을 듣자 점쟁이 이조는 손뼉을 치고 웃었다.

"소생은 도무지 기억력이 좋지 못해서…. 왕이란 분과는 개봉부 앞에서 만나뵌 적이 있었는뎁쇼."

그가 지나간 일을 어쩌니저쩌니 이야기하는지라 왕경은 고개를 푹 숙이고 쭈그리고 앉아서 잠자코 듣기만 했다. 이조가 왕경에게 말하였다.

"서로 헤어진 후, 소생은 형남(荊南) 땅으로 돌아왔다가 괴상한 사람을 만나게 되어서 검술(劍術)을 배웠읍죠. 거기다 또 팔자(八字)를 알아맞히는 자평지술(子平之術—자평은 송나라에서 유명했던 천문가(天文家)·성명가(星命家))까지 터득하게 되어서 사람들이 '금강선생(金剛先生)'이라

고 불러줍죠. 며칠 전에, 방주에서 이 고장에 굉장한 구경
거리가 있다는 소문을 듣고 사람 많은 틈에서 장사나 한탕
해볼까 하고 왔더니, 단씨 형제들이 소생이 검술을 한다는
것을 알고, 그걸 좀 가르쳐 달라고 해서 붙잡혀 있는 판입
니다.

　조금 전에 단태공이 돌아오셔서 당신의 운수를 봐달라고
하셨는데, 그렇게 기막히게 좋은 팔자는 또 없겠는 걸요.
앞으로의 부귀는 더 말할 것도 없지만, 현재 홍란(紅鸞—吉
星)이 하늘에서 내려왔기 때문에 경사가 생길 게 확실합니
다. 단삼랑과 단태공은 굉장히 기뻐하고 계십니다. 대랑님
을 사위로 맞아들이시겠다는 겁죠. 소생은 길한 날〔吉星〕이
기 때문에 중매를 서보려고 온 겁죠. 삼랑의 팔자도 충분히
남편을 홍왕(興旺)하게 뒷받침할 수 있다고 점에 나와 있습
니다. 방금 점을 쳐보고 오는 길입니다만, 그야말로 '구리대
야에 쇠빗자루', 한 쌍의 훌륭한 부부가 되실 겁니다. 소인
에게도 축배나 마실 수 있도록 해주십쇼!"

　범절급은 그 말을 듣자, 잠시 마음속으로 곰곰 생각했다.

　'저 단씨 심술꾸러기가 만약에 이번 혼담을 거절한다거나
무슨 파탄이 생긴다면 떼를 쓰고 사람을 못살게 굴 것이다.'

　이내 이조에게 선뜻 대답하였다.

　"아, 그런 일이 있었구려? 단태공과 단삼랑의 호의에는
정말 황송하기 그지없는 일이지만, 우리 아우란 녀석이 변
변치 못한 쑥단지가 되어서 어찌 저편의 사윗감이 될 수 있
겠소?"

　이조가 또 말하였다.

　"허어, 그것 참! 이건 너무 겸손하신 말씀이시구…. 저편
삼랑께선 입을 다물 틈도 없이 이대랑 칭찬이 자자하시던렙

쇼!"

범절급이 말하였다.

"그렇다면 아주 안성맞춤이오. 내가 아우를 위해서 이번 일에 주혼(主婚)이 되어서 잘 돌봐 주겠소!"

범전은 이렇게 말하고 품속으로부터 닷 냥쭝이나 되는 금붙이 한 개를 꺼내어 이조에게 주었다.

"시골이 되어서 아무것도 대접할 것이 없소이다. 이건 조그만 성의에 지나지 못하니 다과 대신으로 아시고… 일이 성사만 된다면 따로 후하게 사례하겠소!"

이조가 말하였다.

"이건 정말 난처합니다!"

"황공하오! 한마디만 더 해둬야 할 것은, 선생께선 내 아우가 성이 둘이란 말씀은 하지 말아 주시오. 만사를 용의주도하게 잘 돌봐 주시기만 바라오."

이조는 본디 일개 점쟁이었다.

금붙이를 손에 넣자, 천만 번 감사하면서 범전과 왕경의 곁을 떠나, 단씨 집으로 돌아왔다. 무슨 성이 둘이건, 나쁜 사람이건 좋은 사람이건 아랑곳없이, 그저 짝이나 지어 주고 술과 음식이나 공짜로 먹고 돈이나 얻어 쓰자는 배짱이었다.

거기다 또 단삼랑 자신이 신랑감에게 홀딱 반했고, 평소에 온 집안식구가 이 여자를 두려워하는 처지였기 때문에, 태공이라 할지라도 딸의 뜻에 반대할 수 없었다. 그래서 이번 일은 한마디로 단번에 성사가 된 것이었다.

이조는 양쪽으로 왕래하며 의견을 연락하여 주었고, 빙금(聘金—여자 편의 지참금)도 두둑히 얹기를 바란다는 소리까지 해서 뚜쟁이의 욕심을 채웠다. 범절급은 혼인을 치르는 데 시끄러운 말썽이 생길까 겁이 나서, 양가 모두 형식을 간소하게 생략하자고 했으며, 단태공도 돈에 깐깐한 축이어서 더욱 좋다 하고, 시급히 택일해서 혼사를 치르도록 했다.

신랑 신부가 첫날밤을 맞이했다.

단삼랑은 어렸을 적부터 얼굴 넓게 사람들 틈으로 돌아다녔고 남자를 스쳐 본 게 버릇처럼 되어 있어서 무슨 부끄러움 같은 것도 없이, 대뜸 비녀와 머리에 꽂힌 장식품을 뽑고 옷을 훌훌 벗어 버렸다.

왕경 또한 부랑자로, 관가에 끌려가 혼이 난 후부터 열몇 달 동안이나 혼자 지낸 몸이었다. 단삼랑이 비록 눈썹이 거칠고 눈이 부리부리해서, 교수라는 예전 아가씨나 우씨에 비할 만큼 나긋나긋하고 아기자기한 요염함은 없다 할지라도, 등불 앞에서 젖가슴을 드러내고 새빨갛게 넓은 허리띠를 풀어서 허여멀쑥하고 뭉실뭉실한 살과 투실투실한 유방을 몽땅 내놓을 때, 부지중 음탕한 마음이 부글부글 끓어오르지 않을 수 없었다. 와락 달려들어 여자를 덥석 껴안았다. 단삼랑은 왕경의 뺨을 다짜고짜 한 번 후려갈기며 투덜거렸다.

"성미도 우라지게 급하군! 찰거머리처럼 달라붙으면 어떻게 한다지?"

둘이서 꼭 껴안고 침상 위로 올라가서 이불 속으로 쑤시고 들어갔다. 베개를 함께 하고 즐거워하는 장면이 요란스럽고 억척스럽고 수선스럽기는 더 말할 나위도 없는 일이었다. 하나는 여자로서 절조도 체면도 잊어버린 시골여자, 하나는 귀양살이를 하던 죄수의 몸이고 보니 말이다.

신랑과 신부의 정욕의 불길이 활활 타올라 점점 가경으로 들어가고 있을 때, 신부의 방문 밖에서는 음탕한 이웃 부인네들이 얇은 판자벽 너머로 그 장면을 엿보고 있었다. 규방에서 하는 짓은 보지 않아도 잘 알고 있는 일이어서, 제멋대로 흥분을 못 참아 부지중 아랫도리 깊숙한 곳 비단 치마 밑을 촉촉하게 적시고 있었다.

공교롭게도 신바람나는 바로 그때에 느닷없이 단이가 뛰어 들어오면서 고함을 질렀다.

"어쩌면 좋다지? 이걸 어쩌면 좋다지? 모두들 큰일난 줄도 모르고서…. 여기서 까불고 야단법석들을 하고 있다지?"

여러 아낙네들은 등골이 오싹해져서 진땀을 흘리면서도 도대체 무슨 일인지 몰라서 어리둥절해 있는데, 단이가 연거푸 소리를 질렀다.

"애, 삼랑아! 빨리 일어나거라! 너 침상 위에 화근덩어리를 모셔다 놓은 것이다."

단삼랑은 그때 마침 신바람이 나서 물인지 불인지 모르는 때였다. 도리어 잔뜩 토라진 음성으로 침상 위에서 대답했다.

"이렇게 깊은 밤중에 무슨 일이 생겼기에 수선을 떨고 야단법석이오?"

단이는 또 한 번 고함을 질렀다.

"새털에 불이 붙어 버린 것이다! 모두들 살게 될지 죽게 될지 모르는 판이다!"

왕경은 마음속에 언제나 꺼림칙한 일을 감추고 있었기 때문에, 아내더러 의복을 입으라고 한 뒤 함께 방에서 뛰쳐나와 까닭을 물어 보려고 했다. 그때는 벌써 여러 아낙네들이 뿔뿔이 흐트러져 달아나고 한 사람도 없었다.

왕경은 방문 밖으로 나서자마자, 단이에게 덥석 움켜 잡혀서 앞에 있는 초당으로 끌려갔다.

그곳에는 범절급이 와 있었다.

그는 소리를 지르며 이리 뛰고 저리 뛰고 어찌할 바를 모르며, 뜨거운 번철 위에 있는 개미 모양 갈팡지팡, 허둥지둥, 머리 둘 곳을 몰랐다.

신안현, 공가촌 동쪽에 살고 있는 황달(黃達)이 부상 입은 것이 낫자, 왕경의 종적을 탐지해서 거처하는 곳을 알아 가지고, 어젯밤 방주로 달려가서 주윤에게 알렸더니, 부윤 장고행(張顧行)이란 사람이 공문에 서명 날인, 도두를 시켜 사병을 거느리고 하수자 왕경, 그리고 범인을 은닉한 범전과 단씨 등 일당을 당장 체포하라고 파견했다는 것이었다.

범절급은 그 고을 사건 담당자의 공목(孔目—서적(書籍)·호적(戶籍)을 정리하는 비서와 같은 관직) 자리에 있는 설(薛)이란 사람과 친한 사이였기 때문에, 비밀리에 미리 소식을 알려 주어서 가족도 내동댕이치고 곧장 이곳으로 달려왔다는 것이었다.

얼마 안 있으면 관병이 달려들 것이고, 모든 사람이 관가에 붙잡혀 가서 벌을 받아야 할 판국이었다.

여러 사람들은 발을 동동 구르고 가슴을 두드리며, 흡사 알을 품고 있는 암탉의 둥우리를 들쑤셔 놓은 듯, 야단법석을 하며 왕경에게 욕지거리를 퍼붓고 삼랑을 망신시켰다.

일대 소란이 일어나서 정신을 못 차릴 지경인데, 마침 이 때 초당 바깥 동쪽에 있는 한 채 집으로부터 점쟁이 금검선생(金劍先生) 이조가 걸어나오더니 앞으로 나서면서 입을 열었다.

"여러분, 만약에 화를 면하시려거든 소생의 말을 한 마디만 들으십쇼!"

여러 사람들이 일제히 앞으로 우르르 몰려들어 이조를 둘러싸고 그의 얼굴만 쳐다보았다.

"일이 이쯤 되고 보면, 삼십여 책(三十餘策)이 있다 해도, 뺑소니치는 게 가장 상책입니다."

여러 사람들이 말했다.

"어디로 뺑소니를 치겠소?"

이조가 또 말하였다.

"여기서 서쪽으로 20리만 밖으로 나가면 방산(房山)이라는 산이 있습니다."

"거기는 강도가 출몰하는 곳이오!"

여러 사람들이 이렇게 말하자, 이조가 싱글싱글 웃으며 대꾸하였다.

"여러분, 정말 벽창호들이시오! 이제 와서 선량한 사람이 되겠다는 것인가?"

"그건, 어떻게 하자는 말이오?"

이조가 대답했다.

"방산 산채의 주인 요립(廖立)은 소생과 절친한 사이입니다. 그는 수하에 부하를 5,6백 명이나 거느리고 있어서 관병도 그를 체포하지 못하는 형편입니다. 무슨 일이나 때를 놓쳐서는 안 됩니다. 시급히 중요한 물건을 수습해 가지고 모두들 그곳으로 가서, 일당 속에 쑤시고 들어가 있어야만 큰 화를 피할 수 있게 될 것입니다."

방한(方翰) 등 여섯 명의 남녀들은, 후일에라도 관가에 붙잡혀서 친척 되는 사람들까지 연루자로서 도매금으로 벌을 받게 될 것을 두려워했지만, 왕경과 단삼랑의 성화 같은 권고를 못 이겼고, 또 달리 어찌 해볼 도리가 없어서 일제히 같은 길로 따라가기로 결단을 내렸다.

이리하여 집 안에 있는 이것저것 중요한 물건들을 시급히 수습해서 보따리를 꾸렸고, 또 한편으로 3,40자루의 횃불을 밝혔으며, 왕경·단삼랑·단이·단삼·단오·방한·구상(丘翔)·시준(施俊)·이조·범전 등 아홉 명이 일제히 몸차림을 단단히 하고 저마다 허리에 칼을 차고, 창을 얹어두는 시렁에서 아무렇게나 만든 긴칼을 손에 잡고, 하인배들 중에서 함께 가기를 원하는 자들을 소집해 보니 도합 40여 명, 모두들 짐을 꾸린다 끈다, 야단법석이었다.

왕경과 이조, 범절급이 앞장을 서고 방한, 구상, 시준은 여자들을 보호하면서 중간에 서서 가기로 했다. 다행히 다섯 명의 여자들은 발을 조그맣게 조리지〔纏足〕 않고, 호미같이 넓적하고 든든한 발이어서 남자들과 똑같이 걸어갈 수 있었다.

단삼랑, 단이, 단오는 뒤를 따라가기로 됐고, 집 앞뒤로 온통 횃불로 불을 지르고 고함소리도 우렁차게, 모든 사람이 무기를 손에 잡고 서쪽을 바라다보며 몰려나갔다. 옆집들과 근처 마을 사람들은 평소에 단가 집안사람들을 범처럼 무서워했기 때문에, 이제 그들이 횃불을 밝히고 무기를 손에 잡고 있는 꼴을 보고도 무슨 사정인지 알 까닭도 없었으며, 누구 집이나 모조리 대문을 단단히 잠그고 어느 누구 한 사람도 앞을 막으려고 뛰쳐나오는 기색조차 없었다.

왕경 일행이 4,50리 길쯤 갔을 때, 벌써 도두와 병사들이 황달을 데리고 저쪽에서 달려오다가 서로 맞닥뜨리게 되었다. 도두가 덤벼들자, 왕경은 전후를 헤아릴 겨를도 없이 칼을 휘둘러 두 동강을 내어 버렸으며, 이조와 단삼랑도 와락 덮쳐 들어 병사들을 마구 때려눕혔다. 황달 역시 왕경의 손아귀에 걸려 목숨을 빼앗기고 말았다.

일행이 방산 산채 아래에 도착한 것은 이미 밤이 오경이나 되었을 무렵이었다. 이조는 자신이 먼저 산꼭대기로 올라가서 요립에게 부탁을 해놓고, 일행을 무사하게 산 위로 인도해서 일당에 가담시키도록 하자고 상의했다. 산채 안에서는 산기슭에 횃불이 어지럽게 바람에 나부끼고 있는 것을 보자, 곧 채주(寨主)에게 보고했다. 요립은 일행을 관병이라고 착각한 것이었다.

그는 평소에 관병들을 쓸모없는 병신들이라고 깔봤지만, 급히 일어나 갑옷을 입고 창을 손에 들고, 둘러친 채책을 활짝 열고 부하들을 긴급 소집, 적병을 쳐부수러 산 아래로 내려왔다.

왕경은 산꼭대기에 불이 켜지고, 잇달아 수많은 사람들이 작당해서 내려오는 것을 보자 우선 방비를 단단히 하고 있었다. 그때, 요립은 쏜살같이 산기슭까지 내리 닥쳐서는, 많은 남녀들을 확인하고 관병이 아니라는 것을 알아차렸다.

요립은 창을 힘껏 뻗쳐들고 호통을 쳤다.

"이런 돼먹지 않은 연놈들아! 어째서 내 산채에 와서 시끄럽게 구느냐? 천신님(天神＝太藏＝藏陰＝靑龍＝天一)에게 흙을 끼얹는 어리석은 짓은 하지 마라!"

이조가 앞으로 썩 나서서 허리를 공손히 굽히며 말하였다.

"대왕(大王)님! 불민한 아우 이조가 왔습니다!"

그리고 왕경이 죄를 범한 일로부터 관영을 죽이고 관병까지 죽이게 된 자초지종 경위를 대강 이야기해 주었다. 요립은 왕경이 상당한 실력과 재간을 지니고 있으며, 거기다가 또 단가집 형제들이 뒷받침을 든든히 하고 있다는 이조의 말을 듣더니, 곰곰 생각하였다.

'나는 혼자 몸이다. 일후에 놈들에게 시끄러운 일을 당하게 될지도 모를 일이다!'

태도를 돌변해서 이조에게 말하였다.

"여기는 대단치도 않은 좁은 곳이 되어서 자네들 많은 사람을 모두 받아들일 수 없네!"

왕경은 그 말을 듣자, 마음속으로 곰곰 생각했다.

'이 산채에는 단지 하나 주인놈이 있을 뿐이다. 먼저 이놈을 처치해 버리면 나머지 졸병들이야 무엇이 두려울 것이 있으랴?'

당장에 긴칼을 불쑥 뻗어서 곧장 요립에게 덮쳐 들었다. 요립은 노발대발, 창을 잔뜩 움켜쥐고 맞닥뜨려 싸우게 되었다. 단삼랑은 왕경에게 무슨 실수가 있을까 걱정하고 긴칼을 뻗쳐 들고 싸움을 거들려고 내달았다. 세 사람이 10여 합이나 싸웠다. 세 사람 가운데서 하나가 쓰러졌다. 그야말로 오지그릇 항아리는 우물가에서 멀리 떨어지지 못한 곳에서 깨어지게 마련이고, 억센 놈은 반드시 화살촉 앞에서 거꾸러지게 마련이다. 과연, 세 사람 중에서 어떤 사람이 쓰러진 것일까?

105 바람과 불을 자유자재로

宋 公 明 避 暑 療 軍 兵
喬 道 淸 回 風 燒 賊 寇

　왕경과 단삼랑 그리고 요립 세 사람은 엎치락뒤치락 결
사적으로 6,7합이나 대결했는데, 요립은 왕경의 긴칼에 허
리를 찔려 쓰러지고 말았다. 또 그 틈을 놓치지 않고 단삼랑
이 잽싸게 덮쳐 들어 요립을 한칼에 찔러 목숨을 빼앗았다.
요립의 강도생활 반평생도 여기서 일장춘몽.
　왕경은 긴칼을 앞으로 불쑥 뻗쳐 들며 호통을 쳤다.
　"나를 따르지 않고 순종하지 않는 자 있다면, 요립같이
밖에 안 될 것이다!"
　여러 부하와 졸개들은 이미 요립이 죽어 자빠지고 없어
졌으니, 반항하러 드는 자라곤 한 명도 있을 리 없었다. 일
제히 무기를 버리고 꿇어 엎드렸다. 왕경은 일당을 거느리
고 산 위로 올라가 영채 안으로 들어갔다. 이때, 동녘 하늘
이 훤하게 밝아오고 있었다.
　그 산에는 천연적으로 이루어진 석실(石室)이 좍 깔려
있어, 흡사 집과 방〔房室〕처럼 되어 있어서 방산(房山)이라
고 부르며, 방주(房州) 관할에 속해 있는 곳이었다.
　왕경은 시급히 여러 부하들의 가족을 편히 쉬게 하고, 부
하의 수효를 정확하게 점검해 보고, 산채 안에 있는 식량,
금은, 보석, 비단, 무명 등 물품을 일일이 조사한 뒤, 소를
잡고 말을 잡아서 부하들에게 성대한 잔치를 베풀어 주고

상도 주면서 함께 승리를 축하했다. 이리하여 일당은 왕경을 채주(寨主)로 추대했고, 한편 무기를 만들고 졸개들을 훈련해서 관군을 맞아 싸울 준비를 든든히 하고 있었다.

한편, 그날 밤에 왕경을 체포하기 위해서 방주에서 파견된 도두, 지방 군졸, 인부 등 일행은 모조리 왕경에게 잡혀 죽고 뿔뿔이 흩어져 버렸는데, 그 중에서 간신히 목숨이 붙어서 도주해 간 자가 있어 주로 돌아가 주윤인 장고행(張顧行)에게 보고하였다.

"왕경 일당은 사전에 잽싸게 눈치를 채고 관군에게 완강히 덤벼들어 도두도, 지방 군졸들도, 인부들도, 밀고한 자도, 황달도 모조리 죽여 버렸습니다. 그리고 앞장선 흉악한 놈들은 모두 서쪽으로 도주해 버렸습니다."

장고행은 대경실색했다.

그 이튿날 아침, 지방 군졸들을 점검해 보니 사망자 30여 명, 부상자가 40여 명이나 되었다. 장고행은 경각을 지체치 않고 본고장의 진수군관(鎭守軍官)들과 협의한 후, 포도관군과 영병을 동원, 파견했으나 적군은 그 기세가 무시무시해서 결국 관군 편이 적잖은 해를 입게 되었다.

방산 산채의 졸개들은 날이 갈수록 그 수효가 늘어 갔고 왕경 일당은 산 아래로 쳐내려와 백성들의 집을 습격하고 재물을 약탈해 가게 되었다. 장고행은 도둑 무리의 기세가 걷잡을 수 없이 커져 나가는 것을 보자, 일변 소속 각현에 공문을 내려보내 경계선 지역을 단단히 지키고 사병을 파견해서 놈들의 체포에 협력하도록 통고했고, 또 한편으로 그 고을 방비 책임자인 병마도감 호유위(胡有爲)와 적군 토벌에 관해서 토의했다.

호유위는 휘하 군대의 병사들을 점검하고 적당한 시일을

택해서 적군 토벌의 길을 떠날 작정을 했다. 그랬더니 갑자기 각 부대의 사병들이 벌떼처럼 웅성웅성 들끓기 시작했다. 두 달 동안이나 봉급를 받지 못했고 뱃속에서 쪼로록 소리가 날 지경이니, 어떻게 적군을 토벌하러 나설 수 있느냐는 것이었다.

장고행은 불온한 보고를 받자, 마지못해 한 달치 봉급만 지불했다. 그러나 그것은 사병들을 더욱 격분케 했다. 그것은 당사자들이 평소에는 사병들을 내버려 둔 채 돌봐 주지도 않다가 떠들썩하고 야단을 쳐야만 봉급을 지불해 주고 비위를 맞춰 주는 형편이어서 사병들은 제멋대로 방종해졌고, 또 한 가지 가소로운 사실은 이런 경우에도 봉급을 먼저 잘라먹고 내주는 좋지 못한 버릇이 그대로 끈덕지게 성행했다는 것이다.

사병들은 평소부터 봉급을 먼저 잘라먹고 내주는 악습을 뼈에 사무치도록 미워하고 앙심을 품고 있었던 판이었는데, 그 분노가 이번에 일시에 폭발하여 군정이 소연해져서 걷잡을 수 없는 폭동으로 변하여 마침내 호유위를 붙잡아 죽여 버리고 말았다.

장고행은 형세가 불안하다고 간파하고, 관인(官印—인신)만을 몸에 감추어 간직하고 종적을 감춰 버리고 말았다. 이렇게 되자 성 안에는 주인이 없게 되었고, 그 고장의 건달과 깡패 등 무뢰한들이 반란군과 한데 휩쓸려 드디어 선량한 백성들의 집에 불을 지르고 재물을 약탈하게 되었다.

강도 왕경은 성 안에 반란이 일어났음을 알자, 그 기회를 틈타 부하들을 거느리고 방주를 습격했다. 반란군과 오합지졸인 간도(奸徒)들은 반대로 적군(賊軍)에 가담하고 말았다. 그리하여 왕경은 모든 일이 자기 뜻대로 되어, 방주는 마침내 놈들에게 점령당해 그 소굴이 되었다. 결국, 장고행도 숨어서만 살 수 없어, 끝내 놈들의 손에 잡혀서 죽고 말았다.

왕경은 방주 창고에서 돈과 식량을 탈취하고 이조, 단이, 단오 등을 방산 산채와 그밖의 여러 지방으로 파견해서 군사를 모집한다는 깃발을 드높이 휘날리며, 말을 사들이고 사병을 모집하고 군량을 긁어모아 쌓아 놓고, 원근 마을과 읍에 대해서 닥치는대로 약탈을 감행케 했다. 방탕한 무뢰한들과 극악무도한 범죄자들이 계속 투신해 왔다.

이 무렵에 공단, 공정도 일찍이 황달에게 고소를 당했던 사건 때문에 가산을 탕진하고 있던 판이었는데, 왕경이 사병을 모집한다는 소문을 듣고 당장에 달려와서 놈들에게 가담했다. 근처 주현에서는 단지 성을 든든히 지키자는 생각뿐이었고, 어느 누구 한 사람도 군사를 풀어서 토벌을 해야겠다는 생각은 하지 못했다.

강도들은 두 달 남짓한 동안에 재빨리 2만 명도 더 되는 도당을 집결시키면서 부근의 상진(上津), 죽산, 운향(鄖鄕) 등 세 현의 성을 격파했다. 부근 주현에서는 사태의 급박함을 조정에 보고했고, 조정에서는 현지의 군사들을 동원해서 토벌하도록 명령했지만, 송나라 조정의 관군은 대부분 군량이 부족한데다 훈련이 되어 있지 않았고, 병사는 장수를 무서워하고 장수는 병사들의 실정에 어두운 형편이었다. 일단 도둑의 무리들이 쳐들어온다는 보고를 받자, 그들이 흉악하고도 용맹하다는 풍문을 듣고, 사병은 마음이 얼어붙고, 백성들은 간담이 써늘해져서 도둑의 무리에게 접근해서 대치하게 되면 부들부들 떨면서 모두 쥐구멍을 찾을 지경이었다. 이래 가지고는 목숨을 내걸고 쳐들어오는 왕경의 도둑

무리들을 도저히 대적할 수 없는 형편이어서, 관군은 모조리 짓밟혀 버리고 마는 형편이었다.

이리하여 왕경의 세력은 날로 팽창했고, 다시 남풍부(南豊府)까지 격파하게 되었다. 그후 동경으로부터 장수들이 파견되어 오기는 했지만, 그들은 채경, 동관에게 뇌물을 바친 축들이 아니면, 양전, 고구에게 뇌물을 바친 축들로서, 바보천치라도 덮어놓고 모조리 등용된 자들이었다.

이런 장수들은 밑천을 들여서 권력을 장악하게 되었으므로 제멋대로 군량을 속여먹고, 선량한 백성들을 죽이고는 적군을 무찔렀다고 거짓 공로를 보고하고, 사병들을 시켜서 약탈을 감행하여 지방을 소란케 했기 때문에 도리어 백성들을 도둑의 무리에 가담하도록 박해를 가한 결과가 되고 말았다. 마침내 도둑의 무리들은 세력이 점점 더 완강해져서 병졸들을 몰고 남쪽으로 쳐내려오게 되었다.

이때, 이조가 한 가지 꾀를 제공했다. 그는 본디 형남 태생이었으므로, 처음과 같이 점쟁이로 변장하고 성 안으로 침입, 비밀리에 악동들과 깡패들을 집결시켜서 내외로 호응해서 형남성을 격파했다. 왕경은 이조를 군사(軍師)로 떠받들고 자신을 초왕(楚王)이라 일컫게 되었다.

얼마 안 되어서, 천하를 주름잡으며 횡행하는 거도(巨盜)와 산채에 처박혀 있던 강도들이 계속 몰려들어, 3,4년 동안에 송나라 조정의 여섯 군주(軍州)를 점령하게 되었다.

왕경은 남풍성 안에 보전(寶殿)·내원(內苑) 궁궐을 건축하고 왕호(王號)를 참칭, 연호를 고치고 또 송나라 조정을 모방하여 문무직관, 성원의 관료와 내상(內相)·외상(外相)을 두고, 이조를 군사(軍師) 겸 도승상(都丞相)에 임명하였다. 또 방한을 추밀에, 단이를 호국통군대장(護國統軍

大將)에, 단오를 보국통군도독(輔國統軍都督), 범전을 전수
(殿帥)에, 공단을 선무사(宣撫使)에, 공정을 전운사(轉運
使)에 임명하여 금전출납과 세금관계를 전담케 하고, 구상
을 어영사(御營使—근위군 사령)에 임명하고 단삼랑을 왕
비로 모시게 했다.

　이것은 선화 원년에 난을 일으켜서 선화 5년 봄에 이르
는 동안의 일이었고, 송강 일파가 마침 하북 땅에 있는 전
호를 토벌하러 나가서 호관(壺關)에서 싸우고 있을 때, 한
편 회서(淮西) 땅에서는 왕경이 다시 운남군과 완주를 격파
하고 도합 여덟 군주를 점령하게 되었던 것이다. 그 여덟
군주는 다음과 같았다.

　남풍(南豐), 형남(荊南), 산남(山南), 운안(雲安), 안덕
(安德), 동천(東川), 완주(宛州), 서경(西京).

　이 여덟 군주에는 도합 86개의 주현이 소속되어 있었다.
왕경은 다시 운안에 행궁을 건립하고, 시준을 유수관에 임
명하여 운안군(雲安軍)을 관할케 했다.

　처음에 왕경이 유민 등에게 명령하여 완주를 탈취시키던
때의 일이었다. 완주는 동경에서 가까운 곳이어서, 채경 일
당도 천자를 속일 수는 없었다. 도군황제에게 상신하여, 채
유와 동관에게 왕경 토벌의 칙명이 내려 완주를 구원하러
내보내기로 했다.

　그런데 채유와 동관은 아무 통제력도 없이 횡포와 학대
만으로 병사들을 다루게 되니, 군심이 이탈과 동요를 일으
켜 유민에게 크게 패하고 완주가 함락당하고 보니 동경은
공포에 싸여 떨지 않을 수 없게 되었다. 채유와 동관은 죄
를 범한 것을 겁내고 어디까지나 천자 한 분만을 속여 넘기
려고 했다. 적장 유민과 노성 등은 채유와 동관을 격파하

자, 드디어 노주(魯州)와 양주(襄州)를 포위하게 되었다.

이때, 마침 송강은 하북을 평정하고 개선하려던 참이었다가 재차 회서(淮西) 토벌의 칙명을 받게 된 것이었다. 이야말로 자리가 따스할 틈도 없고(席不暇暖), 말이 말굽을 쉴 새가 없다는(馬不停蹄) 격이었다. 송강은 마침내 대군 20여만 명을 거느리고 남쪽을 향해 진격을 개시했다. 얼마 가지 않아서 황하를 건너서게 되자 성원으로부터 공문이 도착했는데, 진안무와 송강의 군대에게 급거 노주와 양주 지방을 구원하러 달려가라는 독촉장이었다.

송강 일행은 찌는 듯한 무더위 속을 땀으로 흠뻑 젖은 말을 몰아 속현(粟縣), 이수(泥水)를 지나 일로 진군을 계속했다. 도중에 추호도 주민들에게 박해를 가하는 법이 없이, 얼마 가지 않아서 대군은 양적주(陽翟州) 경계지대에 도착했다. 도둑의 무리들은 송강의 군사가 쳐들어왔다는 소식을 듣자, 노주·양주 두 지방의 포위진을 풀고 후퇴하였다.

바로 이때, 장청과 경영, 섭청 등은 전호가 육시처참의 형을 받는 장면을 목격하고 성은에 감격하면서, 송강을 거들어 왕경을 토벌하라는 칙명을 받았다. 장청 등이 동경을 떠나 영창주(穎昌州)에 도착한 지 반달이 넘었을 때, 송강의 군사가 도착했다는 소식을 듣고 세 사람은 군전(軍前)에 나가서 영접했으며, 인사가 끝나자 성은을 받들어 봉작(封爵)의 영광을 차지하게 된 사실을 보고했고, 송강 일행은 세 사람을 칭찬하여 마지않았다. 송강은 장청 등에게 군중에서 명령을 기다리고 있으라고 했다.

송강은 진안무(陳安撫), 후참모(侯參謀), 나무유(羅武諭) 등에게 양적성 안에 머물러 있도록 권고했고, 몸소 대군을 거느리고 성 안으로 들어가기에는 불리한 점이 많다고 판단

되자 명령을 내려, 대군을 전부 방성산(方城山) 숲속 깊숙이 주둔케 해서 혹독한 더위를 피하라고 했다.

또 한편, 병사들이 천리나 되는 먼 길을 걸어와서 더위를 먹고 극도로 피로해 있는 자가 많은지라, 안도전을 시켜 가지가지 약품을 골고루 사들이게 해서 병사들을 치료해 주게 했다. 햇볕을 막아낼 차일을 지붕처럼 높이 쳐주어 말들을 쉬도록 했고, 황보단에게 특히 말의 치료와 목덜미털을 적당히 깎아 주라고 분부했다.

"대군을 숲속에 주둔시켜 두면, 적군이 불을 지를 위험이 있습니다."

오용이 이렇게 아뢰자 송강은 번쩍 깨달은 듯 고개를 끄덕끄덕했다.

"틀림없이 적군은 불을 지를 것이오."

즉각에 병사들에게 명령하여, 따로 산 높직한 언덕 위 서늘한 나무 그늘에 대나무나 짚과 풀 따위로 소규모의 산책(山柵)을 꾸며서 적당히 배치했다.

이때 옆에 있던 하북의 항장 교도청이 그 뜻하는 바를 눈치채고 송강에게 진언하였다.

"이 교도청은 송선봉님의 두터우신 은혜에 감격하와, 오늘날 미력이나마 힘이 되어드리고 싶사옵니다!"

송강이 크게 기뻐하여, 비밀리에 교도청에게 계책을 지시해 주어서 산책이 있는 곳으로 떠나 보냈다.

송강은 계속 힘센 병사 3만 명을 뽑아서 장청과 경영에게 그 중에서 1만 명을 거느리고 동쪽 산기슭에 복병으로 숨어 있도록 지시했고, 손안과 변상에게도 똑같이 병사 1만 명을 거느리고 서쪽 산기슭에 숨어 있도록 하고 이렇게 명령하였다.

"우리 중군의 굉천포 소리를 신호로 삼고 일제히 내달아 쳐들어가도록 하라!"

다시, 남쪽 산기슭의 평탄한 곳에는 군량을 전부 쌓아놓고, 이응과 시진을 시켜 5천 명의 병력을 가지고 그것을 감시하도록 했다. 이렇게 병력의 배치가 끝났을 때, 공손승이 말하였다.

"훌륭한 계책이올시다. 그러나 이렇게 혹독한 더위 속에서 병사들이 먼 길을 걸어오느라고 극도로 피로해 있기 때문에, 만약에 적군이 정예병사들을 내보내서 대결하려 든다면, 설사 적군보다 10배의 병력이 있다손 치더라도 도저히 우리가 승리를 거두기는 어려울 것입니다. 소생이 대단치 않은 술법이나마 발휘해서, 우선 여러 사람들의 덥고 따분한 기분을 없애 주고 군마들을 서늘하게 해주면, 저절로 우리 편 사병들은 완강해질 것입니다."

말을 마치자마자 그는 오른쪽 손에 칼을 잡고 왼쪽 손과 두 발을 써서 비법을 발휘, 동남쪽으로부터 생기를 들이마셔 가지고 무엇인지 골똘히 생각하면서 주문을 외었다.

즉각에 씽—씽— 선들바람이 수선스럽게 일더니 먹장구름이 뭉게뭉게 피어올랐다. 그 바람은 산고개 동굴 속으로부터 뻗쳐 나와서 방성산을 온통 휩쓸며 20여만 명의 사병들을 모조리 서늘한 바람 속에 몰아넣어 버렸다.

이상하게도 이 산 한 군데를 제외한 다른 곳에서는 여전히 쇠라도 녹일 듯이 햇볕이 쨍쨍하고 매미가 요란스럽게 울며, 날짐승들도 어디론지 숨어 버리고 찾아볼 수 없었다. 송강 일행은 이만저만 기뻐한 게 아니었고, 공손승의 기막힌 술법을 극구 찬양하여 마지않았다. 이렇게 해서 6,7일 동안 안도전의 사병들에 대한 치료, 그리고 황보단의 말에 대한 치료도 대강 끝나서 그제야 사병들도 말도 모두 튼튼하게 되었다.

저편에서 완주를 지키고 있는 장수 유민이란 자는 적군 가운데서 굉장히 모략을 잘 쓰는 사나이로서 유지백(智伯—춘추시대에 지모에 뛰어났던 야심가)이라고까지 일컫는 인물인데, 송강이 군사를 깊은 숲속에 주둔시켜 더위를 피하게 하고 있다는 정보를 탐지하고 뛸 듯이 좋아했다.

"송강이란 놈은 본디 물구덩이에서 뛰쳐나온 도둑놈이어서 병법이란 것을 모른다. 그래서 큰 일을 치러내지 못하는 것이다. 내가 간단히 계책을 써서 놈의 20만 병력의 절반쯤은 불에 태워 버리도록 하겠다!"

놈은 즉각에 명령을 내렸다.

날쌔게 생긴 병사 5천 명을 뽑아내 가지고 저마다 화전·화포·횃불을 들게 하고, 다시 전차 2천 대를 마련해서 그 위에 갈대와 장작·유황·염초(焰硝) 등 인화물을 싣게 하고, 차 한 대를 네 사람이 맡아 가지고 각각 몰고 나가게 했다.

때마침 7월 중순, 첫가을로 접어들 무렵.

유민은 노성(魯成)·정첩(鄭捷)·구맹(寇猛)·고잠(顧岑) 등 네 명을 거느리고, 사람들은 모조리 날쌔고 가뜬한 몸차림으로, 말들은 방울을 떼고 전차의 대열을 뒤에서 원호하기로 하고, 편장인 한철(韓喆)과 반택(班澤)을 성의 수비 책임자로 남겨 놓고, 유민의 군사들 전부가 날이 어둑어둑해질 무렵에 성 밖으로 나왔다. 때마침 남풍이 사납게 휘몰아쳐 왔다. 유민은,

"송강이란 놈의 일당은 패해야만 될 운명을 지니고 있는 것이다!"

하고 기뻐서 어쩔 줄 몰랐다.

적군은 밤이 삼경이나 되어서, 겨우 방성산에서 남쪽으로 2리쯤 떨어진 곳까지 나왔다. 이때 갑자기 짙은 안개가 자욱하게 산골짜기를 온통 뒤덮었다. 유민은 쾌재를 불렀다.

"하느님도 우리를 도와주시는 게다!"

병사들에게 명령하여 뒤에서 북을 두드리고 함성을 질러 기세를 올리라고 하고, 5천 명의 병사들에게 숲속 깊숙한 곳을 향해서 무작정 화전·화포·횃불을 발사하고 던지게 해서 불집을 일으켰다. 구맹과 필승 두 장수를 시켜서 전차를 모는 사병들을 감독, 격려케 했고, 화차(火車)에 불을 질러 산기슭에 군량을 쌓아 둔 곳으로 돌아 들어가 태워 버리도록 하라고 했다. 수많은 사병들은 신바람이 나서 공격을 시작했지만, 즉각에 모든 사병들이,

"아앗! 아앗!"

하고 비명소리를 질렀다. 정말 괴상한 일이었다. 사납게 휘몰아쳐 오던 남풍이 순식간에 어찌된 셈인지 북풍으로 변해 버렸기 때문이었다. 그리고 잇따라 산꼭대기에서 벼락치는 것 같은 무시무시한 소리가 들려왔다. 교도청이 바람의 방향을 돌리고 불길을 반대쪽으로 쫓아버리는 술법을 써서, 화전·화포·횃불들을 남쪽 적군의 진지로 날려 보낸 것이었다.

그것은 흡사 무수한 금빛 뱀과 불붙는 용과 같이 맹렬하게 불길을 내뿜으면서 적군의 사병을 향하고 휘몰아쳐 갔다. 적군은 도망칠 틈도 없이 모두 불에 타고 머리와 얼굴까지 엉망진창이 되었다.

그때 송군의 군중에서 네 구절의 구호를 노래처럼 불러서 유민을 조롱했는데, 그 구호는 다음과 같다.

싸움이란 본래, 승패를 헤아리기 어려운 것.
도둑놈들의 섣부른 계획으로
불을 질러, 스스로 제 군사를 태우니,
이야말로 과연 지모에 뛰어난 유지백이로구나!
軍機固難測
敵人妄計劃
放火自燒軍
好箇劉智伯

그때 송선봉은 능진을 시켜서 신호의 대포를 발사하게
했다. 대포는 펑펑 하늘 높이 날아 우렁차게 울려 퍼졌다.
동쪽으로부터 장청·경영, 서쪽으로부터 손안·변상이 각
각 병사를 거느리고 내달았다. 적군은 처참하게 패배하여,
노성은 손안의 한칼에 몸이 두 동강으로 잘려 버렸고, 정첩
은 경영의 돌팔매질에 얻어맞고 말 위에서 굴러 떨어진 것
을 장청이 다시 창으로 찔러서 거꾸러뜨렸다. 고잠은 변상
에게 찔려 죽고, 구맹은 혼전의 틈에 끼었다가 그대로 목숨
을 잃고 말았다.

이렇게 되어서 2만 3천의 병력은 불에 타고 칼에 찔려서
절반 이상을 상실했고, 나머지 사병들도 뿔뿔이 흐트러져
도망쳐 버렸으며, 2천 량의 전차 역시 한 채도 남지 못하고
모조리 불에 타버리고 말았다.

유민 혼자서 3,4백 명의 패잔병과 함께 줄기차게 도망쳐
서 완주로 빠져나갔다. 송군은 장작 한 개비도 태우지 않
고, 단 한 명의 군사도 상실하지 않고 엄청나게 많은 말들
과 의갑(衣甲), 금고(金鼓) 등을 탈취했다. 장청·손안 등
이 승리를 거두고 산에 있는 진지로 되돌아오자, 그 공적을

상부에 제시했다.

즉, 손안은 노성의 수급(首級)을, 장청·경영은 정첩의 수급을, 변상은 고잠의 수급을 상부에 바쳤다.

송강은 공로에 대해서 각각 상을 내렸는데, 교도청의 공적을 제일 첫째로, 그 다음 계속해서 장청, 경영, 손안, 변상의 공로를 공적부에 기록했다.

오용이 또 말하였다.

"형님의 묘한 계책으로 적군의 무리들은 간담이 써늘해졌지만, 어쨌든 완주란 고장은 산악이 중첩하고 물이 많아서 그것이 사방을 둘러치다시피 한 평원지대로, 땅이 유난히 기름져서 '육지의 바다'라고 일컫는 곳입니다. 만약에 적군이 장병을 증원해서 대군으로써 방비한다면, 그렇게 만만히 격파하기 어렵게 될 것입니다. 이제 가을바람이 더위를 쫓고, 이슬이 찬 기운을 뿌려 군사들도 말도 지극히 완강하게 되었습니다. 아군의 의기는 충천하는데다 성 안은 미약하기 비길 데 없으니, 이 틈을 타서 망설일 것 없이 공격을 가한다면 반드시 승리할 수 있을 것입니다. 그러나 이렇게 하자면 따로 병력을 나누어서 남북 양쪽에 진지를 구축해서 적군의 습격에 대비토록 해두는 것이 필요한 조건입니다."

송강은 좋은 계책이라 찬성하고, 그 계책대로 명령을 전달했다.

관승·진명·양지·황신·손립·선찬·학사문·진달·양춘·주통에게 병력 3만을 거느리고 완주 동쪽에 진을 치도록 하고, 임충·호연작·동평·색초·한도·팽기·단정규·위정국·구붕·등비에게는 병력 3만을 거느리고 완주 서쪽에 진을 치게 해서 북쪽에서 몰려들 적군의 원병과 대결할 수 있도록 했다.

여러 장수들은 명령에 따라 군사를 소집해 가지고 떠나갔다. 그때 하북의 항장 손안 등 17명이 일제히 앞으로 나오면서 아뢰었다.

"저희들을 선봉님의 휘하에 가담시켜 주시어 후한 대접을 받고 있음에 감사하여 마지않습니다. 원컨대 저희들은 이번에 전군(前軍)이 되어, 앞장서서 성을 공격하여 미력이나마 은혜에 보답토록 해주시기 바랍니다."

송강은 이런 의사를 승낙해 주고, 즉각 장청·경영·손안 등 17명의 장수에게 병력 5만을 주어서 전군이 되도록 명령했다. 그 17명의 장수는—손안·마령·변상·산사기·당빈·문중용·최야·금정·황월·매옥·금정·필승·반신·양방·풍승·호피·섭청이었다.

장청은 명령을 받자, 즉시 장수들과 군사를 거느리고 완주로 올라가며 공격을 개시했다.

송강은 노준의·오용 등과 함께 나머지 장수들을 거느리고 전원 일제히 진지를 수습해서 방성산을 뒤로하고 남쪽으로 진출, 완주의 전방으로 10리쯤 떨어진 지점에 진을 치고 이운·탕륭·도종왕 등을 시켜서 장청의 군대로 보내어 쓸 수 있도록 성을 공격하는 데 필요한 무기를 만들게 했다.

장청 등 여러 장수들은 군사를 거느리고 완주를 포위, 물샐틈없는 전투태세를 갖추었다.

성 안을 지키고 있던 장수 유민은, 전날 밤 송강의 계책에 빠져서 간신히 목숨만 건져 가지고 완주로 되돌아오자, 즉각에 부하를 남풍에 있는 왕경에게 파견하여 보고케 하고, 부근 주현에 포고문을 돌려 구원병 파견을 요청했다.

그런데 이번에 또다시 송군에게 성을 포위당하게 되자,

전력을 다해서 방비를 공고히 하고 구원병의 도착을 기다려서 대거 출격하도록 명령했다. 송군은 6,7일 동안이나 계속 성을 공격했지만, 성이 워낙 견고해서 쉽사리 함락시킬 수 없었다.

이때 완주성 북방, 임여주(臨汝州)의 적군의 장수(張壽)가 구원병 2만 명을 거느리고 닥쳐 들었다가 임충 등에게 걸려 주장(主將) 장수는 거꾸러지고 그밖의 편장, 아장 따위들과 병사들은 뿔뿔이 흐트러져서 도망쳐 버렸다.

같은 날, 완주 남방 남창(南昌), 의양(義陽) 등 현에서 구원병이 닥쳐 들었지만 관승 등에게 처참하게 격파당했고, 그들의 장수인 백인·장이(張怡)는 산 채로 붙잡혀서 송강의 본진으로 압송되어 처형을 당했다. 이 두 방면에서 적군의 사망한 자와 붙잡힌 사병의 수효는 놀라울 정도로 많았다.

이때, 이운 등은 벌써 성을 공격하는 데 필요한 무기를 만들어냈다. 손안·마령 등은 협력해서 포대에 흙을 잔뜩 담은 것을 사방으로 높이 쌓아올려 성벽으로 육박해 들어갔고, 다시 용감하고 민첩한 군사를 뽑아서 비교(飛橋—임시로 만든 구름다리)와 녹온(轆轀—전차의 일종) 따위를 조종케 하여 웅덩이와 성호(城濠)를 건너가도록 했다. 마침내 군사들은 일제히 용기백배, 성벽으로 올라가, 드디어 완주성을 탈취하고 수장 유민을 산 채로 잡았다.

그밖에도 편장·아장의 거꾸러진 것이 20여 명, 전사한 병사 5천여 명, 투항한 자가 1만 명이나 되었다. 송강 등은 대거 입성, 유민을 법으로 다스려 목을 베어 사람들이 많이 모이는 곳에 높이 매달게 했고, 포고문을 발표해서 주민들을 안심시켰다. 그런 다음 관승·임충·장청·손안 등 여러 장수들의 공로를 공적부에 기록했으며, 양적주에 있는 진안무에게 사람을 파견해서 완주로 옮겨 앉아서 수비를 담당해 달라고 부탁했다.

진안무는 이런 통지를 받자 크게 기뻐하여, 즉각에 후참모 나무유와 함께 완주로 달려왔다. 송강 등은 교외까지 나가서 영접하여 성 안으로 인도했다. 진안무는 입에 침이 마르도록 송강 등의 공훈을 찬양하여 마지않았다.

송강은 완주에서 군무의 미흡한 점을 뒷수습하느라고 10여 일을 보냈다. 때는 이미 8월 초순, 찌는 듯하던 더위도 그제야 겨우 고개를 수그렸다. 송강은 오용에게 상의했다.

"이번에는 어느 쪽 성을 공격해야만 좋겠소?"

오용이 대답했다.

"여기서부터 남쪽은 산남군(山南郡)입니다. 그러니까 남쪽으로는 동정호(洞庭湖)와 상수(湘水) 강이 끝이 되고, 북쪽은 함곡관(函谷關)과 낙수(洛水) 강을 끼고 있어서 소위 초촉(楚蜀)의 인후(咽喉)가 합치는 접경지대라고 합니다. 우선 이 성을 탈취한 다음 적군의 세력을 분단시켜 놓아야겠다고 생각됩니다."

"군사의 말씀, 바로 나의 뜻과 합치되오."

송강은 이렇게 대답했고, 드디어 화영·임충·학사문·선찬·여방·곽성 등이 진안무의 보좌역으로 뒤에 남아서 병력 5만을 거느리고 완주를 지키기로 했다. 진안무는 따로 성수서생이라는 소양도 뒤에 남아 있도록 했다.

송강은 수군(水軍)의 두령인 이준 등 여덟 명에게 배를 거느리고 필수(泌水) 강을 지나 산남성(山南城) 북쪽으로 나가서 한강(漢江)에 집결하도록 명령했다. 그런 다음 진안무에게 작별의 인사를 하고, 육군 군사들을 3대로 나누어

가지고 여러 장수들과 병력 15만 명을 거느리고, 완주를 뒤로하고 일로 산남군을 목표로 행진을 개시했다.

　그야말로 만마(萬馬)가 질풍같이 달리니 천지가 겁을 내고, 천군(千軍)이 휘몰아쳐 나가니 귀신이 눈살을 찌푸릴 판이다. 과연, 송강의 군사는 어떻게 산남 땅을 공격하여 탈취할 것인가.

106   슬기로운 꾀로 이긴 싸움

書 生 談 笑 却 强 敵
水 軍 泪 沒 破 堅 城

송강은 군사를 분배해서 수륙(水陸) 양로로 진격케 했다.
육로의 군사는 3대로 나누어서 충봉파적(衝鋒破敵)의 효장
(驍將) 12명에게 병력 2만을 거느리게 했다.

그 12명은 동평, 진명, 서녕, 색초, 장청, 경영, 손안, 변
상, 마령, 당빈, 문중용, 최야.

다시 후대로는 표장(彪將) 14명에게 병력 5만을 거느리
게 해서 후군의 책임을 맡기도록 했다.

그 14명은 황신, 손립, 한도, 팽기, 단정규, 위정국, 구
붕, 등비, 연순, 마린, 진달, 양춘, 주통, 양림.

중대에 있는 송강·노준의는 장령 90여 명과 군마 10만
을 거느리고 산남군(山南郡)으로 쇄도했고, 전대에 있는 동
평 등은 이미 융중산(隆中山) 북방에서 5리밖에 떨어지지
않은 지점까지 육박해서 진을 치고 있었다.

이때 정찰대원이 달려와 보고하였다.

"왕경은 아군이 쳐들어간다는 소식을 알고 특히 융중산
북녘 기슭에 새로 웅병(雄兵) 2만을 증원했고 용장, 하길
(賀吉)·미성(糜眻)·곽간(郭矸)·진빈(陳贇) 등을 시켜
병마를 통솔하여 그곳을 지키게 하고 있습니다."

동평 등은 이런 보고를 받자, 즉각에 협의하여 손안과 변

상을 시켜 병력 5천을 거느리고 왼쪽에 복병으로, 마령·당빈에게도 역시 병력 5천을 거느리고 오른쪽에 복병으로 숨어 있으라 했다. 그리고 군중에서 일어나는 포성을 신호로 일제히 뛰쳐나와 적군을 쳐부수자는 작전이었다.

이편에서 배치를 끝내자, 저편에서는 적군이 재빨리 깃발을 휘두르고 북을 두드리고 징을 치고 함성을 울리면서 도전해 왔다. 이리하여 양군은 대치상태에서 깃발과 북이 서로 바라다보며, 남북으로 진을 치고, 피차간에 강궁(强弓)·경노(硬弩—가지 달린 공고한 화살)를 가지고 상대방이 먼저 내닫기를 견제하고 있었다.

적군의 진중에서 문기(門旗)가 좌우로 갈라지며, 그 속에서 적장 미성이 말을 달려 진두에 나와 섰다. 머리에는 강철로 만든 투구, 몸에는 구리쇠로 만든 갑옷을 입었고, 당기는 활은 작화(鵲畵)라 일컫는 것이며, 꽂은 화살은 독수리털을 박은 조령(雕翎)이라는 것. 얼굴은 푸르둥둥한 보랏빛 고깃덩어리. 눈을 구리쇠 왕방울처럼 딱 부릅뜨고 기다란 개산대부(開山大斧) 도끼를 등에 메고 두 눈썹을 높게 치뜨고 누런 말을 타고 달려나와 찌렁찌렁 울리는 소리로 호통을 쳤다.

"물구덩이 속에서 놀던 째째한 도둑놈들아! 뭣 때문에 네 놈들은 송나라 조정의 무도(無道)하고 변변치 못한 임금을 위해서 애써 가며 여기까지 와서 죽으려고 설친단 말이냐?"

송군의 진중에서는 북소리가 천지를 진동하는 가운데를 헤치며 최선봉으로 나선 색초가 말을 달려 진두에 나서서 큰 소리로 호통을 쳤다.

"함부로 반란을 일삼는 강도놈들아! 감히 어딜 나와서 더러운 주둥이를 놀리느냐! 도끼로 실컷 찍어 줄 테니 게 있거라!"

　이내 도끼를 휘두르며 말을 급히 몰아 곧장 미성에게 덮쳐 들어가니, 미성도 도끼를 휘두르며 맞서서 대적했다.

　양군이 고함을 지르는 가운데 두 장수는 진지 한복판으로 뛰쳐나와, 두 말이 엎치락뒤치락, 두 도끼가 서로 번쩍거리며 일진일퇴의 격투을 계속하기 50여 합, 그래도 승부는 나지 않았다. 적장 미성은 제법 용맹을 떨치는 인물이었다.

　송군의 진중에서 벽력화라는 별명으로 불리는 진명은. 색초가 승리를 거두지 못하는 것을 보자 낭아곤 몽둥이를 휘두르며 말을 달려 싸움을 거들러 나가니, 적장 진빈이 창을 휘두르며 대적하고 나섰다. 네 장수는 먼지가 하늘로 치솟고 살기등등한 가운데서 백열전을 계속하고 있었는데, 이때 돌연 한 방의 대포 소리가 울려 퍼졌다. 잇달아 손안과 변상이 군사를 거느리고 왼쪽으로부터 덮쳐 들었다. 적장 하길은 사병을 갈라서 그것을 가로막았고, 한편 마령과 당빈이 군사를 거느리고 오른쪽으로부터 덤벼들었다. 적장 곽간은 사병을 갈라서 그것을 막아냈다.

　이때, 송군의 진중으로부터 경영이 말을 달려 나와 살며시 조약돌을 움켜쥐고 진빈을 겨누고 휙 던졌다. 조약돌이 명중하여 상대방의 콧대를 후려갈기니, 진빈은 말에서 나뒹굴어 떨어졌다.

　거기다가 진명이 달려들어 곤봉으로 머리에 일격을 가해서 진빈을 투구와 함께 가루를 만들어 버리고 말았다.

　저편 왼쪽에 있던 손안은 하길과 결투을 계속하기 30여 합, 칼을 휘둘러 하길을 드디어 말 아래로 거꾸러뜨렸다. 오른쪽에 있는 당빈도 곽간을 찔러 죽였다. 미성은 여러 장수들이 죽어 넘어지는 꼴을 보자, 색초의 도끼를 막아내는 체하고 말을 달려 도주하기 시작했다. 색초, 손안, 마령 등은 군사를 몰고 추격했다. 적군은 지리멸렬이 되어 흐트러지고 말았다.

여러 장수들이 미성을 추격하여 산중턱을 돌고 있을 때였다. 적군은 1만 명의 사병을 산 뒤쪽 숲속에 숨겨 두었다가 적장 경문과 설찬이 그것을 거느리고 숲속으로부터 뛰쳐나와 미성의 패잔병과 합류하자, 방향을 돌려 역습을 가해왔다. 역시 미성이 그 선두에 서 있었다.

송군의 진영에서는 문중용이 공로를 세워 볼 속셈으로, 창을 든든히 잡고 말을 급히 몰아 미성에게 덮쳐들었는데, 맞닥뜨려 싸우기 불과 10여 합, 미성의 도끼에 찍혀서 문중용의 몸뚱이가 두 동강으로 갈라지고 말았다.

최야는 문중용이 목숨을 빼앗긴 것을 보자, 욱! 하고 격분을 참지 못하며 칼을 잡고 말을 달려 쏜살같이 미성을 겨누고 쳐들어갔다. 두 장수가 6,7합쯤 싸움을 계속하고 있을 때, 당빈이 말을 달려 싸움을 거들려고 덤벼들었다.

미성은 상대방에게 구원의 손길이 뻗치는 것을 보자, 큰소리로 호통을 치고 도끼를 휘둘러 최야를 말 아래로 찍어 넘어뜨리고 다시 몸을 잽싸게 날려 당빈과 대적했다.

이편에서는 장청과 경영이, 두 장수가 죽어 넘어지는 것을 보자 부부 둘이서 말을 나란히 달려나가, 우선 장청이 조약돌을 움켜쥐고 미성을 겨누고 힘써 던졌다. 그런데 미성은 눈치 빠르고 약삭빠른 놈인지라, 도끼로 탁 조약돌을 물리쳐 버렸다. 조약돌은 도끼에 맞아서 불꽃을 튕기며 땅바닥에 떨어져 버리고 말았다. 경영은 남편의 조약돌이 실패한 것을 보자 대뜸 조약돌을 움켜쥐고 힘껏 날려 보냈다.

미성은 두 번째 조약돌이 날아드는 것을 보자, 잽싸게 머리를 옴츠렸다. 탱! 하는 소리를 내며 조약돌이 구리쇠 투구에 맞았다.

송군의 진중에서는 서녕과 동평이, 조약돌이 두 번이나 실패하는 광경을 보자 둘이서 나란히 말을 달려나가 일제히 힘을 합쳐서 쳐들어갔다. 미성은 여러 장수들이 집중 공격을 가해 오는 것을 보자, 당빈의 창을 슬쩍 뒤로 밀어 버리고 말 머리를 돌려 도주하기 시작했다. 당빈이 맹렬히 뒤를 추격해 갔을 때, 적장 경문·설찬 둘이 뛰쳐나와 앞을 가로막고 미성이란 놈은 그대로 뺑소니쳐 버렸다.

여러 장수들은 경문과 설찬 둘을 거꾸러뜨리고 수많은 적병을 찔러 물리쳐 버렸고, 마필·금고(金鼓)·의갑(衣甲) 등을 수두룩하게 탈취했다.

동평은 군사 문중용, 최야 두 사람의 시체를 수습해서 매장토록 했다. 당빈은 두 장수를 놈들에게 빼앗겨 방성통곡, 친히 다른 군사들과 함께 두 사람의 시체를 입관했고, 동평 등 아홉 사람들은 벌써 융중산 남쪽 기슭에 군사를 주둔시키고 있었다.

이튿날, 송강 등 두 대(隊)의 대군이 도착하여 동평 등과 합세했다. 송강은 두 장수를 놈들에게 빼앗긴 것을 뼈저리게 슬퍼하고 정중하게 영혼을 모셔 놓고, 오용과 성의 공략에 대한 계책을 상의했다. 오용과 주무는 구름다리 위에 올라가, 성의 지형을 정찰하고 내려와서 송강에게 다음과 같이 말했다.

"저 성은 비길 데 없이 견고해서 공격해 봤댔자 어쩔 도리가 없겠습니다. 공격을 가하는 것처럼 보이면서, 한편 기회를 엿보기로 하십시다."

송강은 명령을 내려, 성을 공격하는 데 쓸 무기를 수습케 하고 약삭빠른 군졸들을 사방으로 파견해서 소식을 탐지케 했다.

한편, 미성이란 놈은 3,4백의 기병을 거느리고 산남주성 안으로 숨어 버렸다. 성을 맡고 있는 주장(主將)은 바로 왕경의 처남 되는 단이였다. 왕경은 송나라 조정에서 송강의 군사를 파견했다는 소식을 듣자, 단이에게 평동대원수(平東大元帥)라는 벼슬자리를 주어, 특히 이 고장에 파견해서 성을 지키게 한 것이었다.

그런데 미성은 인사를 마치자마자, 다음과 같이 호소했다.

"송강 일당의 장병들은 용맹하기 비길 데 없습니다. 우리 편은 다섯 장수를 잃어버렸고, 전군이 멸망 직전의 상태에 놓여 있습니다. 특히 원수님께 바라옵고자 하는 바는 즉각에 사병을 빌려 주시면 보복을 하고 싶사옵니다."

본래, 미성 일당은 왕경에게 파견당해 왔던 무리들이었다. 그래서 '사병을 빌려 달라'는 말을 했던 것이다. 단이는 그 말을 듣자 노발대발하였다.

"네 놈은 비록 나의 관할하에 속해 있지 않다 해도, 사병을 멸망의 구렁텅이로 몰고 장수를 잃어버린 네 놈의 죄를 따져서 목을 베어 버리고 말 테다!"

즉각에 사병에게 명령하여, 놈을 꽁꽁 묶어서 목을 베어 버리라고 했다.

이때 장하(帳下)에서 어떤 사람이 훌쩍 나서면서 말하였다.

"원수님, 노여움을 거두십시오. 잠시 이자를 그대로 두어 주시기 바랍니다!"

단이가 바라보니, 말하는 사람은 바로 왕경이 딸려 보낸 장전참군(帳前參軍)직에 있는 좌모(左謀)였다.

"어째서 이놈을 용서해 주라는 거요!"

단이가 묻자 좌모가 이렇게 대답하였다.

"미성은 제법 효장 축에 들 수 있는 인물로서, 송군의 두 장수를 연거푸 거꾸러뜨렸다는 소식을 들었기 때문입니다. 송강 일당은 확실히 강한 사병과 용맹한 장수들을 거느리고 있습니다. 그렇기 때문에 슬기로운 꾀를 가지고 제압해야 될 일이지, 힘만 가지고 싸워서는 안 됩니다!"

"꾀를 가지고 제압한다 함은 뭣을 말하는 것이오?"

"송강 일당의 군량이나 짐짝은 모조리 완주 땅에 쌓아 두었고 거기서 운반해 오고 있습니다. 듣는 바에 의하면 완주 땅의 병력이란 극히 미약한 것이라 합니다. 원수님께서는 적당한 인물을 밀사로 내세우시어 균(均)·공(鞏) 두 주(州)의 수성장(守城將)에게 파견하시어, 시일을 작정하시고 그들에게 두 갈래로 사병을 출동시켜 완주의 남쪽을 습격케 하시고, 동시에 이쪽에서도 정예 사병을 뽑아서 이들을 미성 장군에게 통솔시켜 그더러 공을 세워 죄를 보상토록 완주의 북쪽을 공격하러 가도록 하십시오. 송강 일당이 이런 소식을 알게 되면, 완주에 만일의 사태가 발생할까 두려워 반드시 병력을 후퇴시켜 완주를 구원하러 갈 것입니다. 그들이 철퇴하는 틈을 타서 이편에서 다시 정예 사병을 출동시켜 양로로 공격을 가하게 되면 송강을 붙잡을 수 있으리라고 생각됩니다."

단이는 본래 출신이 한낱 시골뜨기에 불과하였다. 병법의 미묘한 점을 이해할 까닭이 없었다. 그제야 좌모가 설득하는 말을 듣고, 즉각에 부하를 균·공 두 주로 파견해서 저편과 타협하게 했다. 그리고 한편 병력 2만을 집결시켜서 미성·궐저(闕鴬)·옹비(翁飛) 세 장군에게 통솔케 하여, 어두운 밤중에 살며시 서문을 나서서 깃발을 말고 북을 감추고 일제히 완주를 향하여 쳐올라 가도록 했다.

한편, 송강이 진영 본부에서 성을 공격할 계책을 생각하고 있을 때, 마침 뜻밖에도 수군의 두령인 이준이 나타나서 이런 말을 했다.

"수군의 배는 이미 전부 성 서북쪽 한강과 양수강 두 군데에 집결시켰습니다. 그래서 명령을 받자올까 하고 대기중입니다."

송강이 이준을 진영 본부에 머무르게 하고 술잔을 주거니 받거니 하고 있을 때, 정탐군졸이 달려와서 보고하였다.

"적군의 성 안 형편은 여차여차하온데 사병을 거느리고 완주를 습격하려고 출동했습니다."

송강은 그 말을 듣자 대경실색하여 오용과 상의했다. 오용이 말하였다.

"진안무도 화(花)장군도 모두 대담하고 지략을 갖춘 인물들입니다. 완주 쪽은 걱정하실 필요가 없습니다. 오히려 이런 틈을 타서 적군의 성을 격파해야겠습니다."

그리고 송강에게 무엇인지 귓속말을 쑤군거렸다. 송강은 크게 기뻐하며 즉시 이준과 다른 보병 두령 포욱(鮑旭) 등 20명에게 비밀 계책을 알려 주어, 보병 2천 명을 거느리고 밤이 된 뒤 살며시 이준을 따라 나가도록 했다.

한편, 적장 미성 일당은 사병을 거느리고 재빨리 완주에 도착했다. 길 양편에 숨겨 두었던 복병들이 이런 소식을 전하려고 완주성으로 되돌아갔다. 진안무는 화영과 임충에게 병력 2만을 거느리고 성 밖으로 나가 적과 맞닥뜨려 싸우도록 했다. 두 장수가 군사를 거느리고 성 밖으로 나간 뒤에 또 정찰병이 말을 급히 달려와 보고하였다.

"미성이란 놈이 균주의 적군과 내통했기 때문에 그곳 병력 3만이 이미 성 북쪽 10리쯤 떨어진 곳까지 쳐들어와 있습니다."

진관은 다시 여방과 곽성에게 군사 2만을 거느리고 북문 밖에 나가 적군과 맞닥뜨려 싸우도록 지시했다. 그런데 한 시간도 지나지 못해서 또다시 급보가 날아들었다.

"공주의 적군 계삼사(李三思), 예습(倪慴) 등이 병력 3만을 거느리고 서문으로 쳐들어오고 있습니다!"

일동은 서로 얼굴을 쳐다보며 아연실색하고 쑤군거렸다.

"성 안에는 학사문과 선찬 두 장수가 남아 있을 뿐이고, 병력이 1만 정도 있다지만 모두가 노인이 아니면 약한 자들이니 도저히 지켜내지 못할 것이다!"

이때 한옆에 잠자코 있던 성수서생 소양이 말하였다.

"안무대인(安撫大人)! 걱정하실 필요는 없습니다. 이 소모에게 한 가지 계책이 있사옵니다."

그는 즉시 두 개의 손가락을 겹쳐 보이면서 일동에게 말했다.

"이렇게 이렇게 하면 적병을 격파할 수 있습니다."

진관 이하 여러 사람들은 다 같이 그럴 듯한 의견이라 고개를 끄덕거리며 칭찬했다. 이리하여 마침내 명령을 내렸다. 선찬과 학사문은 완강한 군사 5천 명을 뽑아 가지고 서쪽문 안쪽으로 숨어 있게 하고, 적군이 철퇴하기 시작하는 것을 기다렸다가, 재빨리 뛰쳐나와 쳐부수라고 했다. 두 장수는 계책을 받고 밖으로 나갔다. 진관은 계속해서 노쇠하고 약한 군사들에게 말했다.

"성을 지키려고 할 필요는 없다. 깃발 등속은 모두 감춰버려라. 그리고 서쪽문 성루에서 포성이 들리거든, 그때 일제히 깃발을 치올리도록. 반드시 성 안에서만 행동하고 절대로 성 밖으로 나오지 말 것."

각방면으로 배치를 끝내자, 진안무는 군사에게 명령하여 술과 안주를 서문 성루로 올려 오게 해서 술자리를 마련했다. 진관·후몽(侯蒙)·나전(羅戩)은 곧 성루로 올라가 웃고 떠들고 하면서 통쾌하게 술을 마시며, 군사들에게 성문을 활짝 열라 명령해서 적군이 쳐들어오기를 기다리고 있었다.

잠시 후, 적장 계삼사와 예습이 10여 명의 편장을 거느리고 신바람이 나서 성 밑으로 닥쳐 들었다. 그런데 자세히 살펴보니 성문은 활짝 열린 채로 있고, 세 사람의 관원과 서생 하나가 성루 위에서 화려한 옷차림을 하고 떠들썩하게 풍악을 울리며 주석을 벌이고 있지 않은가.

그리고 사방 성벽 위에는 깃발이라고는 그림자도 보이지 않았다. 계삼사는 수상쩍은 일이라 의심을 품고 감히 앞으로 더 나가려고 하지 않았다. 예습이 말하였다.

"성 안에는 무엇인지 방비를 하고 있는 모양이오. 놈들의 계교에 빠지지 않도록 시급히 사병을 철수시켜야겠소!"

계삼사는 일각을 지체치 않고 후퇴하라는 명령을 내렸다. 그때 돌연, 성루 위에서 한 방의 포성이 울려 퍼지는가 했더니, 천지를 진동하는 고함소리가 울리며, 북소리도 요란스럽게 무수한 깃발이 성벽 안쪽에서 엇갈리며 휘날렸다.

적군의 주장(主將)은 포소리를 듣자 벌써 겁을 잔뜩 집

어먹고 있던 판이었는데, 다시 성 안의 그런 광경을 목격하
자, 싸울 생각도 없이 허둥지둥했다.

성 안에 있던 선찬과 학사문은 군사를 거느리고 일시에
와 하고 성 밖으로 진격을 개시했다. 적군은 전멸 상태가
되어서 금고, 깃발, 무기, 마필, 의갑 등속을 무수하게 내버
렸고, 싸움판에서 목숨을 잃은 자 1만 명도 더 되었다. 계
삼사와 예습도 혼전 속에서 살해당했고, 그밖의 사병들은
뿔뿔이 흐트러져서 도망쳐 버렸다. 선찬과 학사문은 승리를
거두고 군사를 수습해서 성으로 되돌아왔다. 진안무 등은
이미 성루에서 원수부로 돌아가 있었다.

북쪽으로 갈라져 나간 화영과 임충은 궐저·옹비 두 적
장을 거꾸러뜨리고 적군의 사병을 물리쳐 버렸으며, 단지
미성 한 놈만을 붙잡지 못한 채 놓쳐 버리게 되어, 군사를
수습해 가지고 성으로 되돌아오려고 했을 무렵에,
'또 양쪽에서 적군이 닥쳐 들어 서쪽 사병들만은 소양의
묘한 계책으로 무찔러 버렸지만, 남쪽으로 향한 여방·곽성
은 아직도 승패를 분간키 어려운 상황에 처해 있다.'
는 소식이 전해졌다. 화영 등은 이런 소식을 듣자, 군사를
시급히 동원하여 남쪽으로 달려갔다. 마침 여방과 곽성이
적장과 분투하는 판이었다. 임충과 화영은 군사를 몰아 그
들을 도와주었는데 마치 별이 떨어지고 구름이 흐트러지듯
적병을 무찔러 엉망진창을 만들어서 혁혁한 전과를 올렸다.

그날, 삼면으로 쳐들어온 적군은 전사자 3만여 명, 부상
자는 부지기수, 바라다보자면 시체가 벌판에 즐비하게 나뒹
굴었고, 피가 논두렁에 넘쳐 흐를 지경이었다. 임충·화
영·여방·곽성은 군사를 수습하여 입성하고, 선찬·학사
문과 함께 원수부에 들러 각각 공로를 보고했다. 진관·후

몽·나전은 다 함께 크게 기뻐했고, 소양의 묘한 계책과 화영 등 여러 장수들의 영웅적 싸움을 찬양하여 마지않았다.

여러 장수들은 끝내 황공한 마음으로 겸손한 태도를 보였다. 진안무는 성대한 잔치자리를 마련해서 여러 장령들에게 상을 주었고, 전군의 군사들을 위로해 주었으며, 소양·임충 등의 공로를 공적부에 기록하고 한편으로는 성을 공고히 하는 데 온갖 힘을 기울였다.

한편, 단이는 미성 등의 군대를 떠나 보낸 그 다음날 밤에, 성루에 올라가 멀리 송군 쪽을 바라다보았다. 때마침 8월 중순〔仲秋〕께. 추석이 가까워 올 무렵이어서 둥글고 밝은 달이 백주와 같이 환히 비치고 있었다. 단이는 송군의 깃발이 어수선하게 휘날리면서 서서히 북쪽으로 물러 나가는 것을 목격했다.

단이가 좌모(左謀)에게 말하였다.

"어찌된 셈인지, 송강은 완주가 위태롭다는 사실을 알아챈 모양이오. 그래서 철퇴해 가는 것 같소."

"꼭 그럴 것입니다. 시급히 완강한 기병을 동원시켜서 쳐부숴야겠습니다!"

이렇게 말하며 단이는 전빈·전의에게 병력 2만을 집결시켜 주고, 성 밖으로 나가 송군을 추격하라고 명령했다. 두 장수는 명령을 받고 즉각에 출동했다.

단이는 서쪽을 바라다보았다.

성 밖 양수강에는 달빛이 불에 비쳐 번쩍번쩍, 찬란한 물줄기를 헤치고 송군의 4,5백 척이나 되는 군량선이 차례차례 북쪽을 향해 저어 나가는 광경을 볼 수 있었다.

단이는 평소에도 약탈을 일삼아 온 사나이라, 이제 무수한 군량선을 보았고, 또 수군의 군사들이 배에 타고 있지 않으며, 여러 배에는 각각 겨우 6,7명의 수부들이 배를 젓고 있는 데 불과한 광경을 보자, 즉각에 성 서쪽에 있는 수문을 열게 하고, 수군총관 제능(諸能)에게 명령하여 5백 척의 전투선을 거느리고 성 밖으로 출동하여 군량선을 습격하라고 했다.

송군은 배에서 그런 꼴을 보자, 당황하여 배를 강변으로 대놓고 배 위에 있던 수부들은 모두 강변 언덕 위로 뛰어 올라가고 말았다. 제능이 전투선을 저어서 앞으로 나가고 있을 때, 돌연 송군의 선창 한복판에서 징소리가 한 번 울려 퍼지는가 했더니, 백 척도 더 되는 고기잡이 나룻배들이 몰려나왔다.

한 배마다 두 명씩 노를 저으면서 3,4명이 단패(團牌), 표창(鏢鎗), 박도(朴刀)와 단도를 들고 쏜살같이 덮쳐 드는 것이었다. 제능은 수군 사병들을 시켜서 화포(火砲), 화전(火箭)을 발사시켰다. 그랬더니 고기잡이 나룻배에 타고 있던 여러 사람들이 감당해내지 못하고 비명의 소리를 지르며 모조리 물속으로 텀벙텀벙 빠져 버리고 말았다.

적군의 전투선은 승리를 거두고 군량선을 탈취했다. 제능은 수부에게 명령하여 성 안으로 배를 저어 들어가게 하라고 했다. 배 한 척이 성 안으로 들어서자마자, 성 안에서는 한척 한척 모조리 검사를 하고 저어 들어오게 하라는 명령이 전달되었다.

제능은 우선 제일 먼저 저어서 성 안으로 들어간 배를 사병들에게 검사시켰다. 10여 명의 사병들이 일제히 그 배 위로 달려 올라가 선판을 뒤집어 보려고 했더니, 그것은 마치 한 장의 통짜 송판으로 만든 것처럼 끄떡도 하지 않았

다. 제능은 깜짝 놀라,

"교묘한 계교에 빠졌음이 틀림없구나!"

하고 소리를 지르며 당황해서 어쩔 줄 모르고 도끼와 끌로 찍어 보라고 했다.

"저 성 밖에 있는 배를 안으로 저어 들어오게 해서는 안 된다!"

그 말이 그치기도 전에, 성 밖 뒤쪽에 있던 3,4척의 군량선이 아무도 노를 젓는 사람이 없는데도, 흡사 조수의 물줄기를 타고 흘러오듯, 혹은 바람에 휩쓸려 오듯 저절로 닥쳐들었다. 제능이 계책에 빠졌다는 것을 깨닫고 허둥지둥, 강변 언덕으로 올라오려고 했을 때 강물 속으로부터 저마다 단도 한 자루씩을 입에 문 10여 명의 장정들이 불끈 솟아나왔다.

그들이야말로 바로 이준과 이 장(장횡·장순), 삼 원(원소이·원소오·원소칠), 이 동(동위·동맹) 여덟 명의 영웅들이었다. 적군의 사병이 당황하여 무기를 손에 잡고 찌르며 덤벼들려고 했을 때, 이준이 획! 하고 휘파람을 불었다. 이렇게 하자, 저 4,5척의 군량선 속에 아무도 모르게 숨어 있던 보병의 두령들이 판자 밑으로부터 쐐기를 뽑고 선판을 밀쳐 열고 와, 고함을 지르며 저마다 단도를 손에 잡고 뛰쳐나왔다.

그것은 바로 포욱·항충·이준·이규·노지심·무송·양웅·석수·해진·해보·공왕·추연·왕정륙·백승·단경주·시천·석용·능진 등 20명의 두령과 천여 명의 보병들인데, 일제히 우르르 난폭하게 강변 언덕으로 몰려 올라가 적군을 무찌르기 시작했다.

적군은 막아낼 도리가 없었다. 허겁지겁 도주하기에 바빴다. 제능은 동위의 손에 목이 잘려 죽었고, 성 안과 성 밖에서 군량선을 타고 있던 수군의 사병들은 이준 등에 의해서 태반이 죽어서 강물이 시뻘겋게 물들었을 지경이었다. 이준 등이 수문을 탈취하자 즉각에 포욱 등 맹호 같은 장수의 무리들이 능진을 호위하고 호포를 요란스럽게 쏴대며, 각각 이리저리 함부로 닥치는대로 돌아다니며 불을 지르고 사람들을 죽였다.

성 안은 순식간에 솥 속에서 끓는 물처럼 아우성 소리 요란하고 형을 부르는 아우의 소리, 아들을 찾는 사람, 어버이를 찾는 사람으로 일대 혼란을 빚어냈고, 통곡소리 고함소리 천지를 진동할 듯했다.

단이는 사변이 일어난 소문을 듣자, 허둥지둥 사병을 거느리고 원호해 볼 셈으로 나서 봤지만, 무송·유당·양웅·석수·왕정륙 일군과 맞닥뜨리게 되어서, 왕정륙의 박도에 넓적다리를 잘려 쓰러진 채 생포당하고 말았다. 노지심과 이규 등 10여 명의 두령은 북문에 쇄도하여, 성문을 지키고 있는 장병을 무찔러 없애고 성문을 연 다음 구름다리를 내려놓았다.

이때 송강의 군사는 성 안에서 호포 소리가 울리는 것을 듣고 군사를 되돌려 돌아오다, 마침 전빈·전의의 사병들과 맞닥뜨려 혼전을 일으키게 되었다. 마침내 전빈은 변상의 손에 거꾸러졌고, 전의는 마령의 손에 걸려 나자빠진 것을 인마들이 짓밟아서 고깃덩어리와 흙으로 뒤범벅이 되어 버렸다. 결국 3만의 정예를 자랑하던 적군의 기병들도 그 태반이 송군에게 짓밟히고 만 것이었다. 이리하여 손안과 변상, 마령 등은 군사를 거느리고 선두에 서서 그대로 먼 길을 달려 북문으로 입성했다. 여러 장수들은 적군을 거꾸러

뜨려서 성을 탈취한 다음, 송선봉에게 대군을 거느리고 입
성해 달라고 진언했다.

때는 이미 오경쯤 될 무렵이었다.

송강은 명령을 내려서 먼저 군사들을 시켜 화재를 진압
케 하고 주민을 살해치 말도록 금지하고, 날이 밝자 포고문
을 발포하여 백성들을 안심시켰다. 여러 장수들은 모두 적
군의 수급을 가지고 와서 각자의 공로를 상신했다. 왕정륙
은 단이를 꽁꽁 묶어서 끌고 왔다. 송강은 군사를 시켜 진
안무에게로 호송해 가지고 가서 처분에 맡기도록 했다.

좌모는 혼전 속에 휩쓸려 살해당했고, 그밖의 편장, 아장
도 꽤 많이 거꾸러졌으며, 항복한 사병이 1만 명 이상이나
되었다. 송강은 소와 말을 잡아서 전군의 장병들을 위로해
주라고 명령했고, 이준 등 여러 장수들의 공로는 공적부에
기록했다. 또 마령을 진안무에게 파견하여 승리를 보고케
하는 동시에 적군의 소식을 알아보도록 했다. 마령은 명령
을 받들고 떠나갔는데, 두서너 시간도 못 되어 되돌아와서
보고하였다.

"진안무님께서는 소식을 들으시자 대단히 기뻐하시며, 즉
각에 상주문을 쓰시어 조정으로 가서 바치고 오도록 사람을
파견하셨습니다."

그리고 마령은 계속해서 소양이 적군을 격퇴시킨 이야기
까지 했다. 그랬더니 송강이 말하기를,

"만약에 적군에게 탄로났다면 어찌할 뻔했을까! 결국, 이
것이 수재(秀才)의 남다른 꾀라고 할 수 있겠지!"
하고 놀라움을 금치 못했다.

송강은 현지에 있는 쌀과 좁쌀을 풀어서 전란과 화재로
괴로움을 받는 주민들을 구제했고 군무의 뒷수습을 깨끗이

했다. 그 일이 끝나자 오용과 같이 형남군을 공격할 계책을 짜고 있을 때, 진안무가 추밀원에서 내려온 공문을 이쪽으로 돌려보냈다. 거기에는,

"서경의 도둑 무리들이 함부로 날뛰며 동경의 속현(屬縣)을 약탈하고 있으니, 송강 등은 우선 서경을 평정하고 다시 왕경의 소굴을 토벌하도록 하라."

거기에는 따로 진안무의 사신이 첨부되어 있는데, 추밀원의 가소로운 점을 말한 것이었다.

송강과 오용은 추밀원의 공문을 자세히 검토 파악하고, 즉각에 군대의 편성을 협의해서 형남을 공격하는 한편, 서경까지 토벌키로 했다. 이때 부선봉의 노준의와 하북의 항장들은 함께 군사를 거느리고 서경으로 가서 성을 공격하고 싶다고 상신했다. 송강은 크게 기뻐하여 장령 24명과 병력 5만을 나누어서 이것을 노준의에게 인솔케 했다.

그 24명의 장령은 부선봉 노준의, 부군사(副軍師) 주무(朱武), 그밖에 양지, 서녕, 색초, 손립, 단정규, 위정국, 진규, 양춘, 연청, 해진, 해보, 추연, 설영, 이충, 목춘, 시은.

하북의 항장으로는 교도청, 마령, 손안, 변상, 산사기, 당빈.

노준의는 그날 중으로 송선봉에게 작별의 인사를 한 뒤 장병을 인솔하고 서경으로 진격을 개시했다. 송강은 사진, 목홍, 구붕, 등비에게 명령하여 병력 2만을 거느리고 산남성을 지키도록 했으며, 사진 등에게,

"만약에 적군이 쳐들어왔을 때에는 농성만 하고 수비를 든든히 하고 있도록…,"

하고 명령하였다.

이리하여, 송강은 여러 장수와 병력 8만을 거느리고 형남 땅으로 쳐들어갔다. 창도(鎗刀)는 흐르는 물과 같이 빠르고 인마는 바람을 휘몰아쳐 달리니, 그야말로 깃발은 새빨갛게 하늘에 온통 아지랑이를 펼친 듯, 칼은 천릿길에 눈을 깔아 놓은 듯했다. 과연 형남 땅을 어떻게 쳐부술 것인가?

107 백발백중의 돌팔매

未 江 大 勝 紀 山 軍
朱 武 打 硫 六 花 陣

송강은 장병을 거느리고 형남땅으로 쳐들어가, 매일 60리 길을 전진하고는 밤을 쉬어 갔는데, 대군이 통과하는 곳마다 주민들에게는 털끝만한 위험이나 해를 끼치지 않았다. 군사는 얼마 안 가서 기산 주변에 도착, 곧 진지를 구축했다. 이 기산은 형남 땅 북쪽에 있어서 형남의 요새지대를 이루고, 산 위는 적장 이회(李懷)가 사병 3만을 거느리고 수비하고 있었다. 이회는 이조(李助)의 생질인데, 왕경은 그를 토벌군의 원수격인 선무사에 임명했다. 이회는 송강 등이 삼남군을 격파하고 단이를 생포했다는 사실을 알게 되자, 사람을 파견해서 밤을 새워 가면서 남풍으로 달려가 왕경과 이조에게 알리도록 했다.

"송군의 군사들은 막강해서 이미 두 군데 대군(大郡)이 함락당하고 말았습니다. 이제는 곧장 서경으로 쳐들어올 것이고, 또 한편 노준의의 군사도 서경으로 향하도록 배치하고 있습니다."

이조는 이런 보고를 받자, 크게 놀라 즉각에 왕경에게 알리려고 입궐했다. 내시(內侍) 한 사람이 나와서 안으로 연락을 취해 왕경의 말을 전달했다.

"군사(軍師)께서는 잠시 기다려 주십시오. 대왕께옵서 곧 이리로 납신다 하시옵니다."

이조는 약 반시간 동안이나 기다렸지만, 안에서는 아무런 동정도 보이지 않았다. 이조가 각별히 친한 측근자에게 그 까닭을 물어 봤더니 이렇게 대답하였다.

"대왕님께옵서는 단낭랑(段娘娘—왕후 단씨를 말함)님과 옥신각신 언쟁을 하시고 계신 중이옵니다."

이조가 연거푸 물었다.

"뭣 때문에 대왕님과 단낭랑님께옵서는 언쟁을 하옵시는 지?"

측근자는 이조의 귓전에 입을 바싹 들이대고 속삭이듯 말했다.

"대왕님께옵서는, 단왕후님의 외모가 꼴사납도록 누추하신지라, 벌써 꽤 오랫동안 낭랑님의 내실에 듭시지 않으셨습니다. 그래서 낭랑님께서 역정을 내시고 따따부따하옵시게 된 겁죠! "

이조가 그대로 또 한참 동안이나 기다리고 있자니, 내시가 다녀 나와서 전해 주었다.

"대왕님께옵서는 군사님께서 아직도 밖에서 기다리고 있느냐 하문하시었습니다."

이조가 선뜻 대답했다.

"아직도 여전히 기다리고 있소!"

잠시 후, 몇 명의 내시들과 궁녀들에게 포위를 당한 듯, 왕경이 전전(前殿)에 나타나 자리잡고 앉았다. 이조가 꿇어 엎드려 배무(拜舞)의 절을 마치고 사뢴다.

"소신의 생질 이회로부터 보고를 받았사온데, 송강 등은 장수 용맹하고 완강하여 완주, 삼남 두 성을 이미 격파하였삽고, 이제 또다시 송강은 군사를 갈라서 한쪽으로 서경을 넘보고, 또 한쪽으로 형남을 공격하려 한다 하옵니다. 원컨대 사병을 동원시키와 구원케 하옵소서!"

왕경이 그 말을 듣자, 대로하여 소리쳤다.

"송강이란 놈! 물구덩이 속에서 굴러먹던 도둑놈 주제에 어찌 이렇게 함부로 설친단 말이냐!"

즉각에 영지를 내려, 도독인 두학(杜壆)에게 장수 12명과 병력 2만을 거느리고 서경을 구원하러 가라 명령했고, 또 통군대장 사저(謝宁)에게는 장수 12명과 병력 2만을 거느리고 형남 땅을 구원하러 가도록 했다.

두 장수들은 병부(兵符)와 영지를 받들고 병마를 뽑아 집결시키고 무기를 정비했다. 가짜 추밀원에서는 장령들을 적당히 배속시키고, 가짜 전운사(轉運使—군량 책임관) 공정(龔正)은 군량을 두 장수들에게 넘겨 주었다. 두 장수는 왕경과 작별의 인사를 하고, 각각 사병을 거느리고 두 길로 갈라져서 두 고장으로 구원의 길을 떠났다.

한편, 송강의 군사는 기산 북쪽 10리쯤 떨어진 곳에 진을 쳐서 사병들을 주둔케 하고 공격할 준비를 하고 있었다. 적군의 내정을 탐지하러 나갔던 군사가 돌아와서 보고를 끝내자, 송강은 오용과 상의한 후 여러 장수들에게 알렸다.

"듣자니, 이회의 수하에는 용맹한 장병들이 골고루 모여 있다 하오. 기산은 형남 땅의 중진으로서, 아군 장병의 수효가 적군의 갑절이나 된다고 하지만, 적군은 험준한 곳을 차지하고 있으며, 아군은 산비탈에 자리잡게 된 까닭으로 적군에게 괴로움을 받게 될 것이 뻔한 노릇이오. 이회란 자는 교활하고 잔꾀에 능란한 자인지라, 여러분은 전투에 임하여 제반 정세를 현명하게 살피는 것이 중요한 점이고, 절대로 적군을 깔보는 일이 없도록 해주오!"

그리고 또 군령을 내리기를,

"군사를 진중에 모아 놓고 진문을 단단히 잠그고 길을 깨끗이 청소해 둘 것. 감히 밖으로 뛰쳐나가는 자 있다면 사형에 처하고 감히 호언장담하는 자가 있다면 역시 사형에 처한다. 군에는 명령이 둘은 없다! 명령을 둘인 줄 알고 거역하는 자는 또한 사형이고, 명령을 실천하지 않는 자도 사형에 처한다!"

군령이 전달되자, 군중은 엄숙한 공기에 싸였다.

송강은 대종을 수군의 두령인 이준에게 보내어, 군량선을 엄중히 경계하면서 군대에 계속 군량을 수송하라고 명령을 전달케 했다. 또 사람을 파견해서 이회에게 도전장을 보내고, 내일 결전을 하자고 약속했다.

송선봉은 별도로 명령을 내려서 진명과 동평, 호연작, 서녕, 장청, 경영, 금정, 황월에게 병력 2만을 거느리고 출전하라고 했다. 그밖에 초정과 욱보사, 단경주, 석용에게는 보병 2천 명을 거느리고 수목을 벌채하여 이편의 길을 넓게 뚫어 주어서 지리(地利)의 조건을 갖추라고 명령했다. 이렇게 해서 모든 배치가 끝나자 송강은 그밖의 여러 장수들과 함께 각각 진지를 수비하도록 했다.

그 이튿날 오경쯤 되었을 때, 식사를 준비해서 군사를 배불리 먹이고 말들에게도 먹이를 충분히 주어 가지고 새벽녘에 싸움터로 출발했다.

이회는 편장 마강(馬强), 마경(馬勁), 원랑(袁朗), 등규(騰戣), 등감(騰戡) 등과 병력 2만을 거느리고 습격해 왔다. 이 다섯 명은 적군의 쟁쟁한 맹장들로서 왕경은 그들에게 호위장군(虎威將軍)이라는 벼슬자리를 주기까지 했다.

마침내 적군과 진명 등은 맞닥뜨려 대치했다.

적군은 북쪽 산기슭 남쪽으로 향한 평탄한 땅에 진을 쳤다. 산 위에도 수많은 원호병들이 대기하고 있었다. 이때 양군의 진영에서는 각각 기호(旗號)를 올리고 진형을 정비했으며, 피차간에 강궁·경노를 발사해서 상대방의 출동을 견제했고, 북소리는 하늘을 무찌를 듯, 형형색색 깃발의 색채가 눈부시도록 찬란했다.

이때, 적군의 문기가 좌우로 펼쳐지면서 적장 원랑이 말을 달려 진두로 나와 버티고 섰다. 시뻘건 얼굴에 누런 수염, 9척 장신에 손에는 두 자루의 강철을 불에 달궈서 만든 투창(投鎗)을 움켜쥐고 있었다. 왼손쪽 창은 중량이 15근, 오른손쪽 창은 중량이 16근. 큰소리로 호통을 쳤다.

"물구덩이 속에서 뒹굴던 도둑놈들아! 내로라 뽐내는 놈이 있다면 선뜻 나와서 목숨을 바쳐라."

송군의 진영에서는 하북의 항장 금정(金鼎)과 황월(黃鉞)이 제일 먼저 공을 세우려고 말을 나란히 달려 일제히 뛰쳐나와 큰 소리로 매도했다.

"나라를 배반한 역적놈들아? 뭘 따따부따할 게 있느냐?"

금정이 발풍대도(發風大刀)를 휘두르며, 황월이 순전히 쇠로 만든 점강창(点鋼鎗)을 힘껏 움켜잡고 말을 달려 곧장 원랑에게로 달려 들어가니, 원랑도 두 자루의 강철창을 휘두르면서 맞서서 싸우게 되어 세 필의 말은 정(丁)자 형으로 갈라져서 대결하게 되었다.

세 장수가 싸우기를 30여 합. 원랑이 강철창을 한 번 막아내더니 말 머리를 돌려 뺑소니치기 시작했다. 금정과 황월이 말을 달려 추격해 가자 원랑은 별안간 말 머리를 획 돌렸다. 금정의 말이 황월의 말보다 앞서서 달리고 있었다. 금정은 칼을 휘둘러 마구 찔러 들어가고 있었다. 원랑이 왼쪽 손의 강철창을 높이 쳐들어 그것을 막아내니 쨍! 하고 소리를 내며 금정의 칼날이 깎이고 말았다. 금정이 칼을 거둬들일 만한 틈도 없이, 원랑이 오른쪽 손에 잡고 있던 강철창으로 그의 투구와 함께 골통을 후려갈기는 바람에 머리가 으스러진 채 말 위에서 털썩 떨어져 나뒹굴고 말았다.

황월이 잽싸게 달려들어 원랑의 가슴팍으로 불쑥 창을 내밀었지만, 원랑은 날쌔고도 약삭빠르게 몸을 획 돌이켰다. 황월의 창은 결국 허공을 찌르고 원랑의 겨드랑 밑으로 빠져 나가려고 했다.

원랑이 왼쪽 팔에 강철창 두 자루를 끼고 오른쪽 손으로 덥석 황월의 창자루를 움켜쥐고 힘껏 앞으로 낚아챘다. 황월은 그대로 비실비실 앞으로 끌려가는 도리밖에 없게 되었다. 원랑은 오른쪽 손으로 황월의 허리채를 움켜잡아서 말 위에 끌어내려 땅바닥에 내동댕이쳤다. 적군의 사병들이 우르르 몰려나와 고함을 지르며 쏜살같이 달려들어 꼼짝 못하게 짓눌러 가지고 자기네 진영으로 끌고 갔다. 황월의 말은 곧장 제 진영으로 되돌아가 버렸다.

송군의 진영에서는 벽력화 진명이, 두 장수를 잃게 되는 광경을 보다 못해 내심 분노를 금치 못하고 말을 달려 뛰쳐나와 낭아곤을 휘두르면서 쏜살같이 원랑에게 덤벼들었다. 원랑은 강철창을 휘둘러 그와 접전, 둘이서 맞닥뜨리기 50여 합. 이때 송군의 진영에서 여장군 경영이 은빛 머리털이 길게 늘어진 말을 달려 방천화극(方天畵戟)을 움켜쥐고 진명의 싸움을 거들러 불쑥 뛰쳐나왔다.

적장 등규가 그것이 여자라는 것을 알게 되자, 말을 급히 몰아 진지 밖으로 나와 너털웃음을 웃으며 소리쳤다.

"송강의 무리는 정말 물구덩이 속의 도둑놈들에 불과하구나? 어찌 아녀자를 진두에 서게 한단 말이냐!”

등규는 칼끝이 세 갈래로 갈라지고 칼날이 양면에 있는 괴상한 칼을 휘두르면서 경영을 상대로 하고 거침없이 싸움을 시작했다. 둘이서 맞닥뜨리기 10여 합, 경영은 화극으로 등규의 칼을 물리치는 체하고 말 머리를 돌려 자기 진영으로 뺑소니쳤다.

등규는 큰 소리로 호통을 치면서 경영의 뒤를 추격했다. 경영은 말안장에 걸려 있는 비단주머니에서 살며시 조약돌을 집어내 가지고, 날씬한 허리채를 비비꼬면서 등규를 겨누고 화살처럼 휙! 하고 날려 보냈다. 조약돌은 등규의 얼굴에 명중했다. 피부가 찢어지고 살점이 튀어나와 선혈을 뿌리면서 말 위에서 땅으로 거꾸로 박혀 떨어지고 말았다. 경영은 홱 말 머리를 돌려 쫓아가서 다시 화극을 휘둘러 등규에게 최후의 일격을 가해 끝장을 내버리고 말았다.

등감은 여장군이 자기 형을 거꾸러뜨리는 꼴을 보자 내심 격분을 금치 못하고 말을 달려 진중에서 뛰쳐나와, 호안죽절(虎眼竹節)의 강철채찍을 휘두르며 경영에게 덤벼들었다.

이편에서는 쌍편장(雙鞭將)이라는 별명으로 불리는 호연작이 말을 달리고 채찍을 휘두르며 마구 설치면서 대결했다. 여러 장수들이 쌍방 두 사람의 솜씨를 바라다보자니, 다 같이 비등비등한 막상막하의 적수들로서 몸차림도 비슷비슷한 점이 많았다.

둘이서는 진두에서 왼쪽으로 오른쪽으로 빙글빙글 돌면서 일진일퇴, 맞닥뜨리기 50여 합, 그런데도 승패는 아직 가려지지 않았다. 저쪽에서는 진명과 원랑이 맞붙어 싸우기 이미 1백50여 합, 적군의 진중 총수인 이회는 높은 곳에서 여장군의 조약돌이 무시무시한 기세로 등규를 거꾸러뜨리는 광경을 보자, 즉각에 북을 울려서 군대를 철수시켰다.

진명과 호연작은 적장의 용맹한 품을 보자 감히 그 이상 추격하려고 하지 않았다. 이렇게 해서 진명과 원랑은 피차간에 자기네 진영으로 철수했고, 적군은 산속으로 되돌아갔다.

진명 등이 군사를 수습해 가지고 진영 본부로 돌아와 보고하였다.

"적장이 굉장히 용맹한 축들이어서 금정과 황월을 빼앗기고 말았습니다. 만약에 장장군 부인(경영)께서 아니 계셨다면 아군의 사기는 꺾이고 말았을 것입니다."

송강은 극도로 근심걱정을 하면서, 오용과 상의했다.

"이래 가지고야 어찌 형남을 공격할 수 있으리요?"

그랬더니 오용이 두 손가락을 한데 겹쳐 보이면서, 한 가지 계책을 생각해내 가지고 말하였다.

"여차여차하게 하는 방법이 있을 뿐입니다."

송강은 그의 뜻대로 승낙하고 즉각에 노지심·무송·초정·이규·번서·포욱·항충·이곤·정천수·송만·두천·공왕·정득손·석용 14명의 두령을 불러서 능진과 함께 용감하고 민첩한 보병 5천 명을 거느리고 오늘 밤, 달이 없는 틈을 타서 각각 가뜬한 몸차림을 하고 단도·단패·표창·비도(飛刀)를 가지고 뒷길로 산을 돌아가서 거사하라고 명령했다. 여러 장수들은 명령을 받들고 떠나갔다.

이튿날 아침, 이회는 사병을 시켜서 도전장을 보내 왔다. 송강은 오용과 상의했다. 오용이 말하였다.

"적은 괴상한 계책을 쓰려고 벼르고 있는 게 뻔합니다. 그러나 노지심 등이 적진 깊숙한 곳까지 뚫고 들어가 있으니 시급히 결전의 준비를 서둘러야 할 것입니다."

송강은 '즉일교전(卽日交戰)'이라고 써서 되돌려 보냈고, 그 사병은 그것을 가지고 산으로 돌아갔다.

이리하여 송강은 진명, 동평, 호연작, 서녕, 장청, 경영을 선봉으로, 병력 2만을 거느리고 궁노(弓弩)를 앞장 세우고 둔(楯)과 극(戟)을 후방에 배치, 전차를 앞에 내세우고 기병을 양쪽 날개처럼 갈라 가지고 출격케 했다. 한편, 황신·손립·왕영·호삼랑에게는 병력 1만을 소집시켜 주어서 진중에서 대기하도록 하고, 이응·시진·한도·팽기에게도 병력 1만을 소집해 주어서 함께 진중에서 대기토록 하고 다음과 같이 명령했다.

"전군(前軍)에서는 호포(號砲)가 퍼지는 소리를 듣게 되면 전원 동·서, 두 길로부터 가로질러서 각각 군전(軍前)으로 나오도록 하라!"

또 관승, 주동, 뇌횡, 손신, 고대수, 장청, 손이랑에게는 보병 2만을 거느리고 본진 뒤에서 진을 치고 있다가 적의 후원군이 도착하는 것을 막아내도록 대비케 했다.

이렇게 해서 배치가 전부 끝나자, 송강은 오용·공손승과 함께 친히 싸움을 지휘하도록 하고, 그밖의 장령은 진지의 수비를 책임지도록 했다. 그날 아침 여덟시 전후, 오용은 구름다리에 올라가 정찰해 본 결과, 험준한 산세를 보자, 이내 군에 명령을 내려 다시 2리쯤 후퇴해서 진을 치게 했다. 두 갈래로 갈라진 기습의 대열을 유리하게 동원시키기 위해서였다.

이편에서 진용의 정비가 끝났을 때, 기산의 적장 이회는 원랑·등감·마강·마경 등 네 명의 맹장과 2만 2천의 병력을 거느리고 출전했다. 등감은 사병을 시켜서 앞서 베었던 황월의 수급을 대나무 가지에 매달아 높이 쳐들고 억센 기병으로 조직된 5천 명의 돌격대를 인솔하고 있었다.

사병들은 모조리 투구를 푹 눌러썼고 철갑으로 전신을 싸서 두 눈만 내보이며, 말까지 모두 두꺼운 갑옷으로 몸을 감고 탈을 씌워서, 그대로 드러나는 것은 단지 땅을 밟는 네 개의 말굽뿐이었다.

이것은 이회가 어제 여장군이 조약돌을 날려 장수 하나를 쓰러뜨린 것을 보았기 때문에 오늘은 이렇게 단단한 몸차림을 한 것으로서, 화살이든 조약돌이든 막아낼 수 있다는 것이었다. 이 5천 명의 병사들이 두 대의 궁병(弓兵)과 한 대의 장창병(長鎗兵)의 호위를 받으며 돌격을 가해 오고, 그 뒤에 있는 사병들은 두 갈래로 갈라져서 협공을 가해 왔다. 송군은 그것을 막아내지 못하고 돌아서서 급히 뒤로 물러섰다.

송강이 당황해서 호포를 쏘라고 했는데, 그때에는 이미 전차를 몰고 있던 수백 명의 군사들이 적군의 화살을 맞고 있었다. 그러나 다행하게도 전차가 길을 가로막고 있었기 때문에, 적군의 강철 같은 기병대는 진군을 계속하지 못했다.

그러나 한편, 전차 이쪽에 있던 송군의 기병들은 돌진해서 공격을 가할 수가 없었다. 이렇게 또다시 위태로운 지경에 빠졌을 때, 돌연 산 저쪽에서 연주포 소리가 울려퍼지며 노지심 등의 일군의 장수들이 산봉우리를 기어넘어서 산꼭대기로 쇄도해 올라왔다.

산채 안에 있던 적군은 5천 명의 노쇠하고 약한 사병에다가 한 명의 편장뿐이어서, 노지심 등에게 모조리 목숨을 잃고 산채를 탈취당하고 말았다. 이회 등은 산 저쪽에서 변고가 생겼다는 것을 알자 당황하여 사병을 후퇴시켰는데, 그때 황신 등 네 장수와 이응 등 네 장수가 양쪽에서 기습을 가했고, 송강도 총포수(銃砲手)에게 정확한 사격을 시켰기 때문에 적군은 뿔뿔이 흐트러지고 말았다.

거기다 또 노지심, 이규 등 14명의 두령들이 보병을 거느리고 산꼭대기에서 쳐내려와 닥치는대로 무찔러 버리니, 적군은 지리멸렬이 되어 좌왕우왕 도망치느라고 눈코뜰 사이가 없었다. 비참하게도, 맹장 원랑은 화포에 맞아 목숨을 잃었고, 후방에 있던 이회도 노지심의 손에 거꾸러졌으며, 마경·등감도 혼전 속에서 전사했고, 겨우 마강 하나만이 도망쳐 버렸을 뿐이었다.

탈취한 갑옷·투구·북·말은 부지기수였고, 적군의 3만 대군은 그 절반이 죽어 넘어져 산 아래 위에는 시체가 즐비하게 나뒹굴었다. 송강이 군사를 수습하고 점검해 보니, 이편도 1천여 명을 상실했다. 날이 어두워져서 기산 북쪽에 다시 진을 치게 되었다.

이튿날, 송강은 장병을 거느리고 산 위로 올라가 금은 재물과 군량을 압수한 뒤 불을 질러 적군의 산채를 태워 버렸다. 그리고 전군 장병에게 후하게 상을 내렸으며, 노지심 등 15명과 경영의 공로를 공적부에 기록하고, 군사를 지휘해서 전진을 계속, 기산을 넘어서 대군을 형남 땅에서 15리쯤 떨어진 곳에 멈추게 했다. 다시 군사 오용과 상의한 결과 군사를 여러 갈래로 나누어서 성을 공격하기로 했다.

이야기는 잠시 달라져서 뒤로 물러나가게 되는데, 한편 서강을 목표로 하고 진군을 계속한 노준의의 군사들은 산이 닥치면 길을 뚫고, 강이 가로지르면 다리를 놓으면서 전진했는데, 도중에서 보풍(寶豐)의 적장 무순(武順) 등을 비롯해서 각지의 적장들이 꽃다발을 들고 등불을 밝히며 영접해 주었고, 성을 바치고 조정에 귀순했다.

노준의는 그들을 위로하고 격려해 주면서 무순 등에게 그대로 성을 지키도록 하라고 했다. 그래서 모든 적장들은 감격의 눈물을 흘리며 사악함을 버리고 올바른 길로 돌아서게 되었다.

이렇게 되니 노준의 등은 남쪽을 염려할 필요가 없어졌고, 군사들은 먼 길을 곧장 달려 불과 며칠 동안에 서경성 남쪽 30리 되는 지점에 있는 이궐산(伊闕山)이란 곳에 이르러 진을 치게 되었다. 탐지한 바에 의하면, 성 안의 주장(主將)은 가짜 선무사인 공단으로서, 통군인 계승(奚勝)과 몇 명의 맹장들과 함께 성을 지키고 있는데, 통군 계승이란 자는 진법을 공부해서 오묘한 경지에 도달해 있는 인물이라는 것이었다. 노준의는 즉각에 주무와 상의했다.

"무슨 계책으로 성을 공격하면 좋겠소?"

주무가 대답하였다.

"계승이란 자는 제법 병법에 정통한 인물이라 합니다. 반드시 저편에서 먼저 싸움을 걸어올 것이니, 아군은 미리 진형을 정비해서 적군이 쳐들어오기를 기다렸다가 서서히 도전하도록 하십시다."

"군사의 말씀이 지당하시오."

노준의는 이렇게 말하고, 즉각에 군사를 배치하여 산 남쪽 평탄한 땅에 순환팔괘진(循環八卦陣)을 펼치기로 했다.

대기하고 있을 때, 마침 적군은 세 갈래로 갈라져서 쳐들어왔다. 맨 가운데 1대는 황기(黃旗), 왼쪽 1대는 청기(靑旗), 그리고 오른쪽 1대는 홍기(紅旗)를 휘두르면서 전군이 일제히 진격해 왔다. 계승은 송군이 진형을 펼치고 있는 것을 보자, 즉각에 청기·홍기 2대를 좌우로 갈라서 진을 치도록 했다. 구름다리 위에 올라가서 정찰해 보니 송군의 진형은 '순환팔괘진'이었다. 계승이 말했다.

"저 진형을 내가 모를 줄 알구서? 좋다! 우리 편도 진형을 펼쳐서 놀라게 해주리라!"

즉각에 여러 군사들에게 명령하여 화고(畵鼓)를 세 번 울리게 하고 장대(將臺—지휘대)를 세워 그 위에서 두 자루의 신호기를 좌우 양쪽에서 휘둘러 진형을 자리잡도록 했다. 그리고 장대에서 내려와 말을 타고 수장을 시켜 진중의 길을 틔우게 하고 진두로 달려나가 노준의에게 호통을 쳤다.

"네 놈은 '순환팔괘진'이라는 진을 치면 남의 눈을 속일 수 있다고 생각하느냐? 네 놈은 감히 내 진이 무슨 진인지를 알지 못할 것이다!"

노준의는 계승이 진법을 가지고 도전하려는 눈치를 채자, 주무와 함께 구름다리 위에 올라서서 적군의 진형을 휘둘러 봤다. 그것은 세 면을 나란히 세워서 한 소대를 만들고, 3소대를 합쳐서 1중대(中隊)로 하고, 5중대를 합쳐서 1대대(大隊)로 해서 겉으로 보면 방형(方形)이면서도, 안쪽은 원형이고 큰 진(陣)으로 작은 진을 둘러싸서 서로 연결되어 있는 것이었다.

주무가 노준의에게 말하였다.

"이것은 이약사(李藥師—李靖)의 육화진법(六花陣法)입니다. 이약사는 무후(武侯—제갈공명)의 팔진법(八陣法)을 근거로 하고 그것을 '육화진'으로 변경한 것입니다. 적장은 우리 편이 저런 진법을 모를 줄 알고 깔보고 있습니다만,

우리 편의 이 팔괘진은 8×8=64의 변화를 지니고 있는 것입니다. 이것이 바로 무후의 팔진형(八陣形)으로서 능히 놈의 육화진을 격파할 수 있을 겁니다."

노준의는 진두에 나서서 고함을 질렀다.

"고작해야 '육화진' 따위를 가지고 무슨 큰 소리를 탕탕 치고 있느냐? 아무것도 신기로울 게 없잖으냐?"

계승이 말하였다.

"감히 쳐들어올 수가 있겠느냐?"

노준의는 한바탕 크게 너털웃음을 쳤다.

"핫! 핫! 핫! 그 따위 하잘것없는 진형쯤이야 뭣이 어려울 것이 있겠느냐?"

노준의가 진중으로 되돌아오자, 주무는 장대 위에서 신호기를 좌우로 휘둘러 팔진형으로 진형을 변경시켰다. 주무는 노준의에게 양지, 손안, 변상 등에게 장갑기병(裝甲騎兵) 1천 명을 거느리게 해서 적진을 습격하도록 해달라고 하며,

"오늘은 일진이 금(金)에 속하는 날이니, 우리 진지의 정남(正南)의 방향에 있는 군사를 가지고 일제히 진격해 들어가는 게 좋겠습니다."

했다. 양지 등은 이 계책대로 북을 세 번 두드리면서 여러 장수들과 함께 쳐들어가 적진의 서쪽 문기를 찔러서 떼어 버리고 일제히 돌격을 가했다. 이쪽에 있던 노준의도 마령 이하 여러 장병을 거느리고 무찔러 들어가니 적군은 우르르 하고 일시에 흐트러져 버렸다.

한편, 양지 등이 적의 군중으로 쳐들어가고 있을 때, 마침 계승이 몇 명의 맹장을 거느리고 그들의 호위 속에서 북쪽으로 도주하다가 공교롭게도 맞닥뜨리게 되었다. 손안과 변상은 공로를 세우고 싶은 욕심으로 군사를 거느리고 그

뒤를 추격하다가, 부지중 적군의 진지 깊숙한 곳까지 뚫고 들어갔다.

이때 돌연 언덕 저쪽에서 징소리가 요란하게 울리더니 일대(一隊)의 사병들이 우르르 달려나왔다. 양지와 손안 등은 시급히 뒤로 물러나려고 했지만 이미 때가 늦었다. 그야말로 진을 찌르는 말은 푸른 산봉우리 밑에 거꾸러지고, 파도 위에서 희롱하는 배는 푸른 풀 속에 빠져 버린다는 격이니, 과연 이 한떼의 병마들은 어디서 나타난 것이며, 손안 등은 어떻게 적군을 맞아서 싸울 것인지?

108 구름같이 떠다니는 호걸

喬道淸興霧取城
小旋風藏砲擊賊

양지·손안·변상 등이 계승을 쫓아서 이관산 근처까지 갔을 때, 뜻밖에도 산비탈 저편에 숨어 있던 적장이 기병 1만 명을 거느리고 뛰쳐나와, 양지 등과 격전을 시작, 계승은 위험한 지경을 간신히 피해서 패잔병을 거느리고 성 안으로 들어가 버렸다.

손안은 용기를 다해서 분투한 결과 적장 둘을 거꾸러뜨렸으나, 워낙 적은 수효로 강적을 물리칠 수 없어서 수하의 천여 명 장갑기병이 모조리 적병에게 쫓기어 깊은 계곡 속으로 처박혀 버리게 되었다.

그 계곡이란 것은 사방이 전부 깎아지른 듯한 절벽이어서 한 군데도 뛰쳐나갈 만한 길이 없었고, 적군은 나무와 돌을 운반해다가 계곡 어귀를 막아 버렸다. 다시 적군은 성 안으로 되돌아가서 공단에게 보고했다. 공단이 2천여 명의 사병을 동원시켜 계곡 어귀를 완전히 덮어 버리니, 양지·손안 등은 설사 날개가 돋아 있더라도 날아서 나올 수 없는 기막힌 궁지에 빠지고 말았다.

한편, 노준의 등이 계승의 육화진을 격파하게 된 것은, 태반은 마령이 금파술(金磻術)로써 수많은 적병을 거꾸러뜨렸기 때문이었고, 또 평소에 여러 장수들이 용맹했던 까닭으로 완전한 승리를 거둔 것이었다. 적군의 쟁쟁한 맹장

3명을 죽이고, 그 기세를 그대로 밀고나가서 용문관(龍門關)을 탈취하고 수급을 1만 이상, 말·투구·금고 등을 무수하게 얻게 되었는데, 적군이 허둥지둥 성 안으로 도망쳐 버린 때문이었다.

노준의가 군사를 점검해 봤더니, 선봉으로 맡아 나섰던 양지·손안·변상 이하 1천 명의 군사의 모습이 보이지 않았다. 노준의는 즉각에 해진, 해보, 추연, 추윤에게 각각 1천 명의 군사를 거느리고 사방으로 나가 탐색하도록 했지만, 날이 어둡도록 아무런 종적도 찾아낼 수 없었다.

이튿날 노준의는 군사의 행진을 멈추어 움직이지 않고, 다시 해진 등에게 명령하여 수색에 나서게 했다. 해보가 1대의 병마를 거느리고 등나무 덩굴에 매달려 산봉우리를 기어 올라가, 이관산 동쪽 제일 높은 꼭대기에서 서쪽을 바라다봤더니, 아래로 깊숙한 계곡 속에 희미하나마 일군의 군사들의 모습이 보이긴 하지만, 무성한 나무에 가려져서 또렷한 것을 파악할 수 없었다.

해보는 천신만고, 군사를 거느리고 산 아래로 내려와서 주민들을 찾는 데 성공, 마침내 송강의 군사임을 설득하자 감탄해서 어떤 마을 사람이 그곳을 가르쳐 주면서,

"그 계곡은 요홍곡(蓼窪谷)이라 하는데 들어가는 길은 한 갈래밖에 없습니다."

하고 당장에 해보 등에게 계곡 어귀까지 가는 길로 인도해 주었다. 마침 일이 잘 되느라고 추연, 추윤 2대의 군사들도 그곳을 찾아온 판이었다. 군사들을 합세시켜 적병을 무찌르고 일제히 달려 들어가 나무와 돌을 들어내고 해보와 추연이 군사를 거느리고 계곡 속으로 들어갔다. 과연 기막힌 심산유곡이었다.

양지·손안·변상은 1천 명의 군사들과 함께, 사람도 말도 지쳐 빠져서 모두 나무 아래 주저앉아 죽음을 기다리고 있었는데, 해보 등의 군사를 보자 일동 춤을 추며 기뻐하고, 환호의 고함소리를 질렀다. 해보는 몸에 지니고 있던 건량(乾糧)을 양지 등 일동에게 나누어 주어 기갈을 면케 해주었다. 식사가 끝나자 일동은 일제히 계곡에서 나왔다. 해보는 길을 인도해 준 마을 사람을 진영 본부로 데리고 와서 노선봉에게 소개했고, 노준의는 크게 기뻐하여 은붙이와 곡식을 제공해서 피난민들을 즐겁게 해주었다.

그 이튿날, 노준의가 주무와 성을 공격할 군사를 소집하려고 했을 때, 뜻밖에도 정찰대원이 말을 달려와서 보고하였다.

"왕경이 가짜 도독 두학에게 열두 명의 장령과 병력 2만을 딸려서 구원에 동원케 하여, 그 군대는 벌써 30리쯤 떨어진 지점까지 쳐들어오고 있습니다."

노준의는 이런 보고를 받자, 주무·양지·손립·단정규, 위정국에게 교도청·마령과 함께 병력 2만을 거느리고 진영 본부 정면에 진을 치게 해서, 성 안에서 달려나오는 적군의 습격을 막아내도록 지시했고, 해진·해보·목춘·설녕에게는 병력 5천을 거느리고 산채를 지키도록 했으며, 노준의 자신은 나머지 장수들과 병력 3만 5천을 거느리고 두학과 대결하기로 했다.

이때, 마침 옆에 있던 연청이 노준의더러 오늘은 싸움터에 나가지 말라고 권고했는데, 그 까닭은 자기가 어젯밤에 불길한 꿈을 꾸었기 때문이었다. 노준의는 농담으로 흘려들었지만 연청은 막무가내, 자기에게도 따로 군사 5백 명을 배치해 주어서 별도로 행동하게 해달라고 졸라댔기 때문에,

노준의는 그것을 쾌히 승낙하며 다음과 같이 말했다.

"자네가 무슨 짓을 하려고 그러는지, 어디 두고 보세!"

노준의는 싱글벙글 웃는 낯으로 여러 장수들과 군사를 거느리고 진영 본부를 출발, 평천교(平泉橋)를 지나쳐 갔다. 이 평천이란 고장은 본디 기암괴석이 많은 곳이었는데, 무심코 바라보니, 연청이 그곳에서 부하들을 지휘해 가면서 나무를 찍어 넘어뜨리느라고 정신 없이 열중해 있었다. 노준의는 마음속으로 우스운 생각을 금치 못했지만, 급히 싸움터로 달려가야겠기 때문에 소리를 질러 볼 틈도 없었다.

노준의의 군대는 용문관 서쪽 10리 지점에 가서 서쪽을 향해 진을 치고 대기하고 있었다. 얼마 안 되어서 적군이 쳐들어와 양쪽 군사들이 대치하게 되었다.

서쪽 진영의 편장 위학(衛鶴)과 송군측의 산사기가 제일 먼저 대결. 이 싸움은 30여 합을 대결하다가, 산사기가 창으로 위학의 말 뒷발을 찔러 거꾸러뜨리고 말았다.

두 번째 싸움은 서쪽 진영에서 격분해서 뛰쳐나온 풍태(酆泰)와 산사기와의 대결. 두 장수가 맞닥뜨리기 10여 합, 변상이 산사기를 거들어 주려고 뛰쳐나왔다. 풍태가 호통을 치면서 변상에게 덤벼들었지만, 변상은 더 한층 용감하게 풍태의 말 머리 가까이 다가들자, 크게 호통을 치면서 풍태의 가슴을 창으로 찔러 말 아래로 동댕이쳐 버렸다. 양군의 고함소리에 천지가 진동하는 듯했다.

서쪽 진영의 총수 두학은 두 장수가 계속 거꾸러지는 꼴을 보자, 격분의 불길이 훨훨 타올라 1장 8척이나 되는 사모(蛇矛)를 잔뜩 움켜잡고 말을 달려 친히 진두에 나섰다. 송군의 진영에서도 노준의가 친히 진두에 나서서 두학과 맞닥뜨리기 50합, 도무지 승부가 나지 않았다. 두학의 사모는 실로 신출귀몰한 재간을 부렸다. 손안은 노준의가 승리를 거두기 어려운 것을 보자, 칼을 휘두르며 말을 달려 싸움을 거들러 나섰다.

이때, 적장 탁무(卓茂)도 낭아봉을 휘두르며 말을 달려나와 맞서서 손안과 대결하기 겨우 4,5합, 손안은 놀라운 위력을 발휘, 한칼로 탁무를 말 아래로 거꾸러뜨려 버리고, 말 머리를 돌려 다시 칼을 휘두르며 두학에게로 쳐들어갔다.

두학은 손안이 탁무를 거꾸러뜨린 것을 보고도 손을 쓰지 못하다가, 손안의 칼에 오른쪽 팔을 잘려 말 위에서 거꾸로 박혀 떨어지고 말았다. 노준의가 다시 창을 들어 두학에게 최후의 일격을 가했다. 노준의 등이 군사를 몰아 대거 습격해 들어가니, 적군은 뿔뿔이 흩어지고 말았다.

이때, 서남쪽에서 비스듬히 뻗쳐 내려간 좁은 길로부터 1대의 기병이 난데없이 뛰쳐나왔다. 말을 타고 선두에 서 있는 장수는, 얼굴은 거무튀튀하고 추악하게 생긴데다 짤막한 떠꺼머리, 쇠로 만든 도사의 관을 썼고, 붉은 빛 전포(戰袍)를 입었으며, 새빨간 말을 타고 덤벼들었다.

노준의 등은 그가 입고 있는 것이 적군의 군복임을 확인하자 군사를 몰아 대거 습격해 들어갔는데, 그 괴상한 장수는 싸움을 하려고 하지는 않고, 입으로 두 서너 마디를 중얼중얼하더니 칼로 남쪽 방향을 가리키며 푹 찔렀다. 그러자 적장의 입에서 불길이 내뿜어졌다. 순식간에 아무것도 없는 땅바닥이 훨훨 불타오르며 연기를 뿜고 송군을 향해서 타들어왔다.

노준의는 도망칠 틈도 없었다. 송군은 이리저리 흐트러졌고, 금고와 마필을 버리고 도주하는 도리밖에 없게 되었다.

우물쭈물하다가 뒤늦게 달아난 사람은 모두 불에 타서 머리
와 얼굴이 엉망진창, 사망자가 5천 명을 넘었다. 여러 장수
들은 노준의를 호위하면서 평천교까지 도망쳤다.

군사들이 서로 앞을 다투어서 다리를 건너려고 했기 때
문에 즉각에 다리가 내려앉아 버렸는데, 다행히 연청이 나
무를 베어다가 다리 양편에 구름다리를 가설해 놓았기 때문
에 군사들은 강을 건너 2만여 명이 목숨을 건지게 되었다.

노준의와 변상을 태운 두 필의 말이 뒤늦게 다리 근처까
지 왔을 때, 적장이 쫓아와서 변상을 향해 불을 뿜었다. 변
상이 전신 불덩어리가 되어서 화상을 입고 말에서 떨어진
것을 적병들이 몰려와 죽이고 말았다. 노준의는 다행히 구
름다리 때문에 목숨을 건지게 되어 아슬아슬하게 도망칠 수
있었다.

적장이 사병을 거느리고 추격해 왔지만 이쪽 선발대가
이런 정세를 교도청에게 알려서, 교도청은 즉각에 혼자몸으
로 칼을 휘두르며 달려와서 적장과 대결했다. 적장은 교도
청이 달려오는 것을 보자, 또다시 칼을 높이 들어 남쪽 방
향을 찌르는 체했다. 불길은 전보다 한층 맹렬하게 타올랐
다. 교도청은 주문을 외면서 칼끝을 곧장 북쪽으로 향하고
삼매신수(三昧神水)라는 술법을 발휘했다.

그랬더니 당장에 시커먼 기운이 줄기줄기 수없이 뻗쳐나
서 저쪽으로 날아가, 무시무시한 폭포와 땅에서 치밀어 오
르는 물줄기로 변해 적장을 향하고 퍼부어서 요사스런 불길
을 꺼버리고 말았다.

적장은 요술이 맥을 쓰지 못하게 되자 말 머리를 돌려서
도망쳤는데, 말이 물에 젖은 바윗돌 위에서 미끄러지면서
땅에 굴러떨어졌다. 교도청은 말을 달려 뒤쫓아가 칼을 휘

둘러 적장을 두 동강으로 잘라 던지고 말았다. 적장의 수하에 있던 5천 명의 기병들도 나자빠져서 부상한 자 5백여 명, 교도청은 칼을 뻗쳐들고 호통을 쳤다.

"항복하는 자는 목숨만은 살려 주기로 하겠다!"

적병들은 교도청의 놀라운 솜씨를 보자, 모조리 말을 내려 무기를 버리고 꿇어 엎드려 목숨만 살려 달라고 애원했다. 교도청은 이번에는 자상한 말로써 위로해 주고, 적장의 수급을 높이 매달아 들고 항복한 적병들을 거느리고 노선봉을 회견, 승리를 보고했다. 노준의는 감사하여 마지않았고, 또 연청의 이번 행동을 극구 칭찬해 주었다.

여러 장수들은 항복해 온 적병들에게 물어 보고, 비로소 그 요사스런 불을 뿜어낸 괴상한 자의 성은 구(寇), 이름은 위(威)라고 하여, 요화(妖火)를 가지고 화공법을 쓰는 것이 장기이고, 그 용모가 너무나 추악해서 독염귀왕(毒焰鬼王)이란 별명을 듣는 인물임을 알 수 있었다.

꽤 오래 전에 왕경을 도와서 반란을 일으키게 했던 자인데, 그후 2년 동안이나 어디론지 종적을 감추었다가 근자에 다시 남풍 땅에 나타나서,

"송군은 굉장한 세력을 지니고 있으니 내가 쳐부수겠소!"
하고 호언장담을 했기 때문에, 왕경이 그를 이곳으로 보낸 것이었다.

공단과 계승은 자기네 편 구원병이 패배한 것을 보자 감히 싸울 생각은 하지 않고, 오직 병력을 증강하여 성을 지키는 데만 전력을 기울이고 있었다.

이때 교도청은 자기가 밤에 나서서 한 번 신술을 발휘해 보겠다고 말하고, 여차여차한 방법임을 노준의에게만 비밀리에 알려 놓고, 그날 밤 이경쯤 되어서 뛰쳐나가 칼을 휘

둘러 술법을 발휘했다. 그랬더니 즉각에 안개가 자욱하게 끼어서 서경을 온통 뒤덮었다. 성문을 지키고 있던 사병들은 지척을 분간치 못하게 되어, 서로 마주 쳐다보면서도 누군지 얼굴을 알아보지 못할 지경이었다.

송군은 어둠 속을 헤치고 녹온(轆轀)이라는 전차를 이용해서 쏜살같이 성벽 위로 기어올라갔다.

이때 돌연, 한 방의 포성이 울렸다. 짙은 안개가 즉각에 말짱하게 사라졌다. 성벽 위에는 사방에 모조리 송군들, 저마다 품속으로부터 불씨를 꺼내 가지고 횃불을 밝혔다.

그 횃불이 전후 사방을 비치어서 마치 대낮같이 밝았다. 성문을 지키던 사병들은 너무나 뜻밖인 놀라움에 몸이 비비 꼬이고 옴짝달싹도 못했다. 거기다가 송군이 무기를 휘둘러 마구 무찌르는 바람에, 성벽에서 떨어져 죽은 적병이 부지기수였다.

공단과 계승은 변고가 발생한 것을 알자, 거품을 내뿜을 지경으로 대경실색, 시급히 사병을 거느리고 구원에 나섰지만 그때는 벌써 사면 성문이 송군에게 탈취당한 뒤였다. 노준의는 군사를 거느리고 대거 성 안을 습격했다. 공단·계승은 전란통에 찔려 죽었고, 나머지 편장과 아장, 두목들도 모조리 항복했으며, 투항한 사병의 수효가 3만 명에 달했으나 주민들은 아무런 위험도 침해도 받지 않았다.

날이 밝자, 노준의는 포고문을 발표, 주민을 안심시키고 교도청의 큰 공로를 공적부에 기록했으며, 전군 장병에게 상을 후하게 내렸고, 마령을 파견하여 송선봉에게 첩보를 전달시켰다. 마령이 명령을 받들고 가더니 밤이 되어 돌아와서 이렇게 보고하였다.

"송선봉 등은 형남 땅을 공격하여 연일 적군과 격투 끝에

남풍에서 몰려든 적의 구원군을 크게 격파했고, 그 총수 사
저를 포로로 납치했다 합니다. 송선봉은 싸움으로 너무 심
려해서 병이 들어 진중에 누워 계시며, 요즘 며칠 동안 군
무는 모두 오군사께서 보고 계시다 합니다."

노준의는 이런 보고를 듣자 울적한 심사를 금치 못하고,
시급히 군무의 미진한 것을 수습해 놓고 서경성을 마령과
교도청에게 부탁해서 군사를 통솔하여 지키라 하고 이튿날
그들과 작별, 주무 등 20명의 장수를 거느리고 서경을 뒤
로 급거 형남 땅으로 향했다.

며칠 안 가서 일행은 형남성 북쪽 진영 본부에 도착했다.
송강은 신의 안도전의 치료로 병이 거의 완쾌되어 가고 있
었지만, 한편 송강에게 문병을 왔다가 돌아가던 당빈이 본
부 진영에서 30리쯤 떨어진 지점에서 적장 미성·마강의
기습을 받아 마침내 목숨을 잃었고, 소양·배선·금대견 등
세 장수가 생포되어 납치당해 갔다는 놀라운 소식을 접했
다.

"저 세 장수를 잃어서는 큰일이다!"

군사 오용은 여러 장수들에게 명령을 내려, 협력해서 성
을 공격하라고 했다. 한편, 성 안을 지키고 있는 적장 양영
(梁永)은 가짜 수성관(守成官)의 자리를 차지하고 있었으
며, 미성과 마강은 모두 싸움에 패해서 이곳으로 도망쳐와
서 숨어 있는 중이었다. 적군의 두령들은 성수서생이라는
이름을 잘 알고 있었기 때문에, 소양·배선·금대견 등 세
사람을 구슬리고 달래고 하며 항복하기를 권했지만, 세 장
수는 막무가내, 도리어 적과 항거하여 맞섰다. 수성관 양영
이란 자는 마침내 사병들에게 호통을 쳐서 세 장수에게 큰
칼을 씌운 다음 호되게 매질을 하라고 명령했다. 사병들은

두목의 명령대로 세 장수를 벌거숭이로 벗겨 가지고 난폭하게 매질을 했다.

원수부 앞에는 송군 가운데서도 쟁쟁한 세 장수를 구경하려는 사병들과 주민이 떼를 지어 몰려들었다. 이 많은 사람 가운데서 유난히 격분을 못 참는 사람이 하나 있었다. 그는 소가수(蕭嘉穗)라는 사람으로서 원수부 남쪽 골목 지물포 옆에 임시로 거처하고 있었는데, 정의의 기개가 대단한 대장부였다.

그의 조상 소담(蕭憺)은 남북조(南北朝) 때의 인물로서 형남 땅의 자사(刺史—장관)를 지냈다. 양자강의 물줄기가 터져 나왔을 때 소담은 몸소 군사와 관리들을 거느리고 비를 맞아 가며 그것을 수축하려고 했는데, 비가 워낙 세차게 퍼붓고 증수량이 늘어서 일행 여러 사람들이 일단 피난하자고 했지만, 그는,

"한나라 무제(武帝) 때의 왕존(王尊)은 터진 황하의 물도 막으려고 했거늘, 내 어찌 이만 일을 못하리요!"
하고 고집을 부렸는데, 이 말이 끝났을 때 물줄기가 물러나갔고 제방이 쌓아 올려졌다는 것이었다. 그 해 한 줄기 벼에 여섯 개 이삭이 달린 경사스런 일이 생겨서 소가수(蕭嘉穗)라는 이름까지 짓게 되었다고 한다.

이 소가수란 사람은 호탕한 성격에다 뜻이 높고 도량이 넓으며, 힘이 뛰어나게 완강하고 무예에도 정통해서 정말 대장부다운 인물이었다. 우연히 이 고장에 놀러 왔다가 왕경이 반란이 일으켜 성을 탈취하려는 것을 알고, 그는 적군을 물리칠 수 있는 계책을 제공했지만 당사자는 그것을 받아들여 주지 않았고, 성은 함락되고 말았다. 적군은 명령을 내려 모든 주민을 성 밖으로 나가지 못하게 했고, 성 안으

로 들어오는 것만 허락하기로 했다. 그래서 소가수도 성 안에 머물러 있으며 낮이나 밤이나 적군을 뒤집어엎을 궁리를 하고 있었는데, 혼자서는 어찌할 도리가 없는 중이었다. 이런 때, 마침 적군이 소양 등 세 장수를 결박해 놓은 것을 보았고, 또 송군이 소양 등을 위해서 맹렬히 성을 공격해 왔기 때문에 적군과 주민들이 모두 공포에 떨고 있는 꼴을 보자, 그는 혼자서 곰곰 생각했다.

'기회는 바로 지금이다. 성 안의 수많은 인명을 구출하기 위해서는 이런 방법밖에 없다!'

소가수는 급히 자기 처소로 돌아가, 점심때쯤 심부름꾼 녀석에게 큰 벼루에 먹을 듬뿍 갈라고 한 뒤 여러 장의 격문을 썼다.

'성 안의 사람들은 모두가 송나라 조정의 선량한 백성들이다. 적을 도와주기 싫어함을 확신하는 바이다. 송선봉은 조정의 양장(良將)으로 거느린 장수 1백8명, 충의의 영웅임은 천하가 다 아는 바이다. 성 안에는 사병도 적고 장수도 적으니 조만간 성지(城池)를 쳐부수게 되면 옥석의 구별 없이 전부가 멸망 상태에 빠지고 말 것이다. 성 안의 국민들은 목숨을 보전하고 싶다면 일제히 나를 따라 적을 무찌르러 가자!'

그날 소가수는 진종일 각방면으로 정세를 살피다, 밤이 되어 날이 밝기를 기다려 그 몇 장의 격문을 원수부 주변에다 뿌렸다. 여러 사람들이 몰려들어 그것을 집어서 읽게 되었고, 적장 양영은 그런 정보를 입수하자 명령을 내려 각 진영의 경계를 엄중히 하고 간첩을 체포함에 전력을 기울이라고 했다.

소가수가 품속에 칼을 품고 군중을 헤치고 들어가 종이

에 쓴 격문을 소리쳐 두서너 번 낭독하니, 주민들과 사병들은 깜짝 놀라며 서로 얼굴들을 쳐다보고 어쩔 줄 몰랐다. 양영의 명령을 받들고 선령관(宣令官) 하나가 5,6명의 사병을 거느리고 각진영에 포고문을 전달하고 있었다. 소가수는 군중 틈에서 뛰쳐나와 호통을 한마디 치더니, 한칼로 선령관이 타고 있는 말다리를 찍어 넘어뜨려 그가 말에서 나뒹굴어 떨어지는 것을 보자 이내 달려들어 목을 베어 버렸다. 소가수는 왼쪽 손에 선령관의 모가지를 움켜쥐고, 오른쪽 손에는 칼을 움켜잡은 채 큰 소리로 고함을 질렀다.

"목숨이 소중한 사람은 이 소가수를 따라서 적병을 무찔러라!"

원수부 앞에 있던 사병들은 근자에 소가수와 낯익은 사람들이었고, 또 그가 강직하고 용감한 인물임을 잘 아는지라, 순식간에 5,6백 명이 한덩어리로 뭉쳐졌다. 소가수는 사병들이 몰려든 것을 보자 또 한 번 큰 소리로 호통을 쳤다.

"백성으로서 용맹하고 대담한 사람은 모두 협력하도록 하라!"

그의 음성은 수백 보 앞까지 찌렁찌렁 울려 퍼졌다. 이때 사방으로부터 이에 호응해서 주민들이 각각 몽둥이를 휘두르며, 혹은 목책 말뚝을 뽑아 가지고 혹은 상다리를 꺾어 가지고 순식간에 5,6천 명이나 한데 뭉쳐 요란스럽게 고함을 질렀다.

소가수는 그 선두에 서서 군중을 인솔하고 원수부로 쇄도했다. 양영이란 자는 평소에 군민들을 학대하고 병졸들을 채찍질로 괴롭혀 왔기 때문에 호위하고 있는 장병들도 원한에 사무쳐 있었다. 그래서 변고가 발생한 것을 알자마자,

일제히 이에 가담하여 안으로 깊숙이 쳐들어가 한 집안식구를 모두 몰살시켜 버렸다. 소가수는 사병과 주민들을 거느리고 원수부 밖으로 우르르 몰려나왔다. 인원은 2만 명이나 되었다. 소양, 배선, 금대견 세 사람의 큰칼을 벗기고 결박당했던 것을 풀어 주었다. 소가수는 힘이 센 사람 셋을 뽑아서 소양 등 세 사람을 떠메게 하고 친히 선두에 서서 양영의 수급을 손에 들고, 성문을 지키고 있던 적장 마강을 죽이고 그곳을 지키고 있던 사병들까지 쫓아 버리고 성문을 열면서 구름다리를 내려놓았다.,

이때, 마침 오용은 북문으로 쳐들어가 장병을 지휘해서 성을 공격하려고 했는데, 마침 성 안에서 고함소리가 들리고 잇달아 성문이 열리는 것을 보자, 적병이 쳐나오는 줄로만 알고 즉각에 군사를 서너너덧, 화살 사정거리 밖으로 후퇴시켜서 진을 치고 맞서 싸우려고 했다. 그런데 자세히 살펴보니 소가수가 생생한 사람의 모가지를 들고, 그 뒤로 사병 셋이서 소양 등을 떠메고 구름다리를 건너 쏜살같이 달려오고 있었다. 오용이 수상쩍게 여기고 있을 때, 소양 등이 큰 소리로 외쳤다.

"오군사님! 이 장사가 민중을 봉기시켜 적장을 죽이고 저희들을 구출해 주셨습니다!"

오용은 그 소리를 듣자, 놀랍고 또 기뻐서 어쩔 줄 몰랐다. 소가수가 오용에게 말하였다.

"창졸간의 일이어서 인사를 여쭐 틈도 없습니다만, 군사님께서는 원컨대 시급히 병사를 거느리고 입성하시도록 하십시오!"

구름다리 근처에는 이미 수많은 사병과 주민들이 모여서 이구동성으로 고함을 질렀다.

"송선봉님! 빨리 입성하십시오!"

오용은 여러 주민들이 모여 있는 것을 보자, 장병들에게 대열을 짜서 입성하도록 하되 함부로 사람을 죽이는 자가 있다면 그 소속부대 전원을 참죄(斬罪)에 처하겠다는 명령을 내렸다.

북쪽 성벽의 수비병들은 이런 정세를 관망하다가 모조리 무기를 버리고 성 아래로 내려왔다.

동·서·남 3면의 수비병들도 이런 소식을 듣자, 성을 지키고 있던 적장을 결박하고 성문을 활짝 열어 등불을 밝히면서 송군의 입성을 맞아들였다. 단지 하나 미성만은 가장 용맹한 자이었는지라, 아무도 접근하지 못하게 하고 서쪽 문으로 겹겹이 둘려쳐진 포위망을 뚫고 도주해 버렸다.

오용은 시급히 사람을 파견해서 송강에게 보고했다. 송강은 이런 소식을 듣게 되자, 병도 거의 완쾌되어 가는 때였기 때문에, 기뻐서 어쩔 줄 모르며 즉각에 대군을 거느리고 형남으로 입성, 우선 소가수의 손을 잡아 자리에 앉히고 그 앞에 꿇어 엎드려 이번의 용맹한 쾌거를 칭송하여 마지않았다. 그러나 소가수는 지극히 겸손하게 말하였다.

"이번 일은 결코 소생의 힘으로 이루어진 것이 아니고 모두 군민 전체의 힘이었습니다."

그때 마침 수군의 두령 이준 등이 나타나 인사를 드렸고, 위로의 술상이 벌어졌는데, 송강은 친히 술잔을 들어 소가수에게 권했으며, 소가수는 솔직하고 호탕한 말로 일동을 감탄케 했다.

"이 소모의 오늘날 거사는 부귀공명을 위해서 한 노릇은 아닙니다. 천하에는 생사를 도외시하고 만백성의 어려움을 해결해 보려는 약간의 영웅들이 있기는 하지만, 그들이 어떤 거사에서 한 번 실패하면, 얼토당토 않게 제 몸과 처자밖에 모르는 자들이 그 틈을 이용해서, 몸이고 집이고 목숨이고, 모두 권세를 부리는 간악한 무리들의 손아귀에서 헤어나지 못하게 됩니다. 이 소모와 같이 오늘날 아무런 직책도 없는 몸은 흡사 한운야학(閑雲野鶴) 같은 몸이니 어느 하늘이고 날아다니지 못할 곳이 있습니까!"

이 말을 듣자, 송강 이하 모든 사람들이 감탄하여 마지 않았고, 그날 밤 주석이 파하자 소가수는 정중하게 인사를 하고 원수부에서 나갔다.

이튿날 송강은 대종을 파견, 진안무에게 첩보를 전달케 했다. 또 송강은 친히 소가수의 거처를 찾아가 경의를 표하려고 했으나, 그가 거처하던 집은 이미 텅 비어 아무도 없었다. 옆집 지물포 사람의 말에 의하면, 소가수는 그날 새벽 날이 밝기도 전에 금검(琴劍)과 서책 보따리를 수습해 가지고 어디론지 훌쩍 떠나버렸다는 것이었다.

송강이 원수부로 돌아와 여러 장수들에게 소가수가 표연히 없어졌다는 소식을 전하자, 장수들은 모두 탄식을 금치 못했다.

그날 밤 진안무에게 파견했던 대종이 돌아와서 보고하였다.

"완주(宛州)와 산남(山南) 두 고장의 관할하에서 아직 평정되지 못한 채로 있던 주현은 이번에 진안무와 후참모께서 나전, 임충, 화영 등에게 계책을 강구해 주시어 모두 진압되었습니다. 조정에서는 이미 많은 새 관원들이 파견되어 나와 각각 책무인계도 끝났고, 진안무께서는 여러 장령들을 인솔하시고 출발하셨으니까 미구에 도착하실 것입니다."

송강은 오용과 상의했다.

"진안무께서 도착하시어 이 고장 수비를 맡아 보시게 된 다면, 우리는 대군을 집결시켜 적군의 괴수를 토벌하러 나가십시다."

얼마 후 송강은 진안무의 군사를 성 안으로 맞아들이고, 인사를 끝내자, 산남 땅의 수장이던 사진 등이 곧 뒤따라 도착하였다. 송강은 주의 사무를 진안무에게 부탁하고 그와 작별의 인사를 나눈 뒤, 수군을 거느리고 수륙병진, 남풍 적군의 본거지를 소탕하러 나섰다. 이때 1백8명의 영웅들은 모두 한곳에 모였고, 다시 하북의 항장 손안 등 11명까지 도합 병력 30여만. 연전연승으로 사기는 충천했고, 가는 곳마다 적군은 송군의 위풍에 눌려 모두 귀순했다. 송강이 회수한 주현을 진안무에게 보고했더니, 진안무는 나전을 시켜 장병을 거느리고 가서 그 주현을 지키도록 지시했다.

송강 등 수륙양로의 대군은 승승장구, 머지않아 남풍 땅 경계선에 도착하게 되었다. 이때 정찰을 나갔던 기병이 돌아와서 보고하였다.

"적군의 왕경은 이조를 통군대원수(統軍大元帥)에 임명했고, 이 남풍 땅에서 수륙양로로 사병 5만 명을 집결시켰으며, 다시 운안(雲安)·동천(東川)·안덕(安德) 세 지방에서 각각 2만 명을 집결시켜 가지고 이 병력을 남풍의 가짜 병마도감 유이경(劉以敬), 상관의(上官義) 등에게 인솔시켜 수십 명의 맹장과 11만의 웅병(雄兵)을 방어전에 총동원하여 왕경이 친히 독전에 나서 있습니다."

송강은 이런 보고를 받자, 즉각에 오용과 상의했다.

"적군은 총력을 동원시킨 출진으로서 필사적으로 싸울 것이니. 우리 편이 이것을 무찔러 버리려면 어떠한 계책으로 해야 되겠소?"

오용이 대답하였다.

"병법에서는 수효가 많으면 잘못을 저지른다는 한마디가 중요할 뿐입니다. 이제 우리들은 모두 한곳에 집결해 있으니, 여러 갈래로 분산시켜서 무찔러 나가며 적군에게 연락과 응원할 만한 틈을 주지 말아야 합니다."

송강은 그 의견대로 명령을 내려 장병들을 분산시켜 배치했다.

그보다 하루 앞서서, 박천조 이응과 소선풍 시진은 송선봉의 명령을 받들어, 보기병의 두령 단정규·위정국·시은·설영·목춘·이충 등과 함께, 병력 5천을 거느리고 군량차와 비단, 포목, 화포를 실은 차량을 호송하면서 본대의 뒤를 따라가고 있었다.

그 고장은 용문산(龍門山)이라고 하며, 남쪽 산기슭에 한 군데 마을이 있었다. 사방 주위로는 나무 한 그루도 없는 시뻘건 산이 둘러쳐져서 마치 토성 같았고, 삼면으로는 출입하는 길이 뚫려 있었다. 주민들이 살던 수백 호의 초가집과 기와집이 병화(兵火) 때문에 피난을 갔고 텅텅 비어 있었다.

그날 밤, 동북풍이 맹렬히 불고 하늘에는 먹장구름이 꽉 덮여 있었다. 이응과 시진은 날이 어두워지는 것을 보고, 군량이 비에 젖게 될까 걱정스러워서 군사들에게 명령하여, 빈집 문을 두드려 부수고 차량을 집 안으로 끌어 넣도록 했다. 군사들이 밥을 지어 먹으려고 쉬고 있을 때, 병졸을 거느리고 사찰을 나가 있던 병대충(病大虫) 설영이 간첩 한 명을 붙잡아 가지고 와서 시진에게 보고했다. 간첩을 심문해 본 결과, 적장 미성이 정예 1만 명을 거느리고 오늘 밤 이경쯤 송군의 군량에 불질러 버리려고, 현재 용문산 산중에 숨어 있다는 것이었다.

본디, 이 용문산은 두 언덕 비탈이 마주 바라다보고 있어서 흡사 산문같이 되어, 그 사이로 배가 지나다닐 수 있으며 나무가 울창하게 무성해 있었다. 그런데 이응이 간첩이 전하는 말을 듣자, 시진에게 말하였다.

"내가 마을 앞으로 돌다가 적병 놈들의 투구 하나도 그대로 돌려보내지 않도록 때려부수고 말겠소!"

시진이 대꾸하였다.

"저 미성이란 놈은 굉장히 완강한 놈이 되어서 힘으로 대결하는 것은 현명지책이 아니오. 거기다 또 우리 쪽은 힘이 부족한 편이니, 이 시모가 약간 계책을 써서 화포 5,6대와 장작 1백 차쯤 버리고 당빈 등의 원수를 갚아 보겠소."

시진은 군사들에게 명령해서 군량과 화포의 차량을 끄집어내게 하고, 이응에게 병력 2천을 딸려서 일제히 궁노(弓弩), 화전(火箭)을 준비시켜 군량차를 호위하도록 하고, 땅거미가 되었을 무렵에 언덕 비탈을 내려와 남쪽을 향하고 진군을 시작하라고 했다.

그렇게 해놓고 뒤에 남은 1백 량 남짓한 장작차를 서남쪽 바람밑 초가집 처마에 군데군데 벌여 놓고, 다시 1백 량쯤 되는 빈 차를 5,6개소에 분산시켜 놓고 그 위에는 군량을 약간 쌓아 놓고 여기저기 화포를 숨겨 두었다. 그리고 유황과 염초까지 마련해 두게 했다.

그러고 나서 시은·설영·목춘·이충 등에게 병력 2천을 딸려 동쪽 언덕 비탈 어귀에 복병으로 숨어 있게 하고, 단정규에게는 병력 1천을 딸려서 마을 남쪽 어귀에서 적병의 습격에 대비하게 해놓고, 여차여차하게 자기의 지시대로 행동해 달라고 미리 약속했다. 또 시진 자신은 신화장군(神火

將軍) 위정국과 함께 보병 3백 명을 인솔, 저마다 불씨와 화기를 가지고 산 위로 올라가 무성한 나무 속에 숨어 있었다.

얼마 후 밤이 이경이 되자, 적장 미성은 과연 두 명의 편장을 거느리고 1만여 명의 병력을 인솔, 사람들은 가뜬한 몸차림에, 말은 방울을 뜯어 버리고 깃발을 말아 감추고 북소리도 내지 않으며 질풍같이 몰려들어 언덕 비탈 어귀로 쇄도했다.

단정규는 적군이 닥쳐드는 것을 보자, 군사들에게 횃불을 밝히게 해가지고 맞닥뜨리며 싸웠다. 단정규는 미성과 대결하기 불과 4,5합, 말 머리를 돌려서 군사를 인솔하고 마을길 중턱까지 뺑소니쳤다. 미성은 용기와 힘은 있지만 지모는 없는 사나이였다. 사병을 거느리고 쏜살같이 단정규의 뒤를 쫓기만 했다.

설영과 시은은 남쪽 길에서 불길이 치솟는 것을 보자, 즉각에 이충과 목춘에게 군사 1천 명을 나눠 주어 마을 남쪽으로 달려가 그 어귀를 막아 버리도록 했다. 이때, 적군은 일제히 천지가 진동할 듯 고함을 지르며 돌격을 가해 왔으며 동북풍이 부는 곳만 향해서 무찔러 들어갔지만, 거기에는 텅텅 빈집이 있을 뿐 군량은 하나도 없었다.

미성이 사병을 거느리고 사방으로 찾아봤으나, 바람이 휘몰아치는 아래로 겨우 1,2백 대의 군량차가 있고 5,6백 명의 군사들이 그것을 지키고 있었는데, 적군이 달려드는 것을 보자 와 고함을 지르고 달아나 버렸다. 미성은,

"뭣이? 군량이라곤 겨우 요것뿐이었구나!"

하고 중얼대면서 사병들에게 횃불을 밝혀 비쳐 보라고 했다. 군량차의 대열에는 모두 두 채씩 포목과 비단을 실은

차가 있었다. 적병들은 그것을 보자 당장에 쟁탈전이 벌어졌다. 미성이 성급히 제지하려고 했을 때, 산 위에서 화전(火箭)과 횃불이 빗발치듯 퍼부어 초가집과 장작차가 한꺼번에 불에 타기 시작했다. 적병들이 아우성을 치며 도주하기 시작했을 때에는, 벌써 화포의 도화선에 불이 붙어 즉각에 불길이 치밀고 벼락치듯 요란한 소리를 내면서 폭발했다. 적병 중에서 미처 도망치지 못한 자들은 모조리 화포를 맞아 거꾸러졌고, 순식간에 불길은 연기를 뿜으면서 맹렬히 타올랐다. 백여 호의 초가집들은 연기와 불덩어리로 변했고, 미성 역시 화포에 맞아 죽었으며, 적병의 태반은 사망, 머리와 얼굴이 엉망진창으로 타버린 자들이 부지기수였다.

바로 이때, 단정규·시은 등이 삼면에서 무찔러 들어와서 적군의 두 편장은 함께 칼에 찔려 죽고, 1만의 병력 중 겨우 1천여 명이 언덕 비탈을 기어 올라가 간신히 도망칠 수 있었다.

날이 밝자 시진 등은 시급히 이응 등과 합세하여 군량을 진영 본부로 수송해 갔다. 송선봉은 그때 마침 진영 본부에 나와서 군사를 동원, 적을 무찌르려고 하던 판이었다. 가만히 살펴보니 적병들은 말을 정돈하고, 보병은 무기를 갖추고, 깃발이 새빨갛게 하늘을 뒤덮었으며, 칼이 천릿길에 눈을 깔아 놓은 듯했다.

109 강을 건너려다 붙잡힌 사나이

王 慶 渡 江 被 捉
宋 江 勦 寇 成 功

송강이 대규모의 병력을 용의주도하게 정비하여 총동원의 태세를 갖추고, 오방기(五方旗)를 휘두르며 금고 소리 천지를 진동, 여러 부대들이 위풍당당하게 진격을 개시하고 있을 때….

한편에서는 적군의 괴수 왕경도 여러 주의 병마도감 이하 선봉, 통군, 초계군(哨戒軍)은 물론 어영사, 상서, 교위 및 그 수하에 있는 편장, 아장까지 온갖 직책에 있는 자들을 모조리 동원시켜, 이조를 원수로 내세우고 질서정연한 대오를 짜가지고, 자신이 친히 지휘하면서 전고를 세 번 울리고 총진군을 개시했다.

10리쯤 전진했을 때, 흙먼지가 사납게 바람에 휘몰아치며 송군의 척후대 30기가 접근해 왔는데, 그 중 유난히 눈에 띄는 장수들은 호기장군 장청, 그 왼쪽에 있는 경영, 오른쪽에 있는 섭청 등이었다. 그들은 이조의 군대 앞에 정찰을 나와, 불과 백 보밖에 떨어지지 않은 가까운 거리까지 육박했다가 말 머리를 돌려 되돌아갔다.

적군의 선봉 유이경과 상관의가 말을 달려 돌진해 가니, 장청은 말을 급히 몰면서도 창을 휘둘러 두 적장과 맞서서 싸웠다. 경영도 말을 달리다가 방천화극을 힘껏 움켜잡고 싸움을 거들려고 돌아섰다. 네 장수가 격전을 계속하기 10

여 합, 장청과 경영은 적장과 싸우는 체하다가 말 머리를 돌려서 뺑소니쳤다. 유이경과 상관의가 사병을 몰고 추격하자 좌우의 부하들이 큰소리를 쳤다.

"선봉님! 뒤를 쫓아가시면 안 됩니다! 저 두 사람의 안장 뒤 비단주머니 속에는 조약돌이 가득 차 있는데, 던지면 백발백중이라고 합니다!"

유이경과 상관의가 그 소리를 듣고 말을 멈추는 순간, 용문산 뒤쪽에서 북소리가 울리는가 했더니, 어느 틈엔지 5,6백 명의 보병들이 뛰쳐나왔다. 앞장 서 있는 네 사람의 두령 이규, 번서, 항충, 이곤이 쏜살같이 달려들었다. 유이경과 상관의가 사병을 몰고 쳐들어갔더니, 이규와 번서는 보병을 거느리고 두 갈래로 갈라져 높은 언덕 저쪽으로 뺑소니쳤다.

이때, 왕경과 이조의 대군도 도착하여 일제히 쳐들어갔는데, 이규·번서 등은 산꼭대기로 뛰어 올라가 산봉우리를 넘고 숲을 헤치고 결국 종적을 감춰 버리고 말았다. 이조는 명령을 내려 그곳 평야에 군대를 멈추게 하고 시급히 진을 쳤다.

이때, 돌연 산 뒤쪽에서 포성이 울려 퍼지며 산 남쪽으로부터 1대의 군사들이 세 사람의 장군을 모시고 불쑥 나타났다. 그 맨 가운데는 왕영, 왼쪽은 손신, 오른쪽은 장청이었다.

왕경이 장수를 내세워 이와 접전케 하려고 했을 때, 또다시 산 뒤쪽으로부터 한 방의 포성이 울려 퍼지더니 산 북쪽에서 1대의 군사들이 여장군 세 사람을 모시고 불쑥 내달았다. 맨 가운데는 호삼랑, 왼쪽은 고대수, 오른쪽은 손이랑. 보병과 기병 도합 5천을 거느리고 쏜살같이 몰려들었다

가 마침 적군의 오른쪽 초계군으로 있던 유원·반충의 사병
과 싸우게 되었고, 왕영 역시 적군의 왼쪽 초계군인 이응·
필선의 사병들과 맞닥뜨려 싸움판이 벌어졌다.

이리하여 쌍방이 대결하기 각각 10여 합. 남쪽의 왕영·
손신·장청도, 그리고 북쪽의 호삼랑·고대수·손이랑도
똑같이 말 머리를 돌려 동쪽으로 도망치기 시작. 왕경은 그
것을 보고 조소를 금치 못했다.

"송강의 부하들이란 것들은 모두가 시시한 자들이구나!
우리 편 사병들이 어째서 몇 번씩이나 패했는지 까닭을 모
를 일이다!"

이렇게 말하면서, 왕경은 드디어 대군을 총동원시켜 추격
하기로 했다. 그랬더니 5,6리 길도 못 가서 뜻밖에도 징소
리가 한 번 요란스럽게 울리더니, 금방 뺑소니쳤던 이규,
번서, 항충, 이곤 등 네 보병의 두령들이 산 왼쪽 숲속으로
부터 방향을 돌려서 이쪽으로 덤벼들었다. 또 노지심, 무
송, 초정, 유당 네 보병의 두령들과 5백 명의 보병이 한 덩
어리가 되어서 쏜살같이 쳐들어왔다.

적군의 부선봉 상관의는 시급히 보병 2천을 배치시켜서
막아내도록 했다. 이규, 노지심 등은 적장과 대결하기 불과
4,5합, 마치 감당해내지 못할 것같이 가장하고 두 갈래로
갈라져서 모조리 숲속으로 숨어 버리고 말았다. 적군은 뒤
를 추격했지만, 이규 등의 동작이 너무나 빨라서 순식간에
서쪽으로 도주해서 종적을 감췄다. 이조가 그것을 보고 왕
경에게 말하였다.

"대왕님! 추격하시면 불리하옵니다. 저것은 아군을 유인
하자는 계책이올시다. 아군은 우선 진을 쳐놓고 적을 맞이
하여 쳐부수는 게 옳을 줄 아옵니다!"

이조는 장대에 올라서서 지휘하고 있었는데, 진을 다 치기도 전에, 돌연 언덕 저편에서 천지를 진동하며 포성이 울려 퍼지고, 어디선지 대부대의 장병들이 나타나 쏜살같이 집결하여 넓은 땅 한복판에 진을 쳤다. 왕경이 말을 타고 장대에 올라가 보니 거기에는 실로 놀라운 광경이 벌어져 있었다.

송강은 마침내 오용과 함께 구궁팔괘진(九宮八卦陣)을 펼쳐서 철통 같은 진형을 정비했다. 이번 진지에는 전체 두령급 장수들이 총동원되어서 팔방으로 교묘하게 배치되었고, 각각 홍·백·청·흑 가지각색 깃발 밑에 집결되었으며, 몸차림도 금빛·은빛으로 번쩍번쩍 눈이 부시도록 호화찬란하게 꾸몄으며, 정서정선봉(征西征先鋒) 송강 장군이 중군을 맡아 가지고 총지휘를 하고 있었다.

왕경은 이조와 함께 진중에 있는 장대에 올라가 송군의 구궁팔괘진을 바라다보다가, 그 용맹한 군사들과 영웅적인 장수들의 위풍당당한 품에 질려서 대경실색하며 간담이 떨릴 지경으로 혼자 중얼거렸다.

"우리 장병들이 몇 번이나 패한 것도 까닭이 있었구나. 놈들은 이렇게까지 대단한 군사들이었단 말인가!"

이때 송군 쪽에서는 쉴새없이 북소리가 요란하게 울려 퍼졌다. 왕경과 이조는 장대에서 내려와 즉시 말을 집어탔다. 명령을 내려 전군의 선봉에게 진두에 나서서 공격을 개시하라고 했다. 이렇게 되어서, 마침내 양군은 동쪽, 서쪽으로 자리잡고 대진하게 되었다. 그날의 일진은 목(木)이었다.

송군의 진지 정서(征西)의 방향에서 문기가 좌우 양편으로 갈라지며 그 아래로 임충이 말을 달려 뛰쳐나왔다. 양군은 일제히 고함을 질렀다. 임충은 말을 멈추고 1장 8척이나 되는 사모를 가로질러 손에 잡고 찌렁찌렁 울리는 음성으로 호통을 쳤다.

"어리석은 역적놈아! 나라에 배반하는 미친놈아! 천병이 나타났는데 항복하지 않는단 말이냐? 뼈도 살도 흙이 돼버린 다음에는 후회막급일 것이다."

적군의 진중에 있는 이조는 본디 관상과 사주를 볼 줄 아는 자로서, 오행의 이치를 곰곰 따져보고 나서 오른쪽 초계군 유원과 반충에게 홍기(紅旗)를 내세운 사병들을 거느리고 쳐들어가라고 명령했다.

유원과 반충은 명령을 받은 대로 홍기군을 거느리고 말을 달려 쳐들어갔다. 쌍방 진영에서는 고함소리가 천지를 진동하는 듯. 일제히 요란스럽게 북을 울렸다. 임충이 유원을 상대로 싸우기 시작, 네 개의 손이 종횡으로 어지럽게 휘둘러지고 여덟 개의 말굽이 춤을 추는 듯 두 장수는 먼지가 휘몰아치는 속에서 살기등등하게 일진일퇴, 이리저리 빙글빙글 돌며 대결하기를 50여 합. 그런데도 승부는 결정되지 않았다. 유원이 적장 중에서도 가장 쟁쟁한 축의 맹장이었는데도 승리를 거두지 못하는 것을 보자, 반충이 칼을 휘두르며 말을 달려 싸움을 거들러 나섰다. 임충은 두 적장을 상대로 싸우다가 목청이 터지도록 고함을 질러 위력을 과시하고, 유원을 창으로 단번에 찔러 말 아래로 떨어뜨렸다.

이때, 임충의 부장 황신과 손립이 말을 달려 진두로 나섰다. 황신은 반충을 겨누며 쏜살같이 쳐들어갔다. 마침내 한 줄기 피가 금빛 투구와 말 근처로 뻗쳐 나더니 반충은 말 아래로 떨어져 죽어 버렸다. 적병은 중군으로 급보를 전달했다. 왕경은 순식간에 두 장수를 잃어버렸다는 보고를 받자, 경각을 지체치 않고 명령을 내려 군사를 후퇴시키려고 했다.

그때 송군측에서 한 방의 포성이 울려 퍼지더니 이상하게도, 홍·백·청·흑의 여러 대열들이 한데 뒤섞여서 빙글빙글 돌아가기 시작했다. 왕경과 이조가 장수를 파견하고 사병을 출동시켜 여러 갈래로 힘을 나누어 공격케 했지만, 동장철벽(銅牆鐵壁) 같은 구궁팔괘진을 쉽사리 격파할 수 없어 마침내 장시간의 격전 끝에 적군은 대패하고, 관군은 큰 승리를 거두었다.

왕경은 명령을 내렸다.

"우선 남풍(南豐) 궁전으로 후퇴하였다가 다시 대책을 강구하기로 한다!"

이때 후군 쪽에서 포성이 울리며 보초병이 달려들어 보고하였다.

"대왕님! 뒤에서도 송군이 쳐들어오고 있사옵니다!"

그 1대의 군사들 중에서 선두에 서 있는 영웅다운 대장은 바로 부선봉인 노준의였다. 왼쪽에 양웅, 오른쪽에 석수를 거느리고 정예군사 1만을 인솔하여 후방의 적군을 모조리 무찔렀다. 양웅은 단오를, 석수는 구상(丘翔)을 찔러 죽이고 다시 힘을 합쳐 돌진했다.

왕경이 거품을 토할 정도로 당황해서 쩔쩔매고 있을 때, 또 한 방의 포성이 울렸다. 왼쪽에서 노지심, 무송, 이규, 초정, 항충, 이곤, 번서, 유당 등 여덟 명의 용맹한 두령들이 보병 1천 명을 거느리고 이웅과 필선을 찔러 죽였고, 그대로 맹렬한 기세로 돌격을 계속했다.

오른쪽에서는 장청(張青), 왕영, 손신, 장청(張淸), 경영, 호삼랑, 고대수, 손이랑 등 네 쌍의 영웅적인 부부들이 기병 1천 명을 인솔하고 왼쪽 초계군을 무찔러 버려 적군은 사분오열, 지리멸렬이 되어 뿔뿔이 흐트러져 도주하고 말았다.

노준의, 양웅, 석수는 중군으로 쳐들어가 방한(方翰)과 맞닥뜨리게 되었다. 노준의는 방한을 창으로 찔러 단번에 죽여 버렸고, 중군을 돕고 있던 병졸들을 무찔러 버리고 왕경을 붙잡을 생각으로 곧장 돌진했다. 뜻밖에도 금검선생 이조와 맞닥뜨리게 되었다. 이조는 검술에 조예가 깊어서 칼을 번갯불처럼 휘두르며 달려들었다. 노준의가 감당해내기 힘드는 판에, 마침 송강의 중군 1대가 몰려왔다. 그 오른쪽에 있던 공손승이 입으로 주문을 외면서,

"야아!"

하고 소리를 지르자 이조의 칼이 철썩하고 손에서 땅 위로 떨어졌다. 노준의는 말을 달려 덮쳐 들어가 원숭이팔같이 기다란 팔을 뻗쳐 이조의 허리를 덥석 움켜잡아 말 위에서 산 채로 납치, 나머지 사병들을 결박케 했다. 노준의는 창을 뻗쳐 들고 말을 몰아서, 두 번 다시 왕경을 찾아내 붙잡으려고 무찔러 들어가니, 그야말로 맹호가 어린 양을 잡아 삼킬 듯한 기세였다. 적병들은 모든 것을 팽개쳐 버리고 일대 혼란을 일으켜 10여만 명의 적병이 그 태반은 칼에 찔려 죽었다.

유이경과 상관의, 적군의 두 맹장은 초정에게 타고 있는 말을 칼에 찔려서 말에서 떨어졌다가 모두 초정의 칼에 목숨을 빼앗겼다. 이웅은 경영의 조약돌을 맞고 말에서 떨어졌다가, 화극에 찔려서 죽었다. 필선은 도망쳐 가는 도중에 왕정륙이 나타나, 그의 박도에 찔려 말에서 떨어졌다가 다

시 앙가슴까지 찔려 죽고 말았다. 적군의 가짜 상서, 추밀, 전수, 장군 따위들로 모조리 도주하지 못했지만, 괴수 왕경의 모습만은 찾아볼 수 없었다.

송강은 크게 승리를 거두자 북을 울리며 군사를 수습해 가지고 남풍성을 향하여 진격을 개시하기로 했다. 장청·경영에게 5천의 기병을 딸려서 정찰을 나가게 했고, 신행태보 대종을 파견하여 손안이 남풍을 습격하고 있는 정세를 탐지하도록 했다. 신행법을 써서 장청, 경영보다도 먼저 앞질러 나갔던 대종이 돌아와서 보고하였다.

"선봉님의 명령을 받든 손안은 서쪽 적병의 모양으로 가장하고 성 안으로 잠입하려고 했는데, 적군은 그것을 간파하고, 성문 안쪽에 함정을 파놓고 성의 동문을 열어서 손안의 군사를 안으로 통과시켰습니다. 손안의 수하에 있던 매옥(梅玉), 금정(金禎), 필첩(畢捷), 반신(潘迅), 양방(楊芳), 풍승(馮昇), 호매(胡邁) 등 7명의 부장들은 앞을 다투어 성 안으로 달려들어 5백 명의 군사와 함께 말을 탄 채 모조리 함정에 빠져 버리고 말았습니다. 이때 양쪽에 숨어 있던 복병들이 우르르 뛰쳐나와 창칼로 매옥 등 5백여 명의 군사들을 모조리 찔러 죽였습니다. 다행히 손안은 뒤쪽에 있어서 그대로 용기를 내어 성문으로 쇄도, 군사들을 시켜서 함정을 메우게 했습니다. 그리고 친히 선두에 서서 군사를 거느리고 성 안으로 무찔러 들어갔는데, 적병들이 막아내지 못했기 때문에 손안은 동문을 탈취했지만, 잠시 후 적병이 사방에서 호응하면서 몰려들어 손안의 군대를 동문에서 꼼짝도 못하도록 포위하고 말았습니다. 이상과 같은 사태를 탐지하자 시급히 보고하러 달려오는 도중에 장장군과 그 부인(경영)을 만나게 되어서 이런 사정을 말했더니,

두 분이 군사를 몰고 그곳으로 달려갔습니다."

송강 이하 여러 장수들은 동문으로 쇄도하여 성을 탈취하고 적병을 무찔러 사방 성문에 모조리 송군의 깃발을 휘날리게 했다. 성 안에 있던 수많은 가짜 문무제관(文武諸官)인 범전(范全) 등은 모조리 칼에 찔려 죽었다. 가짜 왕비 노릇을 하던 단삼랑은 군사들이 입성했다는 소식을 듣자, 본디 힘이 세고 말을 잘 타는지라, 무기를 든 1백여 명의 굳센 내시들을 거느리고 왕궁에서 뛰쳐나와 후원으로부터 서문으로 무찔러 나와 운안군(雲安軍)에 섞이려고 했는데, 때마침 경영이 군사를 거느리고 후원으로 쳐들어갔다.

단삼랑은 말을 달리며 칼을 휘두르고 결사적으로 덤벼들다가, 경영의 조약돌이 날아들어 얼굴을 정통으로 맞고 시뻘건 피를 뿌리며 말에서 뒹굴어 떨어져 발을 하늘로 향하고 거꾸로 박힌 것을, 군사들이 닥쳐 들어 덮쳐서 결박했다. 여러 내시들은 모두 송군의 군사에게 찔려 죽었다.

경영은 다시 군사를 거느리고 후원, 내궁으로 쳐들어갔다. 궁녀들은 송군이 성 안에 들어왔다는 소식을 듣자 목을 매달아 죽기도 하고, 우물에 몸을 던지기도 하고, 높은 계단에서 떨어져 죽기도 하고, 칼로 제 목숨을 스스로 끊기도 하는 등 태반이 죽고 말았으며, 나머지는 경영이 군사에게 명령하여 꽁꽁 묶어서 송강에게로 끌고 갔다. 송강은 크게 기뻐하여 단삼랑 등을 모두 감금시켜 두고 왕경을 붙잡아서 함께 서울로 호송해 갈 작정으로, 다시 장병들을 사면팔방으로 보내어 왕경의 뒤를 쫓게 했다.

한편, 왕경은 수백 명의 완강한 기병들을 거느리고 겹겹이 둘러쳐진 포위망을 돌파, 남풍성의 동쪽까지 도주해 갔으나, 성 안에서는 적병이 아직도 싸움을 계속하고 있었다.

혼비백산, 갈수록 놀라움뿐이었고, 또 후방에서는 대군이 쳐들어오므로 북쪽으로 도망칠 수도 없게 되었다. 좌우를 휘둘러보니 겨우 백여 기가 남아 있을 뿐이었다. 그 나머지는 평소에 가장 신뢰하던 사병들이었건만 이번에 패배할 것을 재빨리 눈치채고 모조리 도망쳐 버렸다. 왕경은 백여 명의 부하와 함께 운안을 향하고 숨어 달아나면서도 측근자들에게 다음과 같이 말했다.

"나에게는 아직도 운안, 동천, 안덕 세 성이 남아 있다. 동강(東江) 땅은 비록 면적이 좁다고는 하지만, 왕노릇을 하기에는 충분한 고장이다. 단지 가증스러운 것은 먼저 뺑소니쳐 버린 관원놈들이다. 평소에는 나에게 막대한 녹을 받아먹었으면서도, 오늘날 사고가 발생하자 거들떠보지도 않고 도주해 버렸다. 불원간, 내가 사병을 집결해서 송군을 격퇴시켰을 때에는, 저 도망쳐 버린 놈들을 모조리 잡아들이게 해서 육시처참을 하고 소금에다 절여 버리겠다."

왕경이 일당을 거느리고 말도 사람도 쉴새없이 도주하고 있을 때, 날이 훤하게 밝아 올 무렵 다행히 운안성이 바라다보였다. 왕경은 말 위에서 기뻐서 어쩔 줄 모르며 말했다.

"성 안의 장병들은 역시 제 책임을 다해서 잘 싸우고 있구나! 보라! 깃발이 질서정연하게 늘어섰고 무기도 빈틈없이 대기하고 있잖으냐!"

왕경은 차츰차츰 성 근처로 다가들어 갔다. 그때, 일당 중에서 글자를 읽을 줄 아는 자가 있어서 왕경에게 말하였다.

"대왕님, 큰일이옵니다. 왠일인지 성벽 위에서는 송군의 깃발만 휘날리고 있사옵니다!"

왕경이 그 말을 듣고 두 눈을 크게 떠서 노려보니, 과연 동문 성벽 위에서 휘날리고 있는 깃발에는 금박으로 큼직한 글씨가 씌어 있었다.

'어서송선봉휘하수군정장혼강(御西宋先鋒麾下水軍正將混江)'

맨 아래 석자는 깃발 아랫도리가 바람에 휘날려 똑바로 알아볼 수 없었다. 왕경은 그것을 보자, 너무나 큰 놀라움에 몸이 비비꼬여서 한동안 꼼짝도 하지 못했다. 그야말로 송군은 하늘에서 내려온 군사들만 같았다. 그때, 왕경의 부하 중에서 꾀 있는 측근자 한 명이 이런 말을 했다.

"대왕님, 망설이기만 하고 계옵실 때가 아니옵니다. 경각을 지체치 마옵시고 군의(軍衣)를 깨끗이 벗으시고, 평민과 같은 몸차림을 하시고 동천(東川)으로 행차하셔야만 성 안 사람들의 눈에 띄지 않으실 것이옵니다!"

왕경은 당황해서 어쩔 줄 모르고 측근자의 말대로, 그 화려하고 위엄 있는 몸차림을 완전히 변장, 초라하기가 초상집 개 모양이 되어서, 뒷길을 찾아서 운안성을 지나 곧장 동천을 향하여 뺑소니쳤다. 얼마 가지 못해서 사람도 말도 피곤해졌고 굶주림을 참을 길도 없었지만, 주민들은 오랫동안 적병에게 짓밟히고 시달린데다가 또 큰 싸움이 있다는 소문을 듣고 굴뚝에서 연기가 나는 집이라곤 구경도 할 수 없이, 거리거리는 죽은 듯 조용하고 닭소리 개소리조차 들을 수 없을 지경이어서 물 한 모금도 얻어마실 데가 없으며, 더군다나 술 같은 것은 생각조차 하기 어려운 판이었다.

이때, 왕경 수하의 측근자들은 이 핑계 저 핑계 슬슬 꽁무니를 빼고 도주한 자가 또 6,7명. 왕경은 불과 30여 기

를 거느리고 도주하여, 땅거미가 질 무렵 간신히 운안성 관
할하에 있는 개주(開州)라는 고장에 도착했는데, 강이 가로
질러 흐르고 있어서 앞길이 막혀 버렸다. 이 강은 청강(淸
江)이라고 했다. 왕경이 말하였다.

"무슨 방법으로든지, 배를 손에 넣을 수가 없을까?"

뒤에 있던 측근자 하나가 손으로 가리키면서 대꾸하였다.

"대왕님, 저기 저편, 남쪽 강가 갈대가 무성한 곳 기러기
가 날아 내려와 있는 곳에 고기잡이 나룻배의 떼가 보이지
않사옵니까?"

왕경은 그쪽을 바라보자, 즉각에 일행과 함께 강변으로
달려갔다. 때는 맹동(孟冬) 음력 시월경. 하늘은 맑게 개어
있었다. 바라보니 수십 척의 고기잡이 나룻배들이 그물을
던져 고기를 잡고 있었는데, 그 중의 몇 척은 배를 강 한복
판에 내버려 둔 채 가위, 바위, 보를 하며 흥겹게 큰 잔으
로 술을 마시고 있었다. 왕경은 장탄식을 금치 못했다.

"저놈들은 아주 즐거운 모양이구나! 지금의 나는 저놈들
만도 못한 처량한 신세다! 저놈들도 따지자면 내 밑의 백성
들인데, 내 이 괴로움을 털끝만큼도 모르고서…."

측근자의 하나가 큰 소리를 질렀다.

"여보시오! 거기 있는 어부님네들! 배를 너더댓 척만 몰
고 와서 우리들을 좀 건너가게 해주시오! 배삯은 후하게 내
놓을 테니…."

어부 두 사람이 술잔을 내려놓더니, 한 척의 조그만 고기
잡이 나룻배를 몰고 삐걱삐걱 강변까지 저어 나왔다. 배꼬
리에 서 있는 어부는 대나무 장대를 휘두르며 강변에다 배
를 대놓더니, 왕경을 머리 위에서 발끝까지 물끄러미 훑어
봤다.

"됐군, 됐어! 술 마실 밑천이 또 생겼다는 것이지! 어서 타시오, 어서…."

측근자는 왕경을 말에서 내리게 했다. 왕경이 그 어부의 꼴을 살펴보니, 키가 후리후리하게 큰데다 짙은 눈썹, 부리부리한 두 눈, 시뻘건 얼굴에 뻣뻣한 수염을 길렀으며, 음성이 징이나 종을 울리는 것 같았다. 한쪽 손에 대나무 장대를 들고 있다가, 다른 한쪽 손으로 왕경을 배에 태우자마자 장대로 강변 땅을 쿡 찔렀다. 배는 순식간에 장(丈) 이상이나 강변에서 떨어져 나갔다. 함께 따라온 적병들은 강변에서 갈팡질팡 어쩔 줄 모르며 큰 소리를 질렀다.

"빨리 배를 이리 도로 대시오! 우리들도 함께 건너가야 할 테니까."

그 어부는 두 눈을 딱 부릅뜨고 화를 내면서 호통을 쳤다.

"어디를 가겠다고 이렇게 시끄럽게 서두르는 거냐?"

당장에 대나무 장대를 버리고 왕경의 앙가슴을 움켜잡더니, 두 손으로 꼼짝 못하게 낚아채 가지고 선판 위에 털썩 내동댕이쳤다. 왕경이 발버둥질을 치고 있을 때 노를 젓고 있던 딴 사나이가 노를 집어던지고 함께 덮쳐들어 꼼짝도 못하게 했다. 저쪽에서 그물을 말리고 있는 뱃속의 사람들은 왕경이 붙잡힌 것을 보자 모두 강변으로 뛰어왔다. 우르르 몰려들어 30여 명의 적병을 깡그리 산 채로 붙잡았다.

알고 보면, 대나무 장대를 휘두르던 사람은 바로 혼강룡 이준이었고, 노를 젓고 있던 사람은 바로 출동교(出洞蛟)라는 별명으로 불리는 동위였다. 그리고 어부들의 태반은 수군들이었다. 이들은 송선봉의 명령을 받아 수군의 배를 인솔하고 적의 수군을 쳐부수러 나갔었는데, 적당협(翟塘峽)

이란 곳에서 적군의 수병과 격돌하여 그 총수인 수군도독(水軍都督) 문인세숭(聞人世崇)을 거꾸러뜨리며 적군을 대패시키고 부장 호준(胡俊)을 포로로 잡았다.

이때, 이준은 호준의 비범한 풍채를 보고 목숨을 살려 주었더니, 호준은 그 은혜에 감사하여 이준을 위해서 속임수를 써서 운안의 수문을 열게 했고, 성을 뺏고 가짜 수성장 시준(施俊) 등을 거꾸러뜨렸다. 혼강룡 이준은 적군이 이편의 대군과 싸워서 격파당했을 때에는 반드시 본거지로 도망쳐 올 것이 틀림없다 생각하고, 장횡·장순에게 성을 지키도록 해놓고 친히 동맹·동위와 함께 수군을 인솔하고 고기잡이 나룻배로 가장, 이곳에서 순찰하면서 지키고 있던 참이었다. 또 한편 원씨 세 영웅들도 어부로 변장을 시켜 가지고 여기저기 각방면으로 갈라져 숨어 있으면서 망을 보게 했던 것이다.

맨 처음에, 이준은 왕경 등이 일기(一騎)로 선두에 섰고 뒤에서 많은 사람들이 호위하고 있는 것을 보고 적군 중의 어떤 두목인가 생각했지만, 설마 그 원흉인 왕경인 줄은 몰랐다. 붙잡아 놓고 그 부하를 심문해 보고서야 왕경인 줄 알게 되어, 이준은 손뼉을 치며 통쾌하게 웃고 결박을 해서 운안성으로 끌고 갔다. 그와 동시에 사람을 보내어 삼원(三阮)을 불러들이고 이장(二張)과 함께 성을 지키도록 해놓고, 천하 항장 호준과 함께 왕경 등 일동을 송선봉의 본진으로 호송해 갔다.

그 도중에서 송강은 이미 남풍을 격파한 것을 알았고, 이준은 곧장 성 안으로 들어가 왕경을 원수부로 넘겼다.

송강은 여러 장수들이 왕경을 놓쳐 버린 데 대해서 근심하고 있던 참이었는데, 이 통지를 받자 기뻐하였다.

이준 등이 원수부에 들어가 송선봉을 만나자 송강은 이렇게 말하였다.

"굉장한 공로를 세워 주었소!"

송강은 호준에게 성명을 물어 보고 또 속임수를 써서 운안을 빼앗게 된 경위도 물어 봤다. 송강은 상을 내려서 그를 위로해 주었고, 즉각에 여러 장수들과 동천(東川), 안덕(安德) 두 성을 공격할 것을 상의했다.

새로 가담한 항장 호준이 아뢰었다.

"선봉님, 안심하시기 바랍니다. 이 호모에게 한 가지 생각이 있습니다. 쉽사리 두 성을 손에 넣을 수 있을 줄 아옵니다!"

송강은 그 말을 듣자, 크게 기뻐하여 시급히 자리를 떠서 호준에게 간단히 인사를 표시하고 그 계책이 어떤 것인지를 물었다. 호준은 몸을 옴츠러뜨리고 송강에게 무엇인지를 말했는데, 그 계책에 의해서 머잖아 화살 하나 쓰지 않고도 성은 회복되며, 전군은 잠자코 있어도 적군이 투항하게 되는 것이다. 과연, 호준은 어떠한 말을 했을까?

110 활을 쏘아 기러기를 잡고

燕 青 秋 林 渡 射 鴈
宋 江 東 京 城 獸 俘

동천, 안덕 두 성을 어떻게 하면 탈취할 수 있을 것인지? 이에 관해서 항장 호준은 송강에게 다음과 같이 말했다.

"동천성을 지키고 있는 장수는 바로 이 호모의 아우 되는 호현(胡顯)입니다. 소생은 이준 장군께서 목숨을 살려주신 은혜에 보답하기 위해서라도, 동천으로 가서 아우를 투항시키겠습니다. 그렇게 되면 안덕은 고성(孤城)이 되어서 싸우지 않더라도 우리 편에 투항하게 될 것입니다."

송강은 크게 기뻐하여 즉각 이준과 함께 떠나도록 했고, 아울러 여러 장수들은 아직도 수복하지 못한 각방면으로 파견하게 하고, 대종에게 상주문을 주어서 금후의 지시를 받기 위해서 조정에 상주케 하고, 동시에 진안무에게 상신서를, 또 숙태위에게도 공문을 전달하도록 분부했다.

한편, 장사들을 왕경의 처소로 파견해서 금은보석과 기타 일체 재산을 몰수하고, 궁궐처럼 찬란하게 차려 놓고 살던 건축물도 불에 태워 버리게 했다.

숙태위가 대종의 연락을 받고 상주문을 천자에게 올렸더니, 천자는 왕경과 단삼랑 등 역적의 무리들을 동경으로 호송하여 목을 벨 것과, 그밖의 모든 일은 진안무가 맡아서 적당히 처치하라는 영지를 내렸다.

이때, 진안무는 벌써 남풍성 안에 들어가 있었고, 호준도 이미 아우 호현을 투항시켰으며, 안덕주의 성도 이런 눈치를 알아채고 저절로 투항하게 되어서, 마침내 왕경이 점령하고 있던 8군 86주현은 모조리 수복되었다.

대종이 동경에서 남풍으로 돌아와 열흘쯤 지났을 때, 칙사가 조서를 받들고 역마(驛馬)를 달려왔다. 진안무는 이조와 여러 역적도배들을 옥에서 끌어내어 참수의 형을 내리기로 언도했고, 즉각에 남풍 시중으로 끌고 가서 목을 베어 각 성문에 매달았다.

진안무와 송강은 이준·호준·경영·손안 등의 공로를 공적부에 기입하고, 또 각지로 포고문을 살포해서 주민을 안심시켰다. 이렇게 해서 86주현은 다시 평화스런 하늘을 우러러보게 되었고, 선량한 백성이 되어 안거낙업할 수 있게 되었다. 역적의 무리에 가담했던 자들도, 백성을 괴롭히지 않은 자들에게는 밑천까지 주어서 다시 착실한 백성이 되도록 했다.

서경을 지키고 있던 교도청과 마령은 신임관원이 도착하자 즉각에 남풍으로 모여들었다. 다른 주현에서도 이준과 이장(二張), 삼원(三阮), 이동(二童) 등이 사무의 인계를 새사람들에게 맡기고 모두 남풍으로 와서 오래간만에 기쁨이 넘치는 얼굴들을 서로 대하게 되었다.

이리하여 진안무와 그 수하의 여러 관원들, 하북의 항장들, 그리고 송강 이하 1백8명의 두령들이 남풍에 함께 모여 성대한 잔치자리를 마련하고 전군의 장병들을 위로해 주었다. 한편 송강은 공손승과 교도청에게 분부해서 일에 낮밤을 두고 제사를 지내게 해서 전몰장사와 군사들의 영혼을 위로했다. 제사가 끝났을 무렵 손안이 위급한 병으로 진영에서 세상을 떠났다는 보고가 들어왔다. 교도청은 손안이 없어지자 극도로 슬픔을 금치 못하고, 가장 절친했던 친구를 잃은 몸이 되었으니 고향으로 돌아가 여생을 마치겠다고 애원했다.

마령도 교도청이 떠나려는 의사를 알게 되자, 역시 자기도 교도청과 함께 가고 싶으니 승낙해 달라고 호소했다. 송강도 슬픔에 젖은 그들의 행동을 강제로 말릴 길이 없어서, 어쩔 수 없이 작별의 술좌석을 베풀어 주었다. 마침내 교도청과 마령은 그들의 스승이었던 나진인을 찾아서 길을 떠났고, 도를 닦으며 천수를 다하는 사람들이 되었다.

한편, 진안무는 명령을 내려서 선봉과 두목들에게 서울로 개선해 올라갈 준비를 시켰다. 명령이 내리자 송강은 우선 중군 군사를 시켜 진안무·후참모·나무유를 호송하고 출발케 했으며, 동시에 수군 두령들에게 명령하여 먼저 배를 거느리고 동경으로 들어가서 주둔해 있으면서 명령을 기다리도록 하라고 했다.

송강은 군사를 5대(隊)로 갈라서 출발토록 하고, 각각 날짜를 작정해서 행동을 개시하게 했다. 군사들 중에는 각 주현의 수비를 맡은 자를 제외하고도, 자기 고향으로 돌아가고 싶다는 사람이 많아서 총병력 10여 만.

남풍을 뒤로하고 일로 동경을 향해 행진을 시작했다. 며칠을 지나 추림도(秋林渡)라는 고장에 도착했다. 추림산 남쪽에 있는 곳으로서 산의 경치가 가관이었다. 송강이 말 위에서 멀리 산을 바라다보고 높은 하늘을 쳐다봤을 때, 여러 줄로 갈라져서 하늘을 날아가는 기러기 떼가 웬일인지 줄에서 흐트러져 나와 높고 낮게 함부로 날아 뭣에 쫓기고 있는 듯한 광경을 보고 이상한 일이라고 생각했다. 그랬더니 전군(前軍)에서 와하고 갈채소리가 들려왔다. 부하에게 그 까닭을 알아보라고 내보냈더니, 말을 달려나갔던 부하가 되돌아와서 보고하기를, 연청이 활을 쏘는 재간을 대강 배워 가지고 하늘 높이 날아가는 기러기를 쏘았더니 화살이 한 발도 틀림없이 10여 마리의 기러기를 쏘아 떨어뜨렸기 때문에 여러 장수들이 눈이 휘둥그레져서 놀라는 판이라는 것이었다.

송강은 연청을 즉시 불러오라고 했다. 연청이 활을 손에 든 채 말을 몰아 급히 달려왔다. 송강은 처음으로 활쏘기를 배워서 재미나는 대로 기러기를 쏘아 봤다는 연청의 말을 듣고 호되게 꾸지람을 했다.

"기러기란 인의예지신(仁義禮智信)의 오상(五常)을 갖추고 있는 귀중한 날짐승이다. 우선 서열을 따라 전후 흐트러짐이 없이 날며, 서로 신호를 주어서 불러 가며 나는 것만 보아도, 흡사 우리 형제들이 싸움터를 향해서 진군하고 있는 것이나 마찬가지다. 일후에는 절대로 이런 귀중한 날짐승을 활로 쏘아 죽이지 말도록 명심하라!"

이튿날 남쪽으로 전진을 계속하여 서울에 도착하자, 천자의 영지에 따라 송강 이하 1백8명은 본래 입었던 군장으로 단정한 몸차림을 하고 천자를 배알, 배무(拜舞)의 예를 마치고 만세를 불렀다. 물론 송강 등의 위대한 공로에 대해서는 천자도 더할 나위 없는 찬사를 내렸고, 왕경에게 능지처참의 형을 내릴 것과, 소가수가 기계(奇計)로 많은 백성의 목숨을 사지에서 건져낸 공로를 크게 평가했다.

그날, 천자는 성원의 여러 관원들에게 송강 등에 대한 봉작 문제를 상의 결정하라고 했지만, 언제나 그렇듯이 태사 채경과 추밀 동관의 꾀에 넘어가, 송강에게는 보의랑(保義郎)이라는 무임소의 명예직을, 오용 이하 34명에게는 정장군(正將軍)의 직함을, 주무 등 72명에게는 편장군(偏將軍)이라는 대단치 않은 벼슬자리를 내렸을 뿐이었다.

그 이튿날 사직의 담당자들은 천자의 성지를 받들어, 조정에 모였다가 수거(囚車)를 열어젖히고 왕경을 끄집어내어 능지처참의 판결을 내리고 형장으로 끌고 갔다. 끌고 가는 도중에 침을 뱉고 욕설을 퍼붓는 군중들이 부지기수, 결국 오후 3시경에 십자가두 한복판에서 능지처참의 형이 집행되어, 왕경은 처참하게 최후를 마치었다.

그러나 한편 조정에서는 간신배 채경과 동관이 농간을 부려, 어디까지나 천자와 송강 등 장수들의 사이를 멀리 떼어 놓고, 수단방법을 가리지 않고 교묘하게 송강 등을 푸대접했다.

가령, 정초가 되어서 천자에게 배알하려고 해도 채경은 그것을 막고, 명색이 관작이라고 받아 가지고 있는 송강과 노준의만의 입궐을 허락하는 등, 마침내는 송강 등 전원을 성 밖에 주둔케 하고 조정의 명령 없이 함부로 성 안을 방황하지도 못하게 하는 포고문까지 발포하게 되었다.

친구들이 하나둘 고향으로 돌아가자, 공손승마저 스승 나진인을 찾아 돌아가 버렸다., 많은 장병들의 불평불만이 울끈불끈 여기저기서 터져나왔지만 송강은 눈물을 흘리며 그들을 설득시켰고, 나라에 대한 충성된 마음은 변할 수 없다고 전원을 감격시키도록 했다.

송강과 여러 장수들은 별로 할 일도 없고 해서 성 안에도 들어가지 않고 한가한 나날을 보내고 있었다. 얼마 있다가, 정월 보름날이 되어 동경에서는 매년 하는 관례로 등롱불을 찬란하게 밝히고 상원절 밤놀이가 벌어졌다. 거리거리 골목골목마다 등롱불이 매달리고 관청마다 모두 등불이 밝혀져 있었다.

이때, 마침 송강의 진영에서 연청이 낙화에게 상의했다.

"지금 동경에서는 등롱불을 찬란하게 밝히고 불놀이를 하면서 풍년이 들었다고 축하하고 천자께서도 백성들과 함께 즐겨 하고 계시다는데, 우리들도 옷이나 갈아입고 살며시 성 안으로 들어가서 구경이나 하고 오는 게 어떻겠나?"

옆에서 말을 가로채는 사람이 있었다.

"자네들 등롱불 구경을 갈 테면 나도 데리고 가주게!"

연청이 흘끗 곁눈질을 해보니 바로 흑선풍이라는 별명의 사나이 이규였다.

"자네들이 나를 따돌리고 등롱불 구경을 갈 꿍꿍이속을 차리고 있었지만, 나는 처음부터 다 듣고 있었단 말일세!"

이규가 또 이렇게 말하니 연청도 하는 수 없었다.

"함께 가도 좋지만 이형은 성미가 괴팍해서 반드시 시끄러운 일을 저지르고야 말 것이오. 지금 성원에서는 우리들이 성 안에 출입하는 것을 금지하고 있잖소? 만약에 이형하고 같이 성 안으로 등롱불 구경을 갔다가 무슨 시끄러운 일이라도 일으킨다면, 성원놈들에게 그물 안에 걸리는 고기 꼴이 돼버린 테니까…."

"이번에는 절대로 시끄럽게 굴지 않을 테니… 뭣이나 자네들 하라는 대로 할 테니…."

"그렇다면 의복을 갈아입고 두건도 갈아쓰고, 아주 나그네 같은 몸차림을 하고 함께 성 안으로 들어가기로 합시다."

이규는 기뻐서 어쩔 줄 몰랐다. 서로 약속한 그 이튿날 이규는 교묘하게 나그네 몸차림을 하고 성 안으로 들어가려고 연청을 기다리고 있었다. 그런데 이때, 낙화는 이규를 꺼려 해서 살며시 시천과 함께 먼저 성 안으로 들어가 버렸다.

그래서 연청은 어쩔 수 없이, 마음에 내키는 일은 아니었지만, 뿌루퉁한 얼굴을 하고 이규와 둘이서 손목을 맞잡다시피 하고 상가와(桑家瓦)라는 마을까지 갔다. 그때 한쪽에서 차일을 쳐놓고 시골로 돌아다니는 나그네 배우들이 연극(주로 입으로 떠드는 唱戲調)을 하고 있었는데, 이규가 기어이 들어가 보자고 고집을 부렸다.

마침 〈삼국지〉의 한 대목을 하고 있었는데, 운장(雲長)이 왼쪽 팔을 화살에 맞고도 바둑을 두면서 화타(華陀)라는 명의를 불러 팔을 그대로 깎아내서 독기를 뽑으라고 대장부의 호탕한 기백을 과시하는 장면이었다. 이때 별안간, 이규가 구경꾼들 틈에서 소리를 질렀다.

"야아! 과연 쾌남아의 기상이로다!"

사람들은 깜짝 놀라 모두 이규를 돌아다봤다. 연청은 당황했다.

"이형! 이러지 마시오! 쑥스럽게 이게 무슨 짓이오? 많은 사람 틈에서 느닷없이 소리를 지르면 어쩌자는 거요?"

그러나 이규는 도리어,

"연극이 그쯤 되었을 때 박수갈채를 하지 않고 견딜 수 있단 말인가?"

하고 대꾸했다. 연청은 이규를 붙잡고 뺑소니쳤다. 둘이서 상가와라는 마을을 뒤로하고 큰길을 구부러져 나갔더니, 어떤 남자 하나가 비둘기 기왓장을 마구 집어 던지며 남의 집 안에다 행패를 부리고 있는 판이었다. 이규는 빚에 몰린 불쌍한 사람의 집을 때려부수는 줄 알고, 그 남자를 당장 때려눕히려고 했다. 연청은 죽을 힘을 다해서 뜯어 말렸다.

그 남자가 말하였다.

"나는 이 집에 돈을 꿔주고 받지 못했기 때문에 홧김에 이러는 것인데 네 놈이 무슨 상관이냐? 오늘 중으로 나는 장초토사(張招討使)를 따라서 강남으로 토벌을 떠날 몸이다. 네 놈은 나를 약올리지 않는 게 좋을 게다. 네 따위 놈은 어차피 토벌꾼의 손에 죽기나 할 놈이니 여기서 해볼 테면 해보자. 네 놈이 여기서 죽는다면 관값도 들지 않고 아주 편할 게다."

"뭐라고? 강남으로 간다고? 동원령이 내렸단 말은 전혀 들은 일이 없는데!"

연청은 두 사람의 싸움을 어물쩍해 넘기고, 이규와 함께 골목길로 나와서 한 군데 찻집으로 들어가 차를 시켰다. 맞은편 자리에 노인이 혼자 앉아 있었는데 둘이서는 이것저것 한담을 주고받고 했다. 연청이 물었다.

"좀 여쭈어 보겠습니다. 조금 전에 골목 어귀에서 어떤 사병 하나가 말다툼을 하고 있었는데, 그자의 말에 의하면 장초토사를 따라서 강남으로 간다, 멀지 않아 출진(出陣)을 한다고 하는데 그게 정말일가요? 도대체 어디로 싸우러 간다는 걸까요?"

그 노인이 대답하였다.

"아, 그걸 모르셨구려? 근자에 와서 강남 도둑으로 유명한 방랍(方臘)이란 놈이 반란을 일으켜 8주 25현을 점령하고 목주(睦州)까지 손을 뻗쳐 그것을 하나의 나라라고 자칭한답니다. 멀지 않아 양주까지 쳐들어온다는 소문이 퍼져서 조정에서는 장초토사와 유도독(劉都督)에게 토벌하러 나가라고 명령이 내렸다 하오."

연청과 이규는 그 말을 듣자 허둥지둥 찻값을 치러 주고

골목을 나와 곧장 성 밖으로 줄달음질을 쳐, 진영으로 돌아
와 군사 오학구를 만나 이런 사실을 알렸다. 오용은 그런
소식을 알게 되자 크게 기뻐하면서, 송선봉에게로 달려가
강남의 방랍이 반란을 일으켜 조정에서 이미 장초토사에게
출병을 명령했다고 보고했다. 송강은 그 보고를 받자,

"우리 장병 일동이 여기서 하는 일 없이 한가한 나날을
보내고 있다는 것은 무의미한 일이오. 차제에 숙태위에게
사람을 파견하여 청을 들어서 천자께 연락이 닿도록 하여,
우리 편에서 지원해서 토벌을 나가도록 하는 게 좋지 않겠
소?"

이리하여 여러 장수들을 일당에 집합하고 상의한 결과,
일제히 기뻐했다. 이튿날 송강은 의복을 갈아입고 연청을
대동, 친히 이번 일을 상의하러 가기로 했다. 즉시 성 안으
로 들어가 숙태위 집 앞까지 가서 말을 내렸다. 때마침 태
위는 집에 있어서 곧 연락이 되었다. 태위는 그 소식을 듣
자 곧 두 사람을 안으로 청해 들였다. 송강이 대청으로 들
어 재배하고 나자 숙태위가,

"장군! 무슨 일로 정장까지 차리시고 여기까지 오셨습니
까?"

하고 물었다. 송강은 그 동안에 성원에서 자기네들에게 푸
대접을 하는 괘씸한 태도도 명백히 설명해 주었고, 강남 땅
의 도둑의 괴수 방랍이 양주까지 쳐들어오려고 한다는 긴박
한 정세를 상세히 말하고, 나라를 위해서 충성을 다하고 싶
으니 폐하께 연락이 되도록 해달라고 간곡히 부탁했다.

숙태위는 송강의 말을 듣더니 기뻐하였다.

"장군의 말씀에 동감이오! 반드시 힘을 다하여 연락의 책
임을 질 것이니 장군께서는 돌아가십시오. 내일 아침 상세

하게 상주하면 폐하께옵서도 반드시 선처해 주옵실 줄 압니
다."

송강은 태위의 집을 나와 진영으로 돌아와 여러 형제들
에게 보고했다.

한편, 숙태위는 이튿날 아침 약속대로 입궐하여 천자가
문무백관과 정사를 협의하고 있을 때, 송강에게서 들은 대
로 낱낱이 상세한 보고를 했다. 천자의 뜻에 의하면, 이미
장초토사와 유도독에게 토벌을 명령하기는 했지만 아직도
출병을 결정한 것은 아니라는 것이었다. 숙태위는 앞으로
나서면서 강경하게 자기 주장을 상주했다.

"소신이 생각하옵건대 저 도둑의 무리는 국가의 커다란
우환이 되어 있사옵니다. 폐하께옵서 이미 장총병(張總兵)
과 유도독을 기용하였사오나, 아울러 서쪽을 정복하옵고 승
리를 거둔 송선봉을 파견하옵시어 전군(前軍)을 삼으사 토
벌에 파견하옵신다면 기필코 큰 공을 세울 줄 아옵나이다."

천자도 숙태위의 상주하는 말을 듣고 지극히 만족하여
시급히 사신을 파견하여, 성원관에게 명령을 받으러 오라고
했다. 이때 장초토사와 종(從), 경(耿) 두 참모도 송강의
군사를 전군의 선봉으로 내세워 주도록 상주했기 때문에 아
무 문제 없이 성원관도 송선봉과 노선봉을 불러내어 천자의
칙명을 받도록 했다. 송강은 평남도총관(平南都總管)·정
토방랍정선봉(正討方臘正先鋒), 노준의는 병마부총관(兵馬
副總管)·평남부선봉(平南副先鋒)에 임명되어 시급히 출진
하라는 명령을 받았다. 이때 천자는 송강의 장병들 가운데
서 옥석에 도장을 잘 새기는 금대견이란 자와, 양마(良馬)
를 잘 가려내는 황보단 두 사람은 뒤에 남아 있도록 하라는
특명을 내렸다.

송강과 노준의는 궁궐에서 나와 기쁨에 넘쳐서 말을 나란히 하고 성 밖으로 나왔는데, 한길에서 어떤 사나이가 손에 무엇인지 이상한 물건을 가지고 있는 것을 보았다. 그것은 꼼꼼하고 예쁘게 만든 자그마한 나무방망이인데, 그 맨 가운데로 가느다란 줄이 통해져 있어서 그 줄을 잡아당기면 소리가 나게 되어 있었다. 송강은 유심히 바라보다가 세상에서 별로 본 일이 없는 신기한 물건이라, 군사를 시켜서 그 사나이에게 물었다.

"그것은 뭣하는 물건이오."

그 사나이가 대답하였다.

"이것은 호고(胡敲)라고 하는 것인데, 손으로 줄을 잡아당기면 소리가 나게 마련이오."

송강은 즉각에 시 한 수를 읊었다.

한 소리 낮게 흐르면 또 한 소리 높게 올라가니(一聲低了一聲高),

찌렁찌렁 울리는 소리 창공을 찌르고 찌르고 울려퍼진다(瞭喨聲音透碧霄).

웅훈한 기력이 허다하게 헛되이 있어도(空有許多雄氣力),

받들고 거들어 주는 이 없으면 쓸모없는 수고가 되어버릴 뿐(無人提挈謾徒勞).

송강은 말 위에서 너털웃음을 치면서 노준의에게 말했다.

"헛! 헛! 헛! 저 호고라는 장난감은 나나 노형을 비유해서 만들어진 물건 같소. 아무리 하늘을 무찌를 듯한 재주나 수완을 지니고 있다고 해도 밀어 주고 거들어 주는 사람이 없다면 혼자서 우렁찬 소리를 낼 수는 없을 테니 말이오!"

"형님! 왜 그런 말씀을 하십니까? 이 아우가 알고 있는 한에서는, 고금의 명장치고 그대로 세상 사람도 모르게 파묻혀 버린 사람은 하나도 없습니다. 만약에 재주나 수완이 없다면 아무리 밀어 주는 사람이 있다 해도 어쩔 도리가 없을 것입니다."

"천만에… 이번에 숙태위가 나서서 우리들을 천자께 상주하고 밀어 주지 않았다면 이렇게 소중히 기용되었을 리 없었을 게 아니겠소. 사람이란 자기의 본바탕을 망각해서는 안 될 것이오!"

노준의는 자기가 실언했다는 점을 깨닫고 묵묵히 말이 없었다.

두 사람은 진영으로 돌아오자, 본부로 들어가 즉각에 여러 장수들을 일당에 소집했다. 여장군 경영은 병석에 누워 있었기 때문에 동경에 남겨 두어 섭청 부부더러 돌봐 주라 했고 의사를 불러 치료해 주도록 해놓고, 그밖의 장령들은 전원 일제히 말·안장·의갑을 정비하고 출발할 채비도 든든히 방랍을 토벌하러 나가게 되었다.

얼마 후에 경영은 병이 완쾌되고, 만삭이 되어서 얼굴이 네모 번듯하고 귀가 유난히 커다란 아들을 낳아 명을 장절(張節)이라고 했다. 또 얼마 지나서 남편이 독송관(獨松關)이란 데서 적장 여천윤(厲天閏)에게 목숨을 빼앗겼다는 소식을 듣자, 경영은 미칠 듯이 울고 슬퍼하며, 즉각에 섭청 부부와 함께 친히 독송관으로 달려가 영구를 장청의 고향인 창덕부(彰德府)까지 지키고 가서 정중한 장례식을 치렀다.

섭청도 얼마 후에 병으로 세상을 떠났는데, 경영은 노파가 다 된 섭청의 부인 안씨(安氏)와 함께 부친 없는 아들을 키우기에 힘썼다. 장절은 성장한 뒤 송나라 장군 오개(吳价)를 따라 금(金)나라 장군 올술(兀朮)을 화상원(和尙原)이란 데서 크게 격파시켰는데, 너무나 기막힌 솜씨에 놀란 올술은 당황해서 수염을 깎아 버리고 도주했으며, 장절은 관작을 받아 가지고 집에 돌아와 모친을 봉양하면서 천수(天壽)를 무사히 보냈다. 그리고 천자에게 상주하여 모친의 정절을 널리 천하에 알리도록 했는데, 이것은 경영 모자의 정절과 효도가 스스로 그토록 훌륭하게 만든 것이었다.

송강은 방랍 토벌의 칙명을 받게 된 그 이튿날, 내부(內府)에서 상으로 내린 비단과 은량(銀兩) 등을 받아 여러 장수와 전군의 두목들에게 분배해 주었다. 그리고 즉각 금대견과 황보단을 전송한 후, 한편 전선(戰船)을 동원해서 먼저 떠나보내기로 하고, 수군의 두령들에게 명령하여 돛대와 노를 정비시켜 대강(大江―양자강)으로 저어 나가게 하는 한편, 기병의 두령들에게도 명령해서 궁전(弓箭)·창도(鎗刀)·의포(衣袍)·개갑(鎧甲) 등을 정비시키고 수륙양로로, 선기(船騎) 병행으로 진군하도록 만반 준비를 갖추기로 했다.

그때 마침 채태사가 부간(府幹―부의 소리) 한 사람을 보내어 성수서생 소양을 자기의 대필생(代筆生)으로 남아 있게 해달라고 했다. 또 그 이튿날은 왕도위(王都尉)가 친히 와서 낙화를 달라고 했다. 낙화는 노래를 잘 부른지라 자기 곁에 두고 싶다는 것이었다. 송강은 어쩔 수 없이 승낙해 주고 두 친구가 사라져 가는 것을 전송해야만 했다. 이리하여 송강은 다섯 명의 형제를 놓쳐 버려 울적한 심정이 비길 데 없었다. 즉각에 노준의와 상의, 전군에게 호령하여 출진의 준비를 서둘렀다.

한편, 강남의 방랍이란 자는 반란을 일으킨 지 이미 오래되어서 상당한 성공을 거두었으며, 더욱 웅대한 사업을 꿈꾸고 있는 판이었다. 이자는 본디 흡주(歙州) 산속의 나무꾼이었는데, 계곡을 흐르는 물줄기 근처에서 소변을 보다가, 물 위에 비친 자기 모습이 머리에는 평천관(平天冠)을 썼고 몸에는 곤룡포(袞龍袍)를 입고 있어 천자의 모습과 똑같다 생각하고, 천자가 될 행운을 타고났다고 사람들에게 떠들어댔다.

때마침 주면(朱勔)이란 자가 강소(江蘇) 땅에서 백성들의 화석망(花石綱)을 징발해 버렸기 때문에, 주민들은 원한을 품고 누구나 다 같이 반란을 일으킬 생각을 하게 되었다. 방랍은 바로 이 기회를 묘하게 포착해서 반란을 일으켰고, 청계현(淸溪縣) 안 방원동(幇源洞)이란 곳에 보전(寶殿), 내원(內苑) 등 궁궐을 꾸며 놓고, 목주와 흡주에도 각각 행궁(行宮)을 가졌고, 문무(文武) 관직, 성원(省院)의 관료, 내상(內相)·외상(外相), 그밖에도 허다한 대신들을 거느렸다. 방랍은 목주, 흡주에서 멀리 윤주(潤州)에 이르는 고장을 전부 점령했다. 윤주란 지금의 진강(鎭江)을 말한다. 전부 합쳐서 8주 25현. 그 8주란 흡주, 목주, 항주(杭州), 소주(蘇州), 상주(常州), 호주(湖州), 선주(宣州), 윤주였다. 25현이 모두 이 8주의 관할하에 있었으며, 그 당시의 가흥(嘉興), 송강(松江), 숭덕(崇德), 해령(海寧)은 모두 현청 소재지였다. 방랍은 친히 국왕이 되어 오만하게도 일방에서 패권을 휘두르며 그 기세가 이만저만한 게 아니었다.

송강은 장수를 뽑아 출진하게 되었고, 성원의 여러 관리들에게 작별의 인사를 했다. 숙태위와 조추밀도 친히 장도에 오르는 장병들을 전송했으며, 전군의 장병들을 위로해 주었다. 수군의 두령들은 이때, 이미 전선(戰船)을 사수(泗水)강에서 회하(淮河)강으로 저어 놓고 양주로 집결하도록 회안군(淮安軍)의 제방을 목표로 삼고 있었다.

송강과 노준의는 조추밀과 숙태위에게 작별의 인사를 하고 나서, 군대를 다섯 갈래로 나누어서 육로로 양주를 향하고 진군을 개시했다.

얼마 안 되어서 전군(前軍)은 벌써 재빨리 회안현(淮安縣)에 도착하여 주둔하였다. 그 주의 관원들은 술좌석을 마련해 놓고 송선봉의 도착을 영접했으며, 성 안으로 인도하고 극진히 환영했다. 그리고 송강에게 이렇게 알려 주었다.

"방랍의 적군은 세력이 굉장하여 결코 경시할 존재가 아닙니다. 저쪽이 바로 양자강으로, 강남에서 가장 중요한 요새지대입니다. 또 양자강 저쪽이 윤주인데, 현재 방랍 수하의 추밀(樞密)이라는 여사낭(呂師襄)과 12명의 통제관(統制官)이 강변을 지키고 있습니다. 윤주를 탈취해서 근거지로 삼지 않는다면 적군과 대결하기는 어려울 것입니다."

송강은 그 말을 듣자, 즉각에 군사 오용을 불러서 선후책을 강구했다.

"이제 우리의 앞길에는 양자강이 가로막혀 있소. 수군의 배를 이용해서 행진할 도리밖에 없겠는데?"

송강의 말을 듣고 오용이 말하였다.

"양자강 안에는 금(金), 초(焦) 두 산이 있어서 윤주의 성곽을 등에 짊어지고 있는 셈이니, 몇 명의 친구들을 정찰로 내보내서 건너편 강변의 정세와 또 어떤 배를 가지면 강을 건너갈 수 있을지, 그것을 탐지해 와야겠습니다."

송강은 오용의 명령을 전달하고 수군의 두령들을 불러놓고 물었다.

"여러 사람 중에서 누가 정찰로 나가서 건너편 강변의 정세를 탐지해 올 사람이 없겠소?"

이때 장하(帳下)에서 네 명의 장수가 모두 가기를 원한다는 소리가 들렸다. 이 몇 사람의 장수들이 정찰을 나갔기 때문에 멀지 않아 시체를 내던져 북고산(北高山)같이 높이 쌓아 올리게 되고, 피를 흘려 양자강을 시뻘겋게 물들이게 되며, 마침내 대군이 오룡진(烏龍陣)을 펼쳐 강을 날아넘게 되고 전선(戰船)으로 백안탄(白雁灘)을 깡그리 집어삼키게 된다.

111 술잔에 독약을 타서

張 順 夜 伏 金 山 寺
宋 江 智 取 潤 州 城

9천3백 리나 되는 대 양자강은 만리장강(萬里長江)이라 일컬었는데, 남북으로 오(吳)나라와 초(楚)나라로 지역이 갈라졌으며, 장강 한복판에는 두 산이 있어 금산(金山), 초산(焦山)이라고 했다. 이 두 산은 초나라의 말단과 오나라의 발단지역을 각각 점령하고 있어서 한 군데는 회동(淮東) 땅의 양주(揚州), 또 한 군데는 절강(浙江) 서쪽 땅인 윤주(潤州)로, 이곳은 바로 지금의 진강(鎭江)을 말하는 것이다.

즉, 윤주의 성곽은 방랍(方臘)의 수하에 있는 추밀사 여사낭이란 자가 강변을 지키고 있었다. 이 사나이는 본디 흡주의 부호 출신으로서 방랍에게 금전과 군량을 진상하고 추밀사가 되었으며, 어려서는 병서와 전략도 공부한 바 있어 1장 8척이나 되는 사모(蛇矛)를 휘두르는 무예의 솜씨도 지녔고, 그 부하로서 12명의 통제관을 인솔하고 있었다. 소위 강남십이신(江南十二神)이라 일컬어지는 그들의 별명, 본명, 책임구역은 다음과 같다.

경천신(警天神) 심강(沈剛)—복주(福州)
유혁신(遊奕神) 반문득(潘文得)—흡주(歙州)
둔갑신(遁甲神) 응명(應明)—목주(睦州)
육정신(六丁神) 서통(徐統)—명주(明州)

벽력신(霹靂神) 장근인(張近仁)―월주(越州)
거령신(巨靈神) 심택(沈澤)―항주(杭州)
태백신(太白神) 조의(趙毅)―호주(湖州)
태세신(太歲神) 고가립(高可立)―선주(宣州)
조객신(弔客神) 범주(范疇)―상주(常州)
황번신(黃潘神) 탁만리(卓萬里)―윤주(潤州)
표미신(豹尾神) 화동(和潼)―강주(江州)
상문신(喪門神) 심변(沈抃)―소주(蘇州)

추밀사 여사낭은 5만의 남방 사병을 거느리고 강변을 점령, 감로정(甘露亭) 밑에는 3천여 척의 전선(戰船)을 집결시켜 놓고 있었다. 북쪽 강변이 바로 과주(瓜州)라는 나루터였는데, 넓은 면적에 물이 출렁댈 뿐 이렇다 할 만한 요새지대는 아니었다.

이때 선봉자 송강의 군사들과 전선은 수륙양로로 병진하여 애안(涯安)이란 고장에 도착한 다음, 양주에 도착할 계획이었다.

그날 송강은 군사 오용과 상의한 결과 시진, 장순, 석수, 원소칠 등 네 명의 장수를 뽑아 두 명씩 두 패로 갈라져서 곧장 금산과 초산으로 가서 여인숙에 들어, 길손을 가장하고 윤주 적군 본거지의 정세를 탐지하여 양주로 보고하라고 했다.

석수와 원소칠은 부하 두 사람을 거느리고 초산으로 향했고, 시진과 장순도 부하 두 명을 거느리고 비수를 몸에 품고 박도를 들고 과주(瓜州) 땅으로 달려갔다. 시진과 장순이 북고산(北固山) 기슭을 바라보니, 청·백 두 색채의 정기(旌旗)가 죽 꽂혀서 바람에 휘날리고 강변에는 한일(一)자로 질서정연하게 배들이 줄을 짓고 있는데, 북쪽 강변인 이쪽으로는 나무조각 하나도 보이지 않았다. 시진과 부하 등 일행 네 사람이 곧장 강가로 달려가 봤더니 몇 채의 초가집이 나란히 모여 있었다. 그런데 모두 문이 단단히 잠가져 있고 아무리 두드려 봐도 열리지 않았다. 장순이 옆으로 돌아 들어가 한쪽 벽을 쑤시고 뚫고 들어가니 백발노파가 부엌 쪽에서 나왔다. 장순이 물었다.

"할머니 댁에서는 어째서 사람이 왔는데도 문을 열어 주시지 않습니까?"

그 노파가 대답하였다.

"사실인즉 이번에 조정에서 대군을 풀어서 방랍하고 싸움을 하게 된다고 해서, 우리 고장은 공교롭게도 풍문(風門) 수구(水口) 같은 틈바귀에 끼여 있어, 이 고장 사람들은 모두 피난을 갔고 집이 텅텅 비어 있어서 이 늙은 것만 혼자 남아 집을 지키고 있는 판이오."

"할머니 댁의 남자분들은 모두 어디 계신가요?"

"시골로… 가족들이 있는 곳으로 가버렸소!"

"저희들 넷이서 강을 건너가야겠는데요, 어디서 나룻배라도 한 척 얻을 수 없을까요?"

"배라니? 그런 것은 어디 가도 얻을 수 없소. 바로 얼마 전에 여추밀께서, 대군이 쳐들어온다는 소식을 듣고 배란 배는 깡그리 거둬 가지고 윤주로 가버리셨다우!"

"저희들 넷이서는 먹을 것은 마련해 가지고 있으니, 2,3일 동안 여기서 잠이나 자고 쉬어 가도록 해주셨으면 좋겠습니다. 숙박료는 은붙이를 드립죠. 결코 시끄러운 폐를 끼쳐 드리지는 않겠습니다!"

"며칠 쉬어서 가신다는 건 상관없지만, 침대가 한 채도 없으니…"

"그건 괜찮습니다. 저희들이 아무렇게나 쉬어 갈 수 있도록 할 테니까."

"손님들! 조심해야 돼요! 그러고 있노라면 대군이 쳐들어올 테니 말이오!"

"그야, 저희들이 재간껏 피신을 하든지 도망을 치든지 합죠."

이쯤 되니 백발노파도 어쩔 수 없이 문을 열고 시진과 부하 등 일행을 집 안에 들여놓았다. 일행은 박도를 벽에 세워 놓고 보따리를 내려놓으며 밀가루떡을 꺼내어 먹었다. 장순은 또다시 강가로 나가서 강 한복판에 있는 금산사의 경치를 바라다보며 마음속으로 곰곰 생각했다.

'윤주의 여추밀이란 자는 평소에 저 산엘 곧잘 왔다갔다 할 것이다. 오늘 밤에 한 번 가보기로 하자. 반드시 무슨 꼬리를 잡을 수 있겠지!'

돌아와서 시진과 상의했다.

"이렇게 여기까지 오기는 했지만, 나룻배 한 척도 없고 보니 건너편 강변의 정세를 알아볼 도리가 없소. 그래서 나는 오늘 밤 의복으로 은붙이 두 덩어리를 뚤뚤 뭉쳐서 머리 위에 이고, 곧장 금산사로 헤엄쳐 건너가, 그곳 스님에게 금붙이를 쥐어 주고 정세를 물어 보고 와서 선봉 형님에게 보고하기로 하겠소. 시형은 여기서 좀 기다리고 계시오."

그날 밤에는 별도 달도 밝게 빛나고 바람도 없이 강물이 잔잔하며, 강물과 하늘이 한 빛깔로 합쳐져 있었다. 땅거미가 질 무렵, 장순은 옷을 벗고 아랫도리 잠방이를 걷어올리고 두건과 의복에다가 큼직한 은붙이 두 덩어리를 뚤뚤 뭉쳐 가지고 머리 위에 매달고, 허리에는 비수를 한 자루 차고 과주(瓜州)에서 곧장 물속으로 들어가 강 한복판까지 헤엎쳐 갔다.

물은 팔이 잠길 정도로 깊지 않아서 마치 육지를 걸어가는 듯, 순식간에 금산 산기슭에 도달할 수 있었다. 사방을 둘러보니 바윗돌 언저리에 자그마한 나룻배가 한 척 머물러 있었다. 장순은 그 배 위로 기어올라 머리에 이고 있던 옷보따리를 내려놓고, 젖은 옷을 벗어 몸을 말끔히 씻고 옷을 갈아입은 다음 배 위에 의젓하게 앉았다.

윤주에서 시간을 알리는 북소리가 삼경을 알렸다. 장순이 뱃속에 숨어서 형편을 살피고 있을 때, 상류 쪽에서 한 척의 자그마한 나룻배가 저어 내려왔다. 장순은 그것을 보고 반드시 까닭이 있는 배리라는 수상쩍은 생각으로 당장 배를 저어 따라가려고 했지만, 배는 굵은 동아줄로 닻을 내려놓아 꼼짝도 하지 않고, 삿대도 노도 아무것도 없었다. 하는 수 없이 강물 속으로 뛰어들어 곧장 저쪽 배를 쫓아 헤엄쳐 갔다.

저쪽 배 위에서는 장정 둘이 노를 저으면서 북쪽 강변을 노상 지켜보며 남쪽으로는 아무런 주의도 하지 않고 빨리 배를 몰기만 하고 있었다. 장순은 물속으로 깊숙이 숨어 들어가 그 배 옆에 불쑥 머리를 내밀고, 뱃전을 붙잡고 훌쩍 뛰어오르며 비수로 두 놈의 장정을 푹푹 찔러 버렸다. 노를 젓고 있던 두 장정은 노를 내동댕이친 채 거꾸로 박혀 강물 속에 빠지고 말았다.

그 배 선창 안에서 또 다른 두 사나이가 뛰쳐나왔다. 장순이 한칼로 찔러 둘 중의 하나를 강물 속으로 처박자, 나머지 한 놈은 깜짝 놀라 선창 안으로 몸을 숨겼다.

"네 놈은 누구냐? 어디서 오는 게냐? 사실대로 말해야만 살려 주겠다!"

장순이 호통을 쳤다. 그 사나이가 대답한다.

"솔직히 여쭙겠습니다. 소생은 이 양주성 밖 정포촌(定浦村)이라는 마을에 사는 진장사(陳將士—거상)님 댁의 하인배로서, 이분의 분부를 받고 윤주로 가서 여추밀님께 문안을 드리고 양식을 진상하겠다는 연락을 취했더니, 그렇게 하라고 승낙해 주시고 우후(虞侯—하인) 한 사람을 딸려 보내 주시면서 쌀 5만 석과 배 3백 척을 예물로 헌납하라는 명령을 받고 오는 것입니다."

"그 우후라는 하인배는 성명이 뭣이고 지금 어디 있단 말인가?"

"그 우후 되시는 분은 성함을 섭귀(葉貴)라고 하십니다. 방금 장사께서 칼로 찔러 강물 속에 처박아 버리신 게 바로 그분이십니다."

"너는 성명을 뭐라고 하느냐? 언제 여추밀에게 문안을 드리러 갔었단 말이냐? 배에는 무슨 물건을 싣고 있느냐?"

"소생은 오성(吳成)이라고 합니다. 올해 정월 초이렛날 강을 건넜습니다. 여추밀님께서는 바로 소생을 소주(蘇州)로 보내시어 아우님 되시는 삼대왕(三大王) 왕모(王貌)라는 분께 인사를 여쭈도록 해주셔서, 호색정기(號色旌旗) 3백 장과, 소생의 주인이신 진장사를 양주부윤에 봉하고 중명대두(中明大夫)라는 칭호를 내려주게 하라는 칙서와, 그 밖에 군복 1천 벌과 여추밀님에게 보내시는 훈령서(訓令書)를 맡아 가지고 있습니다."

장순은 더 자세한 것까지 물어 봤다.

"너의 주인의 성명은 뭣이고, 얼마나 되는 인마(人馬)를 거느리고 있느냐?"

"사람은 수천 명이고 말은 백 필 남짓하게 있습니다. 두

아드님이 계신데 모두 만만찮은 분들이시고, 맏아드님이 진익(陳益), 둘째아드님이 진태(陳泰)라고 합니다. 주인 되시는 장사(거상)는 진관(陳觀)이라고 하십니다."

장순은 사실의 자초지종 경위를 확실히 파악하고 나서, 한칼로 오성이라는 하인배를 찔러 강물 속에 처박아 버리고 배꼬리에 앉아 유유히 배를 저어 과주로 몰고 갔다.

시진이 노젓는 소리를 듣고 급히 달려나가 보니, 장순이 배를 몰고 오는 판이었다. 시진이 형편을 묻자 장순은 여태까지 겪은 이야기를 자세히 해주었다. 시진은 기뻐서 어쩔 줄 모르며 선창 안으로 들어가서 보자기에 싼 서류와 붉은 비단 호기(號旗) 3백 장, 군복 1천 벌을 꺼내어 두 꾸러미로 갈라서 소중히 간직했다. 장순은 다시 배를 저어 금산 기슭으로 가서 의복, 두건, 은붙이 등속을 거둬 가지고 괴산 강변으로 되돌아왔다. 날이 훤하게 밝아올 무렵이었으나 안개가 자욱하게 끼어 있었다. 장순은 배에 구멍을 뚫어서 강물 속으로 가라앉혀 버리고, 머무르던 집으로 돌아와 노파에게 2,5냥의 은붙이를 사례로 주고 두 부하에게 짐을 떠메게 해서 시급히 양주로 돌아왔다.

이때, 벌써 송선봉의 군사들은 전원 양주성 밖에 주둔하고 있었다. 주의 관원들이 송선봉을 성 안으로 영접해 들이고 역정(驛亭) 숙소에서 쉬게 하면서 연일 잔치를 베풀고 장병들을 위로해 주고 있었다.

시진과 장순은 잔치가 파하기를 기다려 역정 숙소에서 송강과 면회, 상세한 보고를 끝내고 덧붙여서 말했다.

"진관 부자가 방랍과 결탁해 가지고 멀지 않아 적군을 인도해서 강을 건너 양주를 공격케 하려고 하지만, 강 한복판에서 맞닥뜨리게 되어 우리 선봉께서 도리어 공을 세우시게 된다는 것은, 실로 하늘이 도와주시는 셈입니다."

송강은 그 말을 듣자 기뻐하여 이내 군사 오용을 불러 어떠한 계책을 써야 할까 상의했다. 오용이 대답하였다.

"이런 좋은 기회가 닥쳐왔으니, 윤주성을 넘볼 수 있는 것은 손바닥을 뒤집는 것같이 쉬운 일입니다. 우선 진관이란 자를 붙잡으면 큰일은 곧 작정되고 마는 것입니다. 그렇게 하기 위해서는 여차여차한 방법을 쓰는 게 좋을 줄 압니다."

즉각에 연청을 불러서 섭우후라는 자로 변장을 시키고, 해진·해보에게는 남쪽 적군 사병과 똑같은 차림으로 분장을 시켜서 정포촌으로 보내기로 했다. 해진과 해보는 짐짝을 떠메고, 연청은 치밀한 주의를 받은 다음, 세 사람이 양주를 떠나 정포촌으로 향했다. 성을 떠난 지 불과 50여 리, 순식간에 진장사의 집에 이르렀다. 문앞에는 2,3명의 하인배들이 똑같은 몸차림을 하고 질서정연히 늘어서 있었다.

연청은 남쪽 절강(浙江) 사람의 사투리를 써가며 절을 하고 물었다.

"장사님께서는 댁에 계신가요?"

"손님께선 어디서 오셨습니까?"

하인배 하나가 물었다.

"윤주에서 왔소. 강을 건넜지만 길을 잘못 들어서 반나절 동안이나 빙빙 돌다가 간신히 찾아온 길이오."

하인은 그 말을 듣자, 즉시 안으로 인도하여 짐을 내려놓게 하고, 연청을 안에 있는 대청으로 데리고 가서 진장사와 면회를 시켜 주었다.

연청은 꿇어 엎드려 절하며,

 "이 섭귀 문안드리려고 왔습니다."
했다. 진장사가 물었다.
 "당신은 어디서 오신 분이오?"
 연청은 여전히 절강 땅 사투리로 대답했다.
 "측근에 있는 사람들을 물러나게 해주셔야만 말씀드리겠습니다."
 "이 사람들은 모두 나의 심복지인들이니 거리낄 것 없이 말씀해 주시오."
 그제야 연청은 능청스럽게 연극을 부렸다. 자신은 여추밀 장전의 우후로 있는 섭귀라고 확실한 신분을 밝히고, 뱃속에서 들었던 오성이란 하인놈이 하던 말과 하나도 어긋남이 없이, 자초지종을 이야기해 주고, 칙서·서류 따위를 꺼내어 진장사에게 넘겨주었다.
 진장사는 그것을 보자 크게 기뻐하며 시급히 향궤(香机)를 차려 놓고 남쪽을 향해서 은혜에 감사한다는 예절을 표시했다. 그리고 아들 진익과 진태를 불러서 연청에게 소개했다. 연청은 해진, 해보를 시켜 호기(號旗)와 군복 등속을 꺼내게 하여 대청으로 들어가 넘겨주었다. 진장사는 감격하여 마지않으며 연청에게 상좌에 앉으라 했지만, 끝까지 겸손한 체하고 멀찌감치 떨어진 자리에 앉아서 진장사가 권하는 술잔까지 점잖게 사양했다. 술이 서너 순배 돌아갔을 때, 진장사의 두 아들이 자기네 부친을 위해서 축배를 들자고 했다. 바로 이때 연청은 해진과 해보에게 처음 계획대로 실행하라고 눈을 찡긋해 보였다. 해보는 품속으로부터 슬며시 독약을 꺼내어 사람의 눈에 띄지 않도록 틈을 보아 술병 속에 집어 넣었다. 연청이 곧 일어서며 말하였다.
 "이 섭귀는 비록 술을 마련해 가지고 강을 건너오지는 못했습니다만, 어르신네의 술을 빌려서라도 축하의 뜻을 표시해야겠습니다."

한 잔을 가뜩 따라 진장사에게 권하니 그대로 죽 들이켰고, 그 다음 진익·진태 두 아들에게도 권하니 각각 한 잔씩 기분좋게 마시는 것이었다. 그 자리에 나와 있던 몇 명의 심복지인이라는 하인배들도 각각 한 잔씩 권하는 술을 넙죽넙죽 받아 마셨다.

연청이 입을 비쭉하면서 신호를 보내자 해진은 밖으로 나가서 불씨를 찾아서 숨겨 가지고 있던 호기(號旗)와 호포(號砲)를 꺼내 집 앞에다 내동댕이쳤다. 그 주변에는 이미 여러 두령들이 기다리고 있다가 호포 소리를 듣자 일제히 호응하여 들고 일어났다.

연청은 대청 안에서 한놈 두놈 모조리 쓰러지는 꼴을 보자, 품속에서 비수를 뽑아들고 해보와 함께 칼을 닥치는대로 휘둘러 순식간에 모조리 목을 베어 버렸다.

그러자 집 문밖에서 열 명의 장수들이 와 고함을 지르며 쳐들어왔다. 그들 열 사람의 장수들이란 곧 노지심, 무송, 사진, 양웅, 이규, 항충, 이곤, 포욱, 양림, 설영 등이었다.

그 집 문전에 있던 하인배들이 어찌 이것을 막아낼 수 있겠는가! 안으로부터 연청, 해진, 해보가 잽싸게도 진장사 부자들의 수급을 움켜쥐고 밖으로 나왔다. 문밖으로 또 다른 1대의 관군이 닥쳐들었다. 앞장 서 있는 여섯 명의 두령은 바로 주동, 색초, 장청, 번서, 이충, 주통.

송강은 진장사를 거꾸러뜨렸다는 보고를 받자, 시급히 본부의 병력을 인솔하고 곧장 그 집으로 달려가 전대(前隊)의 장사들을 각각 군량선에 배치해서 태웠다. 오용의 작전계획에 따라, 3백 척의 쾌속선을 골라, 그 배마다 방랍이 보낸 깃발을 높이 단 뒤 1천 명의 군사들에게는 적군과 똑같은 군복을 입히고, 그밖의 4천 명의 군사들에게 형형색색 각각 다른 빛깔의 복장을 입혔다. 또 따로 3백 척의 뱃속에는 1만 명도 더 되는 병력을 감춰 두고, 목홍을 진장사의 맏아들 진익처럼, 이준을 둘째아들 진태처럼 변장을 시켜서 각각 큰 배에 태웠다. 그밖의 배에는 장수들을 단별(團別)로 갈라서 태웠는데, 제1단의 배에는 목홍과 이준이 각각 항충·두천 등 10명의 편장을 거느렸고, 제2단의 배에는 장횡·장순이 조정·맹강(孟康) 등 20명의 편장을 각각 10명씩 거느리고, 제3단의 배는 사진 등 10명의 정장이 거느리고 역시 2대(隊)로 갈라져서 출발하게 되었다.

이리하여 이 3백 척의 배에는 장령이 도합 42명 분승해서 강을 건너갔다. 또 한편으로 송강은 전선에 말을 잔뜩 싣고, 유룡(遊龍)·비경(飛鯨) 등 칭호를 가진 배 1천 척에 송조선봉사송강(宋朝先鋒使宋江)이라는 깃발을 휘날리며 대소 기병·보병의 장수들을 모조리 배에 태워서 강을 건너게 했다. 수군의 총지휘자로는 원소오, 원소이 둘이 두드러지게 눈에 띄었다.

한편, 윤주에서는 북고산 위에서 건너편 강변으로 3백 척이나 넘는 전선이 일제히 떠나며, 배에는 호송의량선봉(護送衣糧先鋒)이라는 붉은 깃발이 휘날리고 있는 것을 발견했다. 남쪽 적군의 사병이 시급히 지방관청인 행성(行省)에 알렸다. 여추밀은 열두 명의 통제관을 대동하고 정예 사병을 거느리고 친히 강변에 나가서 정찰을 했다. 살펴보니 맨 앞으로 우선 1백 척의 배가 강변으로 다가 들어왔다. 여추밀은 말을 내려 은으로 만든 상 앞에 자리잡고 앉았으며,

열두 명의 통제관은 두 줄로 갈라서서 강변을 경비했다.

목홍과 이준은 여추밀이 강변에 자리잡고 앉아 있는 것을 보자, 상반신을 유난히 뽐내며 절을 했다. 여추밀의 좌우에 서 있는 두 우후가 벽력같이 소리를 질러 배를 멈추라고 했다. 1백 척의 배가 일제히 멈추자, 뒤따르던 2백 척의 배들도 바람을 타고 일제히 도착, 양편으로 갈라져서 멈추었다. 객장사(客帳司)라고 부르는 접대계 관원이 배 위로 올라와서 물었다.

"어디서 오는 배요?"

목홍이 대답하였다.

"소생은 진익이라 하고 아우는 진태라고 합니다. 부친 진관께서 특히 저희들 형제를 파견하시어 백미 5만 석과 배 3백 척, 정병 5천 명을 헌납하와 추밀님의 은혜에 보답하시겠다 하시므로 여기까지 온 길이올시다."

며칠 전에 여추밀이 파견한 오성이라는 우후는 어찌되었느냐는 질문에, 목홍은 감기가 들어서 휴양중이라고 어물쩍해 넘기고 관인의 서류까지 내보이며 20명의 편장까지 거느리고 강변으로 올라가려고 했으나 거절을 당하고, 둘이서만 추밀 앞에 나가 묻는 말에 무엇이나 막힘 없이 척척 대답해 넘겼다. 그런데도 추밀은 왜 그런지 수상쩍은 점이 있다는 듯, 4명의 통제관을 거느리고 뱃속을 수색시키려고 했을 때, 돌연 보초병의 급보가 날아들었다.

"성지(聖旨)가 남문 밖에 도착했습니다. 추상(樞相)께옵서는 시급히 영접하러 나가시기 바라옵니다."

여추밀은 즉각에 말 위에 올랐다.

"강변을 잘 지키도록…. 그리고 진익, 진태 둘은 나를 따라 오너라!"

하고 명령했다. 이때, 목홍은 이준에게 눈을 찡끗하고 신호를 보냈다. 그리고 여추밀이 앞장서서 가기를 기다려서 목홍과 이준은 뒤에 처진 20명의 편장들을 불러서 함께 성문 안으로 들어서려고 했다. 성문을 지키던 장사가 호통을 쳤다.

"추밀님께서는 두목 둘만 통과시키라는 분부시었다. 다른 자들은 들어가지 못한다."

이렇게 되어서 목홍과 이준은 성문 안으로 들어갔지만 20명의 편장들은 모두 성벽 근처에 머물러 있을 수밖에 없었다. 여추밀이 남문 밖에서 칙사를 맞이했는데, 방랍의 측근에서 인진사(引進使) 노릇을 하고 있는 풍희(馮喜)라는 칙사가 여추밀에게 연락해 준 것은, 사천태감(司天太監) 포문영(浦文英)이 밤에 천상(天象)을 봤더니, 무수한 북두성 중의 천강성이 오나라 지역으로 들어와서 절반은 그 빛을 잡고 있는데, 이것은 큰 화근이 될 징조이므로 천자께서 특별히 성지를 내리시어 추밀에게 강변을 엄중히 지키도록 하라는 지시였다. 즉, 북쪽에서 나타나는 자는 세밀히 실정을 조사하고 수상쩍은 놈은 추호도 망설이지 말고 처치해 버리라는 의미였다. 칙사 풍희가 여추밀과 함께 행원(行院)으로 가서 성지의 선독(宣讀)을 끝내려는 판에 또 보초의 급보가 날아들었는데, 그곳에서도 사천감(司天監)이 똑같은 별을 발견, 강변의 수비를 걱정하고 어제삼대왕(御弟三大王)의 사신이 달려왔다는 것이었다.

결국, 이런 사태에 겁을 집어먹은 여추밀은,

"배를 타고 달려온 놈들은, 하나도 상륙시켜서는 안 된다!"

고 호통을 쳐서 명령을 내려놓고, 칙사와 사신에게 술자리를 마련하여 대접하느라고 딴 정신이 없었다.

그러나 노도같이 몰려든 3백 척의 배들이 잠자코 있을 리 없었다. 왼쪽에 있던 1백 척의 배 위에서는 장횡·장순이 여덟 명의 편장을 인솔하고 강변으로 상륙했으며, 오른쪽 1백 척 배에서도 역시 열 사람의 정장(正將)들이 뛰어 올라가니, 강을 지키고 있던 남쪽 적군의 사병들은 이것을 막아낼 도리가 없었다.

해진·해보·이규 등은 성벽 근처에서 고함을 지르며 질풍같이 쳐들어갔는데, 특히 이규는 성문 아래 버티고 서서 닥치는대로 적병을 무찔러 버렸다. 성벽 근처에 있던 20명의 편장들도 합세하여 성문 근처는 쉽사리 송군에게 점령당했다. 열두 명의 적군 통제관들은 그제야 성벽 근처에서 터져나는 고함소리를 듣고 각각 병사를 거느리고 달려왔지만, 사진과 시진은 잽싸게 변장했던 적군의 군복을 벗어 버리고 3백이나 되는 뱃속에 숨어 있던 군사들에게 동원령을 내리면서 선두에 서서 상륙했다. 통제관 중에서 두목격인 심강(沈剛)은 사진의 한칼에, 반문득(潘文得)은 장횡의 창에 당장 거꾸러졌다. 혼전이 벌어지는 속에서 나머지 10명의 통제관들은 가족이 걱정스러워 모조리 성 안으로 뺑소니쳤다. 마침내 여추밀도 대패, 부상병 약간명을 거느리고 곧장 단도현(丹徒縣)으로 도주하고 말았다.

송강의 대군은 윤주를 탈환해서 우선 불을 끄고 사방으로 갈라져서 네 군데 성문을 지키면서, 강변으로 나가서 송선봉의 배를 맞아들였다. 일동이 중군(中軍)에 모여서 전과를 보고했다. 사진은 심강의 수급을 바쳤고, 장횡은 반문득의 수급을, 유당은 심택의 수급을 각각 바쳤다. 공명과 공량은 탁만리를 생포했으며, 항충과 이곤은 화동을 생포했고, 학사문은 서통을 활로 쏘아 죽였다. 이리하여 윤주를 점령함에 있어 적군의 통제관 네 명을 죽였고, 두 통제관을 생포했으며, 거꾸러뜨린 아장·사병의 수효는 이루 헤아릴 수 없을 정도였다.

송강이 휘하의 장수들을 호명해 보니, 세 사람의 편장을 잃어버린 것이 밝혀졌다. 모두 전란통에 화살을 맞고 말에서 떨어져 짓밟혀 죽은 것이었다. 그 세 사람이란 바로 송만, 초정, 도종왕이었다.

송강이 세 장수를 잃고 비분강개하여 마지않을 때 오용이 위로하였다.

"생사란 사람의 운명이 결정하는 것입니다. 비록 세 형제가 먼저 세상을 떠났다고는 하지만, 강남 제1의 요새지대인 주군(州郡)을 통쾌하게 점령했는데 무엇 때문에 그렇듯 심히 상심하고 괴로워하시어 존체를 상하게 하십니까. 나라를 위해서 공을 세우시려면, 우선 대사나 논의하기로 하십시다."

송강이 말하였다.

"우리 1백8명은 천서(天書—천문)에 게재되어 있으니, 위로는 성요(星曜)에 응해야 하는 몸이오. 애당초 양산박에서 발원하여 오대산에서 맹세했고, 생사를 같이하기를 원했소. 서울로 돌아간 다음 뉘 생각하였으리요! 먼저 공손승이 가버리고, 금대견과 황보단을 어전(御前)에 머물러 있게 해야 됐고, 또 채태사가 소양을, 왕도위가 낙화를 각각 자기네 측근에서 쓰려고 뽑아낼 줄이야. 오늘날 강을 건너서자마자 우리 세 형제를 잃어버렸으니, 송만이란 친구는 비록 큰 공을 세우지는 못했다지만, 처음에 양산박에서 일을 시작했을 때 내 이 친구한테 신세진 바도 많았소. 그런데 오늘 황천길로 가는 나그네가 되고 말았으니!"

송강은 명령을 내려 군사들을 시켜서 송만이 죽은 지점에 제단을 모셔 놓게 하고, 은빛 지전을 늘어놓고 검정 돼지와 흰 양을 잡아 제물로 바치고 친히 제사를 지내어 신주(神酒)를 올리고, 생포한 가짜 통제관 탁만리와 화동을 끌어내어 당장에 목을 자르고 피를 뿌려 세 사람의 영혼을 위로했다.

송강은 부의 관청으로 돌아와 공로에 대한 상을 내리고 상주문을 작성해서 부하를 파견, 승리를 보고하고 장초토사(張招討使)에게 성으로 나와 달라고 연락을 취했다.

한편, 여추밀 편에서는 병력의 태반을 상실하고, 통제관 여섯 사람을 대동하고 단도현(丹徒縣)으로 물러나가 그곳을 지키고 있었는데, 또다시 진격할 만한 힘도 없어서 위급을 고하는 상신서를 소주로 올려 연락을 취하고 삼대왕 방모에게 구원을 청했다. 그랬더니 보초가 급히 달려와서, 소주로부터 원수(元帥) 형정(邢政)이 파견되어 병력을 인솔하고 도착했다는 급보를 전했다. 여추밀은 형원수를 접견하고 수고를 치하했으며, 현청으로 가서 여태까지의 자초지종 경위를 상세히 보고하고 이렇게 말하였다.

"이렇게 원수님께서 여기까지 행차하신 이상, 함께 윤주를 도로 찾아야겠습니다."

형정이 대꾸했다.

"삼대왕께옵서는 강성(罡星—북두성)이 오나라 땅을 침범했다는 사실을 아옵시고, 그 때문에 특히 하관(下官)에게 군사를 인솔하고 가보라고 하옵신 것이오. 추밀님이 싸움에 패하셨으리라고는 꿈에도 생각지 못했소. 하관이 원수를 갚아 드리도록 할 것이니, 추밀님은 싸움을 거들기만 해주시오.”

　그 이튿날, 형정은 군사를 인솔하고 윤주를 탈환하려고 나섰다.

　한편, 송강은 윤주 관청에서 오용과 상의한 결과, 동위와 동맹에게 군사 1백여 명을 거느리고 초산으로 가서 석수와 원소이를 찾아내게 하고, 군사를 성 밖으로 동원시켜 단도현을 습격하도록, 5천 명의 병력을 정비해서 그 두령으로 관승 등 열 명의 정장(正將)을 파견하기로 결정했다.

　이리하여 즉각에 정장 열 명은 윤주를 출발하여 단도현으로 향했다. 관승 등 장수들이 군사를 인솔하고 나갔을 때 공교롭게도 도중에서 형정의 병사들과 맞닥뜨리게 되었다. 양군은 대치하자마자 서로 활을 쏘아 상대편 출동을 제지시키면서 진형을 정비하고 있었다.

　이때, 남쪽 적군의 진영에서는 형정이 창을 휘두르며 말을 달려나왔고 여섯 명의 통제관이 양옆을 호위했다. 송군의 진영에서는 그 광경을 보고 있던 관승이 말을 달려 청룡언월도를 휘두르며 형정에게 덤벼들었다. 두 장수가 대결하기 순식간에 14, 5합, 별안간 한쪽 장수가 거꾸로 박혀 말 아래로 나뒹굴어 떨어졌다.

　이야말로 와관(瓦罐)이 정상(井上)을 떠나지 못해서 깨지고, 장군은 반드시 진전(陣前)에서 쓰러지게 마련이라는 격이다. 결사적인 싸움 끝에 죽은 사람은 누구였을까?

112 화살이 전한 비밀편지

盧 俊 義 分 兵 宣 州 道
宋 公 明 大 戰 毘 陵 郡

남쪽 적군의 원수 형정은 말을 타고 관승과 대결했는데, 맞닥뜨리기 14,5합에 관승이 휘두른 한칼에 찔려 말 아래로 나뒹굴어 떨어지고 말았다. 호연작은 관승이 형정을 거꾸러뜨리는 것을 보자, 군사를 쏜살같이 몰고 달려들었다. 여섯 명의 통제관들은 남쪽을 향해 도주했다.

여추밀은 자기 본부의 군병이 형편없이 대패하는 꼴을 보자, 단도현을 버리고 패잔병을 인솔, 상주부(常州府)로 들어갔다. 송군의 대장 열 명은 현성을 점령하자, 송선봉에게 첩보를 전달했다. 송선봉은 본부의 군병을 거느리고 단도현으로 전진, 주둔하면서 전군의 장병들을 위로해 주고 장초토사에게도 급보를 전달시켜, 병력을 이동시켜 윤주를 지켜 달라고 부탁했다.

그 이튿날 종(從)·경(耿) 두 참모가 하사된 상품을 가지고 단도현에 도착, 송강은 정중하게 그것을 받아들여 여러 장수들에게 분배해 주었다. 송강은 노준의를 불러서 군병의 편성과 토벌에 관해서 상의했다. 송강이 말하였다.

"현재, 선(宣)·호(湖) 두 주도 적군 방랍이 점령하고 있소. 이제부터 노장군과 장병을 두 갈래로 갈라 가지고 토벌을 나가기로 합시다. 제비를 두 개 만들어서 하늘에 기도를 드리고 뽑아 보아서, 그 제비에 나오는 토벌지로 각각 진군을 개시하기로 합시다."

그래서 결국 송강은 상(常)·소(蘇) 두 지방을 뽑았고, 노준의는 선(宣)·호(湖) 두 지방을 뽑았다. 송강은 즉시 배선을 시켜서 군병을 둘로 갈랐다. 양지는 병에 걸려 토벌에 참가할 수 없었기 때문에 단도현에 남아 있게 되었지만, 그 나머지 장수들은 모두 두 편으로 갈라졌다. 송선봉이 맡아 상주·소주 두 곳을 공격할 장수는 정장, 편장 도합 42명. 정장 13명, 편장 19명, 군사(軍師)는 물론 오용이었다. 통솔하는 병력은 정병 3만.

부선봉 노준의가 맡아 가지고 선주·호주 두 지방을 공격하는 장수는 도합 47명으로 정장 14명, 편장 33명이었다. 나머지 편장의 두령격인 주무가 군사(軍師)를 겸하게 되었다.

그리고 수군의 두령들은 따로 1대를 편성했는데, 초산에 파견되었던 동위와 동맹이 석수와 원소칠을 찾아낸 뒤 되돌아와서 보고했다.

"석수와 원소칠은 강변으로 나가서 어떤 한 집안을 몰살해 버리고, 쾌속선을 한 척 탈취, 초산 절간을 갔더니, 절간의 주지가 양산박의 호걸인 줄 알고 숙식을 제공하면서 머물러 있도록 해주었다는 겁니다. 그후에 장순이 큰 공로를 세우게 된 것을 알자, 기회를 보아 초산에서 배를 타고 묘항(峁港)을 점령, 다시 강음(江陰)과 태창(太倉) 등 연안의 주와 현을 토벌하려고 부하를 시켜 문서를 전달해서, 수군 두령의 파견과 아울러 무기와 배를 보내 달라고 청원했다는 것입니다."

송강은 이준 등 여덟 명에게 수군 사병 5천 명을 딸려서 석수·원소칠과 함께 수로(水路)로 진군케 했다. 정장 세

명, 편장 일곱 명, 도합 열 명이 인솔, 정병 5천 명 외에 전선 1백 척을 몰고 가게 되었다. 결국 송강이 단도현에서 군병을 갈라서 진격을 개시했을 때에는 모두 99명, 백 명 미만의 두령들이 남게 된 셈이었다.

이렇게 해서 대형의 전선들은 모조리 수군의 두령들에게 맡겨서 강음·태창을 토벌케 했고, 소형의 전선들은 모두 단도현 성 안 부두에 집결시켜 군을 따라 상주를 공격하도록 했다.

한편에서 여추밀은 여섯 명의 통제관을 대동하고 상주의 비릉군(毗陵郡)으로 물러나가 그곳을 지키고 있었다. 이 상주란 고장에는 본디 전진붕(錢振鵬)이라는 통제관이 있었으며, 그 수하에 두 명의 부장(副將)이 딸려 있었다. 그 중 하나는 진릉현(晋陵縣) 상호(上濠) 지방 출신인 금절(金節), 또 하나는 전진붕의 심복지인 허정(許定)이란 자였다. 전진붕은 본디 청계현(淸溪縣)의 포도대장(도두)이었는데, 방랍에게 협력하여 성을 점령한 공로로 상주 제치사(制置使—변경지방의 통솔책임자)에 승진된 자며, 여추밀이 싸움에 패하여 윤주를 잃고 곧장 상주로 퇴각해 왔다는 소식을 듣자, 즉각에 금절과 허정을 데리고 성문을 열어 그를 영접, 주의 관청으로 인도하고 가서 접대하며 싸움에 응할 계책을 상의했다. 전진붕이 말하였다.

"추밀님, 안심하십시오. 이 전모(錢某), 부재(不才)의 몸이오나, 견마지로(犬馬之勞)를 다하와 당장에 송강 도당을 죽여, 놈들이 대패하여 강을 건너가 버리게 만들어 놓아 윤주를 수복해서 소원을 풀어 보고 싶습니다."

여추밀이 어루만지듯 위로해 주었다.

"제치사님께서도 이렇게까지 걱정해 주신다면, 나라의 불안함을 우려할 바 뭣이 있겠습니까. 성공한 뒤에는 이 여모(呂某)가 극력 상주하와 중작(重爵)의 자리로 옮겨 앉으실 수 있게 하겠습니다."

당일 푸짐한 술좌석이 벌어진 것은 더 말할 필요도 없는 일이었다.

한편, 송선봉은 분배한 병력을 거느리고 상주·소주 두 지방을 공격함에 있어서, 우선 기병의 군사를 내세워서 장구대진(長驅大進)의 작전을 썼다. 그 두령인 정장(正將) 한 명은 바로 관승, 장좌(將佐)로 진명 등 열 명의 두령을 거느리니 도합 열한 명, 기병 3천 명을 거느리고 곧장 상주성 아래로 쳐들어갔다. 깃발을 휘두르고 북을 울리며 도전했다. 여추밀이 그것을 보자 소리쳤다.

"나가서 적군을 물리쳐 버릴 자는 없느냐?"

말소리가 그치기 바쁘게 말을 타려고 준비하고 있던 전진붕이 외쳤다.

"이 전모가 힘을 다하여 뛰쳐나가 보겠습니다!"

여추밀은 즉각에 통제관 여섯 명을 원호의 책임자로 함께 내세웠다. 그들은 바로 응명(應明), 장근인(張近仁), 조의(趙毅), 심변(沈抃), 고가립(高可立), 범주(范疇)였다.

일곱 명의 장수들은 군사 5천 명을 거느리고 성문을 열자 구름다리를 내려놓았다. 전진붕이 칼을 휘두르며 적토마(赤兎馬)를 달려 제일 먼저 성 밖으로 나섰다. 관승이 그것을 보자, 우선 군사들을 후퇴시키고 전진붕이 진형을 정비할 때까지 내버려 두었다. 여섯 명의 통제관은 좌우 양편으로 갈라섰다. 대진하고 있던 관승은 선두로 말을 몰고 나서서 큰소리로 호통을 쳤다.

"역적놈아, 듣거라! 네 놈들은 한낱 시시한 놈을 도와서 반란을 꾀하고 생령들을 못살게 들볶고 있으니 인신공로(人神共怒)할 일이다. 오늘날 천병이 접경지대에 있는데도 죽는다는 것을 모르고 있으면서 감히 나를 대적하여 싸우겠다고 나왔느냐? 우리는 네 놈들 역적의 무리를 깡그리 죽여 버리지 않고는 군병을 절대로 철수하지 않기로 맹세했다!"

전진붕이 그 소리를 듣자 노발대발, 마구 욕설을 퍼부었다.

"네 놈들 일당은 양산박 도둑놈의 무리들로서 천시(天時)를 알지 못하고 왕패(王覇)의 위대한 사업을 도모할 생각은 못하고, 도리어 무도(無道)한 혼군(昏君)에게 투항하여 우리 대국과 서로 싸우려 하다니! 내 네 놈을 당장에 죽이지 않고는 갑옷 한 조각도 성한 채로는 돌려보내지 않을 작정이다!"

관승은 격분을 못 참아 청룡언월도를 휘두르면서 쏜살같이 찔러 들어갔다. 전진붕 역시 발풍도(潑風刀)를 휘두르며 덤벼들었다. 이리하여 두 장수가 싸우기를 30여 합, 전진붕은 차츰차츰 힘이 빠져 감당해내지 못하게 되었다. 남쪽 적군의 문기 아래서 두 통제관이 전진붕이 감당해내지 못하는 꼴을 보자, 두 자루의 창을 나란히 들고 일제히 말을 달려 관승에게 협격(挾擊)을 가하기 시작했다. 한쪽은 조의, 또 한쪽은 범주였다.

송군의 문기 아래서는 두 편장, 황신과 손립이 창과 채찍을 휘두르며 말을 달려 뛰쳐나왔다. 이리하여 결국 여섯 명의 장수들이 세 패로 갈라져서 진두에 나서서 일대 결전을

전개했다. 여추밀은 시급히 허정과 금절을 성 밖으로 내보
내어 싸움을 거들라고 했다. 두 장수는 명령을 받자, 각각
무기를 잡고 말을 달려 진두로 나섰다. 앞을 내다보니 조의
는 황신과 싸우고, 범주는 손립과 싸우고 있었는데, 모두가
만만치 않은 적수들끼리 대결하는 판국이었다. 싸움이 점점
치열해지자 범주와 조의는 마침내 힘이 기울어져 가고 있었
다. 허정과 금절이 각각 큰 칼 한 자루씩을 휘두르며 뛰쳐
나왔다. 송군의 진중에서는 한도, 팽기 두 장수가 나란히
뛰쳐나가 맞닥뜨렸다. 금절은 한도와 대결, 허정은 팽기와
대결했다.

 본디, 금절은 평소에 송나라에 귀순하고 싶은 마음을 품
고 있던 장수로서 고의로 자기 군대의 진영을 어지럽게 해
놓을 배짱으로 불과 몇 합을 맞닥뜨렸다가, 말 머리를 돌려
서 자기 진영으로 도주해 버렸다. 한도는 그 기회를 놓치지
않고 추격했다. 남쪽 적군의 진영에서 고가립(高可立)은,
금절이 한도에게 쫓기는 꼴을 보자 조궁(雕弓)을 잡고 경전
(硬箭) 화살을 꽂아서 있는 힘을 다해서 쐈다. 화살은 한도
의 볼에 명중하여 한도는 말 위에서 거꾸로 박혀 땅 아래로
떨어졌다. 이쪽에서는 진명이 당황하여 말을 달려 낭아곤을
휘두르며 구원하려고 달려나갔지만, 그때 벌써 저쪽에서는
장근인(張近仁)이 뛰쳐나와 한도의 인후를 창으로 찔러 마
지막 숨을 거두게 하고 말았다.

 팽기와 한도는 서로 돕고 지내는 친형제 같은 사이였다.
한도가 죽는 것을 보자, 성급히 원수를 갚고자 허정은 거들
떠보지도 않고 쏜살같이 적진 진두로 달려 고가립을 찾고
있었다. 허정은 팽기의 뒤를 추격했지만, 진명이 그것을 가
로막고 싸웠다. 고가립은 팽기가 추격해 오는 것을 보자,

창을 뻗쳐들고 대기하고 있었다. 이때 뜻밖에도 장근인이 측면에서 뛰쳐나와 팽기를 창으로 찔러서 말 위에서 땅에 떨어뜨려 버렸다.

관승은 두 장수를 잃게 되어 격분을 참을 길 없이 즉각에 상주성 안으로 쳐들어가고 싶도록 펄펄 뛰다가 있는 용기를 다해서 전진붕을 한칼에 찔러 말 밑에 처박아 버렸다. 그리고 그가 타고 있던 적토마를 탈취하려는 순간 뜻밖에도 자신이 타고 있던 적토마가 앞으로 왈칵 쓰러지려고 하는 바람에 말 위에서 떨어지게 되었다. 남쪽 적군의 진영에서 고가립, 장근인이 타고 있는 두 필의 말이 잽싸게 닥쳐들어 관승에게 덮쳐 들었는데, 서녕이 선찬·학사문 두 장수를 거느리고 비호같이 뛰쳐나가 관승을 구출해 가지고 자기 진영으로 돌아왔다. 여추밀은 대군을 힘차게 몰아 성 밖으로 무찔러 나갔다. 관승 등 여러 장수들은 시세가 불리함을 알고 북쪽으로 패주했고, 남쪽 적군들은 20여 리나 추격해 왔었다.

그날 관승은 많은 군병을 상실했다. 철수하여 송강과 면접, 한도·팽기를 잃어버린 사실을 보고했다. 송강은 통곡하여 마지않으며 탄식했다.

"장강(長江)을 건너온 이후, 형제 다섯을 잃다니! 하느님께서 역정을 내시어 송강으로 하여금 방랍을 붙잡게 해주시지 않으시고, 장병들을 잃게만 하시는 것이 아닐까!"

오용이 위로한다.

"주수(主帥)님! 그런 게 아닙니다. 지거나 이기는 것은 병가상사라 했으니, 섭섭하게 생각하실 것이 없습니다. 이것은 두 장군의 녹(祿)이 끊어지는 날이었기 때문에 그렇게 된 것입니다. 선봉께서는 너무 심려하실 것 없이, 우선 대사를 처리하도록 하십시오."

그때 장전으로 이규가 나서면서 소리쳤다.

"우리 친구 두 사람을 죽인 놈의 얼굴을 잘 아는 사람을 앞장 세우고 우리들이 그놈의 적병을 죽이러 나가게 하시어 두 형제의 원수를 갚도록 해주십시오."

송강은 즉각에 명령을 내렸다.

"내일은 흰 깃발[白旗]을 한쪽으로 높이 올리고, 내 친히 여러 장수를 거느리고 곧장 성 근처로 달려가 적병과 칼을 맞대고 승부를 판가름하고 말겠다!"

그 이튿날 송공명은 대대(大隊)의 인마를 거느리고 수륙 병진, 선기(船旗) 5백 명을 뒤따르게 하고 우선 정찰을 목적으로 상주성 아래로 쇄도했다.

한편, 여추밀은 전진붕을 잃고 내심 근심걱정을 참을 수 없어, 연거푸 세 통의 급고문(急告文)을 소주로 발송, 삼대왕(三大王) 방모(方貌)에게 구원을 요청하는 동시에 상주문을 작성하여 조정(방랍)에 올렸다. 그때 또 보고가 날아드는데, 성 아래로 5백의 보병이 쳐들어왔으며, 선두에 내세운 깃발에는 '흑선풍(黑旋風) 이규(李逵)'라고 명시되어 있더라는 것이었다.

여추밀이 말하였다.

"그놈은 양산박의 첫째가는 흉도(凶徒)다. 사람을 잘 죽이기로 유명한 놈인데, 누가 제일 먼저 놈을 거꾸러뜨려 주지 못하겠느냐?"

장전에서, 공로를 세우고 의기양양해 있던 두 통제관, 고가립·장근인이 선뜻 나섰다. 여추밀이 말하였다.

"두 분이 만약에 저 도둑놈을 붙잡기만 한다면, 나는 최

선을 다해서 상주하여 관작을 가하고 상을 후하게 베풀어
주도록 힘쓸 것이오."

  두 통제관은 각각 창을 뻗쳐들고 달려 보병·기병 도합
1천 명을 거느리고 성 밖으로 진격해 나가 성을 등에 지고
진을 펼쳤다. 송군 쪽의 몇몇 첩자들이, 고가립·장근인들
이 바로 한도와 팽기를 죽인 자들임을 확인하자, 손을 들어
가리키며 이규에게 말했다.

  "저 사병을 거느리고 있는 두 놈, 저놈들이 바로 우리 편
한·팽 두 장군을 죽인 자들입니다!"

  이규는 그 말을 듣자, 아무 말도 하지 않고 두 자루의 도
끼를 잔뜩 움켜쥐고 쏜살같이 적진으로 쳐들어갔다. 포욱은
이규가 적진으로 쳐들어가는 것을 보자, 시급히 항충과 이
곤에게 소리를 질러 만패(蠻牌)를 휘두르며 싸움을 거들러
뛰쳐나갔다.

  네 사람은 일제히 고함을 지르고 적진으로 뚫고 들어갔
다. 고가립과 장근인은 겁을 집어먹고 허둥지둥 어쩔 줄 모
르며 급히 말 머리를 돌리려고 했으나, 만패를 쥐고 있는
항충·이곤 둘이서 잽싸게도 높이 타고 있는 말의 턱밑을
찍어 버렸다. 고가립과 장근인이 말 위에서 아래로 뻗치는
창을, 항충과 이곤은 만패로 막아내고, 이규가 도끼를 마구
휘둘러 재빨리 고가립이 타고 있는 말 다리를 찍어 버리니
놈은 말 위에서 나뒹굴어 떨어질 수밖에 없었다.

  "산 채로 잡읍시다!"
하고 항충이 고함을 질렀지만, 이규는 본디 사람을 죽이기
즐겨하는 괴벽의 사나이, 어찌 그대로 참을 수 있겠는가!
즉각에 도끼를 휘둘러 목을 뎅겅 잘라 버리고 말았다. 포욱
은 장근인을 말 위에서 질질 끌어내려 역시 한칼에 목을 날

려 버렸다. 넷이서는 적진을 엉망진창으로 무찔러 놓았다. 이규는 고가립의 모가지를 허리에 잔뜩 동여맨 채로 하늘 땅의 분간도 없이 종횡무진으로 적진을 무찔러 적군의 보병·기병 1천 명을 모조리 성 안으로 뺑소니치게 몰아냈으며, 그 중에서 3,4백 명을 찔러 죽이고 곧장 구름다리 근처까지 추격해 갔다.

이규와 포욱 둘이서는 그대로 성 안에까지 쳐들어가려고 했으나, 항충과 이곤이 기를 쓰고 가로막아 가지고 돌아서도록 했다. 네 사람은 진두로 되돌아왔는데, 5백의 병력은 한일자로 늘어선 채 추호도 움직이지 않고 있었다. 그들도 혼전을 벌여 쳐들어가고 싶었지만, 이규가 닥치는대로, 눈에 띄는 대로 적병을 거꾸러뜨리는 바람에, 어리둥절해서 모두 잠자코 있었다.

송선봉의 군병이 도착하자, 이규와 포욱이 바치는 고가립과 장근인 두 적장의 수급을 확인하고 통곡하여 마지않으며 흰 깃발 밑에서 한도·팽기 두 장군에게 위령제를 지냈으며, 이규·포욱·항충·이곤 네 사람에게는 상을 내리고 즉각에 상주성 아래로 진격을 개시했다.

한편, 여추밀은 성 안에 있으면서 극도로 당황하여 네 사람의 통제관과 송강군을 격퇴할 계책을 세우면서, 부하를 성벽으로 파견, 정찰을 시켜 본 결과, 송강군은 삼면으로 상주를 포위하고 성 아래서 북을 울리며 깃발을 흔들고 고함을 질러 도전하고 있다는 것이었다.

여추밀은 우선 여러 장수들에게 각자 성벽으로 올라가 수비에 충실하도록 명령을 내렸다. 여러 장수들이 물러나간 다음 여추밀은 혼자서 집 안에 깊숙이 처박혀 곰곰 생각해 봤지만, 아무런 뾰족한 계책도 없어, 측근의 심복지인들을 불러 상의한 결과, 그저 성을 버리고 도망칠 궁리만 하고 있었다.

그런데 여추밀의 수장 금절(金節)은 자기 집으로 돌아가서 아내 진옥란(秦玉蘭)에게 이런 말을 했다.

"지금 송선봉은 성을 포위하고 삼면에서 공격을 가하고 있는데, 우리 성 안에는 군량도 결핍했으니 불원간 궁지에 몰리고 말 것이오. 만약에 성이 격파당하게 된다면, 그때에는 우리 모두 칼 밑의 귀신이 돼버릴 게 뻔하지 않소!"

아내 진옥란이 대답하였다.

"당신은 평소에 충효의 마음과 귀순, 투항할 의사를 지니고 있었으며, 또 본래는 송나라 조정의 구관(舊官)으로서 조정에서 당신에게 아무런 박해를 가한 일도 없었으니, 이런 기회에 정당한 길로 되돌아가 여추밀을 붙잡아서 송선봉에게 바치는 것이 세상을 살아나갈 계책이 될 것입니다!"

금절이 말하였다.

"그의 수하에는 네 명의 통제관이 있소. 그리고 각각 군마(軍馬)를 소유하고 있으며, 허정(許定)이란 자는 나와 사이가 좋지 못한 터인데다가 여추밀의 심복지인이오. 나는 일이 잘 되기도 전에 도리어 화근의 불집을 일으키게 될까 겁이 나는구려!"

그의 아내가 말하였다.

"당신은 아무도 모르게 살며시 새벽녘에 편지 한 통을 써서 화살에 잡아매어 가지고 성 밖으로 쏘아 내보내어서 송선봉에게 그런 의사를 전달하고, 안팎에서 호응하여 성을 점령하도록 하시는 게 좋지 않겠어요? 내일 싸움판에 나가셨을 때, 당신은 일부러 감당하지 못하는 체하며 송군을 성 안으로 유도해 들이세요. 그렇게 하시면 당신이 공로를 세우는 게 될 것입니다!"

금절이 말하였다.

"우리 현처(賢妻)의 말이 지극히 당연하오. 당신 말대로 해보리다!"

그 이튿날 송강은 군병을 거느리고 성을 맹렬히 공격했다. 여추밀은 여러 사람을 모아 놓고 상의했다. 금절이 대답하였다.

"상주성은 높고 넓어서 수비하기는 쉽지만, 공격해서는 안 됩니다. 여러 장수들은 우선 수비를 든든히 하고 소주에서 원군이 오기를 기다려, 함께 싸우러 나가는 게 옳을까 합니다."

"그게 지당한 말이로군!"

여추밀은 이렇게 말하고 여러 장수들을 갈라서 응명, 조의에게는 동문을 지키게 하고, 심변·범주에게는 북문을 지키게 했으며, 금절에게는 서문을, 허정에게는 남문을 지키도록 지시했다.

그날 밤에, 금절은 아내가 시킨 대로 편지 한 통을 작성, 화살에 동여매서 성벽 위에서 저쪽 보초병을 겨누고 쏴보냈다. 편지가 노지심·무송을 거쳐서 송강에게 전달되니, 송강은 그것을 읽고 크게 기뻐하여 즉각에 명령을 내려 삼면 진지에다 그런 뜻을 전달시켰다.

이튿날, 삼면 진지의 두령들을 맹렬히 성을 공격했다. 요란한 풍화포 소리에 겁을 집어먹은 여추밀은 당황해서 간신히 성벽에서 내려와 목숨만을 건지게 되자, 사방 성문의 수장들에게 명령하여 도전케 하고 북을 세 번 울려 성문을 활짝 열고 구름다리를 내려놓았다. 성문을 지키고 있던 금절은 처음 계획대로 1대의 군사를 거느리고 도전해 왔다. 송군의 진지에서는 손립이 말을 달려나갔다. 두 장수는 3합도 맞닥뜨리기 전에 금절은 싸움에 패한 체하고 말 머리를 돌려 도주하기 시작했다.

손립이 앞장을 서고, 연순·마린이 그 뒤를, 노지심·무송·공량·시은·두흥과 함께 일제히 진격을 개시했고, 금절은 그대로 성 안으로 피신했다. 손립은 재빨리 추격하여 순식간에 서문을 탈취했다.

송군이 입성했다는 것을 알자, 오랫동안 여추밀에게 박해를 당하던 주민들은 모두 송군 편을 거들었고, 성벽 위에는 송군의 깃발이 휘날리게 되었다. 적군의 범주와 심변은 성 안으로 뺑소니쳐서 가족을 지키려고 했으나 그때 왼쪽에서 왕왜호와 일장청이 달려들어 재빨리 범주를 덮쳤으며, 오른쪽에서는 선찬·학사문이 뛰쳐나와 일제히 추격, 심변을 창으로 찔러 말에서 굴러 떨어지게 했고 무수한 사병들을 생포했다. 송강과 오용은 군병을 몰고 성 안으로 들어가 사방에서 남쪽 적병들을 잡아서 모조리 무찔러 버렸다. 여추밀은 허정을 대동하고 남문으로 빠져 달아났고, 조의는 민가에 숨어 있다가 주민들에게 붙잡혀 나왔다. 응명은 전란 속에서 숨져서 목을 잘리었다.

금절은 주의 관청에 나가 송강에게 인사를 드렸다. 송강은 친히 섬돌 아래로 내려와 금절을 영접했고, 대청으로 인도하여 자리를 권했다. 금절은 감격에 넘쳐 어찌할 바를 모르며 다시 송나라 조정의 양신(良臣)이 되었다. 물론, 그것은 오로지 아내의 현명한 내조의 공이라 해야 할 것이다.

송강은 범주·심변·조의 세 명을 수거에 싣고 상주문을 작성해서, 시급히 금절을 시켜 윤주에 있는 장초토사의 중군으로 호송하기로 했다.

금절이 떠나기 전에 송강은 급보의 서류를 작성, 대종을 시켜 중군으로 전달케 했다. 장초토사는 송강이 금절의 충의에 관하여 상신한 사실을 검토하고 있다가, 금절이 윤주에 도착하자 크게 기뻐하여 상을 후하게 내렸다. 부도독 유광세(劉光世)는 금절에게 행군도통(行軍都統)이라는 직책을 맡겨 그대로 군전(軍前)에서 복무하도록 했다. 그후, 금절은 유광세를 따라서 금나라의 올술사태자(兀朮四太子)를 격파했고 가지가지 공로를 세워, 나중에 친군지휘사(親軍指揮使)라는 요직에까지 올랐다가 중산(中山) 땅에서 전사하였다.

그날, 장초토사와 유도독은 금절에게 상을 내리고 나서, 세 명의 적병을 찢어 죽이다시피 해서 모가지를 높이 매달아 여러 사람에게 구경시켰다. 즉각에 사신을 상주로 파견하여 송선봉의 군병들을 위로해 주었다.

한편, 송강은 상주에 군병을 주둔시켜 놓은 채, 대종을 선주(宣州)·호주(湖州)의 노선봉에게 보내서 군병 파견의 소식을 급히 전달케 했는데, 그때 탐지병이 급보를 전했다.

"여추밀은 무석현(無錫縣)으로 도주해 갔는데, 그곳에서 소주에서 온 원병들과 합세하여 쳐들어올 준비를 하고 있다고 합니다."

송강은 그 말을 듣자 즉시 기병과 보병, 정장, 편장 등 열 명의 두령을 선발하여 병력 1만을 딸려 남진(南進), 적군을 맞아 싸우도록 명령했다. 그 열 명의 두령들은 바로 관승, 진명, 주동, 이응, 노지심, 무송, 이규, 포욱, 항충, 이곤 등이었다.

  또, 대종은 선(宣)·호(湖) 두 주의 토벌 소식을 알고 시진과 함께 돌아와 송강을 접견했다.

  "노준의 부선봉님께서는 선주를 점령하셨고, 특히 시대관인을 파견, 승리를 보고케 하신 것입니다."

  대종의 보고를 듣고 송강은 크게 기뻐했으며, 시진은 주의 관청에 들어가 정중하게 인사를 드렸다. 송강은 접풍주(接風酒)를 권한 다음, 함께 대청으로 들어가 자리잡고 노선봉이 선주를 공격, 점령한 상세한 경위를 물었다. 시진은 상신 서류를 송강에게 보이며 선주 공격의 자초지종을 상세히 이야기했다.

  "방랍의 수하에서 선주를 지키고 있는 경략사(經略使) 가여경(家餘慶)이라는 자는 여섯 명의 통제관을 거느리고 있었습니다. 그들은 모두가 목주와 흡주 출신들로서, 이소(李韶), 한명(韓明), 두경신(杜敬臣), 노안(魯安), 반준(潘濬), 정승조(程勝祖)라고 부르는 자들입니다. 그날 가여경은 여섯 명의 통제관들을 세 갈래로 갈라 가지고 성 밖에서 대진했는데, 중앙에서는 호연작이 이소와 대결하고 동평이 한명과 대적했습니다. 10합쯤 대적했을 때 한명은 동평의 두 자루 창에 찔려 거꾸러졌고, 이소는 뺑소니쳐서 적의 중로군은 대패하고 말았습니다. 좌군(左軍)에서는 임충이 두경신과 대적하고 색초가 노안과 대결했는데, 임충은 사모로 두경신을 찔러 죽였고, 색초는 도끼로 노안을 거꾸러뜨렸습니다. 우군(右軍)에서는 장청이 반준과 대결, 목홍이 정승조와 대적했습니다. 장청이 조약돌로 반준을 때려서 떨어뜨렸는데 이충이 쏜살같이 달려들어 죽여 버렸고, 정승조는 말을 돌려 뺑소니쳐 버렸습니다. 그날은 연거푸 적군의 네 장수에게서 승리를 거두었고 적병은 모조리 성 안으로 도주했습니다. 노선봉께서는 여러 장수들을 몰고 나서서 성을 탈취하려고 성문 근처까지 추격하셨는데, 뜻밖에도 적병이 성벽 위에서 한 장의 마선(磨扇)이라는 맷돌짝 같은 것을 날려 보내 우리 편 편장 한 사람을 죽게 했습니다. 성벽 위에서 화살이 빗발치듯 날아들었는데, 그 화살촉에는 모조리 독약이 발라져 있어서 우리 편 편장 두 사람이 그것에 맞아 진지로 돌아왔을 때에는 그대로 숨지고 말았습니다. 노선봉께서는 세 장수를 빼앗기시자, 밤을 새워 가며 성을 맹렬히 공격하셨습니다. 동문을 지키고 있던 적장이 방비를 소홀히 하고 있는 틈을 타서 선주를 손에 넣게 된 셈입니다. 전란 속에서 이소라는 자를 거꾸러뜨렸지만, 가여경이란 자는 패잔병을 거느리고 호주로 도망쳤습니다. 정승조는 전진 속에서 행방불명이 되었습니다. 마선을 맞고 쓰러진 것은 우리 편의 백면낭군이라고 불리는 정천수였고, 독약 바른 화살에 맞은 두 사람은 조정과 왕정륙이었습니다.”

송강은 또다시 세 형제를 잃었다는 소식을 듣자, 울음이 북받쳐 올라 털썩 땅 위에 쓰러지고 말았다. 오장(五臟)이 어떻게 되었는지도 모르거니와 손과 발을 꼼짝도 하지 못했다.

이야말로 꽃이 피자 바람에 불려 떨어지고, 달이 제아무리 맑고 밝다 해도 뒤덮이는 구름과 안개를 어찌 감당해낼 수 있으랴는 격이다. 과연 쓰러진 송강의 목숨은 어찌될 것인가?

113　죽어도 같이 죽자

混 江 龍 太 湖 小 結 義
宋 公 明 蘇 州 大 會 垓

　여러 장수들은 땅바닥에 졸도한 송강을 부축해서 일으켰다. 얼마 후 송강은 숨을 돌리고 맑은 정신이 들어서 오용과 그밖의 여러 장수들에게 말한다.
　"주사(主師)님! 이번에 우리는 방랍이란 놈을 거꾸러뜨리지 못할 것 같소. 장강을 건너서면서부터 오늘날까지 불리한 싸움뿐이어서 여덟 명이나 되는 형제들을 계속 잃어버리게 되었으니…."
　오용이 간곡히 위로한다.
　"모든 일은 천수(天數—천운)에 달린 것이고, 이번에 우리 형제 몇 사람을 잃게 된 것은 모두 각자의 타고난 수명이 짧은 탓입니다. 우리는 장강을 건너서서 계속 윤주, 상주, 선주 등 세 대군을 점령했으니 결코 천운이 불리했던 것은 아닙니다. 어째서 스스로 이렇게 지기(志氣)를 상실하시고… 용기를 내셔서 원호병을 파견하여 무석현(無錫縣)을 공격할 계획이나 세우도록 하십시다."
　오용의 간절한 위로의 말을 듣고 송강은 용단을 내렸다.
　"시대관인은 여기 남아서 나의 힘이 되어 주고, 따로 군첩(軍帖—군령서)을 작성해서 대원장(戴院長)에게 맡겨 노선봉에게 전달하도록 합시다. 그리고 군사를 진격시켜 호주(湖州)를 무찌르고 곧장 항주(杭州)까지 나와서 합류하도록……."

오용은 배선을 시켜서 군첩을 작성, 대종에게 주어 선주까지 가지고 가도록 했다.

한편에서, 여사낭은 허정을 데리고 무석현으로 도망쳤는데, 그곳에서 소주의 삼대왕이 파견한 구원병과 맞닥뜨리게 되었다.

그 두령은 소위 육군지휘자(六軍指揮使)라는 위충(衛忠), 십여 명의 아장(牙將)을 거느리고 병력 1만을 동원해서 상주로 구원차 행군해 오다가 여사낭을 만나 합세해 가지고 무석현을 지키게 되었다.

여사낭이, 금절이 송강에게 성을 내준 자초지종 경위를 이야기해 주자 위충이 말하였다.

"위추밀님! 안심하십쇼! 소장이 기필코 상주를 회복하고야 말겠습니다."

바로 이때 순찰병이 달려와서 보고하기를, 송군이 가까운 곳까지 쳐들어왔으니 시급히 막아낼 준비를 하라는 것이었다.

위충은 즉각에 병사를 거느리고 말 위에 올라 북문 밖으로 진격을 개시했다.

이미 송군은 무시무시하게 많은 인마를 거느리고 닥쳐들었다.

두령급인 흑선풍 이규가 포욱, 항충, 이곤 등을 거느리고 선두에 서서 곧장 쳐들어오고 있었다.

위충은 애당초부터 겁을 집어먹었고, 군마들이 제대로 행렬을 짜지도 못한 채 대패하여 도주했다. 그가 허둥지둥 무석현으로 뺑소니쳐 들어갔을 때 이편의 네 장수가 재빨리 그의 말 뒤를 쫓아서 현청에까지 침입했다.

여추밀은 즉각에 남문을 나서서 뺑소니치고 말았다. 관승은 군사를 거느리고 쳐들어가 무석현을 탈취했다.

위충도 허정도 역시 남문으로 빠져나가 일당이 소주(蘇州)로 도주했다.

관승 일행은 현성을 점령하자, 시급히 부하를 파견하여 송강에게 보고했다. 송강은 두령들과 함께 무석현에 도착하자 곧 포고문을 사방에 뿌려서 본고장의 백성들을 안무해 줘서 또다시 선량한 주민이 되도록 힘썼다. 대대(大隊) 군사들은 모두 이 현에 주둔시켜 놓고, 장(張)·유(劉), 두 총병에게 부하를 파견하여 상주를 잘 지켜 달라고 연락을 취했다.

한편에서 여추밀은 위충·허정과 합세, 셋이서 패잔병을 거느리고 소주로 도주하여 삼대왕 방모에게 구원의 손길을 청했다. 송군의 세력은 도저히 대적할 수 없을 만큼 강하여서, 노도같이 무찔러 들어오는 송군을 막아내지 못하고 성을 빼앗겼다고 대충 보고하니, 삼대왕은 노발대발,

"여추밀을 때려잡아 목을 베어라!"

하면서 병사들에게 호통을 쳤다.

위충 등 여럿이서 고충을 호소했다.

"송강이 거느리고 있는 장령들은 모두가 하나같이 싸움의 경험이 풍부하며, 노련한 솜씨를 지닌 든든한 장정들이 무수히 있고, 부하 보병들까지 싸움에 익숙한 자들이 많아서 도저히 대적하기 어려운 형편이었습니다."

"우선, 네 놈(여사낭)의 목을 벨 것은 잠시 용서해 주고 5천 명의 군사를 딸려 줄 테니, 즉각에 달려가 정찰을 해봐라! 나는 여기서 대장들을 배정해 가지고 곧 뒤를 쫓아서 원호에 나설 것이다."

방모의 꾸지람에 여사낭은 정중히 허리 굽혀 절하고 즉각에 1장 8척이나 되는 긴 창을 손에 잡고 군사들을 인솔, 말을 달려 제일 먼저 성 밖으로 나갔다.

삼대왕은 수하의 장수 여덟 명을 뽑아서 표기(驃騎)라는 명칭 외에 각각 '대장군'이라는 어마어마한 칭호를 주었다. 그 여덟 명의 장수들은—

비룡대장군(飛龍大將軍) 유빈(劉贇)
비호대장군(飛虎大將軍) 장위(張威)
비웅대장군(飛熊大將軍) 서방(徐方)
비표대장군(飛豹大將軍) 곽세광(郭世廣)
비천대장군(飛天大將軍) 오복(鄔福)
비운대장군(飛雲大將軍) 구정(苟正)
비산대장군(飛山大將軍) 진성(甄誠)
비수대장군(飛水大將軍) 창성(昌盛)

그제야 삼대왕 방모는 갑옷을 입고 방천화극(方天畵戟) 긴 창을 손에 잡고 말 위에 올라 친히 출전, 중군(中軍)의 병사들을 통솔하면서 싸움터로 달려갔다. 말 앞에는 여덟 명의 대장군을 죽 늘어서게 하고, 뒤로는 2,30명의 부장들이 질서정연하게 따르며, 남군(南軍)의 5만 병력을 인솔, 창합문(閶闔門)을 나서서 송군을 맞아 싸우려고 결전장으로 향했다.

먼저 떠난 여사낭은 위충, 허정 두 장수를 거느리고 곧장 한산사(寒山寺)를 지나 무저현을 향하고 전진을 계속했다. 송강은 재빨리 부하들을 시켜 정세를 탐지케 하고, 정장과 편장 여러 장령들을 전부 인솔하고 군사들을 무석현으로부터 출동시켜 10리 이상이나 전진케 했다.

양군은 마침내 맞닥뜨리고 말았다.

쌍방이 똑같이 깃발을 높이 올리고 북소리도 요란스럽게 진을 쳤다.

여사낭은 격분을 못 참아 성급히 진지에서 뛰쳐나와 송강과 사생결단을 하려고 서둘렀다. 송군의 진영에서는 금창수라는 별명을 듣는 서녕이 달려나와 여사낭과 20여 합을 대결.

여사낭이 차츰차츰 열세를 드러내자 서녕은 창으로 여사낭의 겨드랑 밑을 찔러서 말 위에서 떨어뜨려 땅바닥에 나뒹굴게 했다.

쌍방 진영에서는 고함소리, 아우성 소리.

흑선풍 이규는 두 자루의 도끼를, 상문신(喪門神) 포욱은 짧은 비도를 손에 잔뜩 움켜잡고, 항충·이곤은 각각 창과 방패를 휘두르며 춤을 추듯 적진으로 쳐들어갔다. 남군은 결국 혼란 상태에 빠지고 말았다.

송강은 군사를 몰고 추격해 갔다. 방모가 인솔하고 있는 본대 군사들과 맞닥뜨리게 되었다.

양군은 또다시 진형을 정비했다. 방모는 중군에 있으면서 여사낭이 전사했다는 소식을 듣자 노발대발, 여덟 명 대장군들을 진두에 일렬로 죽 늘어서게 하고 그 앞에 말을 타고 나서서 송강에게 욕설을 퍼부었다.

송강도 시끄러운 대꾸를 해주며 호통을 치다가 웃음을 금치 못하고 다음과 같이 말했다.

"네 놈의 편에서 여덟 명의 장수를 내세워 싸워 보겠다면 우리도 똑같이 여덟 명의 장수를 내보내서 일 대 일로 정정당당히 대결하겠다. 싸움을 감당해내지 못하고 말 위에서 떨어진 자는 각각 자기 진영으로 떠메어 가도록…. 뒷구멍에서 비밀리에 쏘는 화살로 상대방에게 부상을 입히는 행동은 절대로 금하고, 또 상대방 군사의 시체를 탈취하려는 행위도 절대로 금하기로 하자! 만약에 승부가 나지 않는다면, 혼전은 단념하고 내일 또다시 계속 싸우기로 하자!"

이런 제안을 방모도 승인했고, 즉각에 여덟 명의 대장군들이 말을 달려 진두에 나와 위풍당당하게 버티고 섰다.

송강의 진지에서는 관승·화영·서녕·진명·주동·황신·손립·학사문 등 여덟 명의 장수가 달려나와 각각 한 장수를 맡아 가지고 일 대 일로 대결하게 되었다.

쌍방에서 내달은 열여섯 명의 맹장들은 모두가 만만찮은 영웅들로서 전심전력을 다해서 결사적으로 30여 합을 계속 싸웠다. 그중 한 장수가 말 위에서 거꾸로 박히며 땅에 떨어졌다. 승리자는 누구냐?

주동이 창을 휘둘러 적군의 비운대장군 구정을 창으로 찔러서 거꾸러뜨린 것이었다. 쌍방 진영에서는 각각 금고를 울려 군사를 불러들였으며, 일곱 쌍의 장수들이 모두 각자의 진영으로 되돌아갔다.

소주성 안으로 철퇴한 삼대왕 방모는 수비에 전력을 기울여 여러 장수들을 각각 성문에 배치, 온갖 무기와 수단방법을 다해서 결사적으로 성을 지킬 준비를 하고 있었다.

이튿날, 송강은 남군이 나오지 않는 것을 보자, 화영·서녕·황신·손립 등 장수를 거느리고 성 부근을 정찰하러 나갔다. 자세히 살펴보니 소주의 성곽은 강물 줄기를 끌어들여 주변을 용의주도하게 방비하고 있으며 장벽도 견고하기 비길 데 없었다.

송강이 성급히 성을 공격하는 것이 불리하다는 판단을 내리고 진영으로 돌아가 군사 오용과 대책을 상의하고 있을 때, 부하 한 명이 달려들며 정장(正將) 이준이 강음(江陰)에서 주장(主將)님을 뵈러 왔다고 보고했다.

수군을 맡아 가지고 항시 혁혁한 전과를 올리고 있는 이준의 보고에 의하면, 석수 등과 합류하여 연해(沿海) 지방을 맹타, 적군의 수장 엄용(嚴勇)과 부장(副將) 이옥을 거꾸러뜨리고 두 지방을 완전히 장악하게 되었으며, 석수·장횡·장순 세 장수는 가정(嘉定) 지방을 공격하러 나섰고, 원씨 삼형제는 상숙(常熟)을 공격하러 나섰다는 것이었다.

송강은 이 보고를 받자 크게 기뻐하여 이준에게 상을 주었고, 다시 상주로 가서 장(張)·유(劉) 두 초토사를 만나보고 상신서를 바치도록 하라고 분부했다.

이준이 송강의 명령대로 상주에 가서 두 초토사를 만나보고 한산사 진지로 되돌아왔을 때, 송강은 소주성 밖으로 광활한 수면(水面)이 펼쳐져 있다는 점을 재빨리 파악하고 수군의 배를 이용하는 싸움이 절대로 필요하다고 생각했다. 즉각에 이준에게 배를 정비해서 다시 한 번 일을 일으켜 보도록 하라고 명령했다.

밖으로 나가 이틀 동안이나 수면의 폭이 얼마나 넓고 좁은지, 깊이가 얼마나 되는지 여러 모로 정찰을 하고 돌아온 이준이 송강에게 말하였다.

"이 성의 남쪽은 태호(太湖)와 가장 가까우니 이 아우가 배를 한 척 마련해 가지고 의흥(宜興)의 여울로 들어가, 다시 비밀리에 태호로 나와서 오강(吳江)을 빠져 나와 남쪽 형편을 정찰해 보고 오겠습니다. 그리고 나서 군사를 진격시켜 사방에서 협격을 감행하면 능히 격파할 수 있을 것입니다."

송강은 이준의 의견에 찬성.

즉각에 이응에게 분부하여 공명·공량·시은·두흥 네 장수를 거느리고 강음(江陰), 태창(太倉), 곤산(昆山), 상숙(常熟), 가정(嘉定) 땅으로 가서 수군을 원조하여 연해(沿海) 현성을 탈취하는 데 최선을 다하라고 했다.

또 한편 동맹·동위를 되돌아오게 해서 이준의 거사를 거들어 주도록 했다.

이준은 동위와 동맹을 데리고 조그만 나룻배 한 척을 타고 뱃사공에게 노를 젓게 해서 일행 다섯 사람이 태호(太湖)로 나왔다.

일행은 곧장 태호를 건너서서 오강이란 고장에 접근해 들어갔다. 멀리 저편에서 4,50척이나 되는 고깃배들이 눈에 띄었다.

"물고기를 사려고 나온 사람인 체하고 저쪽으로 가서 정세를 살펴보기로 합시다."

이준은 이렇게 말하고 다섯 사람을 태운 나룻배를 곧장 그 어선 옆으로 가까이 저어들어 갔다. 이준이 말했다.

"고기 낚으러 나오신 분! 큼직한 잉어는 없소?"

어부가 대꾸하기를,

"당신네들이 만약에 커다란 잉어가 필요하다면 나를 따라 우리 집에까지 가면 얼마든지 사실 수 있을 것이오!"

이준은 배를 저어서 어선의 뒤를 쫓아갔다. 한참 동안 어딘지 잘 모르는 곳으로 끌려 갔다. 가지가 축축 늘어진 버드나무가 장벽처럼 둘러쳐져 있는 가운데로 20여 채의 집들이 옹기종기 모여 있는데, 그 어부는 배를 매놓은 뒤 이준·동위·동맹 세 장수를 데리고 어떤 집 대문 안으로 들

어서면서 '에헴!' 하고 기침소리로 무슨 신호를 보내는 모양
이었다.

그 소리를 듣자, 좌우 양쪽에서 7,8명의 건장하게 생긴
장정들이 뛰쳐나와서, 저마다 쇠갈퀴를 가지고 이준 일행을
걸어 잡아당겨서 굵직한 말뚝에다 친친 감아 버렸다.

이상야릇한 옷차림을 하고 있는 여러 장정들 틈에서 두
목격인 사나이가 큰 소리로 호통을 쳤다.

"네 놈들은 어디서 굴러먹던 놈들이냐? 무슨 까닭으로 우
리들의 호(湖) 안을 침범했느냐?"

"나는 양주 태생으로 이 고장까지 여행을 하다가 물고기
를 사가지고 가려고 여기까지 나온 사람이오!"

이준이 이렇게 대답하자 또 다른 장정 하나가,

"형님! 따따부따 따질 것도 없소! 우리 정세를 탐지하려
고 몰래 침입한 놈들이 틀림없으니 이놈의 간을 뽑아내서
술안주나 합시다그려!"

이준은 그 말을 듣자 마음속으로 장탄식을 금치 못했다.

'양산박에서도 몇 해 동안 쾌남아로서 날리던 내가 오늘
천만뜻밖에도 여기서 사자밥이 될 줄이야! 체념하는 도리
밖에 없구나!'

고개를 돌이켜 동위와 동맹을 바라다보며 이렇게 말했다.

"그대들 둘이서는 나 때문에 영문도 모르고 휩쓸려 들었
다고는 하지만, 어차피 이리 된 바에야 죽더라도 같이 죽도
록 하세!"

동위와 동맹은 이구동성으로,

"형님! 그건 천만의 말씀이오! 우리들은 설사 지금 죽는
다손 치더라도 미련이라곤 아무것도 없소! 단지 여기서 이
렇게 죽는다면 우리 형님의 쟁쟁하던 명성이 그대로 찌부러

져 버릴 것이 분하고 유감스러워서…."

셋이서는 서로 얼굴을 한 번 휘둘러 보고 가슴을 불쑥 내밀고 조용히 죽음을 기다리고 있었다.

저쪽 네 명의 장정들은 이쪽 세 사람이 주고받는 말을 듣더니 서로 얼굴을 쳐다보며 이런 말을 했다.

"저 두목격인 장정은 어딘지 모르게 평범한 인물이 아닌 것 같은데…?"

이렇게 되어서 저쪽의 두목격인 장정이 거듭 물어 봤다.

"너희들 세 명은 정말 뭘 하는 자들이냐? 성명 삼자를 분명히 들려다오!"

이준이 대답했다.

"네 놈들이 우리들을 죽이기로 작정했다면 우물쭈물하지 말고 빨리 죽여다오! 우리들의 성명은 죽어도 네 놈들에게 말할 수 없다. 영웅호걸들에게 두고두고 웃음거리가 되기 싫기 때문이다."

두목격인 장정은, 이준의 말을 듣더니 별안간 벌떡 일어서서 세 사람을 묶었던 줄을 칼로 잘라 버리고 용서해 주었다.

네 사람의 어부는 일행의 손을 잡고 집 안으로 데리고 들어가 자리를 권하고, 두목격인 장정이 고개를 푹 수그리고 꿇어앉아서,

"저희들은 평생 강도 노릇만 하고 살아왔습니다만, 이렇게 의리 있는 분들을 처음 대해 봤습니다. 세 분께서는 어디서 오신 분들이신지 존함이라도 알려 주시면 영광이겠습니다!"

일이 이쯤 되고 보니 이준도 대담해졌다. 세 사람의 정체와 성명을 명백히 말해 주고, 그대가 만일에 방랍의 수하에

있다면 우리 세 사람을 끌고 가서 상을 후하게 탈 수도 있
을 것이라고 기탄없이 말했다.

네 장정은 이준의 말을 듣자 일제히 머리를 수그리고 꿇
어앉아서 그들의 솔직한 신세를 고백했다.

알고 보니 그들은 본디 방랍의 부하가 아니며, 사형제가
깊숙한 산속을 근거지로 하고 오가는 행인을 털어서 옷과
먹을 것을 강탈해 가며 살아오다가, 근자에 이 유류장(楡柳
莊)이라는 태호 근처까지 흘러와서 역시 강도질을 하고 있
는 몸이지만, 송공명이 천하의 정의의 사나이들을 모집해서
나라를 위해 충성을 다하고 있다는 소문은 잘 알고 있다는
것이었다. 이들 사형제는 모두 괴상한 별명과 본명을 가지
고 있었다.

적수룡(赤鬚龍) 비보(費保).

권모호(捲毛虎) 예운(倪雲).

태호교(太湖蛟) 상청(上靑).

수검웅(瘦臉熊) 적성(狄成).

이준은 네 장정의 성명을 알고 나서 크게 기뻐하면서 다
음과 같이 말했다.

"여러분! 이제부터 우리는 서로 의심해야 할 일이 털끝만
큼도 없게 되었소! 다행히 모두 같은 동포며, 특히 우리들
의 형님 송공명은 현재 방랍을 토벌하려고 선봉대장이 되어
소주를 공격하려고 하는 참인데, 손을 댈 만한 연줄을 찾지
못해서, 특히 우리 세 사람을 정찰로 내보낸 것이오. 당신
네들 네 분의 호걸들은 우리와 우연한 기회에 알게 되었으
니 우리들과 함께 가서 송선봉을 만나보도록 하십시다. 여
러분이 관계로 나서실 수 있는 길도 알선해 드릴 수 있을
것이오. 방랍을 토벌하고 나면 조정에서도 채용해 주시게

될 것이오."

비보가 말하기를,

"우리들 사형제가 관계로 나가고 싶은 생각이 있었다면 벌써 방랍의 수하에서 통제관 노릇이라도 했을 것이오. 벼슬을 하기 싫기 때문에 이렇게 우리들 멋대로 살아가고 있는 것이오. 만약에 형님이 우리들 사형제에게 힘이 되어 달라고 하신다면 물속이고 불속이고 헤아리지 않고 뛰어들겠습니다. 관계로 나가느니 어쩌느니 하는 말씀은 싹 걷어치우시오!"

"그거 참 좋은 말이오. 그렇다면 우리 여기서 망설일 것 없이 의형제를 맺기로 합시다."

이준이 이렇게 말하자, 네 호걸은 크게 기뻐하면서 당장에 돼지 한 마리, 양 한 마리를 잡아서 주석을 마련하고 이준을 맏형으로 떠받들기로 했다. 이준은 동위와 동맹에게도 그들과 의형제를 맺게 해주었다.

일곱 명의 호걸들은 유류장에서 상의했다. 이준은 송강이 소주를 공격, 점령하려는 경위를 자세히 설명하고 나서,

"삼대왕 방모는 두 번 다시 성 밖으로 쳐나올 생각은 하지 않고, 성은 사방이 물로 울타리처럼 둘러쳐져 있으니 공격할 만한 길이 없으며, 배는 여울이 얕고 좁기 때문에 깊숙이 들어갈 수 없는 상태요. 어떻게 하면 성을 격파할 수 있겠소?"

비보가 대답한다.

"형님! 아무 걱정 마시고 여기서 2,3일 간 몸이나 푹 쉬시오. 항주로부터 가끔 방랍의 부하들이 소주로 갈 때가 있으니, 그 기회를 노렸다가 성을 탈취하도록 하면 좋을 게

아니겠소? 어부들을 몇 명 내보내서 정세를 탐지케 하고, 다시 방랍의 부하가 나타나거든 이내 계책을 세우도록 하십시다!"

"그거 참 묘한 말이오!"

이준이 이렇게 말하자 비보는 즉각에 몇 명의 어부를 불러서 먼저 떠나가도록 했다. 그리고 자기는 이준과 함께 매일 대청에서 술만 마시고 있었다.

이준이 2,3일 동안 머무르고 있노라니 별안간 어부 한 사람이 되돌아와서 보고했다.

"평망진(平望鎭) 근처에 10여 척의 체운선(遞運船—운송선)이 보입니다. 배꼬리에는 모두 누런 깃발을 높이 올렸고, 거기에는 승조왕부의갑(承造王府衣甲)이라고 씌어 있습니다. 분명히 항주에서 수송되어 오는 것입니다. 배에는 겨우 6,7명의 장정들이 타고 있을 뿐입니다."

이준이 말했다.

"절호의 기회를 포착하였으니 여러분들의 협력만 바랄 뿐이오."

비보는 즉각 6,70척의 조그만 어선들을 집결시켰다. 일곱 명의 장정은 각각 배 한 척씩을 잡아 탔다. 그 나머지 사람들은 모두가 어부들뿐이었다. 일행은 저마다 무기를 몸에 감추고 배의 행렬이 좁은 여울에서 넓은 강 위로 나와 사방으로 흐트러져서 진격을 개시했다.

그날 밤에는 달이 유난히 밝았고 별들이 찬란하게 반짝거렸다. 소위 열 척의 관선은 모두 강동(江東) 용왕묘(龍王廟) 앞에 멈추어 있었다.

비보를 태운 배가 앞장을 서서 먼저 도착, 휘익! 하고 휘파람을 불어서 신호를 보내니 60척의 어선들이 일제히 덮쳐 들어 큰 관선을 포위했다.

관선을 타고 있는 자들이 당황해서 어쩔 줄 모르고 있는 판에 이쪽에서는 쇠갈퀴를 휘둘러 낚아채 가지고 한 줄에 4,5명씩 두름으로 생선을 엮듯이 죽 꽁꽁 묶어 버렸다. 물속으로 뛰어든 자들도 모조리 쇠갈퀴로 건져올렸다.

이리하여 조그만 어선들을 관선에 연결시켜 가지고 태호(太湖) 깊숙한 곳으로 이동, 곧장 유류장으로 되돌아왔을 때는 밤이 벌써 사경이나 되었다. 관선에 타고 있던 오합지졸(烏合之卒)들은 모두 등에 큰 바윗돌을 짊어지게 해서 생선두름처럼 엮어서 태호 물속에 텀벙텀벙 던져서 죽이고 말았다.

두 사람의 두목격인 장정들을 붙잡아서 심문을 해봤더니, 그 중 하나는 바로 항주를 수비하고 있는 방랍의 대태자(大太子―황태자) 남안왕(南安王) 방천정(方天定)의 수하에 있는 창고지기로서, 특명을 받고 새로 만든 철갑 3천 벌을 호송하여 소주에 있는 삼대왕에게로 운반해 가는 길이었다.

이준은 성명을 확인하자 관인 문서를 전부 몰수하고 두 사람도 죽여 버렸다.

이준은 앞으로의 작전을 상의하기 위해서 송강에게 다녀오겠다면서 길을 떠나기로 했다.

비보는 즉각 두 어부에게 쾌속선을 좁은 여울 가로 살살 저어서 이준을 전송하고 오라고 명령했으며, 이준은 동위·동맹·비보에게 다음과 같은 말을 남겨 놓고 길을 떠났다.

"우선 의갑(衣甲)을 싣고 있는 배들을 마을 깊숙한 곳 여울에 감춰 두어서 사람들이 눈치채지 못하도록 해주오."

이준은 즉각에 한산사로 달려가 송강을 만나보고 지금까지의 자초지종 경위를 상세히 보고했다. 옆에 있던 오용이 그 말을 듣자, 크게 기뻐하면서 말하였다.

"소주는 쉽사리 점령할 수 있을 것입니다. 즉각에 주장(主將)께서 명령을 내려 이규·포욱·항충·이곤 등을 이준과 함께 태호로 되돌아가게 하고, 비보 등 네 장정에게 여차여차하게 계책을 쓰도록 하고 그 이튿날 뒤쫓아 떠나시도록 결정하십쇼!"

이준은 일행을 거느리고 태호를 건너 유류장에 도착, 이규·포욱·항충·이곤 등 네 호걸을 비보에게 소개했고, 비보는 손님을 2백여 명이나 청하여 성대한 주석을 베풀고 극진히 대접했다.

그 이튿날 비보는 의갑을 호송하는 정사(正使)의 창고지기로 변장하고 예운은 부사(副使)로 분장, 각각 남군 관리들의 제복을 입고 관인의 서류를 몸에 지녔으며, 어부는 전부 뱃사공이나 수부(水夫)로 변장했다.

그리고 흑선풍 이규를 위시하여 2백여 명의 장병들을 선창 안에 숨겨 두고, 상청(上靑)과 적성(狄成)은 맨 뒤를 쫓는 배를 지휘하면서 방화의 도구를 지니고 있게 했다.

행동을 막 개시하려는 판인데, 어부 한 사람이 달려와서 보고하였다.

"호수에 배 한 척이 떠 있는데 이리저리 오락가락하고 있습니다."

이준은 심히 수상쩍은 일이라 생각하고 친히 나가 보았다. 그 뱃머리에는 두 장정이 버티고 서 있는데, 그들은 바로 대종과 능진이었다. 이준이 휘파람을 불어 신호를 보내자, 그 배는 강변 가까이 다가들어서 육지로 올라왔다. 송강이 급히 서두르느라고 깜빡 잊어버렸다가 이들 두 친구를 시켜서 1백 발의 호포를 배에 싣고 일행의 뒤를 쫓게 했던 것이다. 그리고 내일 아침 다섯시경 성 안으로 들어가게 되거든 곧 1백 발의 호포를 터뜨려서, 신호를 보내도록 하라는 송강의 분부였다.

이준은 즉각에 포체(砲體), 포가(砲架) 따위를 의갑선(衣甲船) 안에 감춰 놓고, 열 명의 포수들도 셋째 배 안에 매복시켜 가지고 완전히 남군의 배처럼 가장, 일로 소주를 향하고 진격했다.

새벽 오경이나 되어서 성 밑에까지 도착하니, 수비병이 성벽 위에서 남군의 깃발을 보고 책임자인 대장에게 보고했다. 그 대장이란 바로 비표대장 곽세광. 그가 삼대왕에게 보고했더니 관인의 문서까지 세밀히 조사하고서 감시병까지 파견해서 성문을 통과시키도록 했다.

삼대왕이 파견한 감시원이 5백 명의 군사를 거느리고 강변에서 배를 멈추도록 지시했을 때 이규·포욱·항충·이곤 넷이서 선창 밖으로 뛰쳐나왔고, 항충과 이곤이 칼을 뽑아 감시원을 찔러 말 위에서 떨어져 거꾸러지게 했다. 이규는 두 자루의 도끼를 뽑아들고 재빨리 강변으로 달려가서 닥치는대로 10여 명을 한꺼번에 거꾸러뜨리니, 병사 5백 명들은 모조리 뺑소니쳐 버렸다. 뱃속에 숨어 있던 수백 명의 장정들은 강변으로 올라와 불을 질렀고, 능진은 포가(砲架)를 죽 늘어 세워놓고 호포를 운반해 내다가 10여 방을 계속 발사했다.

'남군은 속임수에 빠져 모조리 화살에 맞아 죽어 버리고 송군은 이미 성벽으로 들이닥치고 있다.'

이런 급보가 삼대왕 방모에게 날아들게 되니 소주성 안은 벌집을 쑤셔 놓은 듯 여기저기서 아우성 소리. 얼마나 많은 송군이 입성했는지 헤아릴 수도 없게 되었다.

송강은 이보다 훨씬 앞서서 세 방면으로 장병들을 파견, 성을 습격하도록 했다. 송군이 성 안으로 쳐들어가니 남군은 뿔뿔이 흩어져서 도주하고 말았다.

한편, 삼대왕 방모는 6,7백 명의 철갑병(鐵甲兵)을 거느리고 살 길을 찾아 남문으로 뺑소니치려고 했지만, 이규·노지심에게 이리저리 쫓기다가 오작교(烏鵲橋) 밑에서 난데없이 뛰쳐나온 무송의 칼에 찔려 목이 달아났다.

송강은 성 안에 있는 왕부(王府)에 자리잡고 앉아서 여러 장수들을 나누어 남군을 소탕케 했다. 단지 유빈 하나만을 놓쳐 버렸는데, 그는 약간의 패잔병을 거느리고 수주(秀州)로 도망쳤다.

결국, 주동은 서방을 산 채로 잡았고, 사진은 진성을 산 채로 잡았으며, 손립은 채찍으로 장위를 거꾸러뜨렸고, 이준은 창성을 찔러 죽였으며, 번서는 오복의 목을 베었고, 선찬은 곽세광과 격전을 거듭하다가 서로 부상을 입고 함께 음마교(飮馬橋) 밑에서 숨을 거두었다.

장초토사는 서류를 작성, 상신하여 유광세로 하여금 소주를 진압하도록 했고, 송선봉에게는 거리낌없이 병력을 진격시켜서 적군을 소탕하도록 하라고 명령했다.

'연안(沿岸) 각지의 현성에서는 소주가 이미 함락되었다는 소식을 듣고 적병들은 모조리 도주했으며, 해변의 여러 현(縣)들은 전부 진압되었습니다.'

계속 이런 정보를 접하자 송강은 크게 기뻐했지만, 이번 싸움에서 선찬을 잃어버린데다가 원씨 삼형제가 상숙을 공격했을 때 시은·공량 두 장수까지 잃게 되어 통곡을 금치 못했다.

비보 일행 네 형제는 송강에게 작별의 인사를 하고 자기네들 본거지로 돌아가려고 했다. 송강이 아무리 붙잡아도 막무가내 말을 듣지 않는지라, 이준을 시켜서 유류장까지 네 형제를 전송해 주고 오라고 했다. 이준은 동위, 동맹을 데리고 유류장까지 가서 극진한 대접을 받았다. 비보가 자리에서 일어서서 이준에게 무엇인지를 말했다. 이야말로 할 일을 다하고 운수가 대통하게 되니, 두꺼비 껍질을 벗고 업을 세워 명성을 떨치게 되고, 물고기가 용으로 변한다는 격이다. 비보는 이준에게 무슨 말을 했을까?

114 영웅, 물에서 죽다

寧 海 宋 軍 江 弔 孝
湧 金 門 張 順 歸 神

비보는 이준에게 이런 말을 했다.

"세상만사, 성공이 있으면 반드시 실패가 있는 법입니다. 천하 태평이란 것은 본디 장군이 결정하는 바이지만, 장군이 천하 태평을 본다는 것을 허락지 않고, 천하가 태평해진 뒤에는 한 사람 한 사람 반드시 장군의 목숨을 침해하려고 할 것입니다. 이제 우리 넷이는 세 분과 의형제를 맺은 사이입니다. 사람의 운수라는 것이 다하기 전에 마음놓고 편안히 지낼 수 있는 곳을 찾아가시는 게 어떻겠습니까? 얼마간 돈을 마련해서 큼직한 배나 한 척 사들여, 몇 명의 수부들이나 모아 가지고 강물에 띄워 놓고 조용하고 깨끗한 곳을 찾아서 마음 편히 하늘이 주신 자신의 수명을 무사히 살아가는 게 얼마나 좋은 일이겠습니까?"

이준은 그 말을 듣고 나서 땅바닥에 꿇어앉아 그들을 따라가지 못하는 고충을 간곡히 설명했다. 다년간 고락을 같이해 온 여러 친구들을 내버리고 가면 의리를 지키지 않는 사람이 될 것이고, 또 방랍을 진압시키기 전까지는 도저히 행동을 같이할 수 없다는 점을 역설했다.

그 이튿날, 이준은 비보 일행 네 사람과 작별하고 동위·동맹과 함께 돌아와 비보 등 일행이 벼슬자리를 원치 않는다는 솔직한 심정을 전달하니, 송강은 감탄하여 마지않으며 시급히 명령을 내려 수륙양로의 군사들을 총동원시켜 가지고 출발했다. 오강현(吳江縣)에는 이미 적군이 없는지라 곧장 진격하여 평망진(平望鎭)을 점령하고, 멀리 수주(秀州)를 향하고 돌진했다.

수주의 수장 단개(段愷)는 도저히 막아낼 힘이 없음을 자각하고, 성벽 위에 올라가 성문을 열라고 고함을 지르고 즉각에 성문을 열게 한 뒤, 향불을 피우고 촛불을 밝히고 양을 끌고 술독을 떠메고 나와서 송강을 성 안으로 영접해 들였다.

본래는 목주의 선량한 백성이었는데 방랍의 박해를 견디다 못해서 그 부하노릇을 하게 되었다는 단개는 자진 항복을 선언했고, 송강에게 부근의 정세를 상세히 알려 주었다.

"항주의 성곽은 심히 광대하고 인가가 즐비하게 늘어서 있는데, 동북방은 육로, 남방은 장강(長江), 서방은 호수로 되어 있습니다. 그곳을 지키고 있는 자가 바로 방랍의 대태자(大太子)인 남안왕(南安王) 방천정(方天定)입니다. 그 수하에는 7만 이상의 군사와 24명의 장수와 네 명의 원수, 도합 28명을 거느리고 있습니다. 그중에서 두령격인 두 놈은 실력이 대단한 놈인데, 한 놈은 흡주(歙州)의 화상으로 보광여래(寶光如來)라는 호를 가졌고, 본성은 등(鄧), 법명은 원각(圓覺)이라 하며, 중량이 50근이나 되는 선장(禪杖)을 자유자재로 휘두르는 장기를 가지고 있습니다. 또 한 놈은 복주(福州) 태생으로서 성명을 석보(石寶)라 하고 유성추(流星鎚)라는 쇳덩어리를 던지는 게 장기인데, 한 번 던지면 백발백중입니다. 그밖에도 한 자루 보도(寶刀)를 쓰는데도 명수인데, 이 칼은 벽풍도(劈風刀)라고 하며 강철도 베어 버릴 수 있는 무시무시한 무기여서 이 두 놈은 결코 깔볼 수 없는 맹장들입니다."

송강은 그 말을 다 듣고 나서 단개에게 상을 후하게 주고, 장초토사에게 가서 더 상세한 정세를 보고해 달라고 부탁했다.

송강은 군사를 추리정이란 곳으로 이동하고 진을 쳤다. 여러 장수들과 주연을 베풀고 항주를 공격할 계책을 강구했다. 이때 소선풍 시진이 자리에서 일어서며 말하였다.

"저는 적의 소굴로 깊숙이 파고 들어가서 비밀공작을 하고 싶습니다. 만약에 공을 세울 수 있다면 조정의 은혜에 보답하는 길이 되고, 또 형님의 일을 다소나마 빛내게 할 수 있을 것입니다. 꼭 승낙해 주십시오!"

송강은 크게 기뻐하며,

"만약에 적의 소굴 깊숙이 들어가서 내부의 지형을 알아낼 수 있다면, 이쪽에서는 군사를 진격시켜 적군의 괴수 방랍을 생포하여 서울로 호송해서 우리의 공로를 나타내고 모두 함께 부귀를 누릴 수 있게 될 것이오! 그러나 가는 도중이 너무나 곤란하니 과연 뜻대로 될지 걱정스럽소!"

"목숨을 내걸고 가보겠습니다. 연청이 함께 가주었으면 좋겠습니다. 그는 각지방의 사투리를 잘 알고 있으며 또 임기응변을 잘합니다."

"모든 것을 소원대로 해드리겠소. 연청은 노선봉의 수하에 있는 몸이니 곧 서신을 보내서 이리 오도록 합시다."

이런 상의를 하고 있을 때, 마침 노선봉이 연청을 보내어 승리를 알리기 위해 이곳으로 왔다는 보고가 전달되었다.

송강은 그 보고를 받자 기뻐서 어쩔 줄 모르며,

"아우님의 이번 계획은 꼭 성공할 것이오. 공교롭게도 바로 이때 연청이 나타났다는 것은 정말 길조가 아니고 뭣이겠소!"

　연청의 보고에 의하면, 노선봉은 군사를 둘로 갈라 가지고 자기 자신이 일대(一隊)를 지휘해서 호주(湖州)를 점령했고, 또 다른 일대의 군사들은 임충의 인솔하에 독송관(獨松關)을 점령하러 쳐들어갔는데, 일동이 항주로 나와서 합세하게 되어 그 정·편 장령은 모두 23명. 한편 호주를 지키면서 덕청현(德淸縣)으로 진격하려는 장령은 호연작을 합쳐서 19명이라는 것이었다.

　연청이 동행해 주겠다는 말을 듣고 시진은 크게 기뻐하며 말하였다

　"나는 백의(白衣)의 선비 차림으로 분장하고 형장은 사동처럼 분장을 하고, 주인과 하인 둘이서 거문고와 칼과 서적을 둘러메고 길을 가게 되면 조금도 남의 의심을 받게 되지 않을 것이오."

　이렇게 용의주도하게 계획을 세우자, 날짜를 선택해 가지고 시진과 연청은 송선봉에게 작별인사를 하고 배를 한 척 구해서 떠나갔다.

　한편 군사 오용이 송강에게 말한다.

　"항주의 남반부로는 전당강(錢塘江)의 큰 물줄기가 흐르고 있으며 바다에 떠 있는 여러 섬과 통해져 있습니다. 그러니까 몇 사람이든지 자그마한 배를 타고 해안으로부터 자산문(赭山門)으로 빠져 나가, 남문 밖 장강 강변으로 나가서 호포를 발사하고 신호의 깃발을 높이 휘날리면 성 안은 발칵 뒤집힐 것입니다. 수군(水軍)의 두령 중에서 어느 분이든 나가 주셨으면 좋겠소."

　장횡과 원씨 삼형제가 대뜸 나섰다.

"우리들이 가겠습니다."

송강이 말한다.

"항주의 서쪽도 호수가 자리잡고 있으니 역시 수군이 힘써 줘야겠으니, 여러분이 함께 떠나가 버린다면 큰 지장이 있겠소."

오용이 아뢴다.

"장횡과 원소칠에게 후건과 단경주를 데리고 배를 타고 떠나도록 하십시다."

이리하여 네 사람은 30여 명의 수부를 거느리고 수십 문의 화포와 신호기를 가지고 강변으로 나가 배를 구해서 전당강으로 향했다.

송강은 군사들의 배치를 끝내자 수주로 돌아와 항주로 진격할 작전을 세우고 있었다.

때마침, 동경으로부터 칙사가 내려와 어주(御酒)와 상사품(賞賜品)을 내놓으면서, 폐하께서 병환으로 괴로워하시는 중이니 신의 안도전을 시급히 서울로 올려 보내도록 하라는 명령을 전달했다. 송강은 거역할 도리가 없어, 이튿날 안도전을 서울로 떠나 보냈다. 길일을 택해서 깃발을 높이 달고 군사를 총동원, 유도독과 경참모와 작별하고 말을 달려 군사를 수륙양로로 진격시켜 숭덕현(崇德縣)까지 쳐들어가자 그곳 수장은 항주로 뺑소니쳐 버렸다.

한편, 방랍의 태자 방천정은 네 명의 원수와 24명의 장군들을 궁궐 안에 소집해 놓고 대책을 협의했다.

"이제 송강은 수륙양로로 군사를 진격시켜 장강을 건너 남쪽으로 내려왔다. 우리는 그놈 때문에 세 대군(大郡)을 빼앗겼다. 남아 있는 곳은 항주인데, 이곳은 우리 남국(南國)의 방벽이다. 만약에 항주를 잃는다면 목주도 지킬 수 없게 된다. 제관들은 모두 작록(爵祿)을 받고 있는 몸이니 반드시 성심성의껏 국가에 보답하고 추호도 태만함이 없기를 바란다."

여러 장수들이 방천정에게 입을 모아 상주(上奏)한다.

"전하! 안심하시옵소서! 수많은 정병 양장들이 아직도 송강과 대전하지 않고 있사옵니다. 현재 몇몇 고을을 상실했다 하오나 모두 적당한 인물이 없었던 까닭이옵니다. 이제 송강과 노준의는 군사를 삼면으로 갈라 가지고 항주로 쳐들어온다 하오나, 전하와 국사(國師)께옵서는 항주의 성곽을 견고히 수비하시와 국가 만년의 기업(基業)을 공고히 하시옵소서. 우리 소장들은 각각 힘을 합쳐 적군을 맞아 완강히 대력하겠사옵니다."

태자 방천정은 그 말을 듣고 크게 기뻐하여 명령을 내려 군사를 삼면으로 배치, 서로 호응하며 진격하도록 하고 뒤에는 국가 등원각만을 남겨 두어 성을 지키도록 했다.

삼면으로 갈라져 나간 세 명의 원수급 인물은─

호국원수(護國元帥) 사행방(司行方)
(네 명의 수장을 거느리고 덕청(德清)을 구원한다.)
진국원수(鎮國元帥) 여천윤(厲天潤)
(네 명의 수장을 거느리고 독송관(獨松關)을 구원한다.)
남리원수(南離元帥) 석보(石寶)
(여덟 명의 수장을 거느리고 총군의 성곽을 나가 적의 본대(本隊)를 맞아 싸운다.)

송강의 본대 군사들이 계속 전진하여 임평산(臨平山)까지 왔을 때, 산꼭대기에서 붉은 깃발이 휘날리고 있는 것을

발견했다. 송강은 즉각에 화영, 진명 두 정장을 앞으로 내
보내서 정찰케 했다. 그리고 전선(戰船)과 차량들을 재촉해
서 장안파(長安壩)를 건너오도록 했다.

화영과 진명이 군사 1천 명을 거느리고 산중턱을 구부러
져 돌아갈 때, 바로 남군 석보(石寶)의 군사와 맞닥뜨리게
되었다. 석보의 부하 두 수장은 선두에 서 있다가 화영과
진명을 보자 일제히 말을 달려나왔다.

하나는 왕인(王仁), 또 하나는 봉의(鳳儀). 똑같이 긴 창
한 자루씩을 휘두르며 달려들었다. 송강 편에서는 화영과
진명이 즉각에 군사를 풀어서 그들과 대적케 하였다.

화영, 진명, 왕인, 봉의 네 장수는 10여 합(合)이나 대결
했지만 승부가 나지 않았다. 진명과 화영은 남군의 뒤에 원
호병이 버티고 있는 것을 보자,

"한숨 돌려 가지고 다시…."

하고 고함을 지르며 각각 말을 돌려 진지로 돌아왔다. 화영
이 말한다.

"싸움은 싸움대로 해나가며 시급히 형님에게 통지하러 가
서 따로 상의하도록 합시다!"

후군에서 중군으로 급보가 날아드니 송강은 주동, 서녕,
황신, 손립을 거느리고 즉각에 진두에 나섰다.

남군 쪽에서는 왕인과 봉의가 또다시 육박전을 해보려고
말을 타고 달려나와 큰 소리로 욕설을 퍼부었다.

"패장(敗將)놈이, 감히 또 나와서 대결하겠다는 거냐?"

진명은 대로하여 낭아곤 몽둥이를 휘두르며 두 번째 봉
의와 맞섰다. 왕인은 화영에게 덮쳐들려고 했다. 옆에 있던
서녕(徐寧)이 혼자 말을 달려 뛰쳐 나갔다. 결국 왕인은 서
녕이 쏘는 화살을 맞고 말에서 거꾸로 박혀 떨어졌으며, 석

보는 견디다 못해서 고정산으로 뺑소니쳐서 그대로 동신교
(東新橋) 근처까지 내려가 다시 진영을 정비했다. 날이 저
물 무렵에 남군은 다른 계책도 세울 수 없고 해서 일단 성
안으로 퇴각했다.

그 이튿날, 송군은 벌써 고정산을 넘어서 곧장 동신교까
지 진출하여 진을 쳤다. 송강은 명령을 내려 휘하의 군사를
3로(路)로 갈라서 항주를 협공하기로 했다.

제1로—보병의 두령인 주동·사진·노지심·무송·왕
영·호삼랑 등이 탕진로(湯鎭路)로 진격, 동문을 공격한다.

제2로—이준, 장순, 원소이, 원소오, 맹강 등이 북신교
(北新橋)에서 고당(古塘)을 공격, 서쪽 노선을 차단해서 호
(湖) 쪽의 성문으로 진격한다.

중로(中路)—관승·화영·진명·서녕·학사문·능진 등
은 보병·기병·수병을 3대(隊)로 갈라서 진격, 북관문(北
關門)과 간산문(艮山門)을 공격한다.

이 삼로의 군사들을 제1대(隊)로 하고, 제2대는 총지휘
자요 주장인 송강이 거느리는 17명의 장군들이며, 제3대는
이응·공명·두흥·양림·동위·동맹 등 장수들로서 수륙
양면으로 싸움을 거들면서 호응하기로 하였다.

송강의 군사는 총동원이 되어 출발했다. 중로군 본대의
군사 중에서도 전대(前隊)에 속해 있는 관승은, 줄곧 정찰
을 계속하며 동신교까지 갔으나 남군 병사들의 그림자는 하
나도 보이지 않았다.

관승은 심히 수상쩍게 생각하고 달리 이쪽까지 되돌아와
서 부하를 시켜 송강에게 보고케 했다. 송강은 그 말을 듣
자 대종을 전령으로 보내어 다음과 같이 지시했다.

"당분간 섣불리 전진하는 것은 이롭지 못한 일이다. 매일 두령 두 사람씩 교대하여 적군의 정세를 정찰토록 하라."

맨 처음날은 화영과 진명, 둘째날은 서녕과 학사문이 짝을 지어 며칠 동안이나 정찰을 계속했지만 도무지 도전해 오는 기미가 보이지 않았다. 그날은 또 서녕과 학사문의 당번날이었다. 둘이서는 수십 기(騎)를 거느리고 곧장 북관문까지 정찰을 나가 본즉, 성문이 활짝 열려 있었다. 둘이서는 구름다리 근처까지 가서 바라다봤다.

이때, 별안간 성벽에서 북소리가 두둥둥 울리더니 성 안으로부터 난데없이 1대의 군사들이 뛰쳐나왔다. 서녕과 학사문은 당황하여 말 머리를 돌리려고 했지만, 성 서쪽 측면인 길거리에서 요란스런 고함소리가 일어나며 1백여 명의 기병들이 앞으로 닥쳐들었다.

서녕은 필사적으로 싸워서 기병대의 포위망에서 빠져 나왔지만, 뒤를 돌아다보니 학사문이 보이지 않았다. 돌아서서 그를 찾아보려고 애쓰고 있노라니 수명의 적장들이 학사문을 생포해 가지고 성 안으로 납치해 가는 광경이 눈에 띄었다. 서녕이 당황해서 되돌아오려고 했을 때, 목덜미에 한 자루의 화살이 꽂혔다. 화살이 꽂힌 채 말을 달려 도망쳤더니 여섯 명의 적장들이 뒤로 추격해 왔다.

도중에서 다행히 관승을 만나 구출되어 돌아오기는 했으나 출혈이 너무 심해서 졸도하고 말았다. 여섯 명의 적장들은 관승이 마구 덤벼드는 바람에 감당해내지 못하고 성 안으로 도주하고 말았다.

우선 송강에게 자초지종을 보고했다.

송강이 시급히 서녕에게 달려왔을 때에는 이미 귀, 눈, 코, 입 등 일곱 군데에서 피가 흘러나오고 있었다. 송강은 눈물을 흘리면서 종군 의사를 불러다가 치료케 하고 금창약을 발라 주었다. 송강은 우선 서녕을 전선(戰船) 속으로 옮겨 놓아 쉬게 하고 친히 간호해 주었다. 그날밤 서녕은 서너너덧 번이나 인사불성이 되었다. 그제야 독약칠한 화살에 맞았다는 것을 알게 되었다.

송강은 하늘을 우러러보며 통탄하여 마지않았다.

"신의 안도전은 서울서 데려갔으니, 여기에는 서녕을 살려낼 만한 명의가 없다! 나의 수족이나 다름없는 장수를 잃게 되겠구나!"

오용이 슬퍼서 어쩔 줄 모르는 송강에게 권고했다.

"진지로 돌아가 군사를 돌보도록 하십쇼! 형제간의 우정이란 것만 생각하고 국가의 대사를 그르치시면 안 됩니다!"

송강은 병사를 시켜 서녕을 수주로 데리고 가서 치료케 했지만, 독약을 칠한 화살을 맞은 상처란 도저히 치료할 수가 없었다.

송강은 부하를 관승의 군대로 보내서 소식을 알아봤다. 그 이튿날 느닷없이 사병이 알려 왔다.

"항주 북관문 성벽 위에 걸려 있는 대나무 가지에 학사문의 수급이 꽂혀 있는 것을 보았습니다. 방천정이란 놈에게 목을 잘린 게 확실해졌습니다."

송강은 통곡을 금치 못하며 애통하여 마지않았다. 반달쯤 지난 뒤에 상주문을 조정에 올려 서녕의 죽음을 보고했다. 송강은 두 장수를 잃은 까닭에 군사를 더 앞으로 진격시킬 생각이 없이 당분간 자기 위치만 지키고 있었다.

한편, 이준은 군사를 거느리고 북신교까지 진출, 진을 쳐놓고 군사를 분배해서 고당 산 속 깊숙이 파고 들어가 정찰하고 있을 때, 마침 학사문이 죽고 서녕이 화살을 맞았다는 급보에 접하게 되었다.

이준은 되도록 적군이 통로로 삼고 있는 중요한 길목을 피해서 군사를 거느리고, 곧장 도원령(桃源嶺) 서쪽 깊숙한 산을 뚫고 나가 영은사(靈隱寺)에 진을 치기로 했다. 산 북쪽에 있는 서계(西溪)의 어귀에도 규모가 작은 진을 쳐놓았는데, 그곳은 고당에서도 더 깊숙이 들어간 곳이므로 전군(前軍)은 그곳을 근거지로 하고 당가와(唐家瓦) 방면으로 정찰을 나갔다.

어느날 장순이 이준에게 말했다.

"남군의 장병들은 항주성 안에 틀어박혀서 우리가 군마를 이곳에 멈춘 지 반달이 되어도 도전해 오려는 기미도 보이지 않소. 산 속에만 처박혀 있으면 언제까지 있어도 공로를 세울 수 없으니, 나는 여기서부터 호수 속으로 숨어 들어가 수문(水門)에서 성 안으로 침입해 가지고 불을 질러서 신호를 보낼 터이니, 형님은 곧 군사를 진격시켜 놈들의 수문을 탈취하고, 곧 우리 주장 송선봉에게 통지해서 삼면에서 일제히 성을 공격하도록 해주시오!"

"계책은 훌륭한 것이지만 아우님 혼자의 힘으로야 성공하기 어렵지 않겠소?"

"설사 이 목숨을, 우리 송선봉 형님의 다년간의 호의에 대한 은혜를 갚기 위해서 바친다 해도 오히려 부족할 터인데…."

"서서히 생각해서 하는 게 좋겠소. 우선 선봉 형님에게 알려서 군사를 배치해서 호응해 줄 수 있도록 해놓고 나서 실천하는 게 좋겠소!"

"나는 이쪽에서 일을 시작할 테니, 한편 형님은 부하를 보내서 선봉 형님께 통지해 주시오. 내가 성 안으로 침입했을 때쯤, 선봉 형님도 통지를 받고 있을 것이오!"

이튿날 장순은 서호(西湖) 서릉교(西陵橋) 근처까지 가서 잠시 경치를 바라다보았다. 때마침 봄이 한창일 무렵이어서 서호의 물은 남빛으로 빛나고, 사방의 산봉우리들은 초록색으로 물들여 놓은 것 같았다. 장순은 경치를 바라다보고 나서 혼자 중얼거렸다.

"나는 심양강 강변에서 태어나 거센 바람과 거친 파도에 밀려 다녀봤지만, 이렇게 물결이 잔잔한 호수는 구경해 본 적이 없는걸! 이런 곳에서라면 설사 죽는다손 치더라도 그 망령이 얼마나 시원하고 깨끗해질 수 있을 것이랴!"

다음 순간, 장순은 옷을 벗어서 다리 아래에 놓아 두고 짤막한 잠방이 속옷에 넓은 허리띠만 질끈 동여매고 밤이 초경인 무렵, 어슴푸레한 달빛 아래 용금문(湧金門) 근처까지 헤엄쳐 갔다.

살며시 머리를 물 위로 내밀고 귀를 기울여 봤다. 성벽 언저리에서는 4,5명의 장정들이 파수를 보고 있었다. 장순은 다시 물속으로 몸을 숨겼다가 잠시 후 다시 한 번 머리를 물 위로 내밀고 사방을 살펴보았다. 성벽 근처는 조용하기만 하고 사람이라곤 그림자도 없었다. 장순은 수문까지 헤엄쳐 갔다. 자세히 살펴보니 그 일대는 굵직한 쇠창살로 막아져 있고, 안으로 더듬어 보니 굵직한 대발[竹簾]이 쳐져 있는데 그 발에는 굵직한 줄이 달려 있으며, 그 줄에는 여러 개의 방울들이 죽 매달려 있었다.

장순은 쇠창살이 너무나 든든해서 성 안으로 침입하기는 어렵다는 생각으로 한쪽 손을 뻗쳐서 대발을 잡아당겨 봤다. 줄에 매달린 방울이 흔들려서 소리를 냈다. 성벽 위에 있던 자들이 당장에 떠들썩해졌다. 장순은 물속으로 다시 몸을 감추어 호수 속에 숨었다.

성벽 위에 있던 병사들이 내려와서 대발을 자세히 조사해 봤으나 사람의 그림자라곤 보이지 않았다. 성벽 위는 다시 떠들썩했다.

"방울이 흔들리는 소리가 약간 이상하기는 했지만, 무지무지하게 커다란 물고기가 물결에 휩쓸려 내려오다가 대발을 건드렸는지도 모를 일이다!"

병사들은 한동안 파수를 보고 있었지만 아무것도 보이지 않는지라 저마다 잠자리를 찾아서 돌아가 버렸다.

장순이 두 번째 귀를 기울여 보니 성루 위에서 삼경을 알리는 북소리가 울렸다. 그 동안 반시간이나 경과했으니 병사들도 저마다 돌아가서 잠에 곯아떨어졌다고 생각했다. 그래서 장순은 또다시 성벽을 향해 쑤시고 들어갔다. 물속으로 숨어서 성 안으로 침입하기는 불가능하다 생각하고 호반 언덕으로 올라가 살펴봤다. 성벽 위에는 사람이 나와 있지 않는지라 성벽을 기어서 올라가 볼까 하는 생각을 하다가 다시 망설이고,

'만약에 성벽 위에 사람이 나와 있다면 나는 개죽음을 하게 될 것이니 우선 형편을 살펴보자!'

흙덩어리를 움켜 쥐어 가지고 성벽 위로 던져 보았다. 아직도 잠들지 않고 있는 사병이 고함을 지르고 수문을 살펴보려고 내려왔지만 역시 아무 인기척도 없는지라, 다시 성벽으로 올라가 망루 위에서 호수 위를 바라다봤지만 한 척의 배도 찾아낼 수 없었다.

그것은 방천정의 명령에 의해서 모든 배들이 청파문(淸波門) 밖과 정자항(淨慈港)에 수용되어 있고, 그밖에 아무

데나 배를 멈춰 두지 못하게 했기 때문이었다.

파수병들은,

"도무지 괴상한 일인데!"

"귀신이 나타난 것이겠지? 자아, 잠이나 자러 가세! 아무 걱정 없네!"

입으로는 이렇게 중얼거리면서도 기실인즉, 잠을 자러 가지는 않고 성벽 근처에 몸을 숨기고 있었다. 장순은 또 한참 동안이나 귀를 기울이고 있었지만 아무런 인기척도 들리지 않아 성벽 근처까지 쑤시고 들어가서 성벽 위 정세에 귀를 기울이고 있었는데, 시간을 알리는 북소리도 들리지 않았다.

장순은 곧장 기어 올라가지 못하고 모래를 한줌 움켜쥐었다가 성벽 위로 던져 보았다. 아무런 인기척도 들리지 않았다.

곰곰 생각해 봤다.

'벌써 밤이 사경(四更)이다. 멀지 않아서 날이 밝을 테니 지금 성벽 위로 기어 올라가지 못하면 두 번 다시 그런 기회는 없을 것이다.'

이리하여 거의 절반쯤 기어 올라갔을 때, 난데없이 위에서 딱다기 소리가 들리는가 했더니 병사들이 일제히 일어섰다. 장순은 성벽의 중턱에서 물속으로 텀벙 떨어졌지만 성벽 위에서 가지가지 화살과 조약돌이 빗발치듯 퍼부어, 일대의 영웅 장순도 어쩔 도리 없이 용금문 밖 물속에서 숨지고 말았다.

한편, 송강은 낮에 이준에게서 급보를 받았다.

'장순이 물속으로 숨어서 성 안으로 들어가 신호를 보내

겠다고 합니다.'

송강은 즉각에 이 소식을 동문을 지키고 있는 주동에게 알렸다. 그날 밤 송강은 본영에서 오용과 협의하다가 밤이 사경이나 될 무렵, 심신이 극도로 피로하여 측근자들을 물러가게 하고 상 위에 쭈그리고 앉은 채 잠이 들었다. 송강이 벌떡 일어서서 사방을 휘둘러 보는데, 싸늘한 바람이 한바탕 휙 지나가더니 불빛은 어둠침침해졌고 오싹하고 차가운 기운이 전신에 스며들었다.

두 눈을 똑바로 뜨고 노려봤더니 사람 같으면서도 사람 같지 않고, 유령 같으면서도 유령이 아닌 괴상한 물체가 전신에 피투성이를 하고 나지막한 음성으로 중얼중얼했다.

"나는 오랜 세월을 두고 형님을 따라다녔습니다. 참, 극진히 돌봐 주셨습니다. 이번에는 몸으로나마 은혜를 갚아 볼까 하고 용금문 아래서 창과 화살 틈에서 목숨을 잃었습니다. 여기서 작별의 인사를 드리려고 왔습니다!"

"이거, 바로 장순이 아닌가?"

소리를 지르며 얼굴을 이쪽으로 돌이키니 거기에는 역시 전신이 피투성이가 된 물체가 있었지만 뚜렷하게 알아볼 수가 없었다. 송강이 큰 소리를 치며 울고 나서 눈을 번쩍 뜨니, 그것은 꿈을 꾼 것이었다.

본영 밖에 있던 측근자들이 송강의 울음소리를 듣고 달려왔다. 송강은,

"이것은 괴상한 일이다. 군사께 이리 건너오시어 해몽을 해주십사고 여쭈어라."

송강이 꿈 이야기를 하자 군사 오용은 이렇게 말했다.

"아침 나절에 이준에게서 통지가 와서, 장순이 호수를 건너 성 안으로 침입, 불을 질러 신호를 보내겠다고 했는데,

형님께선 그 생각을 골똘히 하고 계셨기 때문에 이런 악몽을 꾸신 게 아니십니까?"

오용과 이런 이야기 저런 이야기를 하고 있는 동안에 날이 밝았다. 성 안에서는 아무런 동정도 나타나는 게 없었다. 송강은 마음속으로 점점 더 불안함을 느끼고 있었는데 점심때가 지나서 이준에게서 급보가 날아들었다.

'장순은 용금문으로 가서 성벽을 넘어가려다가 화살을 맞고 물속에 빠져 죽었습니다. 적군은 장순의 수급을 대나무 가지에 꽂아 성벽 위에 매달아 구경거리를 삼고 있습니다.'

송강은 부모를 잃은 것이나 다름없이 슬퍼하며 통곡을 멈출 줄 몰랐다. 오용의 권고도 물리치고 송강은 이규, 포욱, 항충, 이곤 등 네 장수에게 명령하여 보병 5백 명을 딸려 정찰을 하러 내보냈다.

자기 자신은 그 뒤를 따라 석수, 대종, 번서, 마린 등 장수들을 거느리고 아무도 모르게 이준의 진지로 향했다.

이튿날 저녁때, 송강은 사병을 호반으로 보내 하얀 상기(喪旗) 한 폭을 높직하게 올렸는데 거기에는,

'망제정장 장순지혼(亡弟正將張順之魂)'

이라고 씌어 있었다. 그 깃발을 서릉교(西陵橋) 물가에 꽂아 놓고 제물을 잔뜩 차려 놓고, 이규에게 여차여차하게 하라고 명령을 내려 산 북쪽 기슭 어귀에 매복시켜 놓고, 번서·마린·석용은 그 좌우에 매복, 대종은 자기 신변을 떠나지 말도록 했다. 송강은 하얀 도포를 입고 금빛 투구 위에 거상의 표적으로 비단 헝겊을 동여매고 대종과 6,7명의 화상들과 함께 일부러 소행산(小行山) 쪽으로 돌아서서 능교 근처까지 나왔다.

용금문 아래를 내려다보며 곡례(哭禮)를 올렸다. 화상들

이 경을 읽고 주문을 외어 장순의 혼을 불러내고, 대종이
제문을 읽고 송강이 친히 술을 끼얹고 동녘 하늘을 우러러
보며 통곡했다.

 바로 이때, 돌연 다리 밑 양쪽으로부터 요란스런 고함소
리가 터져 나오고, 남북 양쪽 산에서 일제히 군고 소리가
울리며 2대의 군사들이 송강을 잡으려고 뛰쳐나왔다.

 이야말로 하늘같이 커다란 은의[恩義如天大], 싸움[兵
戈]을 야기시켜 땅을 휩쓸고 닥쳐 들게 하는 것이니, 결국
송강과 대종은 어떻게 적을 맞아 싸울 수 있을 것인가?

115 물속에서 튀어나온 유령

張 順 魂 捉 方 天 定
宋 江 智 取 寧 海 軍

송강과 대종이 서릉교에서 장순의 제사를 지내고 있을 때, 이런 사실을 재빨리 방천정에게 알린 자가 있어서 방천정은 열 명의 수장을 파견하여 두 갈래로 갈라져서 송강을 잡으라고 성 밖으로 진격시켰다.

그러나 이번 싸움에서 남군은 열 명의 장수 중에서 다음 다섯 명을 희생당했을 뿐이었다.

모적(茅迪)—송군에게 생포되었다.

탕봉사(湯逢士)—창에 찔려 죽다.

원흥(元興)—항충, 이곤의 비도(飛刀)에 맞아 죽다.

조의(趙毅)—이규의 도끼에 맞아 죽다.

소경(蘇涇)—포욱의 칼에 맞아 죽다.

송강은 석수·번서·마린을 남겨 두어서 이준 일행을 거들어 주고, 한편 서호산에 있는 진지를 지키면서 성을 공격할 준비를 하라고 했다. 송강은 대종, 이규 등 몇 명만 거느리고 고정산 진지로 돌아갔다. 송강은 진중에서 독송관, 덕청 두 지방의 소식을 몰라 대종을 시켜 급히 탐지하고 오라고 내보냈다. 대종은 며칠 후 진중으로 되돌아와서,

"노선봉께서는 독송관을 넘어 멀지 않아 이곳에 도착하실 것입니다."

① 노선봉이 독송관을 공격했을 때, 관문을 지키고 있는 적장은 오승(吳昇), 장인(將印), 위형(衛亨). 처음 며칠 동안은 세 적장이 관문 아래로 내려와서 임충과 싸웠지만, 그 중 장인이란 자가 부상을 입게 된 뒤부터 관문 안에서 농성을 하고 지키고만 있었다.

② 며칠 후 여천규(厲天閏)가 여천우(厲天祐), 장검(張儉), 장도(張韜), 요의(姚義) 등 네 장수를 거느리고 관문을 내려와 도전했다. 여천우가 선두로 말을 달려나와 여방(呂方)과 5,60합이나 격전을 한 끝에 여천우는 여방의 창에 찔려 죽었고, 적군은 관문 안으로 퇴각, 다시 공격해 오지 못했다.

③ 수일 동안 노선봉은 관문 아래에서 적군의 동정만 노려보다가 험준한 산을 조사해 보려고 구붕, 등비, 이충, 주통 네 사람을 정찰로 내보냈다. 뜻밖에 여천규가 아우 여천우의 원수를 갚겠다고 적병을 거느리고 공격을 가해 와, 한 칼에 주통의 목을 베어 죽였다. 이충도 손에 부상을 입고 도주했다. 나머지 구붕, 등비 두 장수는 다행히 진지로 후퇴했다.

④ 이튿날 동평이 격분을 못 참아 복수를 하려고 말을 관문 아래 멈추고 적장에게 욕설을 퍼부었더니, 뜻밖에 관문 위에서 화포를 한 방 터뜨리는 바람에 왼쪽 팔을 다쳐 가지고 진지로 돌아왔다. 창을 휘두를 수도 없을 정도로 다쳐서 팔 양쪽에 나무쪽을 대고 꽁꽁 동여매 두어야 했다.

⑤ 이튿날 그래도 기어이 복수를 하러 가야겠다는 것을 노선봉이 가로막았는데, 하룻밤이 또 지나서 팔이 좀 나아지니까 노선봉에게는 알리지도 않고 마음대로 장청(張淸)과 상의해 가지고 둘이서 말도 타지 않고 관문 위로 올라갔

다. 관문 위에서 여천규와 장도가 교전을 하려고 달려 내려왔다. 동평이 여천규를 붙잡으려고 덤벼들어 창을 휘둘렀더니 여천규도 긴 창을 휘두르며 10합쯤 맞닥뜨렸다. 동평은 왼쪽 팔을 마음대로 쓰지 못하는지라 할 수 없이 뺑소니쳤고, 여천규는 그 뒤를 추격했다. 그때 장청이 창을 높이 들고 여천규에게 덤벼들자, 여천규는 몸을 홱 돌이켜 굵직한 소나무 뒤로 살짝 피했다. 장청의 창은 소나무를 찌르고 깊이 박혔는지라 도저히 뽑아낼 수가 없었다. 그때 바로 여천규의 긴 창이 뻗쳐 들어와 장청의 배를 찔러 거꾸러뜨리고 말았다.

⑥ 동평은 장청이 여천규의 창에 찔려 쓰러지는 것을 보자 즉각 두 자루의 창을 휘두르며 덤벼들었지만, 뜻밖에도 적군의 장도가 뒤에서 허리채를 한칼로 부욱 그었다. 동평의 몸은 두 동강으로 갈라지고 말았다. 노선봉이 그것을 알고 구출하려고 달려갔을 때에는 적병들이 이미 관문 안으로 후퇴해 버린 뒤여서 이쪽에서는 어찌할 도리가 없었다.

⑦ 다행히 손립, 고대수 부부 둘이서 피난가는 시골 사람으로 변장하고 산속 깊숙이 들어가 좁은 사잇길을 찾아내서, 이립·탕륭·시천·백승 네 사람을 함께 데리고 좁은 길을 따라 관문에 도착, 깊은 밤중에 손으로 더듬더듬 관문 안으로 들어가 불을 질렀다. 적장은 관문 안에 불길이 치밀어 오르는 것을 보자 송군이 이미 관문을 격파한 줄 알고, 일제히 관문을 버리고 도주하고 말았다.

⑧ 노선봉이 관문에 올라가 장병을 점검해 보니 손신과 고대수는 적군의 수문장 오승을, 이립과 탕륭은 수문장 장인을, 시천과 백승은 역시 수문장 위형을 모두 생포했으므로 세 명을 모두 장초토사 앞으로 압송해 가기로 하고, 동

평·장청·주통 세 사람의 유해를 수습하여 관문 안에 매장하였다.

⑨ 다시 노선봉은 관문을 넘어서서 적군을 추격하기 45리, 여천규와 대결해서 30여 합을 싸운 결과 놈을 통쾌하게 거꾸러뜨렸지만, 나머지 장검·장도·요의는 패잔병을 거느리고 결사적으로 싸우다가 도주했다.

송강은 눈물에 젖어 어쩔 줄 몰랐지만 군사 오용이 또다시 작전계획을 세워서 즉각에 이규, 포욱, 황충, 이곤 등에게 보병 4천 명을 인솔하고, 산길을 찾아서 노선봉을 영접하러 나가라 분부했다. 흑선풍 이규가 신바람이 나서 앞장서 나갔다.

송강의 군사는 항주(杭州) 동문을 공격하게 되었다. 정장 주동이 5천 명의 보기군을 거느리고 탕진로(湯鎭路) 마을에서 동문을 공격하려고 성문 밖으로 쇄도했다. 성벽 근처에서 군사들을 흐뜨러 놓고 노지심이 진두에 나서 쇠로 만든 선장을 휘두르면서 도보로 접근해 가며 도전했다.

"너절한 놈들아, 나올 테면 어서 나오너라!"

양산박에 유명한 화상 노지심이 있다는 소문을 전부터 들어온 방천정은, 여덟 명의 맹장을 거느리고 원수 석보(石寶)와 함께 동문 성벽 위에 나서서 자기 편의 화상 보광국사(寶光國師) 등원각과의 대결을 흥미진진하게 구경하고 있었다.

두 화상이 대결하기 50여 합, 그런데도 승부는 나지 않았다. 방천정은 망루 위에서 이 광경을 내려다보고 있다가 노지심의 장술(杖術)에 감탄하여 마지않으며, 옆에 있는 원수 석보에게 말했다.

"대단한 솜씨인걸! 우리 보광화상에게 털끝만한 틈도 보이지 않으려고 하니…."

바로 이때 보초병의 급보.

"북관문으로 많은 적병들이 쳐들어오고 있습니다."

장수 석보는 대뜸 일어서서 자리를 떴다. 한편, 성 아래 송군측에서는 무송이, 노지심이 보광을 제압하지 못하는 것을 보자 만일의 경우를 염려하여 초조하게 굴다가, 무작정 두 자루의 칼을 휘두르며 진지에서 뛰쳐나와 곧장 보광화상에게 덮쳐 들어갔다. 보광은 두 사람이 덤벼드는 것을 보자 선장을 질질 끌며 성 안으로 뺑소니쳤다.

무송이 용기를 내어 추격했더니 난데없이 성문 안으로부터 맹장 한 사람이 불쑥 뛰쳐나왔다. 그는 방천정의 수하에 있는 패응기(貝應夔)라는 장수로서, 창을 휘두르며 말을 달려나와 무송의 앞길을 가로막고 도전했다.

두 장수는 공교롭게도 구름다리 위에서 맞닥뜨렸다. 무송은 훌쩍 몸을 뒤집어 손에 들고 있던 칼을 던져 버리고 상대방의 창자루를 움켜잡고 사람과 함께 죽 앞으로 낚아채서 패응기의 목을 한칼에 베어 던졌다. 방천정은 당황하여 구름다리를 거둬들이고 군사들에게 성 안에 집결해 있으라고 명령했다. 주동도 이쪽에서 군사를 10리쯤 후퇴시켜서 다시 진을 치고 부하를 파견하여 송강에게 승리의 소식을 전달케 했다.

그날, 송강은 군사를 거느리고 북관문에 쇄도하여 도전했다. 적군의 진지에서는 석보가 유성추(流星鎚) 쇠뭉치와 벽풍도(劈風刀)를 가로잡고 성문을 활짝 열고 응전하러 나왔다. 송군의 진영에서는 관승이 말을 달려나와 석보와 대결했다. 두 장수가 맞닥뜨리기 20여 합, 석보가 갑자기 말 머리를 돌려 뺑소니를 치니, 관승도 당황하여 즉각에 말 머리를 돌려 자기 진영으로 되돌아왔다.

송강은 어째서 추격을 하지 않았느냐고 물었지만 석보란 자가 칼과 유성추를 잘 쓰는 명수이지만 또 한 가지, 도주하는 체하고 상대방에게 유도작전을 잘 쓰는 데 명수인 것을 미리 알고 있었기 때문에 재빨리 눈치를 채어서였다. 군사 오용도 그자의 작전에 말려들지 않은 점이 도리어 잘했다고 말했다.

이규는 보병을 거느리고 노선봉을 영접하러 나갔는데, 산길로 들어서다 장검(張儉)이 거느리는 패잔병과 맞닥뜨려, 있는 힘을 다해서 무찔러 들어간 결과 혼전 속에서 요의(姚義)를 거꾸러뜨렸다.

장검·장도 둘이서는 다시 관문을 향하고 돌아서서 달아나다가 이번에는 노선봉과 맞닥뜨리게 되어, 한바탕 결전을 겪고 깊은 산속 좁은 길을 찾아서 도망쳤는데, 뒤에서 끈덕지게 추격해 오는지라 말을 버리고 산기슭으로 줄달음질을 쳐서 간신히 도주하는 것을, 뜻밖에도 대나무 숲 속에서 두 사람이 쇠갈퀴를 움켜쥐고 뛰쳐나왔다. 장검과 장도는 손을 써볼 겨를도 없이 쇠갈퀴에 찍혀서 산으로부터 질질 끌려나왔다. 그들 둘을 산에서 끌어낸 것은 해진과 해보였다.

노선봉은 적장 두 사람이 잡혀 온 것을 보자 크게 기뻐했다. 이규 등과 병력을 합하여 고정산 본진으로 가서 송선봉을 만나보고, 동평·장청·주통을 잃게 된 경위를 보고하고 함께 슬퍼하여 마지않았다.

이튿날, 장검은 소주에 있는 장초토사의 군전(軍前)으로 압송해서 목을 베어 죽이도록 했고, 장도는 진전(陣前)에서 죽여 동평·장청·주통의 영전에 바치는 제물로 삼았다.

송선봉이 오용과 협의하고 말하였다.

"노선봉은 휘하의 군사를 거느리고 덕청현(德淸縣) 노상에 있는 호연작의 부대를 영접하러 가주시오. 모두 여기 집결해서 상의한 뒤 성을 공격하도록 합시다."

노준의는 명령을 받자, 즉각에 휘하의 군사를 거느리고 봉구진(奉口鎭)을 향해 출발했다. 전군이 봉구진에 접근했을 때, 사행방(司行方)의 패잔병이 돌아오고 있어서 불가피하게 맞닥뜨리게 되어 싸우지 않을 수 없게 되었다. 사행방은 물속에 빠져 죽고, 그밖의 적병들은 뿔뿔이 흩어져서 도망쳤다.

호연작은 노선봉을 만나 군사를 합세한 뒤 고정산 본진으로 철수, 송선봉에게 인사를 드렸다. 여러 장수들은 일당에 집합하여 상의했다. 송강은 두 갈래로 갈라져 있던 군사가 항주로 한데 집결된 것을 보고 선주와 호주(湖州), 독송관(獨松關) 등지는 모두 장초토사와 참모가 통제관을 파견해서 각각 수비와 치안을 맡도록 하기로 했다.

송강이 호연작이 거느리고 있던 부하들을 조사해 봤더니 뇌횡과 공왕 두 사람이 보이지 않았다. 호연작이 알려 주는 말이, 뇌횡은 청석현 남문 밖에서 사행방과 30여 합이나 대결한 끝에 사행방의 칼을 맞고 말에서 떨어져 죽었으며, 공왕은 황애(黃愛)하고 싸워 계곡으로 추격해 가다가 말과 함께 물에 빠진 뒤 남군 병사들에게 처참하게 창에 찔려 죽었다는 것이다. 그러나 색초가 적군의 미천(米泉)을 도끼로 찍어 죽였고, 여러 장수들이 황애와 서백(徐白)을 생포해 가지고 이곳으로 왔다는 것이며, 사행방은 물속에 빠뜨려 죽여 버렸고, 설두남(薛斗南)은 전란통에 어디론지 뺑소니쳐서 행방을 모른다고 보고했다.

송강은 또다시 뇌횡과 공왕 두 형제를 잃어버렸다는 소식을 듣고 눈에서 눈물이 비오듯 했다. 그리하여 황애와 서백 두 적병을 장초토사의 군전으로 보내어 목을 베어 죽이기로 했다.

이튿날 송강은 군사를 다음과 같이 정비했다.

① 부선봉 노준의는 정·편장 12명을 거느리고 후조문(候潮門)을 공격한다.

② 화영 등 정·편장 14명은 간산문(艮山門)을 공격한다.

③ 목홍 등 정·편장 11명은 서산(西山) 진중으로 가서 이준 등을 거들어 주며 고호문(靠湖門)을 공격한다.

④ 손신 등 정·편장 8명은 동쪽 문 진지로 가서 주동을 거들어 채시(菜市), 천교(遷橋) 등 문을 공격한다.

⑤ 동쪽문 진중으로부터 편장 8명을 소환하여, 이응(李應) 등과 함께 각 진지의 형세를 탐지하고 각지의 원호를 담당케 한다.

⑥ 정선봉 송강은 정·편장 21명을 거느리고 북관문의 가로(街路)를 공격한다.

송강은 장령들의 배치를 끝내자 사방 성문을 공격하기로 하고, 우선 본대 군사들을 거느리고 곧장 북관문 성 밑으로 육박하며 도전했다. 적군 측에서는 석보가 말을 달려 내려왔고, 송군 측에서는 색초가 큰 도끼를 휘두르며 덤벼들어 10여 합을 대결했을 때, 석보가 싸움에 패한 체하고 말 머리를 돌려 도주했다.

색초는 그 뒤를 추격했다. 관승이 당황해서 가로막으려고 했지만 순식간에 색초의 얼굴로 쇠망치가 날아들어 명중,

말 위에서 거꾸로 박혀 떨어졌다. 등비가 잽싸게 구출하려고 나섰으나, 손을 쓸 겨를도 없이 석보가 달려들어 등비의 몸을 한칼로 두 동강에 잘라 버렸다. 성 안으로부터 보광국사가 여러 명의 맹장을 거느리고 육박해 들어오는 바람에 송군은 뿔뿔이 흩어져 북쪽으로 도주했다.

그때 마침, 화영·진명 등이 측면으로부터 쳐들어와서 남군을 쫓아 버리고 송강을 진지로 구출해냈다. 승리를 거둔 석보는 기뻐서 어쩔 줄 모르며 성 안으로 철수했다.

송강은 고정산 본진으로 돌아가 한숨을 돌렸지만 색초, 등비 두 장수를 잃게 되어 애통하여 마지않았다.

군사 오용은 송강과 협의하여 새로운 작전을 세웠다.

"각 성문과 긴밀한 연락을 취하면서 다시 한 번 군사를 거느리고 북관문을 공격하도록 해주십쇼. 성 안의 적군들은 반드시 접전을 하려고 나올 것입니다. 우리 편에서는 싸움에 패한 체하고 적군을 유도해내어서, 멀리 성곽 밖으로 끌고 나가 포를 쏘아 신호를 하고 각 성문에서 일제히 성을 공격하도록 해야 됩니다. 만약에 어떤 성문에서든지 군사들이 성 안으로 진격하게 되었을 때에는 곧 불을 질러서 밖으로 신호를 보내기로. 그렇게 하면 적군은 서로 원호할 길이 막혀서 우리 편이 큰 공을 세울 수 있게 될 것입니다."

그 이튿날, 송강은 오용의 명령대로 각 성문에 연락을 취해 놓고 북관문 성벽까지 쳐들어 가, 관승·임충·능진 등 맹장들이 전심전력을 다했으나 결국 유당을 희생시키고 말았다.

임충과 호연작은 유당이 희생된 것을 보자, 군사를 거느리고 진지로 돌아와 노준의에게 보고했다. 각 성문 한 군데도 돌파하지 못했고, 어쩔 수 없이 후퇴해서 사람을 본진으로 보내 송선봉에게 급보를 전달케 했다. 송강은 유당의 죽음을 알고 통곡하여 마지않았다.

군사 오용이 말했다.

"졸렬한 계책이었습니다. 작전계획도 뜻을 이루지 못한 채 아우 하나를 또 죽게 했으니, 일단 각 성문의 군사를 전원 철수시켜 놓고, 다른 방법을 강구해 보기로 하십시다."

이튿날 아침, 이규와 포욱, 항충, 이곤 네 장수는 밤이 새도록 술을 진탕 마시고 나서 각각 무기를 손에 잡고 자기네들 진지를 나서서 송강을 찾아가 말했다.

"선봉 형님! 우리들이 싸움하는 솜씨를 한 번 구경해 주십쇼!"

송강은 네 장수가 모두 술이 거나하게 취한 꼴을 보고 말했다.

"네 아우님들! 목숨이란 소홀히 다루어서는 안 될 것이오!"

이규가 벌컥 했다.

"형님! 정말 우리들을 소홀히 생각지 말아 주십쇼!"

"그 말대로 신중히 일을 해주면 고맙겠소!"

송강은 이렇게 말하고, 즉시 말을 타고 관승·구붕·여방·곽성 네 기병의 장령들을 인솔하고, 북관문 아래까지 가서 북을 두드리고 깃발을 휘두르며 도전했다.

성벽 위에서 북소리, 징소리가 요란스럽게 울려 퍼지더니 석보가 누런빛 말을 달려 오치(吳値), 염명(廉明) 두 장수를 거느리고 성 밖으로 뛰쳐나왔다. 이편의 네 장수는 석보의 말 앞으로 돌진, 석보가 칼을 잡고 덤벼들려고 했을 때, 이규는 재빨리 도끼를 휘둘러 말의 다리부터 찍어 던졌다. 석보는 그 틈을 타서 잽싸게 껑충 뛰어내려 기병의 무리 속으로 몸을 감추었다. 항충과 이곤이 비도(飛刀)를 마구 날려 보내니, 흡사 하얀 물고기들이 하늘을 뒤덮고 헤엄치는 듯 했다.

송강은 기병 군사들을 성벽 근처까지 진격시켰다. 성벽 위에서 굵다란 통나무와 조약돌이 빗발치듯 퍼붓는지라 일단 군사를 후퇴시켰다. 이때 포욱은 이미 혼자서 성문 안으로 뚫고 들어가고 있었다. 송강이 당황해서 어쩔 줄 모르고 있을 때, 석보가 성문 안에 몸을 숨기고 있다가 달려들어오는 포욱을 측면에서 단번에 두 동강으로 잘라 버렸다. 항충과 이곤은 당황하여 이규를 보호하면서 퇴각했다.

이리하여 송강의 전군은 본진으로 후퇴하였는데, 포욱을 또 잃어버린 송강은 점점 더 우울해질 뿐이었다.

여러 사람들이 비분에 젖어 있을 때 돌연 해진, 해보가 보고할 일이 있다고 진중에 나타났다. 해진의 말에 의하면 남문 밖 20리나 떨어진 곳으로 정찰을 나갔다가, 범촌(范村)이란 마을에서 강변에 수십 척의 배를 매놓고 있는 부양현(富陽縣) 사람으로 형옥(刑獄)을 재결(裁決)하는 관리 원평사(袁評事)를 만나게 되었다는 것이었다.

수상쩍은 놈인 줄 알고 찔러 죽이려고 했더니 그자가 울면서 말하기를, 방랍이 조세를 내라고 협박을 하는지라 언젠가 천병(天兵)이 나타나서 구출해 줄 줄만 알고 있었는데, 이번에는 방천정이 각 현을 돌아다니며 쌀 5만 석을 징발해 오라고 하는지라 어쩔 수 없이 명령대로 그것을 상납하려고 왔더니, 대군이 성을 포위하고 있어서 더 들어갈 수 없어 배를 여기다 매놓고 연락을 취하려는 중이라고 하는 것이었다.

오용은 크게 기뻐하여 이것은 하늘이 주신 절호의 기회

라 생각하고 송강더러 명령을 내려 달라고 했다. 즉, 해진과 해보가 두령이 되어 가지고 포수 능진과 두천, 이운, 석용, 추연, 추윤, 이립, 백승, 목춘, 탕륭, 그리고 왕영과 호삼랑, 손신과 고대수, 장청과 손이랑, 세 쌍의 부부를 거느리고 가서 뱃사공과 뱃사공의 아내로 변장을 하고, 일제 입을 열지 말고 배꼬리로 침입하여 어수선한 틈을 타서 성 안으로 침투, 즉각에 연주포를 발사, 신호를 보내 주면 이쪽에서 군사를 동원시켜 호응케 하자는 작전이었다.

해진과 해보는 즉각에 원평사를 해안으로 불러낸 뒤 송강의 말을 전달하면서,

"당신도 송나라의 선량한 백성이라고 한다면, 이런 기회에 좋은 일을 해서 성공하게 된다면 반드시 굉장한 상을 받을 수 있을 것이오!"

하면서 구스르고 달래었다.

원평사는 강변으로 올라오자 해진, 해보와 함께 수명의 뱃사공들을 뒤따르게 하고, 곧장 성문 아래로 가서 문을 열어 달라고 했다. 성벽에서 연락이 가자 방천정이 즉각에 오치를 파견하니, 그는 성문을 열고 곧장 강변으로 달려가 배를 조사해 보고 나서 성 안으로 돌아와 방천정에게 보고했다. 방천정은 여섯 명의 장수들에게 군사 1만 명을 거느리고 성 밖으로 나가 동북쪽을 막아 놓고 원평사에게 징발해 온 군량을 성 안으로 운반해 들이도록 했다. 5천 석의 쌀을 순식간에 성 안으로 옮겨 놓자 여섯 명의 수장들은 곧 성 안으로 되돌아갔다.

그날 밤 이경쯤 되어서 능진은 아홉 대의 자모포(子母砲)를 오산(吳山) 꼭대기에 장치해 놓고 즉각에 발포했다. 궁중에 있던 방천정이 놀라운 소식을 듣고 당황해서 어쩔 줄

모르며 허둥지둥 갑옷을 입고 말을 탔을 때, 각 성문 성벽 위의 사병들은 이미 모조리 도주해 버렸다. 송군의 군사들은 용기백배, 서로 공을 세우려고 앞을 다투어 성을 습격했다.

한편, 성 서쪽 산속에 있던 이준은 명령을 받고 군사를 인솔하여 정자항(淨慈港)으로 쇄도, 배를 빼앗아 타고 즉각에 물을 건너 용금문(湧金門)으로 상륙했다. 여러 장수들도 각처의 수문(水門)을 탈취했다. 이운과 석수가 제일 먼저 성벽으로 올라갔는데, 밤새도록 혼전이 계속되었다. 남문만 포위당하지 않은 채 있었는지라 도주하는 패잔병들은 모두 이 문으로 빠져 나갔다.

방천정은 말을 타기는 했으나 근처에는 장수 한 명도 보이지 않는지라, 겨우 수명의 보병을 뒤에 거느리고 남문으로 도망쳐 나갔다. 초상집 개 모양으로 풀이 죽어서 간신히 오운산 기슭까지 도망쳤을 때, 난데없이 강물 속으로부터 어떤 사람 하나가 불쑥 솟아나왔다. 입에는 한 자루의 칼을 가로질러 물고 벌거숭이가 되어 강변으로 달려나왔다.

맹렬한 기세로 닥쳐 드는 그 사람을 보자, 말 위에 앉아 있던 방천정은 말 궁둥이를 힘껏 채찍으로 후려갈기며 도주하려고 했다. 그러나 괴상한 일이었다. 아무리 채찍질을 해도 말은 옴싹달싹도 하지 않고, 흡사 누가 말고삐를 잔뜩 움켜잡고 놓아 주지 않는 것 같았다.

그 사나이는 다짜고짜 말 앞으로 대들더니, 방천정을 말 위에서 끌어내려 당장에 한칼로 목을 베어 가지고 방천정의 말을 타고 한편 손에 자른 목을 잔뜩 움켜잡고 항주성을 향해 질풍같이 달렸다.

임충과 호연작이 군사를 거느리고 육화탑(六和塔)까지

방천정을 추격해 갔다가 마침 그 사나이와 맞닥뜨리게 되었다. 두 장수는 그 사람이 바로 장횡인 줄 알고 대경실색했다.

호연작이 소리를 질렀다.

"도대체 어디서 오는 길이오?"

장횡은 대답 한 마디 없이 곧장 성 안으로 말을 몰고 들어갔다.

그때, 송강의 본대 군사들은 이미 전원이 입성하여 방천정의 궁중을 원수부로 정하고 여러 장수들이 궁궐을 지키고 있었는데, 장횡이 혼자서 말을 달려 대드는 것을 보자 누구나 똑같이 놀라움을 금치 못했다.

장횡은 곧장 송강 앞으로 나가더니, 안장에서 미끄러져 내려오며 방천정의 수급과 칼을 땅에 놓고 재배의 절을 정중하게 하고 나서 통곡하기 시작했다. 송강은 대뜸 장횡을 부축해 일으키고,

"이 친구, 도대체 어디서 오는 길이오? 그리고 원소칠은 어디 있다는 거요?"

하며 물었다.

장횡이 대답하였다.

"저는 장횡이 아닙니다."

"장횡이 아니라면 누구란 말이오?"

송강이 되짚어 물으니 장횡은 이렇게 말하였다.

"저는 장순입니다. 용금문 밖에서 창과 화살을 맞고 죽었는지라 하나의 유령이 되어서 그 혼백이 물속을 떠나지 않고 흘러다니고 있었는데, 서호의 영택용군(靈澤龍君—용왕)을 감동시켜 금화태보(金華太保)라는 벼슬자리를 맡고 수부(水府) 용궁에 머물러 있게 되었습니다. 이번에 형님께서

성을 격파하시는 동안 저의 혼백은 방천정을 놓치지 않고 쫓아다니다가 깊은 밤중에 성문 밖으로 나왔더니, 형 장횡이 전당강에 있는 것을 발견하고 형의 몸을 빌려서 강변으로 뛰쳐 올라가 오운산 기슭까지 쫓아가서 그놈을 죽여 버리고, 곧장 이곳으로 달려와서 형님을 만나보게 된 것입니다."

말을 다하고 나더니 털썩 땅 위에 쓰러졌다.

송강은 친히 그를 부축해 일으켰다. 장횡이 두 눈을 딱 부릅뜨고 송강과 여러 장수, 그리고 도검(刀劍)이 숲속의 나무처럼 늘어서 있고 병사들이 한데 몰려 있는 광경을 물끄러미 바라다보더니 하는 말이,

"저는 마치 저승에서 우리 형님을 만나뵙는 것 같았습니다."

송강은 통곡하여 마지않으며,

"조금 전에 그대는 그대의 아우 장순에게 몸을 빌려 주어서 적군의 괴수 방천정을 거꾸러뜨린 것이오! 그대는 죽은 사람이 아니오. 우리들은 모두 이렇게 이 세상에 살아 있으니 잘 살펴보시오."

"그렇다면 나의 아우는 죽어 버렸다는 것인가요?"

"장순은 서호의 물속을 헤엄쳐 수문(水門)을 열고 성 안으로 들어가 불을 지르려고 한 것인데, 뜻밖에도 용금문 밖에 이르러 성벽을 넘어서려고 하다가 적군에게 탄로되어 창과 화살을 맞고 거기서 숨지게 된 것이오!"

장횡은 그 말을 듣자 통곡을 참지 못하면서,

"아! 내 아우… 아우야!"

하고 큰 소리를 치더니 벌렁 나자빠지고 말았다.

여러 사람들이 장횡을 자세히 살펴봤더니, 사지는 꼼짝도

하지 않고 두 눈은 몽롱해졌으며, 칠백(七魄)도 멀리멀리,
삼혼(三魂) 또한 묘연하게 사라져 버린 것 같았다.

　이야말로 아직도 죽음을 관리하는 오도장군(五道將軍)을
따라가지 않았으니, 이는 무상(無常)이라는 두 귀신이 저질
러 놓은 일이라고 해야 할 것이다. 과연 기절해 쓰러진 장
횡의 목숨은 어찌될 것인가?

116 현명한 선비로 가장하고

盧 俊 義 分 兵 歙 州 道
宋 公 明 大 戰 烏 龍 嶺

장횡은 아우 장순이 죽었다는 말을 듣자 슬픔을 못 이겨 땅바닥에 졸도했는데, 여러 사람들이 달려들어 맑은 정신을 회복할 때까지 정성껏 보살펴 주었다.

송강이 말하였다.

"우선 방안으로 옮겨 놓고 원기를 회복시킨 다음 다시 바다에 관한 이야기를 들어 보기로 합시다."

이때, 전당강에 가 있던 원소칠이 돌아왔다. 송강이 그를 장전(帳前)으로 불러 물어 봤더니, 다음과 같은 경위를 보고했다.

"저는 후건, 단경주, 장횡과 함께 수부를 데리고 해안에서 배를 잡아 해염(海鹽) 등지를 돌아서 곧장 전당강으로 들어가려고 했는데, 뜻밖에도 거센 바람을 못 견디어 물줄기를 따라 넓은 바다로 휩쓸려 나갔습니다. 여러 사람들이 모두 물속에 빠졌습니다. 후건과 단경주는 물에 대해서 전혀 경험이 없는지라 물에 빠지는 즉시 익사하고 말았습니다. 그리고 여러 수부들도 뿔뿔이 흩어져서 목숨만 건져 가지고 도주해 버렸습니다. 저는 간신히 헤엄을 쳐서 반번산(半墦山)까지 와가지고 계속 헤엄을 쳐서 돌아왔습니다만, 장횡 형이 오운산(五雲山) 근처 강물 속에 있는 것을 보았습니다. 강변으로 올라가려고 하는가 했더니 그냥 어디론지 사라져 버려서 다시 찾아내지 못했습니다. 어젯밤 성 안에서 불길이 치솟는 것을 보았고 연주포를 쏘는 소리가 들리기에, 형님께서 항주성에서 싸우고 계신 게 틀림없다 생각하고 곧 강물 속에서 뛰쳐나온 길입니다. 도대체 장횡은 육지로 올라왔을까요? 어떻게 되었을까요?"

송강은 장횡에 관한 경위를 원소칠에게 자세히 이야기해 주고 원소이, 원소오까지 함께 처음같이 수군을 거느리고 배를 통솔하라고 했다.

송강은 명령을 내려 우선 수군의 두령들에게 배를 정비해서 목주로 진격하도록 대기하고 있으라 했다. 그런 다음 장순이 놀라운 영험을 나타낸 일을 생각하고 용금문 밖 서호 호반에 묘(廟)를 짓게 하고 금화태보(金華太保)라는 명칭을 붙였으며, 친히 그곳에 나가 제사를 지냈다. 그후 방랍을 토벌하고 조정을 위해서 공을 세우고 나서 서울로 개선하여 이런 사실을 상주했더니, 특히 성지가 내려서 금화장군(金華將軍)으로 봉하게 되고 항주에 길이 모셔 두도록 했다.

송강은 궁궐 안에 있으면서도, 장강을 건너선 뒤부터 허다한 장령을 잃어버린 일을 생각하고 비창(悲愴)을 금치 못하여, 정자사(淨慈寺)에 수륙도장(水陸道場)을 세워 놓고 1주일 동안 밤낮으로 불공을 드리게 했다. 불공이 끝나자 방천정의 궁중에 있는 모든 국금지물(國禁之物)들을 때려 부수고 금, 은, 보물, 비단 등속을 여러 장수와 사병들에게 분배해 주었다. 항주성 안의 백성들은 태평한 세월을 맞아 기쁨이 넘쳐 주연을 베풀고 축하했다.

송강은 또다시 군사 오용과 상의해서 작전계획을 세워 군사를 진격시켜 목주를 탈환하기로 했다. 때는 4월도 거의 끝나갈 무렵, 뜻밖에 통지를 받았다. 부도독 유광세와 동경에서 온 칙사가 함께 항주로 온다는 통지였다. 송강은 즉시 여러 장수를 거느리고 북관문 밖에 나가서 영접하여 성 안으로 인도하고, 궁중에서 성지를 펼쳐 읽었다.

그 내용인즉, 선봉사 송강 등이 방랍을 토벌하여 수차 큰 공을 세웠으므로 황봉(皇封)의 어주(御酒) 35병과 금의(錦衣) 35벌을 정장(正將)에게 상사(賞賜)하고, 나머지 편장들에게는 비단 몇 필씩을 상으로 내리겠다는 것이었다.

조정에서는 공손승이 강을 건너가지 않고 방랍을 토벌하는 데 가담하지 않았다는 사실만 알고, 수많은 장령들이 희생되었다는 사실은 모르고 있었다. 그래서 공손승만 빼놓고 35명 분만 보낸 것이었다. 송강은 어주와 금의를 보자 죽어 간 사람들을 생각하고 샘솟듯 흐르는 눈물을 감출 길이 없었다. 칙사가 이곳 형편을 묻자 그제야 송강은 여러 장수를 잃게 된 경위를 이야기해 주었다.

칙사가 말하였다.

"그렇게 여러 장수들을 잃었다는 사실을 조정에서는 전혀 모르시오. 서울로 돌아가게 되면 반드시 상주하겠소."

칙사는 며칠 간 머무르다가 서울로 돌아갔고, 십여 일 후에 장초토사가 사람을 보내서 서류를 전달시키며 송강에게 군사들을 진격시키라고 독촉했다. 송강은 오용과 함께 노준의를 불러서 상의했다.

"여기서 목주로 나가 강을 끼고 적군의 본거지로 육박해 들어가는 것과, 여기서 흡주로 나가 욱령관(昱嶺關)의 뒷길을 따라 나간다면, 이 두 가지 노선 중에서 노선봉은 어떤 편을 택하겠소?"

노준의가 대답한다.

"장병을 지휘하고 파견하는 데는 형님의 엄명에 복종할 따름이오. 어떤 편이 좋다고 선택할 수 없습니다."

송강이 말한다.

"그러면 이것은 천명에 맡기기로 합시다."

그들은 향불을 피워 놓고 기도를 드리며 제비 두 개를 만들어 가지고 하나씩 뽑았다. 송강은 목주를 뽑았고 노준의는 흡주를 뽑았다. 송강이 노준의에게 말한다.

"방랍의 본거지는 바로 청계현의 방원동(幇源洞) 속이오. 흡주를 점령하거든 군사들을 주둔시켜 놓고 서신으로 곧 알려 주시오. 날짜를 작정해서 함께 청계현 동굴을 습격하기로 합시다."

송강은 다음과 같이 새로운 작전을 세워 가지고 군사를 배정했다.

① 선봉사 송강은 정편장(正偏將) 36명을 거느리고 목주와 오룡령(烏龍嶺)을 공격한다.

② 수군의 두령인 정·편 장령 7명은 배를 이끌고 군사를 따라 목주로 진격한다.

③ 부선봉 노준의는 정·편 장령 28명을 거느리고 흡주와 육령관을 공격한다.

노준의는 정편장 28명을 거느리고 3만의 군사를 인솔, 날짜를 택하여 유도독에게 인사를 드리고 송강과 작별, 항주에서 산길을 따라 임안현(臨安縣)을 경과, 곧장 원정의 길을 떠났다.

한편 송강은 배와 군사를 정비한 후 정·편 장령들을 배치하고 날짜를 택하여 깃발을 꽂아 놓고 제사를 지낸 다음, 수륙양로로 배와 말이 나란히 진격해 나갔다.

그 무렵의 항주성 안에는 전염병이 유행해서 장횡, 목홍, 공명, 주귀, 양림, 백승 등 여섯 명의 장령들이 병석에 누워 진격에 가담치 못하게 되었으므로 목춘, 주부 두 사람에게 환자를 돌봐 주게 하였다. 도합 여덟 명의 장령들이 항주에 남아 있게 되었다. 그밖의 여러 장수들은 모두 송강을 따라서 목주를 공격하게 되어, 도합 37명의 장령은 강변길을 끼고 부안현을 향해 일제히 진격해 들어갔다.

한편, 시진과 연청은 수주(秀州) 추리정에서 송강과 작별한 뒤 해염현(海鹽縣)으로 가서 강변으로 나가 배를 얻어타고 월주(越州)를 경과, 멀리 제계현(諸暨縣)으로 가서 어포(漁浦)를 건너 목주의 경계지대에서 관문을 지키고 있던 적병에게 앞을 가로막혔다. 시진이 말하였다.

"소생은 중원(中原) 땅에서 온 일개 서생이오. 천문(天文)과 지리(地理)에 능통하고 음양(陰陽)을 잘 판단할 줄 알며, 육갑풍운(六甲風雲)도 알고, 삼광기색(三光氣色—日, 月, 星)의 움직임도 판별할 줄 알고, 여러 학파(學派)와 불교·유교·도교의 여러 가지 학설과 교의(敎義)에 능통하지 않는 게 없는데, 멀리 강남 땅을 바라다보자 천자의 기(氣)가 감돌고 있음을 발견하고 여기까지 와서 폐하의 분부만 바라고 있소. 어째서 현사(賢士)의 가는 길을 막으신단 말이오?"

관문을 지키고 있던 장교는 시진의 말을 듣자 말투가 과히 속되지 않음을 알고 곧 성명을 물었다. 시진이 대답하였다.

"소생은 성은 가(柯), 이름은 인(引)이라 하오. 주복(主僕) 둘이서 귀국을 찾아온 것이지, 그외에는 아무런 다른 뜻이 없소."

　수문장은 그 말을 듣자, 시진을 그곳에서 기다리게 하고 즉시 목주로 사람을 보내서 우승상 조사원(祖士遠), 참정(參政) 심수(沈壽), 첨서(僉書) 환일(桓逸), 원수(元帥) 담고(譚高) 등 네 사람에게 보고했다. 네 사람은 즉각에 시진을 목주로 영접케 하여 만나보도록 했다. 피차간에 인사를 하고 나서 시진이 몇 마디 말을 던지자 네 사람은 깜짝 놀랐다. 시진은 인품이나 외관이 속되지 않았기에 네 사람은 그의 말을 조금도 수상쩍게 여기지 않았다.

　우승상 조사원은 크게 기뻐하면서 즉각에 첨서 환일을 시켜서, 시진을 청계(淸溪)에 있는 궁중으로 데리고 가게 해서 천자께 배알하도록 했다.

　본래, 목주와 흡주에는 방랍이 굉장한 궁궐을 건축했고 그곳에 오부육부(五府六部)의 모든 관청이 자리잡고 있었는데, 그것들을 제해 놓고 총본영은 역시 청계현(淸溪縣) 방원동(幇源洞) 속에 있었다.

　시진과 연청은 첨서 환일을 따라서 청계제도(淸溪帝都)에까지 가서 우선 좌승상 누민중(婁旻中)을 만나보았다. 시진이 한바탕 고담활론(高談闊論)을 펴는 바람에 크게 기뻐하면서 시진을 상부(相府)에 머무르게 하고 극진히 대접했다. 보아하니, 시진과 연청은 말솜씨가 속되지 않으며 글도 많이 알고 예의를 차릴 줄도 아는지라 누민중의 마음에 상당히 들었다.

　이 누민중이라는 사나이는 본디 글을 가르치는 선생님이었는데 문장의 길에는 다소 통하지만 대단한 편은 아니었는지라, 시진의 이야기를 듣자 기뻐서 어쩔 줄 몰랐다. 이튿날 아침 조회시간에 문무백관 앞에서 시진을 천자에게 소개

했더니, 다행히 관직자(官職者)가 아닌 평민을 대한다는 조견(朝見)례 시키라고 명령했다.

여기저기 문을 지키는 관리들이 어명을 서로 전달하여 시진을 궁전 아래까지 데리고 갔다.

시진이 배무지례(拜舞之禮)를 하고 우렁찬 음성으로 '만세!'를 부르니 천자가 주렴 앞으로 가까이 나오라고 분부했다. 방랍이 시진의 외관이나 사람된 품을 살펴보니, 속되지 않고 용자(龍子)·용손(龍孫)의 기상을 갖추고 있는지라 역시 상당히 마음에 들었다.

방랍이 물었다.

"현사! 그대는 천자의 기가 감돌고 있다는 것을 바라다보고 여기까지 왔다는데, 그것은 어디서 있었던 일인고?"

시진이 상주한다.

"이 가인(柯引)은 중원(中原) 땅에 살고 있사옵니다. 양친께서는 이미 세상을 떠나셨고, 혈혈단신으로 학업에 전념하여 선현의 비결을 배웠고, 조사(祖師)의 현문(玄文—비법)을 물려받았사옵니다. 얼마 전 밤에 건상(乾象—天象)을 보았사온데 제성(帝星)이 뚜렷하게 나타나 바로 오나라 동쪽을 비추고 있는 것을 보았사옵니다. 그것 때문에 불원천리하고 기를 바라다보면서 이곳까지 달려왔사옵니다만, 특히 강남 땅에까지 와보오니 한 줄기 오색이 찬란한 천자의 기가 목주로부터 치밀어 오르고 있는 것을 확인했사옵니다. 천자님 존안을 배알하오니 용봉(龍鳳)과 같으신 모습, 천일(天日)을 뚫고 치솟으신 것과 같은 기개와 인품이 바로 소인이 처음 본 기와 들어맞는 바 있사와, 소신은 기쁨을 금치 못하는 바이옵니다."

말을 다하고 재배의 예를 올렸더니 방랍이 말하였다.

"과인은 동남쪽 땅을 점령하고 있건만 근자에 와서 송강 일당의 무리들이 과인의 성지를 침략, 탈취하고 이 땅에까지 침범하려고 하니, 그대는 어찌하면 좋겠다고 생각하는고?"

"옛사람의 말에, 얻기 쉬우면 잃기도 쉽다고 했사오며, 얻기 어려우면 잃기도 어렵다고 했사옵니다. 이제 폐하께옵서 점령하신 땅은 개기(開基) 이래 석권장구(席捲長驅)하시어 여러 주군(州郡)을 얻으셨사옵고, 이번에 송강에게 몇 군데를 침범당하셨사오나 불원간 기운은 다시 성상께로 돌아올 것이오며, 비단 강남 땅만이 아니오라 미구에 중원의 사직도 폐하께 속하게 될 것이옵니다."

방랍은 그 말을 듣자 내심 기뻐서 어쩔 줄 모르며 시진에게 비단으로 만든 안석(錦墩)을 하사하여 거기에 앉도록 하고, 주연을 베풀어 극진히 대접하고 중서시랑(中書侍郞)이라는 벼슬자리에 봉했다.

이때부터 시진은 매일같이 방랍에게 접근해서 쉴새없이 감언이설로 아첨하여 자기가 품고 있는 뜻을 성취하려고 애썼다. 이리하여 반달도 되기 전에 방랍 이하 내외 여러 관료들은 한 사람도 시진을 나쁘게 생각하는 자가 없게 되었다.

얼마 후, 방랍은 시진이 관서(官署)의 일을 공평하게 처리하고 성심성의껏 애쓰는 것을 보자, 심히 대견하게 생각하고 기뻐했다. 그리고 좌승상 누민중에게 중매를 서라 하여 금지공주(金芝公主)의 사윗감으로 맞아들여 부마(駙馬—천자의 사위)로 삼고, 주작도위(主爵都尉—봉작을 관리하는 장관)라는 벼슬자리를 주었다.

연청은 운벽인(雲璧人)이라 변명을 하여서 여러 사람들

에게 운봉위(雲奉尉—천자의 차가(車駕)를 관리하는 직책)라고 불려졌다. 시진은 공주와 결혼한 뒤에는 궁궐에 출입하면서 내외 정세를 두루두루 알게 되었다. 방랍은 군사상의 중대한 일이 있을 적마다 언제나 시진을 궁중으로 불러들여 계책을 상의하곤 했다.

시진은 그럴 적마다 이렇게 상주하였다.

"폐하께옵서는 천자로서의 기색이 참되고 바르옵니다. 단지 흉신(凶神)의 상징인 강성(罡星)의 침해를 받으사 아직도 반년 동안은 평안함을 얻으시기 어려우실 것이옵니다. 멀지 않아 송강의 수하에 한 명도 싸움을 할 만한 장수가 없을 정도로 격파하옵시면 강성은 흐트러져 물러나가 폐하께옵서는 기업(基業)을 부흥하옵시고, 석권장구(席捲長驅)하시와 즉각에 중원의 땅을 점령하오시게 될 것이옵니다."

"과인 수하의 애장(愛將) 여러 명이 모두 송강에게 살해되었으니, 어찌하면 좋겠다고 생각하는고?"

시진은 거듭 상주했다.

"소신이 밤중에 천상(天象)을 보았사온데, 폐하의 운수는 장성(將星)이 수십 명이나 되게 많사오나 이것들은 멀지 않아 반드시 멸망할 것이오며, 따로 28수(宿)의 성상(星象)이 있사와 폐하께로 달려와 보좌하옵도록 될 것이옵니다. 송강의 일당 속에서도 수십 명이 달려와 항복할 것이오니 이 역시 그 수효 속에 들어갈 성수이옵고, 모두 폐하께옵서 영토를 넓히시기 위한 신하가 될 것이옵니다."

방랍은 시진의 말을 듣자 자못 기뻐서 어쩔 줄 몰랐다.

한편, 송강은 본대의 군사를 거느리고 부양현(富陽縣)을 향해 진격하고 있었다. 그때 적군의 보광국사 등원각과 원

수 석보, 왕적(王勣), 조중(晁中), 온극양(溫克讓) 등 5명
은 패잔병을 거느리고 부양현 관문을 지키고 있으면서 부하
를 목주로 보내어 구원을 청하고 있었다.

  우승상 조사원은 즉각에 친군지휘사(親軍指揮使) 두 명
에게 군사를 거느리고 원호하러 나가게 했다. 정지휘사 백
흠(白欽), 부지휘사 경덕(景德)은 똑같이 만 명을 대적할
만한 맹장들. 그들은 부양현으로 와서 보광국사와 병력을
합세해 가지고 산꼭대기에 진을 쳤다.

  송강의 본대 군사들은 벌써 칠리만(七里灣)에 도착, 수군
이 기병을 인도하면서 일제히 전진했다. 석보는 그것을 보
자 말을 타고 유성추라는 쇠망치를 몸에 지니고 벽풍도 긴
칼을 손에 잡고 부양현의 산꼭대기를 떠나 송강을 맞아 싸
우려고 나섰다.

  관승이 말을 달려나가려고 했을 때, 여방이 큰 소리를 쳤
다.

  "형님! 잠깐만. 이 아우가 저놈하고 한 번 대결할 테니
구경이나 하십쇼!"

  여방은 말을 타고 창을 휘두르며 곧장 석보에게 덤벼들
었다. 양자가 맞닥뜨리기 50여 합. 여방이 힘에 벅차하는
것을 보자, 곽성이 창을 들고 말을 달려 협공을 가하려고
나섰다. 석보는 칼 한 자루로 두 자루의 창을 상대로 싸우
면서도 끄떡도 하지 않았다.

  싸움이 한창 어울렸을 때, 남군 중에서 보광국사가 심히
당황하여 징을 두드려 철퇴하라는 신호를 했다. 그것은 장
강의 배들이 순풍을 타고 강변으로 접근해 오는 것을 보자,
상대방에게 양면에서 협공을 받을 것을 겁내고 징을 두드려
서 후퇴의 명령을 내린 것이었다.

여방과 곽성은 악착같이 매달려 싸우면서 좀체로 석보를 놓아 주려고 하지 않았다. 송군의 진지에서는 주동이 말을 달려 창을 휘두르며 협공을 가하려고 달려들었다. 석보는 세 장수를 상대로 하고는 도저히 싸울 수 없는지라 무기를 팽개치고 도주했다.

송강은 채찍을 휘둘러 신호를 보내면서 곧장 부양산 산꼭대기까지 쳐들어갔다. 석보의 군사들은 도중에서 진을 칠 수도 없고 해서 곧장 동려현(桐廬縣) 경계 안으로 들어갔다. 송강은 밤새도록 군사를 진격시켜 백봉령(白蜂嶺)을 넘어서서 진을 쳤다. 그날 밤, 해진·해보·연순·왕왜호·일장청을 동쪽 길로, 이규·항충·이곤·번서·마린을 서쪽 길로, 각각 1천 명의 보병을 거느리고 동려현의 적진을 습격케 했고, 강 위에 있는 이준과 삼원(三阮), 이동(二童), 맹강(孟康) 등 7명은 수로(水路)로 진격하도록 했다.

해진 등이 군사를 거느리고 동려현으로 쳐들어갔을 때, 밤은 이미 삼경인데 보광국사와 석보는 마침 군무를 협의하느라고 정신이 없었다. 돌연 포성이 울리는 것을 듣자 말을 탈 만한 겨를도 없을 지경. 극도로 당황해서 이리저리 휘둘러 보니 삼면에서 불길이 뻗쳐 오르고 있었다. 여러 적장들은 석보의 뒤를 따라 뺑소니치는 게 고작이고 송군의 군사를 맞이하여 싸운다는 것은 생각조차 할 수 없는 일이었다. 삼면에서 쳐들어가며 송군은 종횡무진으로 적군을 무찔렀다. 온극양은 말을 타기가 이미 늦어서 뒷길을 향하여 도주하고 있다가, 왕왜호·일장청 부부와 맞닥뜨리게 되었다. 그들 부부는 함께 덮쳐 들어 온극양의 팔다리를 꼼짝 못하게 하고 생포해 버렸다.

이규는 항충, 이곤, 번서, 마린과 함께 닥치는대로 현성 안 사람들을 죽이고 불을 지르며 돌아다녔다. 송강은 그런 보고를 받자 군사들을 재촉해서 곧장 동려현으로 진출, 그곳에 군사들을 주둔케 했다. 왕왜호와 일장청이 생포한 온극양을, 송강은 항주에 있는 장초토사에게로 압송시켜 목을 베게 했다.

그 이튿날 송강은 군사를 수륙양로로 진격시켜 곧장 오룡령(烏龍嶺) 기슭까지 쳐들어갔다. 산봉우리를 넘으면 곧 목주였다. 이때 보광국사는 여러 장수들을 인솔하고 산봉우리로 올라가 관문을 견고히 구축하고 군사들을 주둔시키고 있었다. 이 오룡령의 요새지대는 장강을 옆으로 끼고 산이 험준하고 물줄기가 급히 흐르는 곳인데, 그 위에는 관문을 구축하고 아래로는 전투함을 배치시켜 놓았다.

송강은 군사를 산기슭 근처에 주둔시키고 진책(陣柵)을 구축했다. 그리고 보병장병들 가운데서 이규, 항충, 이곤을 시켜 5백 명의 둔병(楯兵)을 거느리고 정찰을 나가게 했다. 그러나 오룡령 기슭에 도착하자마자 위에서 굵다랗고 기다란 나무토막, 포석(砲石) 등이 빗발치듯 굴러 떨어지기 때문에 도저히 전진할 수 없어, 그대로 돌아와 송강에게 보고했다.

송강은 다시 원소이, 맹강, 동맹, 동위 등 네 명에게 절반의 전선을 몰고 강변 얕은 물가로 진격케 했다. 원소이는 두 부장을 거느리고 수군 1천 명을 인솔하여 1백 척의 배에 분승시키고 깃발을 휘두르고 북을 울리며, 뱃노래도 우렁차게 오룡령 산기슭 가까이 접근해 들어갔다.

오룡령의 산기슭 일대는 산을 등에 지고서 방랍의 수채(水寨)로 되어 있었다. 그 수채 안에는 5백 척의 전선이 주둔하고 있으며, 5천여 명의 수군 군사들이 타고 있었는데,

두령격인 네 명의 수군총관(水軍總管)은 성귀(成貴), 적원(翟源), 교정(喬正), 사복(謝福)이라는 맹장들이었다. 원소이 등이 탄 배는 하류(下流)로부터 물이 얕은 강변으로 거슬러 올라가고 있었다.

적군의 수채에 있던 네 명의 총관들은 벌써 그런 기미를 눈치채고 50련(連)의 불뗏목[火筏]을 마련해 놓고 있었다. 이 불뗏목이라고 하는 것은 소나무를 연결해서 만든 것인데, 그 뗏목 위에는 온통 짚을 잔뜩 쌓아 놓고, 짚 속에는 유황과 염초 같은 인화물질을 감춰 두고 동아줄로 죽 연결시켜서 강변 얕은 물가에 배치해 둔 것이었다.

이편에서는 원소이가 맹강, 동위, 동맹과 함께 넷이서 물이 얕은 강변으로 거슬러 올라가고 있었다. 적군의 네 수군총관들은 상류에서 바라다보고 있다가 저마다 새빨간 신호기를 높이 휘날리며 네 척의 쾌선으로 저어 내려오고 있었다.

원소이가 그것을 바라다보다가 수부들에게 명령하여 활을 쏘게 했더니, 저쪽의 네 척 쾌선은 곧 돌아서서 되돌아갔다. 원소이는 계속 물이 얕은 강변으로 추격케 했다. 적군의 네 척의 배들은 강변 얕은 곳에서 멈추더니, 수부도 총관도 강변으로 뛰어 올라가 도망해 버렸다. 원소이가 수채 속에 배치되어 있는 배들을 보면서 감히 접근하지 못하고 망설이고 있노라니, 오룡령 위에서 깃발을 휘두르는 게 보이고 북소리가 요란스럽게 울려 퍼지더니, 불뗏목에 일제히 불이 붙어서 물이 얕은 하류(下流)로 향해 순풍의 힘을 타고 돌진해 왔다. 뒤따르는 큰 배에서는 고함소리가 천지를 진동, 긴 창과 쇠갈퀴를 나란히 배 밖으로 내밀고 뒤쫓아오는 것이었다. 원소이가 당황하여 물속으로 뛰어들었더니 뒤에서 오던 큰 배가 쫓아와서 쇠갈퀴로 낚아챘다. 원소이는 당황해서, 모욕을 받느니보다는 죽는 것이 낫겠다는 비장한 마음으로 스스로 칼을 뽑아 자기 목을 베어 죽었다.

맹강은 형세가 불리하다고 판단되자 물속으로 뛰어들려고 했지만, 그때 불뗏목 위의 화포가 일제히 폭발했고, 그 한 방이 맹강의 투구에 직통으로 명중, 머리를 뚫고 나가 엉망진창을 만들어 놓고 말았다.

네 명의 수군총관들은 화선을 타고 습격해 왔다. 이준은 원소오, 원소칠과 함께 후방의 배를 타고 있었는데 전방의 배가 궁지에 몰리고 적군이 강변을 끼고 쳐들어오는 것을 보자, 어쩔 수 없이 뱃머리를 돌려 순풍을 따라 동려 땅 강변으로 저어 내려갔다.

한편, 오룡산 꼭대기에 있던 보광국사와 원수 석보는 수군총관들이 승리하는 것을 보자 신바람이 나서 군사를 거느리고 산에서 내려오며 계속 공격을 가했지만, 물이 워낙 깊어서 추격하지 못하고, 보광국사 등도 너무나 먼 길인지라 쫓아가지 못했다. 송강은 또다시 동려 땅으로 후퇴해서 진을 쳤지만, 원소이와 맹강 두 장수를 잃게 되어 본영에 틀어박힌 채 침식조차 잊고 슬픔에 젖어 꿈자리마저 뒤숭숭할 지경이었다.

이때, 해진과 해보가 말하였다.

"저희들 형제는 본디 사냥꾼으로서 산에 올라 산봉우리를 넘어다니는 데는 아주 익숙합니다. 저희들 둘이서 사냥꾼을 가장하고 산에 올라가 불을 지르게 해주십쇼. 그렇게 하면 적군의 병사들은 겁을 집어먹고 반드시 관문을 버리고 도주해 버릴 것입니다."

송강은 나라를 위해서 이번 일에 반드시 성공하고 개선 장군이 되어서 돌아와 달라고 간곡히 부탁했고, 해진과 해보도 자신만만해서 가뜬한 몸차림에 호피(虎皮) 조끼까지 입고 떠나갔지만, 결과에 있어서는 적군이 산봉우리 맨 꼭대기에 진을 치고 있으니 거기까지 기어 올라가기란 난중지난사였다. 마침내 송군측의 이번 작전도 실패로 돌아가, 애처롭게도 해진은 1백 장이나 되게 높은 절벽 위에서 거꾸로 박혀 떨어져 죽고, 해보 역시 산꼭대기에서 빗발치듯 하는 화살과 조약돌을 견디다 못해서 오룡령 일각 대나무 가지와 등나무 덩굴이 얽히고설킨 가운데서 화살에 맞아 몸을 새우처럼 동그랗게 쭈그리고 숨지고 말았다.

날이 밝자 산꼭대기에서 사람을 아래로 내려보내, 해진과 해보의 시체를 산봉우리 꼭대기로 올려다가 매장도 하지 않고 시수(屍首)를 아무 데나 나뒹굴게 내버려 두었다. 첩자가 자세한 소식을 알고 와서 해진, 해보가 이미 오룡령에서 죽었다는 사실을 송강에게 보고했다. 송강은 또다시 두 장수를 잃게 되어 통곡하다 못해 몇 번인지 졸도했고, 관승과 화영을 불러서 군사를 정비해 가지고 기어이 오룡령의 관문을 점령, 죽어 간 원소이와 맹강, 해진, 해보 네 형제의 원수를 갚아 줘야겠다고 성급히 서둘렀다. 오용이 위로하였다.

"형님! 조급히 굴지 마십쇼. 죽은 사람들은 모두가 각자의 천명(天命)일 뿐입니다. 적군의 관문을 빼앗자면 섣불리 경솔하게 덤벼들 일이 아닙니다. 반드시 지략으로써 관문을 탈취할 수 있는 신기묘책을 써서 장병을 동원시켜야 될 것입니다."

송강은 격분했다.

"수족같이 믿고 지내던 형제들을 3분의 1이나 잃어버렸으며, 저 도둑놈들이 우리 형제를 산봉우리 꼭대기 아무 데나 내동댕이쳐 버렸다니, 오늘밤에는 군사를 동원시켜 우선 시체를 탈취해다가 관을 갖추어서 매장해야 되지 않겠소?"

오용이 그 말을 가로막았다.

"적군이 시체를 아무 데나 내동댕이쳐 버린 것은 십중팔구 엉뚱한 계책이 있어서 그렇게 하기 쉬운 노릇이니, 경솔한 행동은 삼가는 게 좋겠습니다."

그러나 송강은 군사 오용의 권고도 듣지 않고 즉각에 3천 명의 정예병사를 집합시켜 관승, 화영, 여방, 곽성 네 장수를 거느리고 오룡령을 향해 진격, 그곳에 도착한 것은 밤이 이미 이경이나 되었을 때였다.

소교 한 사람이 보고하였다.

"앞으로 두 사람의 시체를 아무렇게나 내동댕이쳐 버린 게 보입니다. 십중팔구 해진, 해보의 시체라고 생각됩니다."

송강은 말을 달려 친히 그것을 보러 갔다. 두 그루 나무 위에 대나무 가지를 가로질러 시체 둘을 매달아 놓았으며, 나무의 껍질을 깎아내고 그 자리에 글씨 두 자가 큼직하게 씌어 있는데 달이 없어서 뚜렷하게 보이지는 않았다.

송강이 포(砲)에 쓰는 불씨를 가져오게 해서 불을 일으켜 살펴봤더니, 그 나무에는 다음과 같은 두 줄의 글씨가 적혀 있었다.

'송강도 조만간(宋江早晚也)

이곳에서 이렇게 되리라(號令在此處).'

송강은 그것을 보자 노발대발, 병사들에게 명령하여 시체를 빼앗으려 나무 위에 올라가게 했다. 바로 그때, 사방에서 일제히 횃불이 밝혀지고 요란스런 북소리가 들려오는가 했더니, 당장 적병에게 포위를 당하고 말았다. 전방 산봉우리 꼭대기에서 날쌔게도 화살을 빗발치듯 퍼부어 배를 타고 있던 수군의 병사들도 모조리 뿔뿔이 흩어져서 강변 위로 올라왔다.

송강은 그것을 보자,

"이만저만한 큰일이 아니구나!"

하고 소리를 지르며 당황해서 군사를 급히 후퇴시키려고 했다. 그러자 석보가 앞장을 서서 길을 가로막기에 옆으로 슬쩍 빠져 보려고 했더니, 이번에는 등원각(鄧元覺)이 덤벼들었다. 이 순간의 광경은 전국시대(戰國時代)에 위(魏)나라 혜왕(惠王)을 섬기던 장군 방연(龐涓)이 전사하던 장면과, 삼국시대(三國時代)에 유비(劉備)를 섬기던 방통(龐統)이 전사하던 장면과 흡사하다고나 할까! 결국, 송강의 군마는 어떻게 탈신(脫身)할 것인가?

117 굉천포(轟天砲)에 맞아죽은 천사(天師)

睦 州 城 箭 射 鄧 元 覺
烏 龍 嶺 神 助 宋 公 明

송강은 어찌할 바를 몰랐다.

석보가 호통을 쳤다.

"송강 놈아! 어서 말에서 내려 꿇어앉지 않고 뭘 하느냐? 이 기회를 놓치면 두 번 다시 기회는 없다!"

관승이 화를 벌컥 내며 큰칼을 휘둘러 석보에게 내달았다.

그러나 미처 두 장수가 맞붙기도 전에 뒤에서 또다시 함성이 진동한다.

네 사람의 수군 총관이 왕적(王勣), 조중(晁中)과 합세하여 덮쳐 들었다.

화영이 내달아 왕적과 맞붙었다.

두어 합 싸우던 화영은 말 머리를 돌려 달아난다.

왕적과 조중이 고함을 치며 추격하자, 화영은 후딱 몸을 뒤집으며 잽싸게 두 개의 화살을 연거푸 쏘았다. 두 장수는 시위 소리를 듣는 순간 미처 피할 틈도 없이 그대로 말에서 떨어져 죽고 말았다.

네 사람의 수군 총관은 그것을 보자 싸울 뜻을 잃고 몇 걸음 물러섰다.

그러나 양옆에서 또다시 지휘사 백흠(白欽)과 경덕(景德)이 맹렬히 짓쳐 나왔다.

여방·곽성이 각각 하나씩 맡아 사투를 벌이고 있는 판인데, 이번에는 난데없이 남군의 후방에서 함성이 충천하더니 남군의 병사들이 뿔뿔이 흐트러져 갔다.

1천 명의 보병을 거느린 이규가 항충, 이곤과 함께 석보의 배후로 덮쳐든 것이다.

등원각이 군사를 이끌고 구원하러 나오자, 이번에는 노지심과 무송이 군사를 이끌고 달려들고, 그 뒤를 이어 진명, 이응, 주동, 연순, 마린, 번서, 일장청, 왕영 등이 각각 보기병을 거느리고 무서운 형세로 돌진해 왔다.

석보와 등원각의 군사는 좌왕우왕, 이리 뛰고 저리 뛰다 밟혀 죽고 맞아 죽는 자 부지기수. 송강은 가까스로 구원을 받아 동려현으로 돌아왔다.

한편, 잡을 뻔한 송강을 놓치고 숱한 졸개만 잃은 석보와 등원각 두 원수는, 오룡령에 틀어박혀 선후책을 강구하고 있었다.

만일 송군이 뒷길로 산을 넘어 몰래 쳐들어온다면 이 관문을 지키기는 어려운 일이고, 또한 이 관을 잃는다면 목주는 코앞에서 위태로운 지경에 빠지게 될 것이니 증원군이라도 얻어다 지키는 도리밖에 없었다.

등원각은 즉각 목주로 달려가 우승상 조사원을 만나 위급한 사실을 고하고, 청계현 방원동으로 가서 좌승상 누민중을 시켜 방랍에게 증원군 파견을 주청케 하였다.

그러나 방랍의 대답은 냉랭하였다.

얼마 전 흡주의 욱령관이 위태롭다 하여 수만 명을 떼어 보내고 지금은 근위군 얼마밖에 남지 않았으니 궁궐을 지키는 데 써야겠다는 것이었다.

할 수 없이 밖으로 나온 누민중은, 목주를 지키고 있던

하우성(夏侯成)이란 장수 한 명과 군사 5천을 변통하여 등
원각에게 주고 오룡령으로 돌려보냈다.

그러나 이 군사만 가지고는 도저히 송군을 맞아 나가 싸
울 수가 없었다. 그냥 관을 지키고 있기로 했다.

한편, 송강은 20여 일이 지나도 싸울 생각은 전혀 않고
죽어 간 여러 형제들 생각만 하며 꺼벅꺼벅 졸고 있는데,
졸개 한 명이 와서 아뢰었다.

동추밀이 조정에서 보내는 상사품(賞賜品)을 가지고 항
주까지 왔다가 군사가 두 갈래로 갈렸다는 말을 듣고, 상품
을 나누어 대장(大將) 왕품(王稟)에게 욱령관으로 노선봉
을 찾아가게 하고, 동추밀 자신은 곧 이곳에 당도하게 되었
다는 것이다.

송강과 오용 등 여러 장수는 20리 밖까지 나가 동추밀을
맞았다.

오룡령의 험난한 지세와 그 동안의 전투 상황을 대강 이
야기하고 난 송강은 상사품을 나누어 주며 다시 눈물부터
흘린다.

장강을 건너온 뒤부터 죽어 간 여러 형제들의 생각이 불
시에 치솟았던 것이다.

동추밀이 송강을 위로한다.

"폐하께서는 장군이 큰 공을 세우고 있다는 소식을 듣고
매우 흡족히 여기시다가 뒤에 많은 장령을 잃었다는 보고를
받으시고, 특별히 나에게 대장 왕품과 조담(趙譚)을 이끌고
가 장군을 원호해 주라 하시어 이렇게 온 것이오."

말을 마치고 난 동추밀은 조담을 불러 인사를 시키고 나
가서 주둔해 있도록 했다.

이튿날 동추밀은 오룡령을 치라고 했다.

오용이 말한다.

"산은 가파르고 물살이 세어 그렇게 쉬운 일이 아닙니다. 먼저 사람을 보내어 뒷길이 어디에 있는가 알아본 다음 앞뒤로 공격하면, 적은 서로 도울 수가 없어 자연 관소를 버리고 도망칠 것입니다."

"그것 참 묘한 계교요."

송강은 즉시 연순과 마린을 시켜 뒷길을 정탐토록 했다.

두 사람은 이튿날 밤에 한 늙은이를 데리고 돌아왔다.

"이 노인은 이곳에 사는 토착민인데 이 근방의 지리를 잘 알고 있다고 합니다."

송강은 그에게 오룡령의 뒷길을 물었다.

노인이 말했다.

"때마다 방랍의 핍박을 받아 오던 차에, 천병이 당도하였으니 무엇을 못 도와드리겠습니까. 소인이 길을 인도하리다. 오룡령을 넘으면 동관(東管)이란 곳으로 목주와는 지척지간이고, 동관의 북문으로 나가서 서문쪽으로 돌면 그곳이 바로 오룡령입니다."

송강은 크게 기뻐하며 노인에게 후한 상을 주고 진중에 머물러 있도록 했다.

이튿날, 송강은 동추밀에게 동려현을 지키고 있게 하고 친히 정·편 장령과 보기병 1만 명을 거느리고 뒷길로 진격해 갔다.

노인의 뒤를 따라 소리 없이 소우령(小牛嶺)까지 진군하자, 한떼의 군사가 길을 막고 있었다.

송강은 이규, 항충, 이곤에게 길을 트도록 명령했다.

길을 막고 있던 4,5백 명의 군사들은 세 장수의 말굽 밑에 태반이 거꾸러지고 더러 산 놈은 뿔뿔이 도망쳐 버렸다.

별은 총총하고 밤이슬은 바짓가랑이를 흠뻑 적셨는데 어느덧 때는 사경, 일행은 동관에 이르렀다.

수장 오응성(伍應星)은 송강이 대군을 거느리고 쳐들어온다는 소식을 듣고 목주로 도망을 치고 없었다.

목주에 다다르기가 무섭게 오응성은 우승상 조사원에게 급보를 알렸다.

깜짝 놀란 조사원은 황급히 여러 장수를 모아 놓고 대책을 협의했다.

"동관에서 목주는 엎드러지면 코 닿을 데, 이 일을 장차 어찌한단 말이오?"

이러는 사이 송강은 벌써 능진에게 연주포를 쏘도록 했다.

"꽝! 꽝!"

"쿠르르! 쿠르르!"

오룡령에서 진지만 굳게 지키고 있던 석보(石寶) 등도 깜짝 놀라, 지휘사 백흠에게 어서 나가 정탐을 해오라고 했다.

그러나 이미 때는 늦어 있었다.

온 산천에 나부끼는 것은 송강의 인기(印旗)뿐이 아닌가!

목주가 위태로운 것을 직감한 등원각은, 석보가 말리는 것도 뿌리치고 하후성과 함께 군사를 이끌고 산을 내리 달렸다.

한편, 동관을 점령한 송강은 일단 목주 공략은 뒤로 미루고 오룡령부터 공격하려 행군을 계속했다.

도중에서 맞닥뜨린 송강과 등원각.

화영이 그것을 보자, 송강의 귀에다 대고 무어라 소곤댄다.

송강이 고개를 끄덕끄덕, 다시 진명을 돌아보며 몇 마디 주고받더니 진명이 말을 채쳐 등원각에게 덤벼들었다.

그러나 호기롭게 말을 채쳐 나갔던 진명은 5,6합을 겨우 지탱하는 체하더니 말 머리를 돌려 달아났다.

장수가 쫓기니 병사들도 흩어졌다.

등원각은 선장을 휘두르며, 달아나는 진명은 그대로 둔 채 송강을 잡으러 달려들었다.

그러나 벌써부터 그렇게 될 것을 예상하고 잔뜩 활줄을 당기고 있던 진명은, 등원각이 가까이 다가들자 냅다 활을 쏘았다.

쉿소리를 내며 날아가던 화살이 등원각의 얼굴 한복판에 팍 꽂혔다.

다리를 하늘로 뻗쳐 들고 말에서 굴러떨어지는 등원각. 우르르 몰려든 병사들의 난도질 끝에 등원각은 목이 떨어지고 말았다.

그것을 보고 있던 하후성은 입맛이 싹 가셨다. 목주를 향해 줄행랑을 놓는다.

송군은 다시 오룡령으로 진격해 올라갔으나 비오듯 굴러내리는 나무토막과 돌들 때문에 더 어떻게 해볼 도리가 없었다.

송강은 다시 목주를 먼저 치기로 작정했다.

한편, 목주로 도망친 하후성은 조승상을 찾아가 급보를 아뢰었다.

연달아 들어오는 급보에 조사원은 정신을 못 차리며, 급히 사자를 하후성과 함께 청계현으로 보내 누승상에게 보고하고 방랍에게 상주토록 했다.

"폐하! 송군은 이미 동관을 넘어 등국사(鄧國師)를 죽이고 곧 목주로 쳐들어온다 합니다. 시급히 원군을 보내시지 않으면 성이 위태롭습니다."

방랍은 그제야 크게 놀라 전수태위(殿帥太尉) 정표(鄭彪)에게 근위병 1만 5천을 떼어 주고, 영응천사(靈應天師) 포도을(包道乙)과 함께 목주의 방어에 협력하고 송군을 무찌르라는 영지(令旨)를 내렸다.

포도을이란 자는 원래 금화산(金華山) 속에 묻혀 살면서 어릴 적부터 사술(邪術)을 배워 호풍환우(呼風喚雨)의 요술을 쓸 줄 알 뿐만 아니라, 갖고 있는 현천혼천검(玄天混天劍)을 백 보 밖에서 던져 백발백중 상대편을 거꾸러뜨리는 놀라운 재간을 가진 위인이었다. 정표란 자는 포도을의 제자로 약간의 요술을 배워, 전장에 서면 검은 구름을 휘감고 상대편에 막대한 타격을 주기 때문에 정마군(鄭魔君)이라고도 불리는 놈이었다.

그날, 두 사람은 하후성과 함께 전수부에서 전략을 상의하고 있는데 사천태감(司天太監) 포문영(蒲文英)이 와서 말했다.

"듣자니, 천사께서 전수태위 하후장군과 송강을 치러 가신다고 하여 죽기를 한하고 말리러 왔습니다. 소관이 밤에 천상을 보니 남방의 장성(將星)은 모두 빛을 잃고 송강의 장성은 아직 태반이 반짝이니, 천사께서는 출진을 중지하시고 폐하께 투항을 권고하여 미구에 닥칠 큰 화를 막으심이 옳을까 합니다."

이 말을 듣고 있던 포도을은, 다짜고짜 소리를 꽥 지르며 현천혼천검을 뽑아 포문영을 두 토막내어 죽여 버렸다.

그런 다음 정표를 선봉으로 삼고 자기는 중군(中軍), 하후성은 전군(殿軍)을 삼아 일로 목주를 향해 진군을 개시했다.

이때 송강은 목주의 공격준비를 마치고 있는 판이었는데, 졸개 하나가 급히 달려와 아뢨다.

"청계현 쪽에서 놈들의 원군이 오고 있습니다."

송강은 곧 왕영과 일장청 부부 장수를 불러 기병 3천을 딸려 주고 나가 싸우라고 했다.

두 군사는 곧 대치하게 되었다.

정표는 왕영 부부를 보자 불같이 달려들어 8,9합 싸우더니, 그리 만만치 않게 보이자 중얼중얼 주문을 외고 나서,

"에잇!"

하고 소리를 쳤다.

그 순간, 이상하게도 정표의 투구 위에서 모락모락 검은 구름이 흘러 감기더니, 그 속에서 금갑신장(金甲神將)이 항마보저(降魔寶杵)를 들고 나타나 공중에서 쳐들어왔다.

왕영은 혼비백산, 너무도 놀라고 겁이 나서 수족마저 마비된 듯 제대로 말을 듣지 않았다.

창법이 점점 어지러워지자 정표는 단창에 왕영을 찔러 말에서 떨어뜨렸다.

일장청은 남편이 찔려 떨어지는 것을 보자 쌍칼을 춤추면서 구하러 나왔다.

그러나 다시 일장청을 맞아 10합쯤 싸우던 정표는 짐짓 말을 돌려 도망쳤다.

일장청은 남편의 원수를 갚겠다는 일념으로 뒤쫓았다.

정마군은 창을 꽂고 비단주머니 속으로 손을 넣더니, 금칠한 동전 한 개를 꺼내어 일장청의 얼굴을 겨누고 힘껏 던졌다.

일장청은 정통으로 동전을 얻어맞고 말 밑으로 떨어져 죽었다.

예기가 꺾인 송군은 지리멸렬, 살길을 찾아 도망치기에 여념이 없었다.

이 소식을 들은 송강은 화가 머리끝까지 올라 친히 이규, 항충, 이곤과 군사 5천을 거느리고 정표의 앞으로 달려가 큰 소리로 꾸짖는다.

"이 대역무도한 놈아! 감히 나의 두 장수를 죽였것다!"

정표는 다짜고짜 송강에게로 덤벼들었다.

이규가 그것을 보자 벼락같이 소리를 지르며 쌍도끼를 휘두르며 나가고, 항충·이곤이 만패(蠻牌)를 춤추며 원호하러 나갔다.

정마군은 자기의 가슴을 노리고 흉흉하게 덤벼드는 것을 보자 말 머리를 돌려 도망쳤다.

세 사람은 남군의 진지로 추격해 갔다.

송강은 이규가 상할까 보아 5천의 군사를 몰고 짓쳐 들어갔다.

남군은 대패하여 뿔뿔이 흐트러져 버렸다. 송강은 금고를 울려 군사를 거두었다.

그런데 갑자기 사방에서 검은 구름이 일어나며 순식간에 온 천지가 깜깜해졌다. 동서남북을 분간할 수도 없는 어둠 속에서 송군은 진로를 잃고 말았다.

비바람이 세차게 내리치고 뇌성벽력이 천지를 진동하며 귀신들의 울음소리가 처절하게 들려왔다.

정마군의 요술에 걸려든 송군은 순식간에 수라장이 되었다.

송강은 하늘을 우러러 탄식한다.

"이 송강이 여기서 죽을 줄이야…."

그러나 사시(巳時)와 오시(午時)가 지나고 미패(未牌)가 되자 겨우 한 귀퉁이의 검은 안개가 걷히고 한 줄기 빛이 비쳐 왔다.

그러나 그 사이로는 금갑(金甲)을 입은 거한(巨漢)들이 두 눈을 부라리고 빙 둘러싸고 있지 않은가.

송강은 땅바닥에 고꾸라지면서,

"어서 죽음을 주소서!"

하고 중얼거렸다.

부하 장병들 역시 죽음을 각오하고 모두 땅바닥에 엎드려 있었다.

얼마의 시간이 지났는지, 점점 폭풍우 소리가 잦아들더니, 누가 어서 일어나라고 송강을 흔들었다.

오사연각건(烏紗軟角巾)을 쓰고, 백라원령양삼(白羅圓領凉衫)을 입고, 오서금정속대(烏犀金輕束帶)를 두른 30살 안팎의 천상계 영관(靈官)이 아니면 구천(九天—궁전)의 진사같이 준수하고 깔끔해 뵈는 수재(秀才)였다.

송강은 깜짝 놀라 절을 하고 물었다.

"뉘신지 성함을 알려 주시면 고맙겠습니다."

"소생은 이곳에 사는 사람으로 소준(邵俊)이라 합니다. 특별히 의사께 일러드릴 일이 있어 왔습니다 방랍은 명운이 다해 10일 이내로 토평될 것입니다. 소생은 의사를 위해 많이 힘써 왔습니다. 지금은 곤경에 처하신 턱이지만 원군이 와 있으니 어서 출동하십시오."

송강이 번쩍 깨어 보니 꿈이었다.

이상한 일이라고 생각하며 사방을 둘러보니, 빙 둘러싸고 있던 거한들이 실은 사람이 아니라 커다란 소나무들이었다.

송강은 큰 소리로 군사들을 일깨워 길을 찾도록 했다.

벌써 하늘은 활짝 개어 있었다.

솔숲 저쪽에서 함성이 끓어올랐다.

송강이 황급히 군사를 몰고 나가니, 노지심과 무송이 정표에게로 돌진하는 것이 보였다.

포천사(包天師)는 무송이 두 자루의 계도를 휘두르며 정표에게 달려들자, 현천혼천검을 뽑아 공중으로 내던져 정통으로 무송의 왼팔을 쳤다.

그 자리에 풀썩 고꾸라지는 무송을 노지심이 사력을 다해 구해 왔으나, 피를 너무 많이 흘려 혼절하고 말았다.

얼마 후 제정신을 차린 무송은 반 이상 잘려 건들거리는 제 팔을 손수 계도로 끊어 버렸다.

얼마 후 싸움이 끝나고 군사를 점검해 보니, 거의 1할이 없어진 외에 또다시 항충·이곤을 잃고, 하후성을 뒤쫓아 간 노지심은 행방이 묘연하였다.

송강은 땅을 치며 통곡했다.

병사 한 명이 달려와서 보고했다.

"군사(軍師—오용)께서 관승, 이응, 주동, 연순, 마린 등과 1만 명의 군사를 이끌고 수로(水路)로 오고 있습니다."

어리둥절해 있는 송강에게 잠시 후 오용이 와서 말한다.

"동추밀은, 수행한 대장 왕품·조담을 이끌고, 또 도독 유광세는 따로 군사를 이끌고 이미 오룡령 밑까지 와 있습니다. 뒤에는 여방, 곽성 등 13명만 남겨 놓고 전원 저를 따라 형님을 원호하러 왔습니다."

송강은 오늘의 전투상황을 대강 이야기하고 꿈얘기도 들려주었다.

"그러면 이 근방에 영험한 토지신이 있어서 형님을 도운 것인지도 모르니 한 번 찾아보는 것이 좋겠습니다."

송강과 오용은 산속으로 들어갔다.

과연 울창한 소나무숲 속에 고묘(古廟) 하나가 보였다. 오룡신묘(烏龍神廟)라는 패액이 붙어 있었다.

두 사람은 묘우(廟宇) 속으로 들어갔다.

전상(殿上)을 쳐다보던 송강은 깜짝 놀랐다. 흙으로 만든 용왕성상(龍王聖像)이 꿈에서 본 그 사람과 똑같았기 때문이었다.

송강은 재배의 절을 드리고 진심으로 감사의 뜻을 고했다.

다시 그곳을 나오다가 묘우 앞에 서 있는 돌비석을 읽어보니, 이곳에 모신 신은 당조(唐朝)의 진사 소준(邵俊)으로 과거를 보다가 떨어져 장강에 빠져 죽은 사람인데, 천제께서 불쌍히 여겨 용신(龍神)을 만들었더니 이 지방 사람들이 바람을 빌면 바람을 얻고 비를 빌면 비를 얻어, 사당을 짓고 사시(四時)에 제사를 지낸다는 것이었다.

송강은 검은 돼지와 흰 양을 잡아 제사를 올렸다.

다시 중군 진지로 돌아온 송강은 오용과 함께 목주를 칠 계략을 협의하고 있었다.

밤은 깊고 심신은 피로하여 송강은 책상에 엎드려 스르르 잠이 들었다.

졸개가 하나 들어와 아뢴다.

"소수재(邵秀才)가 찾아왔습니다."

송강은 벌떡 일어나 막사 밖으로 나가 맞았다.

소룡군(邵龍君)은 송강에게 장읍(長揖)을 하며 말했다.

"어제는 내가 구해 주지 않았으면 포도을의 사술에 걸려 소나무가 다 사람으로 변해 당신을 덮쳤을 것이오. 조금 전

제사를 지내 주어 감사한 말 뭐라고 전할 길이 없어 내가
특별히 왔소. 목주는 내일 깨질 것이고 방랍은 열흘 안에
잡힐 것이오."

송강이 잠시 들어와 쉬어 가라고 청했으나, 소룡군은 어
느 새 바람소리와 함께 사라져 버리고 없었다.

송강이 퍼뜩 눈을 뜨니 역시 꿈이었다.

급히 오용을 불러들여 꿈애기를 들려주고 해몽을 하라
했다.

오용은 용왕이 영험을 보인 것이니 내일 진병(進兵)을
하여 목주를 치면 함락시킬 수 있을 것이라고 했다.

송강은 날이 밝기가 무섭게 연순과 마린에게 오룡령 가
도를 지키도록 하고, 관승·화영·진명·주동에게 먼저 목
주로 나아가 북문을 공격케 한 다음, 능진에게 구상(九
廂)·자모(子母) 등의 포를 쏘도록 명했다.

이윽고 지축을 흔드는 포소리와 함께 포탄이 날아드니
성 안의 군세(軍勢)는 말이 아니었다. 저마다 혼비백산, 이
리 뛰고 저리 뛰고 울고불고 큰 혼란에 빠지고 말았다.

한편 영웅천사 포도을과 마군 정표는 노지심에게 쫓겨
달아난 하후성의 소식을 모르는 채 우승상 조사원, 참정 심
수, 첨서 환일, 원수 담고, 수장 오응성과 더불어 긴급한
군사계획을 세우고 있었다.

"송군은 이미 코밑에 와 있으니 어찌하면 좋단 말이오."

조사원이 말했다.

"옛말에 군사는 성 밑에 와 있고, 장수는 못 가에 다다랐
다 했으니, 죽기를 한하고 싸우지 않고 어떻게 이 위기를
면할 수 있겠소. 성이 깨어지면 사로잡힐 것은 뻔한 일, 사
태가 이렇게 급박해 있으니 전력을 다해 싸울 뿐이오."

이렇게 되어서 정마군은 담고, 오응성과 함께 아장 수명을 거느리고 정병 1만을 몰아 성문을 열고 송군에게 대전해 왔다.

송강은 군사를 약간 물려 적군이 성을 나와 진을 칠 수 있도록 해줬다.

포천사는 책상을 갖고 나와 성벽 위에 앉았고, 조승상과 심창정(沈參政), 환첨서(桓僉書) 등은 망루 위로 올라가 관전을 하고 있었다.

정마군은 다짜고짜 창을 꼬나들고 말을 채쳐 달려나왔다.

송강의 진지에서는 대도 관승이 큰칼을 휘두르며 맞서 나갔다.

두 장수가 어우러지기 몇 합, 정표는 관승을 대적하지 못하고 점점 창법이 어지러워지기 시작했다.

성벽 위에서 이 광경을 보고 있던 포도을이 깜짝 놀라 요술을 쓰기 시작했다.

입으로 중얼중얼 주문을 외더니,

"에잇!"

하고 소리쳤다.

그러자 갑자기 정마군의 머리 위에서 검은 기운이 감돌더니, 한 사람의 금갑신인이 썩 나타나 항마보저(降魔寶杵)를 거머쥐고 공중에서 쳐나왔다.

송강은 급히 혼세마왕(混世魔王) 번서를 불러 그에 대항할 수 있는 술법을 쓰도록 명하고, 자신도 천서(天書)에 적혀 있는 바람을 돌리고 어둠을 깨는 비결을 읽었다.

그러자 관승의 투구 위에서도 하얀 구름이 피어 올라 휘감기더니, 그 흰구름 속에서 붉은 머리에 푸른 얼굴, 파란 눈알에 흰 이를 드러낸 신장(神將)이 검은 용을 타고 나와 철퇴를 휘두르며 정마군의 머리 위에 있는 금갑신인을 마구 휘몰아쳐 들어갔다.

양군의 함성이 하늘을 찌를 듯 관승과 정표는 결사전을 펴고 있는데, 검은 용을 탄 천장(天將)이 금갑신인을 철퇴로 내리치는 순간 밑에서 싸우고 있던 관승도 한칼로 정마군의 목을 뎅겅 잘라 말 아래로 거꾸러뜨렸다.

포도을은, 송군의 진중에서 바람이 일고 천둥소리가 울리자 깜짝 놀라 일어서려는 순간 능진이 쏜 굉천포(轟天砲) 일탄(一彈)에 정통으로 맞아 몸뚱이가 떡이 되어 날아가 버리고 말았다.

남군의 기세는 완전히 무너져 버렸다.

승세를 몰아 무인지경을 헤쳐 가듯 쳐들어간 송군은, 주동이 원수, 담고를 찔러 죽이고 이응이 수장 오응성을 베어 죽였다.

성 위에 있던 남군은 그것을 보자 무너져 내리듯 와 하고 굴러떨어져 제각기 살길을 찾아 도망치기에 바빴다. 밟히는 자 남군뿐이요, 죽는 자 남군뿐이었다.

물밀듯 성 안으로 들이닥친 송군에게 조승상, 심참정, 환첨서 등은 사로잡히고 그밖의 아장들은 누구누구 할 것 없이 모조리 잡혀 죽었다.

송강은 성내에 있는 방랍의 행궁을 불태워 버리고, 금은재백은 전부 끌어내 전군 장병들에게 상으로 준 다음 방을 써붙여 주민들을 선무했다.

그러나 미처 군사를 점검하기도 전에 병사 하나가 급히 뛰어와 송강 앞에 엎드리며 아뢰었다.

"서문 밖 오룡령(烏龍嶺) 근방에서 마린(馬麟)이 백흠(白欽)이 던진 창에 맞아 쓰러지자 석보(石寶)가 달려와 베어 죽였고, 연순(燕順)이 그것을 보고 달려나갔다가 역시 석보의 유성퇴(流星鎚)에 맞아 죽었습니다. 석보는 지금 전승의 기세를 몰아 이곳으로 쳐들어오고 있습니다.”

송강은 그 말을 듣자, 다시 혼절할 듯 통곡을 하면서 급히 관승, 화영, 진명, 주동, 네 정장(正將)을 불러 석보와 백흠을 맞아 싸우고 오룡령을 쳐부수라고 명령하였다.

이 네 장수가 오룡령을 공격함으로 해서 청계현 안의 적병이 토평(討平)되고 방원동 안의 초두천자(草頭天子―도적의 괴수)가 사로잡혀 송강의 이름이 청사(靑史)에 빛나게 되는데, 송강은 과연 어떻게 적을 맞아 싸울 것인가?

118 송군은 청계현으로 몰리고

盧 俊 義 大 戰 昱 嶺 關
宋 公 明 智 取 清 溪 縣

관승 등 네 장수는 송강의 명을 받고 급히 오룡령으로 군사를 몰았다.

마침 석보의 군사들도 나와 있었다.

관승이 석보를 보고 소리친다.

"적장놈아! 네가 감히 우리 형제를 죽였것다!"

관승을 본 석보는 전의를 잃고 그대로 영(嶺)으로 올라가 버리고, 지휘사 백흠이 내려와서 관승을 맞았다.

두 장수가 서로 맞붙기 10여 합, 오룡령에서 급히 징을 울려 군사를 거두었다.

관승은 추격하지도 않았는데 영 위의 군사들은 저희들끼리 일대 소동을 벌였다.

그도 그럴 것이, 석보는 영의 동쪽에만 정신을 쏟고 있었을 뿐 서쪽은 경계를 하지 않고 있었는데 동추밀이 대군을 몰고 그 길로 덮쳐 왔기 때문이었다.

송군의 대장 왕품이 남군의 지휘사 경덕을 베어 죽이는 사이 여방과 곽성은 맨 앞장을 서서 영으로 쳐올라갔다. 그러나 비오듯 굴러내리는 큰 돌에 맞아 또다시 곽성이 말과 함께 죽고 말았다.

한편, 영의 동쪽에 있던 관승은 영 위가 크게 어지러운 것을 보고 송군이 서쪽에서도 공격하고 있다는 것을 알자

급히 총공격을 개시했다.

양면으로 협공을 받게 된 영 위에서는 마침내 혼전이 벌어졌다.

여방과 어울린 백흠은 2,3합 싸우는 동안 공세를 취해 여방의 앙가슴을 찔렀으나 잽싸게 피하는 바람에 여방의 겨드랑 밑을 헛찌르고 창을 떨어뜨렸는데, 여방 역시 백흠의 창에 튕겨 창이 땅에 떨어졌다. 두 사람은 말 위에서 서로 맨주먹으로 거머쥐고 싸우다가, 하필 험준한 낭떠러지를 만나 두 사람 다 말과 함께 떨어져 죽고 말았다.

그러는 사이 관승은 여러 장수들과 함께 도보로 일제히 영으로 쳐올라 갔다. 송군은 양쪽에서 영 위로 들이닥쳤다.

석보는 퇴로마저 막힌 것을 알자, 붙들려 욕을 당하느니 차라리 자결을 하겠다고 벽풍도로 손수 자기 목을 찔러 죽었다.

이렇게 해서 송군은 오룡령 요해(要害)를 탈취하고 송강에게 첩보를 알렸다.

남군의 수채에 있던 네 사람의 수군총관은, 오룡령을 잃고 목주까지 함락되었다는 소식을 듣자 육지로 올라와 도망치다가 성귀(成貴)와 사복(謝福)은 강변 주민들에게 붙잡혀 목주로 끌려왔고, 적원(翟源)과 교정(喬正)은 행방이 묘연하였다.

송강의 본대(本隊)는 목주로 돌아왔다. 투항해 온 남군의 장병은 부지기수. 각각 고향으로 돌려보내 선량한 백성들이 되게 한 송강은, 백성들에게 잡혀 온 성귀와 사복의 배를 갈라 간을 꺼내 원소이와 맹강, 그리고 오룡령에서 죽어 간 여러 형제들의 제사를 드렸다.

한편, 송강은 노준의의 군사가 당도하면 함께 청계현을

칠 계획을 하고 있었다.

송강이 목주에 주둔하고 있는 사이, 부선봉 노준의는 항주에서 군사를 나눈 뒤로 3만의 군사와 정편(正偏) 장수 28명을 거느리고 항주를 출발, 산길을 뚫고 임안진(臨安鎭)을 지나 욱령관(昱嶺關) 앞에 다다랐다.

관을 지키고 있는 사람은 방랍의 배하(配下)에 있는 대장으로, 소양유기(小養由基—양유기는 춘추시대 초나라의 이름난 궁수였다)라는 별명을 가진 방만춘(龐萬春)이란 자였는데, 남군 중에서 활을 제일 잘 쏘는 놈이었다.

그는 뇌형(雷炯)과 계직(計稷)이란 두 부장을 거느리고 있었는데, 그들 역시 7,8백 근 무게의 강노(强弩)를 잘 쓰고, 질려골타(蒺藜骨朶)라는 무시무시한 곤봉을 잘 쓸 뿐만 아니라 5천의 군사를 거느리고 있었다.

이들은 벌써 송군이 쳐들어온다는 소식을 듣고 싸울 태세를 갖추고 있었다.

노준의는 먼저 사진, 석수, 진달, 양춘, 이충, 설영 여섯 장령에게 보군 3천을 주어 관소를 정찰해 오도록 했다.

여섯 사람이 관소 앞까지 올라가 정찰을 해봐도 남군측에선 병정 하나 얼씬도 않았다.

사진이 의심스러워 여러 장수와 의논을 하며 가는데 어느덧 관소 문턱까지 들어와 있었다. 관소 위에는 오색의 수를 놓은 흰 기가 나부끼고, 그 밑에 소양유기 방만춘이 떡 버티고 서서 큰 소리로 웃어젖히며 꾸짖었다.

"이 도둑놈들아! 양산박에나 처박혀 있을 것이지, 뭣을 하겠다고 송조의 초안(招安)을 받아 우리 국토를 넘본단 말이냐? 나의 소양유기란 이름을 들었다면 네 놈들 일당 중의 소리광 화영이란 놈이나 내보내 활솜씨나 겨뤄 보도록 해라. 먼저 내 신전(神箭) 맛이나 보고서 말이다.”

말이 끝나기도 전에 씽! 하고 한 대의 화살이 날아와 사진의 가슴에 정통으로 꽂혔다.

말에서 떨어진 사진을 구해 말 머리를 돌리려 하니, 이번에는 징소리가 꽝! 하고 울리면서 사방에서 화살이 빗발치듯 했다.

한쪽은 뇌형, 한쪽은 계직이었다.

사방으로 길이 막혀 옴짝달싹 못하던 수호(水滸)의 여섯 장수는 기어이 여기서 죽고 말았다.

겨우 도망쳐 온 보병도 3천 명 중에서 1백 명뿐.

노준의의 낙담은 이만저만이 아니었다.

신기군사 주무가 가까스로 달래어, 우선 이곳 지리를 잘 알고 나서 관소를 쳐부수고 원수를 갚자고 위로하였다.

노준의는 비첨주벽(飛簷走壁)의 장기를 가지고 있는 고상조(鼓上蚤) 시천에게 이곳 지리를 잘 알아 오도록 내보냈다.

시천은 진종일 깊은 산길을 헤매다가 한밤중에 한 암자를 찾아 들어, 늙은 화상에게 자기의 처지를 밝히고 욱령관의 뒷길을 물었다.

그 화상의 말에 의하면, 그곳에서 똑바로 서쪽으로 가면 관소로 넘어갈 수 있을 뿐만 아니라, 방만춘의 진지 뒤까지 통해 있는 길이 있지만 요즘은 때가 때인지라 큰 돌로 막아 놓고 도적들이 지키고 있다는 것이었다.

시천은 진중으로 돌아와 노선봉에게 그대로 보고했다.

노준의는 크게 기뻐하며, 군사 주무를 불러 욱령관을 칠 계획을 세우자고 하였다.

주무가 말했다.

"그런 길이 있다면 욱령관을 치는 것은 아무것도 아닙니다. 누구든 한 사람만 더 시천을 딸려 보내 큰 일을 결행시킵시다."

옆에 있던 시천이 물었다.

"군사님, 큰 일이란 게 무엇입니까?"

"제일 중요한 것은 불을 지르고 화포를 쏘는 일이오. 형들은 화포와 부시〔火刀〕 부싯돌〔火石〕 등을 지니고 적진 깊숙이 숨어 들어, 우리가 숲에 불을 질러 복병을 쫓고 관소로 쳐올라 가면 때를 맞춰 화포를 쏘고 불을 지르는 것이오."

시천은 부시와 부싯돌, 화약통, 화포 등을 짊어진 외에 노준의가 화상에게 내리는 돈, 쌀 등을 졸개에게 지워 길을 떠났다.

그날 오후 시천은 다시 암자를 찾아가 물건을 전하고 치하의 말을 전한 다음, 상좌승에게 길안내를 해주도록 화상에게 부탁했다.

화상은 선선히 들어 주었다. 그러나 낮에 가면 눈에 띄기 쉬우니 밤에 가라고 했다.

밤이 이슥해 상좌승을 따라 길을 떠난 시천이 숲을 헤치고 험난한 고갯길을 가기 몇 리, 달빛이 훤히 트여 바라보니 양옆의 절벽은 깎아지른 듯하고 골짜기 어귀는 집채만한 큰 돌들로 막혀 있으며, 그 옆으로는 높은 장벽이 쌓여 있었다.

상좌승이 말했다.

"저곳이 관소(關所)인데, 저 석벽을 넘으면 큰길이 뚫려 있습니다."

시천은 상좌승을 돌려보내고, 처마를 날고 벽을 기는 재주를 부려 후딱 성벽을 넘어 들었다.

한걸음 한걸음 관소 위로 올라간 시천이 큰 나무 위로 올라가 몸을 숨기고 내려다보니, 뇌형과 계직 등이 활과 답노(踏弩)를 늘어놓고 관소 앞에 늘어서 있었다.

송군은 닿는 대로 불을 지르며 점점 가까이 다가들고 있었다.

임충과 호연작이 어느새 관 밑에 말을 멈추고 소리소리 질렀다.

방만춘 등은 활을 쏘려 하고 있었다.

시천은 가만히 나무 밑으로 내려갔다. 관소 뒤에는 다행히 마른 풀 두 무더기가 쌓여 있었다.

시천은 재빨리 유황과 염초를 뿌린 뒤 불을 지르고 화포에 불을 붙여 놓는 한편, 관소 지붕 위로 뛰어 올라가 불을 질렀다.

이윽고 하늘이 무너지고 땅이 갈라지는 듯한 굉음과 함께 풀더미와 관소가 무서운 불꽃을 내뿜으며 타올랐다.

난데없는 포소리에 기절초풍을 하듯 놀란 방만춘 등이 관소에 불을 끄려 달려드니, 시천은 기다리고 있다가 또 화포를 터뜨렸다.

남군은 창이니 활이니 투구 등을 팽개치고 관소 뒤편으로 도망을 쳤다.

시천은 지붕 위에서 큰 소리를 질렀다.

"관소는 이미 1만 명의 송군이 돌파했다. 빨리 투항하는 놈은 목숨만은 살려 줄 것이다."

송군의 장수들은 앞을 다투어 관소를 쳐부수고 30리 너머까지 남군을 추겨했다.

손립이 뇌형을 사로잡고, 위정국이 계직을 사로잡았으며,

태반의 군사들이 포로가 되었지만 방만춘은 놓치고 말았다.

노준의는 관소 위에 군사를 주둔시키고 뇌형·계직의 배를 갈라 사진 등 여섯 장수의 넋을 위로한 다음, 시체를 찾아다 매장하고 흡주성 밑으로 진군하여 진을 쳤다.

이곳 수비관(守備官)은 황숙대왕(皇叔大王) 방후(方垢)로, 방랍의 숙부였다.

그는 상서 왕인(王寅), 시랑 고옥(高玉)과 더불어 10여 명의 장수와 2만 명의 군사를 이끌고 성을 지키고 있었는데, 방만춘이 관을 버리고 패해 도망쳐 왔음을 알고 크게 노해 당장 방만춘을 죽이려 했다. 그러나 왕상서(王尙書)의 간하는 말을 받아들여, 우선 꼭 이긴다는 문장(文狀—출진 서약서, 패전했을 때는 엄벌을 감수한다는 내용의 것)을 쓰게 하고 군사 5천을 떼어 주어 성 밖으로 나가 송군을 무찌르도록 명령했다.

구붕(歐鵬)과 어우러져 싸우던 방만춘이 화살을 당겨 구붕을 말 아래로 떨어뜨리자, 성벽 위에서 보고 있던 왕상서와 고시랑(高侍郞)이 성 안의 군사를 이끌고 일제히 성밖으로 짓쳐 나왔다.

송군은 대패하여 30리 밖으로 물러났다.

장병을 점검해 보니 혼전 중에 채원자(菜園子) 장청(張青)을 또 잃었다.

손이랑은 방성통곡을 하며 남편의 시신을 찾아다 화장을 했다.

그것을 보고 있던 노준의는 눈물을 흘리다가, 군사 주무를 불러 앞으로는 어떻게 해야 하겠느냐고 물었다.

주무가 말했다.

"이기고 지는 것은 병가(兵家)에 늘 있는 일이니 너무 심려치 마십시오. 적군은 우리가 패한 것을 보고 승세를 몰아 오늘 밤에 꼭 어둠을 타고 치러 올 것이니, 우리는 미리 여러 곳으로 나누어 복병해 있고 중군에는 양(羊)을 매어 두어 약차약차하는 것이 좋겠습니다."

예상대로, 밤이 깊자 고시랑과 방만춘이 말방울을 떼고 군사들의 입에는 재갈을 물려 몰래 쳐들어왔다.

진문이 활짝 열려 있을 뿐만 아니라, 처음에는 똑똑히 들리던 경점(更點―시간을 알리는 북소리) 소리가 나중에는 어지러워지므로 무슨 계교가 있다고 쉽사리 들어갈 엄두를 못 내고 있던 고시랑은, 마침내 방만춘에 이끌려 와―하고 송군의 진지를 덮쳐 들어갔다.

두 사람은 곧바로 중군까지 쳐들어갔으나 사람은커녕 개미새끼 하나 얼씬거리지 않고, 중군 앞 버드나무에 북채를 발에다 맨 양 몇 마리가 그것을 빼려고 버둥거리다 이따금 퉁― 퉁― 북을 치고 있었다.

계교에 빠진 줄 알고 급히 말 머리를 돌리려 하는데, 산꼭대기에서 한 방의 호포 소리가 울리더니 일제히 복병이 달려 들었다.

두 장수가 포위망을 뚫고 달아나려는데 호연작이 튀어나오면서 고함을 질렀다.

"적장놈아! 어서 말에서 내려 꿇어앉으면 목숨만은 살려 주마."

고시랑이 경황없이 이리저리 달아날 궁리만 하고 있는데 호연작이 뒤쫓아와 쌍편(双鞭)으로 정수리를 내리쳤다.

고시랑의 머리가 반으로 쪼개져 해골이 사방으로 튀며 고꾸라졌다.

그 사이 필사적으로 포위망을 뚫고 달아나던 방만춘은

길섶에 숨어 있던 탕룡이 구겸창으로 말 다리를 낚아채는 바람에 사로잡히고 말았다.

밤새도록 남군을 추격하여 베어 죽이던 송군은 날이 밝자 전원 진지로 돌아왔다.

노선봉이 점검해 보니 정득손이 산중에서 독사한테 물려 또 죽게 되어 있었다.

노준의는 방만춘의 배를 가르고 간을 꺼내 구붕 등에게 제사를 지내고, 목은 잘라 장초토사에게로 보냈다.

이튿날 노선봉이 다시 군사를 끌고 흡주성 밑으로 나가니, 성문은 활짝 열려 있고 성 위에는 한 개의 깃발도 안 꽂힌데다 성루에는 한 사람의 병사도 보이지 않았다.

단정규, 위정국이 군사를 몰고 성 안으로 달려 들어갔다. 뒤쪽 중군에 있던 노선봉이 보고 급히 들어가지 말라고 소리쳤을 때는 이미 늦어 있었다.

양산박에 입과한 후로 숱한 무훈을 세운 성수장군(聖水將軍), 신화장군(神火將軍)도 필경에는 이곳 성문 안쪽에 파놓은 함정에 빠져, 비오듯 쏟아지는 화살과 장창에 찔려 처참하게 죽고 말았다.

노선봉은 또다시 두 장수를 잃게 되자 분통이 머리끝까지 치밀어 올라 전군에게 함정을 메우게 하는 한편, 친히 군사를 몰고 성내로 쳐들어가 닥치는대로 남군을 쳐죽이고, 때마침 나타난 황숙 방후를 단칼에 베어 말 아래로 굴러 떨어뜨리니, 성 안의 남군은 서문을 열고 도망치기에 바빴다.

송군의 장령들은 용기백배, 남군을 무찔렀다.

그러나 달아나는 왕상서(王尙書)를 보고 도보로 뒤쫓던 이운과 석용은 무참히 그의 창에 찔려 죽고, 그것을 보고 손립·황신·추연·추윤 네 장수가 달려들어 싸우고 있는

데 임충이 또 달려드니, 아무리 왕인이 용맹스럽다 하나 삼두육비(三頭六臂)가 달리지 않는 이상 다섯 장수의 적수가 될 수는 없었다.

다섯 사람은 왕인을 난도질치듯 토막쳐 죽이고 머리는 끊어다 노선봉에게 바쳤다.

노준의는 흡주성 안의 행궁에 자리잡은 뒤 주민을 선무하는 한편, 장초토사에게는 첩보를 올리고 송선봉에게는 군사를 진발시키겠다는 서장(書狀)을 보냈다.

한편, 목주에 주둔해 있던 송강은 노준의의 군사와 합류하여 적의 동굴을 치려고 벼르던 판인데, 노준의로부터 흡주를 함락하고 다시 군사를 몰아 적의 본거지를 치겠다는 통지를 받게 되었다.

그러나 송강은 다시 열세 사람의 형제를 잃었다는 말을 듣고 방성통곡을 하였다.

오용이 위로하며, 청계현은 내일 치라고 답장을 보냈다.

이때, 방랍은 방원동 궁궐에서 문무백관을 모아 놓고 송군을 칠 계책을 협의하고 있는데 놀라운 통보가 날아들었다.

흡주는 이미 함락되고 황숙과 상서, 시랑이 전부 전사했으며, 송군은 두 패로 나뉘어 청계현을 치러 온다는 것이었다.

깜짝 놀란 방랍은 즉시 삼성육부(三省六部)와 어사태관(御史台官), 추밀원, 도독부, 호가(護駕)의 두 영(營)인 금오(金吾)와 용호(龍虎) 등 전 대소 관원에게 결전에 나서도록 성지를 내리고, 전전(殿前)의 금오상장군(金吾上將軍)이요 도초토사(都招討使)인 황질 방걸(方杰)을 정선봉으로 삼고, 보기친군(步騎親軍) 도태위(都太尉)인 표기상장군

(驃騎上將軍) 두미(杜微)를 부선봉으로 삼아 친히 어림군 (御林軍) 1만 3천과 장수 20여 명을 이끌고 대적하러 나오는 한편, 어림호가(御林護駕)의 도교사(都敎師) 하종룡(賀從龍)에게 어림군 일부를 떼어 주고 흡주의 노준의를 맞아 싸우도록 했다.

이 동안 송강의 본대는 수륙양로로 군사를 몰아 청계현을 향해 떠났다.

송강과 오용은 여기서 또다시 방랍을 사로잡기 위한 계책을 세우고, 대종을 시켜 이준에게 이리이리하라고 지시를 내렸다.

이준은 명령을 받자 곧 원소오, 원소칠을 뱃사공으로 꾸미고 동위와 동맹은 수부로 꾸민 다음, 60척의 배에다 양곡을 가득 싣고 헌량(獻糧)이라고 쓴 깃발을 나부끼며 열을 지어 강을 거슬러 올라갔다.

청계현이 가까워지자 남군이 활을 쏘며 달려들었다.

이준은 큰 소리로 활을 멈추라고 소리치며, 우리는 투항할 뜻을 가지고 양곡을 바치러 오는 길이니 받아 달라고 애원했다.

남군은 배 위에 무기가 없고 양곡을 바치겠다는 것이 거짓이 아님을 알자 누승상에게 연락했다.

누승상과 만나게 된 이준은 무슨 뜻으로 투항을 하려는 것이냐는 물음에, 갖은 욕설로 송강을 나무라며, 지금 송강은 귀국의 많은 고을을 점령하고 있지만 그 휘하에 있던 유능한 사람들은 거의 다 죽고 없어진 형편인데도 억지로 우리를 죽음으로만 몰아넣으려 하기 때문에, 우리 형제는 가만히 양곡을 훔쳐 싣고 투항하러 온 것이라고 일러 바쳤다.

누승상이 너무도 많은 양곡에 혹하여 미처 의심할 겨를

도 없이 받아들이고 방랍에게 소개하자, 방랍 역시 만족해하면서 이준 등에게 청계에서 수채를 관리하며 배를 지키고 있으라고 명했다.

이준은 물러나와 양곡을 전부 곳간으로 옮겨다 쌓았다.

그 사이 송강과 오용은 군사를 나누어 관승, 화영, 진명, 주동의 네 정장을 전군에 배치하고 청계 현경(縣境)으로 쳐들어왔다.

도중에 황질 방걸을 만나 각각 진을 쳤다.

남군의 진두에서는 방걸이 창을 비껴 잡고 말을 채쳐 달려나왔다.

그 뒤에는 두미가 도보로 따르면서, 등에 다섯 자루의 비도를 감추고 손에는 칠성검(七星劍)을 들고 있었다.

그것을 보자 진명이 낭아곤을 춤추며 말을 달려 내달았다.

둘이 어우러지기 30여 합, 좀처럼 승부가 나지 않는 것을 보고 두미가 진명의 얼굴을 향해 비도를 날렸다.

진명이 그것을 막으려 낭아곤을 쳐드는 순간, 방걸이 기회를 잃지 않고 방천화극으로 진명의 가슴을 냅다 찔러 말 아래로 거꾸러뜨렸다.

벽력화 진명도 이렇게 죽고 말았다.

군사들이 급히 달려가 요구창(撓鉤鎗)으로 진명의 시체를 끌고 왔다.

송군은 진명이 죽자 예기가 꺾이고 말았다.

송강은 진명을 우선 관에 모셔 두게 하고, 다시 군사들에게 나가 싸우라고 재촉했다.

방걸이 승세를 몰아 큰소리로 외쳤다.

"송군 중에서 감히 대적할 만한 놈이 있다면 빨리 나와

겨루어 보자!"

송강이 중군에 있다가 그 소리를 듣고 진두로 나와 보았다.

방걸의 뒤에는 방랍의 어가(御駕)가 보였는데, 비록 초두천자(草頭天子)라 하나 그 차림은 참으로 어마어마하였다.

머리에는 충천전각(沖天轉角)의 명금방두(明金幇頭)를 쓰고, 몸에는 일월운견(日月雲肩)의 구룡수포(九龍繡袍)를 입고, 허리에는 금양보감(金鑲寶嵌)이 영롱한 옥대(玉帶)를 띠고 쌍금현봉(双金顯縫)의 운근조화(雲根朝靴)를 신고, 황라산개(黃羅傘蓋) 밑에 은빛 말을 타고 있는데 그의 좌우에는 문무의 신하들이 죽 늘어서 있었다.

진두로 나선 방랍은 친히 칼을 휘둘러 지휘하였다.

"저 송강놈을 빨리 잡아 오너라!"

그러나 미처 말이 끝나기도 전에 병사가 달려와 아뢰었다.

흡주로 구원을 간 어림도교사 하종룡이 노준의에게 사로잡히고 남군은 대패하여 뿔뿔이 흩어져 버리자, 송군이 승세를 몰아 벌써 산 뒤로 쇄도해 오고 있다는 것이었다.

방랍은 크게 놀라, 일단 군사를 거두어 궁궐을 지키도록 성지를 내리었다.

급히 어가를 몰고 청계 근처까지 후퇴해 가보니, 어느덧 궁궐이 있는 성 안에서는 함성이 하늘을 찌르고 사방에서 불길이 치솟아 올랐다.

방랍은 급히 어림군을 휘몰아 성내로 구원하러 들어갔다.

남군은 불을 지르고 함성을 울리는 이준, 원소오, 원소칠, 동위, 동맹 등과 일대 난전을 벌였다.

송강의 군사는 청계현에서 불꽃이 치솟으며 남군이 퇴각

하자, 총 추격전을 벌여 닥치는대로 남군을 무찔렀다.

이때 마침 노선봉도 군사를 몰고 산을 넘어오게 되어 양면에서 호응하여 합세를 하게 된 송군은, 사면에서 궁궐을 에워싸고 쳐들어가 청계현을 점령하고 말았다.

방랍은 방걸의 호위를 받으며 방원동으로 급히 도망쳐 갔다.

한편 송강의 본대 군사는 청계현으로 입성한 뒤 방랍의 궁중으로 들어가 금은보화와 전량(錢糧) 등을 끌어내고 궁궐은 모두 불질러 태워 버렸다.

송강과 노준의가 군대를 주둔시키고 장병들을 점검해 보니, 장신(長身)의 욱보사와 여장군 손이랑이 두미의 비도에 맞아죽었고, 추연과 두천이 난군 중에 밟혀 죽었으며, 이립과 탕륭, 채복도 중상을 입고 죽었을 뿐 아니라, 원소오도 형의 뒤를 이어 누승상의 창에 찔려 죽고 없었다.

그러나 다른 장수들은 남군의 관원 92명을 잡아들여 상을 탔는데, 누승상과 두미 두 사람은 어디로 숨어 들었는지 종적이 없었다.

송강은 고시문을 써붙여 주민을 선무하고, 잡혀 온 관원들은 모두 장초토사의 군전으로 보내 목을 베어 본보기를 만들었다.

그러던 어느 날 한 주민이 와서 말했다. 누승상은 원소오를 죽인 뒤 송군이 청계현을 깨는 것을 보자 스스로 소나무에 목을 매달아 죽었다는 것이었다.

한편, 두미는 전부터 잘 알고 지내던 옥교교(玉嬌嬌)라는 창기의 집으로 숨어 들었다가 포주에게 붙들려 송군 앞에 끌려 나오게 되었다.

송강은 포주에게 상을 내리고, 두미의 간을 내어 진명·

원소오 등의 위령제를 지냈다.

이튿날, 송강은 노준의와 함께 군사를 이끌고 진군하여 방원동을 포위하였다.

방랍은 가까스로 방걸의 호위를 받으며 방원동의 궁궐로 도망쳐 온 뒤, 군사를 주둔시켜 동구(洞口)를 굳게 지킬 뿐 나와 싸울 생각은 아예 하지 않았다.

송강과 노준의의 군사도, 방원동을 완전히 포위하고 있긴 했지만 워낙 굳게 지키고 있으므로 쉽게 돌진해 들어갈 수가 없었다.

양군은 어떻게 해야 좋을지 몰라 그런 상태로 며칠을 지냈다.

방랍이 바늘방석에 앉은 것처럼 초조하고 갑갑한 나날을 보내고 있는데, 금의수오(錦衣繡襖)를 차려 입은 대신 한 사람이 금계(金階) 밑으로 와 엎드리며 아뢰었다.

"폐하, 소신은 부재하오나 매양 주상의 하늘처럼 넓고 깊은 성은을 입사와 황감하기 그지없었습니다만, 한 번도 그 은혜에 보답할 길이 없었습니다. 황공한 말씀이오나, 소신은 일찍부터 병법을 배우고 무예를 익혔으며 육도삼략(六韜三略)도 읽었고 칠종칠금(七縱七擒)도 익힌 바가 있습니다. 원컨대 주상께서 1대(一隊)의 군사를 빌려 주신다면 송군을 물리치고 국가의 번영을 부흥하여 놓겠습니다."

방랍은 크게 기뻐하며, 곧 칙령을 내려 산동(山洞)과 내부(內府)에 있는 군사들을 전부 동원하여 그 장수에게 주고 동구 밖으로 나가 송군과 싸워 무찌르도록 명했다.

승패야 어떻든, 그 장수는 총공격 태세로 군사를 몰고 동구 밖으로 나가게 되는데, 그 장수가 나감으로써 방랍의 궁궐 뜰에는 사람의 머리가 구르고, 옥돌 섬돌과 조회문에는

뜨거운 피가 내뿜기며, 마지막 소굴을 소탕함으로써 송강은
공훈을 세우게 된다. 과연 그 장수는 누구였을까?

119 기쁘고도 슬픈 개선길

魯 智 深 浙 江 坐 化
宋 公 明 歸 衣 還 鄉

방랍의 앞에 꿇어 엎드려, 군사를 이끌고 동구 밖으로 나가 송군을 무찌르겠다고 아뢴 사람은 바로 초두천자의 동상 부마(東牀駙馬—사위)인 주작도위(州爵都尉) 가인(柯引)이었다.

가인은 황질 방걸과 더불어 근위군 1만 명과 상장 20여 명을 이끌고 동구(洞口) 밖으로 나와 진을 쳤다.

송강은 그때 별 뾰족한 계교가 없어, 방원동을 에워싸고 든든히 지키게만 하고 진중에 틀어박혀 있자니 먼저 간 형제들의 생각만 간절하였다.

방랍은 언제 잡힐지 모르고 형제들은 3분의 2나 잃었으니 울적한 심사를 가늠할 수 없는 판인데 문득 전군에서 급보가 날아들었다.

"동내(洞內)의 군사들이 싸우러 나왔습니다."

송강은 노준의와 상의하고 여러 장수에게 명하여 출격토록 했다.

진형을 펴고 남군의 진을 바라보니, 맨앞에 가부마(柯駙馬)가 출진하여 버티고 섰으나 송강의 군중에서는 그것이 시진인 줄은 꿈에도 몰랐다.

송강은 화영에게 나가 맞서 싸우라고 명했다.

화영이 창을 비껴 들고 말을 채쳐 진두로 나와 큰 소리로 외쳤다.

"네 놈은 어떤 놈인데 감히 역적놈에게 붙어서 우리 대군에게 적대하려 든단 말이냐? 몸뚱이가 편편조각이 되고 골육이 만두속이 되지 않으려거든 빨리 말에서 내려 꿇어앉아 항복해라. 그러면 목숨만은 살려 줄 수 있다."

가부마도 지지 않았다.

"나는 산동의 가인(柯引)이다. 나의 대명(大名)을 못 들었다고는 못할 것이다. 네 놈들 양산박 도둑놈들하고는 본래부터 길수가 다른 사람이다. 곧 네 놈을 잡아 도륙하고 잃었던 성지를 도로 찾으려는 것이 나의 포부이다."

송강과 노준의는 말 위에서 이 말을 듣고 곰곰 생각해 보았다. 듣도 보도 못한 장수가 진중에 나와 싸움을 청해 왔기 때문에, 이것이 혹시 미리 잡입시켜 놨던 시진이 아닌가 하는 의심이 들었기 때문이었다.

그렇게 생각해서 그런지 가(柯)는 나뭇가지라는 뜻이니 시(柴)와 같고, 인(引)은 당긴다는 뜻이니 당기면 나가게 되므로 진(進)자가 분명하였다.

두 사람은 의미 있게 웃으며 우선 화영과 싸우는 것이나 보기로 했다.

화영과 어울린 가부마는 한덩어리가 되어 불꽃 튀는 열전을 벌이다가 다른 사람들이 눈치채지 못하게 가만히 화영에게 속삭였다.

"형님, 오늘은 지는 체해 주시오, 일은 내일 치르겠소."

화영이 자세히 바라보니 시진이 아닌가. 3합을 겨우 지탱하는 체하다가 말 머리를 돌려 도망쳤다.

가부마는 큰소리를 탕탕 치며 송군을 희롱했다.

화영이 돌아와 송강과 노준의에게 사실을 알리니, 옆에

있던 오용이 말했다.

"다시 관승을 내보내 교전토록 합시다."

관승이 바로 청룡언월도를 춤추며 나아갔다.

그러나 패하여 돌아올 것은 자명한 노릇.

가부마는 점점 기가 높아 기고만장했다.

"송군 중엔 조금 더 나은 놈이 없느냐?"

이번에는 주동이 나가 7,8합을 겨우 버티더니 역시 말머리를 돌려 도망쳤다.

가부마는 주동을 추격, 창을 헛찔렀다.

주동이 말을 버리고 맨발로 뛰어 달아나니, 남군은 말을 빼앗아 돌아갔으며 승세를 몰고 쳐나오니, 송군은 10리 밖까지 후퇴하여 진을 쳤다.

가부마는 군사를 몰고 일정(一程)쯤 추격해 가다가 군사를 거두어 동안으로 들어갔다.

방랍은 크게 기뻐하여 잔치를 베풀고 손수 금잔에 술을 따라 권했다.

가부마는 여전히 큰소리를 탕탕 치며, 주상께서는 내일 산 위로 올라가 자기가 송강을 잡는 것이나 보라고 했다.

이튿날 방랍은 소와 말을 잡아 군사들을 배불리 먹이고 방원 동구로 나가, 기를 흔들고 함성을 지르며 군고를 울려 사기를 돋우라고 한 다음, 자기는 내시와 근신들을 데리고 방원동 산꼭대기로 올라가 가부마가 싸우는 것을 구경하려 자리를 잡고 있었다.

한편, 송강은 그날 특별한 명령을 여러 장수들에게 내려 두고 있었다.

싸움은 가장 중요한 막바지에 다다랐으니, 남군이 달아나거든 전력을 기울여 동안으로 쳐들어가 방랍을 잡되 꼭 사로잡으라는 것이었다.

양군은 동 앞에 진을 쳤다.

남군의 진지를 바라보니 가부마가 문기 아래 버티고 섰고, 그 뒤에는 운봉위(雲奉尉—연청)가 기회를 노리고 있었다.

그때, 황질 방걸이 창을 비껴 들고 먼저 말을 채쳐 나왔다.

이쪽에서는 관승이 나가고 다시 화영이 달라붙었으나 좀처럼 승부가 나지 않자 이응, 주동이 또 달라붙었다.

용감하게 네 사람을 막아내던 방걸은 아무래도 중과부적이라, 급히 자기 진으로 도망쳤다. 그러나 이 사이, 가부마, 아니 시진은 손짓으로 송군을 부르고 쫓겨 들어오는 방걸을 창으로 찔러 말 위에서 떨어뜨리니, 그 뒤에 있던 운봉위, 아니 연청이 단칼에 목을 뎅겅 잘랐다.

너무도 어처구니없는 일에 제정신을 못 차리고 있던 남군은 일시에 단 솥 위의 개미떼처럼 어디로 달아날지 몰라 일대 혼란을 빚었다.

시진이 소리쳤다.

"나는 가인이란 사람이 아니고 사실은 송선봉 휘하의 정장(正將) 소선풍 시진이다. 그리고 수행해 온 운봉위도 낭자(浪子) 연청이란 것을 알아라. 방원동 사정을 알려고 숨어 들었던 것이지만 이젠 다 알았다. 방랍이란 놈을 사로잡아 오는 사람이 있다면 높은 벼슬과 명마(名馬)를 골라 태워 줄 것이고 투항해 오는 사람에게는 칼 끝에 피 묻히는 일을 면해 주겠지만 항거하거나 맞서려는 자가 있다면 본인은 물론 일가를 멸족시키겠다."

송군이 일제히 동안으로 쳐들어오자 밟혀 죽고 맞아죽는

것은 남군뿐, 방원동 산꼭대기에서 이 광경을 보고 있던 방
랍은 금교의를 차 넘어뜨리고 깊은 산속으로 도망을 쳤다.
 연청이 나는 듯 동안으로 들어와 심복부하들에게 금주재
보(金珠財寶)를 꺼내게 한 다음 내궁과 금원에다 불을 질렀
다.
 시진이 동궁으로 쳐들어가니, 금지공지(金芝公主—방랍
의 딸이며 시진의 처)는 벌써 자기 손으로 목매어 죽어 있
었다.
 장병들은 일제히 정궁으로 들어가 빈비(嬪妃), 채녀(綵
女), 친군(親軍—근위병), 시어(侍御—시종), 황친(皇親—
황족), 국척(國戚—외척) 등을 모조리 죽이고 방랍의 내궁
(內宮)에 쌓아 두었던 금백 등을 모두 꺼냈다.
 원소칠은 이때 내원의 심궁(深宮)으로 쳐들어갔다가 방
랍의 평천관(平天冠), 곤룡포(袞龍袍), 백옥규(白玉珪), 무
우리(無憂履) 등을 넣어 둔 상자를 발견하고 그것들을 꺼내
입고 장병들과 한바탕 뱃살을 잡고 있는데, 동추밀이 데려
온 왕품·조담 두 대장이 남군이 무너지는 것을 보고, 수훈
이나 빼앗아 볼 작정으로 방랍을 찾아다니다가 천자복색을
한 원소칠을 발견하고는 그가 방랍인 줄 알고 단숨에 달려
왔다. 그러나 감쪽같이 속은 걸 알고는 원소칠에게 벌컥 화
를 내며 욕설을 퍼부었다.
 화가 상투 끝까지 치밀어오른 원소칠은 두 장수에게 삿
대질을 하며 대들었다.
 "이새끼들 봐라! 송강 형님이 안 계셨다면 벌써 방랍의
손에 모가지가 달아났을 놈들이, 남이 다 쑤어 놓은 죽에
파리떼처럼 달려들어 어쩌겠다는 거야? 저희들의 공으로
방랍을 때려잡은 것처럼 행세해 볼 배짱이지?"

원소칠은 다짜고짜 옆에 있는 병사의 창을 빼앗아 들고 왕품을 찌르려 했다.

호연작이 달려와 말리고, 뒤미처 송강과 오용이 쫓아와서 원소칠을 꾸짖어 곤포 등을 벗게 한 다음 왕품과 조담에게 사과를 했다.

그날 싸움으로 방원동 안에는 시체가 즐비하고 피가 흘러 도랑을 이루었다. 송감(宋鑑)의 기록에도 방랍의 만병(蠻兵) 2만여 명이 참살되었다고 씌어 있다.

송강은 모든 궁전 등을 전부 태우고 군사를 동구에 주둔시킨 다음 사로잡은 사람을 점검해 보았다. 수괴 방랍을 놓친 외에는 전부 잡혀 있었다.

송강은 즉시 고시를 붙여, 방랍을 사로잡아 오는 사람은 조정에 고하여 높은 벼슬을 주도록 하고 거처를 알려 주는 사람에게는 후한 상을 주겠다고 했다.

그런데 한편, 방랍은 그 사이 산정을 넘어서기가 바쁘게 곤룡포와 복두(幞頭), 조화(朝靴) 등을 벗어 던지고 초리마혜(草履麻鞋)로 밤을 도와 준령을 다섯 개나 넘어 도망쳤다. 어느덧 날은 밝고 심한 기갈이 왔다. 마침 초암(草庵)이 하나 눈에 띄어 요기나 하려고 올라가는데, 난데없이 소나무 뒤에서 우락부락하게 생긴 중 하나가 뛰어나오며 불문곡직 선장으로 때려 넘겨 밧줄로 꽁꽁 묶었다.

그 화상은 방랍을 끌고 바로 송강의 진지로 내려갔다.

보고를 받은 송강이 뛸 듯이 기뻐하며 나와 보니, 종적이 묘연하던 화화상 노지심이 방랍을 잡아오는 것이 아닌가.

그의 말을 들어보니 더욱 이상했다.

오룡령 위에 있는 만송림(萬松林)에서 싸우다가 하후성을 쫓아 산속으로 깊숙이 들어갔다가 길을 잃었는데, 어떤 늙은 화상이 나타나 초암(草庵)으로 인도하며, 땔 것 먹을 것은 충분하니 여기서 기다리고 있다가 송림 속에서 키큰 놈이 나타나거든 즉시 잡으라고 이르고 사라지므로 그대로 하고 있었는데, 오늘 아침 과연 키큰 놈이 나타나므로 불문곡직 때려잡았을 뿐 그것이 방랍인 줄은 꿈에도 몰랐었다는 것이다.

송강은 그런 영험을 나타낸 이는 성승나한(聖僧羅漢)이 분명하다고 하며, 방랍을 함거에 실어 천자가 있는 동경으로 보내기로 하고, 일동이 방원동을 떠나 장초토가 기다리는 목주로 돌아왔다.

아직 탈환하지 못했던 구주(衢州), 무주(婺州) 등 여러 고을의 적관(賊官)들은 이미 방랍이 잡힌 줄 알고 반은 도망치고 반은 자수를 해왔다.

장초토사는 적당히 일을 수습한 뒤 잔치를 베풀어 장병을 위로하고, 선봉과 두목들에게 속히 회군할 준비를 시켰다.

그런데 전날 병으로 항주에 남아 있던 장횡 등과 그들을 돌보러 남아 있던 주부·목춘 두 사람을 합한 여덟 사람 중에서 겨우 양림·목춘이 돌아왔을 뿐 나머지는 다 죽고 없었다.

송강은 목주의 절간 하나를 빌려서 죽은 형제들의 망령을 위로하고, 시체가 보관되어 있는 사람은 본장(本葬)을 지내 준 다음 장초토사를 따라 항주로 가서 성지(聖旨)를 기다리기로 했다.

장령들이 차례로 출발하는데 송강 휘하의 살아 있는 사람은 겨우 36명밖에 되지 않았다.

송강은 여러 장수와 함께 군사를 이끌고 항주에 다다랐

다. 장초토사가 성 안으로 들어갔으므로 그들은 우선 육화탑(六和塔)에 주둔하고 여러 장수들은 육화사(六和寺)에서 쉬었다.

그러던 어느 날 노지심과 무송은 함께 절 안에서 쉬면서 명령을 기다리고 있었는데, 바라보이는 경치가 너무도 아름다워 거듭 탄식을 하고 있었다.

그러다가 두 사람은 승방에서 함께 자고 있었는데, 한밤중에 전당강에서 조수 소리가 천둥처럼 울려 왔다.

노지심은 원래 관서 지방 사람이었으므로 절강 지방의 조신(潮信)을 알 턱이 없었다.

천군만마의 도둑떼가 요란하게 전고를 울리며 쳐들어오는 줄 알고 벌떡 일어나 선장을 찾아 들고 내달으며 벼락같이 소리를 질렀다.

깜짝 놀라 달려온 중들이 그에게, 이 소리는 전고 소리가 아니라 조수(潮水) 소리라는 것을 설명하고, 그것이 조금도 제시간을 어기는 법이 없기 때문에 신(信)자를 덧붙여 조신이라 부른다고 알려 주었다.

노지심이 별안간 손뼉을 치며 웃어젖혔다.

"스승님인 지진장로(智眞長老)께서 전날 네 귀의 게(偈)를 적어 주시더니 그것이 하나도 틀리지 않는구나. '하(夏)를 만나 잡는다' 하시더니 하후성을 잡고, '납(臘)을 만나 잡는다' 하시더니 방랍을 잡았는데, 또 '조(潮)를 듣고 원(圓)하고, 신(信)을 보고 적(寂)한다' 하셨으니 나도 이젠 원적(圓寂)을 하겠구나. 그런데 도대체 원적이란 게 뭐지?"

조신을 설명해 주던 화상이 안타깝다는 듯이 말했다.

"당신은 출가한 몸으로서 그것도 모르시오? 불문에서 원적이란 것은 바로 죽는다는 말이오."

그러나 노지심은 여전히 웃으며 말했다.

"그렇다면 난 지금 곧 원적하게 될 것이오. 수고스럽지만 물이나 한 통 데워다 주시오. 몸이나 깨끗이 씻어야겠소."

중들은 노지심이 농담을 하는 줄 알았다. 그러나 그의 성깔을 잘 아는지라, 그런 말을 안 들어 줄 수도 없어 물을 데워다 주게 했다.

노지심은 목욕을 마치자 천자가 내려준 승의(僧衣)를 입은 뒤, 병사를 시켜 송강에게 하직인사를 받으러 오라고 기별하는 한편, 승려에게 종이와 붓을 빌려 송자(頌子—공덕을 찬양하는 글) 한 편을 쓰게 한 다음 법당으로 들어갔다. 선의(禪椅)를 내어 한가운데에 앉고 향로에 향을 피우고 송자를 선상(禪床) 위에 놓더니, 가부좌를 틀고 앉아 그대로 승천하고· 말았다.

송공명이 연락을 받고 여러 두령들과 함께 왔을 때는 노지심은 이미 선상 위에 앉은 채 빳빳이 굳어 있었다.

두령들은 모두 향을 피우고 배례를 올렸다.

성 안에 있던 장초토사와 동추밀 등 여러 관원들도 모두 와서 향을 피우고 배례를 했다.

송강은 친히 오산십찰(五山十刹)의 많은 선사(禪師)들을 불러다가 경을 외게 하고, 사흘 밤 사흘 낮 추선공양(追善供養)을 한 다음 육화탑 옆에서 다비(茶毘—화장)에 붙여 뼈는 탑원(塔院)에 간직했다.

그리고 노지심이 가지고 있던 여분의 의발(衣鉢)이며, 상사금은(賞賜金銀), 혼철선장(渾鐵禪杖)을 비롯하여 여러 형제들이 보시한 돈 등은 전부 그곳 부처님에게 바쳤다.

그러자 폐인이 되어 버린 무송이 서울로 돌아가기를 거부하고 굳이 그곳에 남기를 희망하여, 송강은 어쩔 수 없이 승낙하고 말았다.

그후 송강이 군사를 성 안으로 데리고 들어가 주둔시키고 반달쯤 있으려니까 조정에서 군사를 이끌고 서울로 돌아오라는 성지가 내렸다.

장초토사와 동추밀, 유광세, 종(從)·경(耿) 두 참모, 왕품·조담 두 대장 등 중군의 군사는 연이어 먼저 서울로 떠났다.

송강도 군사를 이끌고 막 출발하려고 하는데 천만뜻밖에도 임충이 중풍에 걸려 전신불수가 되고, 양웅이 동창이 나서 죽고, 시천이 곽란으로 죽었다.

송강은 너무도 슬퍼 만사가 다 마음에 없는 판인데 단도현에서 또 흉보가 왔다. 양지가 죽어 고을 묘소에 장사를 지냈다는 것이었다.

임충의 병이 좀처럼 나을 것 같지 않아 육화사에 남겨 두고 무송에게 간호를 부탁했다.

임충은 그후 반년 만에 죽었다.

이러는 가운데 또 한밤이 새고 나니 낭자 연청이 편지를 남겨 두고 몰래 가버리고 말았다.

벼슬길이 마음에 없어 받은 관직을 도로 돌려주고 조용한 곳에 숨어 살고 싶으나, 여러 형제들이 놓아 주지 않을 것 같아 몰래 떠난다는 것이었다.

송강은 우울한 마음으로 길을 떠났다.

느릿느릿 열을 지어 소주성 밖에 다다랐을 때 혼강룡 이준이 또 열병에 걸렸다고 자리에 눕고 말았다.

송강이 기별을 듣고 의원을 데리고 가니 이준이 이렇게 말했다.

"형님, 행군이 늦으면 조정의 꾸중을 받을 것이니, 제 걱

정은 마시고 어서 가십시오. 죄송스럽지만 동위와 동맹이나
남겨 두시어 병간호를 하도록 해주셨으면 낫는 대로 뒤쫓아
가겠습니다.”

송강은 다시 상주, 윤주를 지나 회안 지방에 다다랐다.
장강은 다시 건넜지만 살아온 사람은 겨우 10분의 2,3명밖
에 안 되었다.

송강은 목이 메었다.

그런대로 행군을 계속해 그들은 9월 20일 마침내 동경
성 밖에 다다랐다.

요(遼)를 치러 떠날 때와 마찬가지로 진교역에 주둔하고
있는데 이준에게 딸려 두었던 병사 하나가 와 아뢰었다.

사실은 이준도 벼슬이 싫어 꾀병을 앓다가 동위, 동맹과
함께 종적을 감추었다는 것이었다.

원래 이준은 동위·동맹과 함께 전날의 약속대로 유가장
의 비보 등 네 사람을 찾아가, 가재를 정리한 뒤 배를 만들
어 가지고 태창항(太倉港)에서 배를 타고 이국(異國)으로
갔는데, 후에 섬라국(暹羅國—태국)의 왕이 되었으며, 동
위·동맹도 그 나라의 고관으로 영화를 누렸다고 한다.

송강은 이 소식을 듣자 또다시 탄식해 마지않았다.

이윽고 배선을 불러, 현재 동경에 돌아와 있는 27인과
나라를 위해 죽은 형제들의 이름을 기록해서 성은에 배사
(拜謝)하는 상주문을 쓰도록 했다.

사흘 후 어전에 서게 된 송강이 올린 상주문은 이러했다.

‘평남도총관(平南都摠管)·정선봉사(正先鋒使) 신 송강
등은 삼가 표(表)를 올리나이다. 엎드려 생각건대 신 강
(江) 등은 어리석고 용렬할 뿐 아니라, 고루한 아전으로 끝

없는 죄를 지었사오나 다행히 큰 은혜를 입었사오니, 하늘이 아무리 높고 땅이 아무리 두텁다 한들 어찌 그에 비길 수 있을 것이며, 뼈가 가루가 되고 몸이 부서진다 한들 어찌 다 갚을 수 있겠습니까? 미력이나마 다해 보고자 수박(水泊)을 뛰쳐나와 사특한 무리를 베고자 오대산(五臺山)에 올라 발원(發願)을 했사옵니다. 다행히 형제들이 합심한 덕분에 요병을 쳐 물리치고 방랍을 잡아 미공(微功)이나마 상달(上達)케 되었사오나, 양장(良將)들이 하침(下沈—陣沒)하여 신 강은 조석으로 우울하고 비창하기 이를 데 없사오니, 엎드려 바라옵건대 죽은 자는 은택(恩澤)을 입게 하시고 산 자는 홍목(洪沐)을 입게 하소서. 신 강은 전야(田野)로 돌아가 농사꾼이 되고자 하오니 허하여 주시기 바라옵고, 삼가 살고 죽은 사람의 수를 적어 표에 붙여 올리나이다.

진에서 죽은 정·편장령 59명

정장 14명 – 진명, 서녕, 동평, 장청, 유당, 사진, 색초, 장순, 원소이, 원소오, 뇌횡, 석수, 해진, 해보.

편장 45명 – 송만, 초정, 도종왕, 한도, 팽기, 정천수, 조정, 왕정륙, 선찬, 공량, 시은, 학사문, 등비, 주통, 공왕, 포욱, 단경주, 후건, 맹강, 왕영, 호삼랑, 항충, 이곤, 연순, 마린, 단정규, 위정국, 여방, 곽성, 구붕, 진달, 양춘, 욱보사, 이충, 설영, 이운, 석용, 두천,. 정득손, 추연, 이립, 탕륭, 채복, 장청, 손이랑

도중에서 병으로 죽은 정·편장령 10명

정장 5명 – 임충, 양지, 장횡, 목홍, 양웅

편장 5명 – 공명, 주귀, 주부, 백승, 시천

항주 육화사에서 좌화(坐化)한 정장 1명 – 노지심

팔을 잘렸으면서도 은사(恩賜)를 원치 않고 육화사에 출가한 정장 1명 - 무송

경사에서 계주로 돌아가 출가한 정장 1명 - 공손승

은사를 원치 않고 도중에 가버린 정·편장 4명

정장 2명 - 연청, 이준

편장 2명 - 동위, 동맹

경사에 남아 있었거나 소환된 의사로 현재 경사에 있는 편장 4명 - 안도전, 황보단, 금대견, 낙화

현재 배알하고 있는 정·편장령 27명

정장 12명 - 송강, 노준의, 오용, 관승, 호연작, 화영, 시진, 이응, 주동, 대종, 이규, 원소칠

편장 15명 - 주무, 황신, 손립, 번서, 능진, 배선, 장경, 두흥, 송청, 추윤, 채경, 양림, 양춘, 손신, 고대수

선화(宣和) 5년 9월 일 선봉사신 송강 부선봉사신 노준의 등은 삼가 표를 올립니다.

휘종황제는 그 동안의 노고를 치하하고, 곧 성지를 내려 전몰한 정·편장에게는 각각 작위를 주어 정장은 충무랑(忠武郎)에, 편장은 의절랑(義節郎)에 봉한 다음 자손이 있으면 속히 서울로 올라와 관작을 이어받게 하고, 자손이 없는 사람은 칙명에 따라 사당을 세우고 그 지방 사람들에게 제사를 지내 주도록 했다.

그중에서도 특별히 장순(張順)은 영험을 나타내어 공을 세웠으므로 금화장군(金華將軍)에 봉하고, 노지심은 방랍을 잡아 공을 세웠으나 대찰(大刹)에 좌화했기 때문에 의열조기선사(義烈照暨禪師)라는 칭호를 가증(加增)했으며, 무송은 큰 공을 세우느라 팔을 잃었으면서도 육화사에 출가했

으므로 청충조사(淸忠祖師)로 봉하는 동시에 돈 만 관을 내리어 여생을 편히 살도록 했다. 두 여장군 중 호삼랑에게는 화양군부인(花陽郡夫人)의 위를, 손이랑에게는 정덕군군(旌德郡君)의 위를 추증했다.

그리고 지금 배알을 하고 있는 사람 중 선봉사에게는 별도로 봉작을 내리고, 그밖의 정장 10명에게는 무절장군(武節將軍)의 칭호와 각주(州)를 통제하는 소임을 맡기고, 편장 15명에게는 무혁랑(武奕郎)이란 칭호와 각주의 도통령의 소임을 맡기는 한편 군사를 거느리고 백성을 다스리며 성원(省院)의 명을 듣도록 했는데, 여장군 고대수에게는 동원현군(東源縣君)의 칭호를 내려주었다.

그렇게 해서 선봉사 송강은 무덕대부(武德大夫) 초주안무사(楚州安撫使)를 가수(加授)받고 병마도총관을 겸하게 되었고, 부선봉 노준의는 무공대부(武功大夫) 여주안무사(廬州安撫使)를 가수받고 병마부총관을 겸하게 되었다. 군사 오용은 무승군승전사(武勝君承宣使)가 되고, 관승은 대명부정병마총관(大明府正兵馬摠管), 호연작은 어영병마지휘사(御營兵馬指揮使), 화영은 응천부병마도통제(應天府兵馬都統制), 시진은 횡해군창주군도통제(橫海軍滄州郡都統制), 이응은 중산부운주도통제(中山府鄆州都統制), 주동은 보정부도통제(保定府都統制), 대종은 곤주부도통제(袞州府都統制)도통제, 이규는 진강윤주도통제(鎭江潤州都統制)도통제, 원소칠은 개천군도통제(蓋天軍都統制)가 되었다.

황제는 이외에도 전군에 골고루 많은 상사품을 내리는 한편, 목주의 오룡대왕(烏龍大王)을 추증하여 충정영덕보우부혜룡왕(忠靖靈德普祐孚惠龍王)이란 칙지를 내리고 목주를 엄주(嚴州)로, 흡주를 휘주(徽州)로, 청계현을 순안현

(淳安縣)이라 고친 다음 방원동은 개간하여 산을 만들고, 부고(府庫)의 돈으로 오룡대왕의 사당을 건립케 한 다음 패액(牌額)을 하사하였다.

그리고 군사들 가운데 남기를 원하는 자는 용맹(龍猛)·호위(虎威) 두 영에 편입시키고, 돌아가기를 원하는 자는 고향으로 돌려보내 주민들을 돌봐 주는 소임을 맡겼다.

중서성과 추밀원에서는 태평연(太平宴)을 열어 여러 장수들을 환대했고, 태을원(太乙院)에서는 방랍을 동경 시중에서 능지처참하여 사흘 동안 백성들에게 구경시켰다.

며칠 뒤, 송강은 말미를 얻어 동생 송청(宋淸)과 함께 수행군사 1백 명을 이끌고 고향인 운성현 송가촌으로 금의환향하였다.

많은 친지들의 영접을 받으며 집으로 돌아와 보니 송태공은 이미 고인이 되었고, 영구는 육친의 손으로 매장하도록 두는 풍속에 따라 방안에 안치되어 있었다.

초안(招安)을 받은 뒤 송태공만 우선 집으로 돌아와 있었던 것이다.

송강은 승려를 불러 재를 올리고 날을 받아 장사를 지낸 다음, 그 옛날 천서(天書)를 받았던 현녀낭랑(玄女娘娘)의 일을 생각하여 돈 5만 관을 들여 사당을 중수하고 성상(聖像)을 장식하며 단청을 새로이 했다.

이러는 동안 말미가 거의 다 됐으므로 송강은 집을 송청(그도 관작을 받은 몸이기는 하지만)에게 맡겨 농사에 힘쓰도록 하고 몇 달 만에 동경으로 돌아왔다.

여러 달 만에 상면한 형제들 중에는 가족을 데려와 서울에서 살려는 사람도 있었고, 임지로 부임해 가는 사람도 있었으며, 또 남편과 친형제를 잃고 조정의 은사를 받아 고향으로 돌아가는 사람도 있었다.

송강이 모든 형제들의 뒤치다꺼리를 끝낸 다음 조정의 명을 받아 임지로 부임해 가려는 준비를 서두르는데, 뜻밖에도 신행태보 대종이 찾아왔다.

그가 찾아옴으로 해서 송공명은 살아서는 운성현(鄆城縣)의 영웅이 되고 죽어서는 요아와(蓼兒洼)의 토지신(土地神)이 되는데, 과연 대종은 송강을 찾아와서 무슨 말을 했던 것일까?

120 신(神)이 되어 양산박에 다시 모이다

宋公明神聚蓼兒洼
徽宗帝夢遊梁山泊

대종은 이런 애기 저런 애기를 하다가 벌떡 일어서며 송강에게 이렇게 말했다.

"저는 이번에 곤주(袞州)의 도통제(都統制)가 되었습니다만, 첩지를 돌려 올리고 태안주(泰安州)의 악묘(嶽廟─태안묘)로 가서 여생이나 편히 지낼까 생각합니다."

송강이 깜짝 놀라 왜 그러냐고 물으니까, 대종은 꿈에 최부군(崔府君─최판관이라고도 하는 명부의 신)의 부름을 받았기 때문에 선심(善心)을 일으킨 것이라고 대답했다.

그는 그 길로 송강을 이별하고 태안주로 가서, 매일 동악성제(東嶽聖帝) 앞에 향불을 올리다가 몇 달 후, 아픈 곳도 없이 도사(道士)를 불러 이별의 인사를 하고 앉은자리에서 크게 웃으며 죽었다. 뒷날 자주 영험을 나타내어 고을 사람이 묘 안에다가 대종의 신상(神像)을 흙으로 빚어 놓았는데, 그 속에 실제로 대종의 육신이 들어 있었다 한다.

또 원소칠은 개천군(蓋天軍)으로 가서 도통제 자리에 앉아 있기는 했지만, 대장 왕품과 조담이 전날 방원동에서의 감정을 못 풀고 방랍의 황포(黃袍)를 입어 본 것을 꼬투리 삼아 반란을 꾸밀 놈이라고 참소를 거듭하는 바람에 삭탈관직당하고 말았다. 노모(老母)와 함께 양산박 석갈촌(石碣村)으로 돌아가 전처럼 고기를 잡으며 60살까지 살다가 죽었다.

한편, 소선풍 시진은 경사에 있다가 대종이 첩지를 돌려주고 떠나가는 것을 보고, 또 조정에서 간신들의 참소를 믿고 원소칠의 관직을 박탈하는 것을 보자, 자기도 한때 전략상이나마 방랍의 부마가 되었으니 또 무슨 일을 당할지 알 수 없으므로, 풍질(風疾)을 핑계로 벼슬을 사양하고 창주 횡해군으로 가 평민이 되어 살다가 어느 날 아픈 곳도 없이 세상을 하직했다.

이응은 그때 중산부(中山府)의 도통제로 부임하여 반년 동안이나 지내고 있었는데, 시진의 소식을 듣고 그 역시 생각한 바 있어 병을 핑계로 벼슬을 돌려주고 고향인 독룡강(獨龍江)으로 돌아갔다. 뒷날에 두흥과 함께 큰 부자가 되어 아무 부러움 없이 천수를 누렸다.

관승은 북경의 대명부(大名府)에서 병마를 총관하며 크게 신망을 얻었는데, 어느 날 군사조련을 마치고 돌아오던 중 술에 취해 말이 발을 헛디디는 바람에 말 위에서 떨어져 고생을 하다가 그대로 죽고 말았다.

호연작은 어영지휘사(御營指揮使)로 부임해 매일 어가(御駕)를 경호하다가, 후에 대군을 이끌고 대금(大金)의 올술사태자(兀朮四太子)를 무찌르고 회서(淮西)로 가서 싸우다가 전사했는데, 주동만은 보정부(保定府)에 있다가 유광세(劉光世)를 따라 대금(大金)을 격파한 공으로 태평군절도사(太平軍節度使)까지 되었다.

그밖에 화영은 가족과 누이동생을 데리고 응천부(應天府)로 부임하고, 오용은 홀몸이므로 시중꾼 몇을 데리고 무승군(武勝軍)으로 부임했으며, 이규(李逵)도 역시 홀몸이므로 하인 몇을 데리고 윤주(潤州)로 부임했다.

그리고 현재 서울에 와 있는 편장 15명 중 송청(宋淸)이 고향 송가촌으로 돌아가 백성이 된 외에, 두흥은 이미 이응을 따라 고향으로 내려갔고, 황신은 청주로 부임해 갔으며, 손립은 그의 아우 손신(孫新)과 그의 처 고대수 등 가족을 거느리고 전처럼 등주(登州)로 임용되어 갔고, 채경은 관승을 따라 북경으로 가서 서민이 되었다.

배선은 양림과 음마천(飮馬川)으로 돌아가 관직을 받았으면서도 한가한 생활을 구해 물러갔고, 장경은 고향인 담주(譚州)로 돌아가 서민이 되었다.

주무는 번서 밑에 있으면서 도법(道法)을 배워 도사가 되어 가지고 세간을 유랑하다가, 공손승이 있는 곳으로 가서 출가를 했으며 천수를 온전히 했다.

목춘은 게양진(揭陽鎭)으로 돌아가 다시 양민이 되었다.

포수 능진은 비범한 수단 때문에 화약국어영(火藥局御營)에 임용을 받았고, 전부터 경사에 있던 다섯 편장 중 안도전은 부름을 받아간 즉시 태의원(太醫院)의 금자(金紫) 의관(醫官)이 되었으며, 황보단은 어마감대사(御馬監大使)가 되었고, 금대견은 내부(內府)의 어보감(御寶監)의 벼슬에 있었으며, 소양은 채태사의 문관선생(門館先生)으로 있었고, 낙화는 부마인 왕도위(王都尉)의 집에서 편히 살고 있었다.

한편, 송강은 노준의와 이별을 한 뒤 부임길에 올랐다.

노준의도 가족이 없었으므로 수행원 몇몇만 데리고 여주(廬州)로 부임해 갔다.

그러나 송조(宋朝)는 태종이 태조에게 제위를 물려받을 때부터 문관(文官)을 중용한다는 서원(誓願)을 했기 때문에 역대(歷代)로 간영(奸佞)의 신하들이 쉴새없이 들끓었다.

지금의 휘종황제 역시 꽤 총명하긴 했지만 간신들이 길을 막고 참영의 무리가 권력을 천단했기 때문에 충량(忠良)한 소리는 들을 수가 없었다.

그러므로 송나라는 채경, 동관, 고구, 양전 네 적신(賊臣)에 의하여 다스려지는 것이나 다름이 없었다.

그때 전수부태위(殿帥府太尉) 고구와 양전은 천자가 송강 등을 중용하는 것이 몹시 못마땅하여, 참소를 늘어놓으며 어떻게든 송강과 노준의를 없애 버릴 궁리만 하고 있었다.

그들은 마침내 꾀를 내어 지금 노준의가 가 있는 여주의 병졸 몇 놈을 매수해서, 노안무(盧安撫)가 군사를 모으고 말을 사들이고 군량을 비축해서 반란을 꾀하려 한다고 성원에다 밀고를 하게 만들었다.

그러나 천자는 믿으려 하지 않았다.

10만 병력을 가지고 있으면서도 이심(異心)을 품지 않았는데 그럴 턱이 있겠느냐는 말이었다.

고구와 양전은 참소를 거듭했다.

천자는 친히 노준의를 불러 진상을 떠보기로 했다.

그러나 노준의에게 어찌 그런 기색이 있었겠는가. 천자는 크게 기뻐하며 어선(御膳)을 내렸다. 그러나 고구와 양전 등이 임금이 내리는 술 속에 만약(慢藥)을 몰래 타넣은 줄을 누가 알았으랴.

사은을 하고 물러나와 여주로 돌아오는데 갑자기 옆구리가 아파 견딜 수가 없었다. 부득이 말을 버리고 배를 타고 귀로에 올랐는데, 사주(泗州) 회하(淮河)에까지 왔을 때 천명이 다하려고 그랬는지 한 사건이 일어났다.

그날 밤 술에 취해 뱃머리로 나와 바람을 쐬고 있었는데, 만약의 독이 요골(腰骨)과 골수까지 퍼져 제대로 설 수도 없는데다 술까지 취하여 발을 헛디디는 바람에 회하 깊은 물속으로 빠져 죽고 말았다. 마침내 하북의 옥기린(玉麒麟)도 원통하게 수중고혼이 되고 만 것이다.

수행하던 사람들이 시체를 건져 관에 넣어 사천 높은 언덕에 묻었으며, 그 고을 관리가 문서로 사실을 성원에 보고했다.

채경, 동관, 고구, 양전 네 적신은 쾌재를 외치며 상의 끝에 천자 앞으로 나아가 또 아뢰었다. 송강이 이 소식을 들으면 의심을 품고 또 무슨 엉뚱한 짓을 저지를지 모르니, 초주(楚州)로 어주(御酒)를 내려보내어 달래도록 하라는 것이었다.

천자는 아무 말 없이 생각에 잠겼다.

저들의 주장을 들어 주지 않으면 저들의 마음속을 몰라 불안하고, 저들의 말을 들어 주자니 다분히 불길한 일이 일어날 것만 같은 생각이 들어서였다. 그러나 천자는 마침내 그들의 말대로 어주 2준(二樽)을 칙사에게 지워 초주로 보냈다.

한편 송강은 초주로 부임해 와 정사를 잘했기 때문에 군민은 누구나 흠모해 공경하고 부모처럼 따랐다.

송강은 공무의 틈을 이용해 교외로 나갔다.

남문 밖에 있는 요아와(蓼兒洼)라는 곳이었다.

사방에서 강물이 모여드는 한중간에 큼직한 산이 앉아 있고, 소나무·잣나무가 울창하며 산세가 수려할 뿐만 아니라 풍수(風水) 지리로도 무척 좋은 곳이었다.

주봉(主峯)에서 뻗어내린 용호(龍虎) 두 맥은 몽울몽울

축 처저 에워싸고, 앞뒤에 있는 커다란 호수의 경치는 양산박 수호채와 흡사하였다.

송강은 크게 기뻐하며 자기가 만일 이곳에서 죽는다면 묘지로 쓰기에 알맞은 곳이라고 생각했다.

어느덧 송강이 초주로 부임한 지도 반년이 가까워 오는 선화 6년 4월 중순이었다.

송강은 뜻하지 않은 칙사를 맞고 어주를 받아 마시게 되었다. 이 어주라는 것 역시 고구·양전 등이 천자 몰래 만약을 탄 독주였다.

같이 들자는 송강의 청에 술을 못 먹는다는 핑계로 굳이 사양하며 쫓기듯 돌아가는 칙사를 전송하고 나니 배가 아프기 시작했다.

의심이 부쩍 든 송강은 하인에게 칙사의 거동을 살피고 오라고 내보내었다.

칙사는 도중 역사(驛舍)에서 혼자 술을 마시고 있었다. 송강은 복명을 받자 더 의심할 여지도 없었다. 왈칵 설움이 복받쳐 올랐다.

어려서부터 글을 배워 관리가 됐다가 뜻밖의 죄인이 되었지만 이심(異心)을 품어본 적은 한번도 없는데 천자는 독주를 보내어 무슨 죄를 다스리려 한단 말인가? 나야 죽어도 괜찮지만, 이규가 만일 조정에서 이런 사악(邪惡)한 행위를 하고 있다는 것을 알게 되면 반드시 산림(山林)의 도당을 모아 여태껏 우리가 쌓아 올린 일세의 맑은 이름과 충의의 업적을 부숴 버리지 않을까?

송강은 생각 끝에 급히 윤주로 사람을 보내어 이규를 불러왔다.

"형님, 무슨 중대한 일이 생긴 게 아니오?"

"우선 술이나 들며 얘기하세. 군사 오용은 무승군으로 갔으니 여기서 멀고, 화영지채는 응천부로 갔지만 소식이 없네. 자네는 그래도 가까운 윤주에 있었기 때문에 중대한 의논을 하려고 부른 걸세. 자네는 모르겠지만 요즘 조정에서 독주를 가진 사신을 보내어 형제들을 죽이고 있는데 어찌하면 좋겠는가?"

이규는 담박 벌컥 화를 내며 소리를 꽥 질렀다.

"형님! 모반을 일으킵시다."

"하지만 군사는 전부 흩어졌고 형제들은 제각기 갈렸는데 어떻게 모반을 일으킨단 말인가?"

"제가 있는 진강에 3천의 군사가 있고 형님에게도 얼마쯤의 군사가 있으니까, 그걸 전부 동원하고 주민들을 긁어모아 조련을 시키고 말을 사모읍시다. 까짓것 양산박에 한 번 더 올라갈 생각만 하면 그만 아닙니까? 그것이 간신 놈들 밑에서 아니꼬운 꼴을 보고 사느니보다 차라리 나을 겁니다."

송강은 좀더 두고 생각하자며 밤새껏 술을 마셨다.

이튿날 이규는 윤주로 떠나면서 다시 송강에게 다짐을 했다. 언제든 거사를 하면 군사를 일으켜 호응하겠다는 것이었다.

송강은 눈물이 글썽, 마침내 목멘소리로 입을 열었다.

"동생! 나를 너무 나무라지 말게. 사실은 일전 조정에서 칙사를 보내어 내게다 독주를 마시게 했네. 나의 목숨도 오늘 내일뿐이야. 나는 한평생 충의 두 글자뿐이었지 조금도 마음을 속여 본 적이 없네. 조정에서는 비록 죄없는 나에게 죽음을 내렸지만, 내가 배신을 당하더라도 나는 조정을 배반할 수가 없네. 내가 죽으면 동생이 반드시 모반을 일으켜 우리 양산박의 '하늘을 대신해 도를 행한다'는 그 충의의 이름을 깰까 봐 동생을 만나려 한 것일세. 동생이 어젯밤 마신 술도 만약(慢藥)이 들어 있는 술이니 윤주로 돌아가는 즉시 목숨이 다할 걸세. 동생도 죽거든 이 초주 남문 밖 요아와라는 곳으로 오게. 풍경이 양산박과 흡사한 곳일세. 거기서 동생의 영혼과 만나자는 말일세. 나도 죽으면 꼭 그곳에 묻어 달라고 해놓을 테니까."

송강은 눈물을 비오듯 쏟았다. 이규도 소리내어 따라 울었다.

이규는 눈물로 인사를 하며 배를 타고 윤주로 떠났는데, 과연 윤주에 다다르자 독이 전신에 퍼져 죽었다.

이규는 임종을 하면서 시종들에게 이렇게 유언을 했다.

"내가 죽거든 무슨 일이 있더라도 내 관을 초주 남문 밖 요아와로 옮겨다 형님 곁에 묻도록 해라."

시종들은 이규의 유언에 따라 시신을 요아와로 운구해다 묻어 주었다.

한편, 송강은 이규와 이별을 하고 돌아와 혼자 오용과 화영의 생각을 하고 있었지만 만나볼 수가 없었다. 독은 점점 전신에 퍼져 아무래도 그날 밤을 넘기지 못할 것 같아 시종들에게 유언을 했다.

"내가 죽거든 내 관을 남문 밖 요아와 골짜기 도드라진 곳에 묻어다오. 죽어서도 자네들의 은혜는 꼭 갚을 테니까."

시종들은 그의 말대로 해주었다.

며칠 뒤 이규의 영구가 도착되어 송강의 옆에 묻힌 것은 말할 것도 없다.

그때 운성현 송가촌에서는 송청이 소식을 들었으나 촌보

(寸步)도 옮길 수 없는 병에 걸려 하인들만 보내어 제사를 드리게 했다.

한편, 무승군의 승선사(承宣使)가 되어 멀리 등주로 부임해 온 군사 오용은, 늘 마음이 개운치 않고 송공명의 은정만이 사무쳐 왔다. 어느 날, 마음이 더욱 망연해지더니 밤에 꿈을 꾸었다.

송강과 이규 두 사람이 자기의 옷자락을 잡아당기며,

"군사! 우리는 충의에만 뜻을 두고 하늘을 대신하여 도를 행했을 뿐 천자를 배반하는 짓은 생각도 해본 적이 없었는데, 이번에 조정에서는 독주를 내려보내 죄없는 나를 죽였소. 지금은 초주의 남문 밖 요아와 골짜기에 묻혀 있으니, 만일 옛날의 정의를 생각한다면 한 번 찾아와 주시오."
했다.

오용은 더 자세한 것을 물어 보려다 퍼뜩 깨니 남가일몽(南柯一夢)이었다.

오용은 비오듯 눈물을 흘리며 그 밤을 꼬박 새우고, 이튿날 여장을 짊어지고 수행원도 없이 혼자 길을 떠났다.

초주에 다다르니 과연 송강은 죽고 없었다.

제물을 장만해 가지고 요아와로 가서 송공명과 이규의 무덤에 곡례(哭禮)를 올린 다음 묘 앞에 꿇어 엎드려 무덤을 두드리며 통곡을 하였다.

"형님! 영령이 계시면 제발 말씀 좀 들어 주시오. 저는 시골 구석의 일개 학구(學究)로 처음에는 조개(晁蓋)를 따르다가 형님을 만나 한목숨 구원을 받고부터 10여 년 형님의 덕에 앉아서 영화를 누려 왔소. 형님은 이번에 나라를 위하다 돌아가시어 꿈에까지 나타나 주셨지만, 저는 아직 한 번도 은혜를 갚지 못했습니다. 저도 곧 구천(九泉)의 밑으로 형님을 찾아가 꼭 옆에서 모시겠습니다."

오용이 막 손수 목을 매려고 하는데 마침 화영이 배에서 내려 무덤 쪽으로 뛰어 올라왔다. 두 사람은 서로 보고 놀랐다.

오용이 말했다.

"형은 응천부에서 공사일을 보고 있었을 텐데 어떻게 공명 형님께서 돌아가신 것을 아시었소?"

"저는 갈라져 이별을 하고 부임한 이래 하루도 심신이 편한 날이 없었습니다. 형님의 정의만을 생각하고 있는데 어느 날 밤 이상한 꿈을 꾸었어요. 송공명 형님이 이규와 나타나시어 나를 잡고 하시는 말이, 조정에서 보낸 어주로 독살당해 지금은 초주 남문 밖 요아와에 묻혀 있으니 옛 정의를 잊지 말고 한 번 찾아 달라고 하시기에 집안일을 다 팽개치고 이렇게 달려온 거요."

"어떻게 그렇게 나하고 똑같은 꿈을 꾸었구려. 여하간 잘 만났소. 난 지금 송공명의 은의를 잊을 수 없어 목을 매어 죽으려던 판인데, 그럼 내가 죽은 뒤의 일은 형이 좀 맡아 주시오."

오용의 말을 듣고 화영이 너털웃음을 웃었다.

"군사께선 어찌 제가 부탁하고 싶던 일을 도리어 부탁하시오? 군사께서 공명 형님의 인의를 저버리지 못하신다면 저 역시 그 은정을 못 잊을 게 아니겠습니까. 우리가 양산박에 있을 때는 정말 큰 죄인이었지만, 대사초안(大赦招安)을 받고 남정북벌(南征北伐)하여 큰 공을 세운 후로 천하의 사람들은 다 우리의 충의를 알아 주고 있습니다. 그러나 조정에서 우리를 의심하려 든다면 조그마한 허물이라도 그냥 보아 넘기지 않을 것이니, 그들의 모략에 걸려 형벌을 받아 죽게 된다면 그땐 후회해도 늦을 게 아니오? 지금 군사와 함께 황천객이 되어 청명(淸名)을 세상에 남김만 못하지요. 유해도 온전히 묻힐 수가 있을 것이고."

"하지만 나는 홀몸이니 괜찮지만 형은 어린 자식들과 부인이 있는 몸인데 그들을 고생시킬 것은 없지 않소?"

"그런 걱정은 안해도 됩니다. 먹을 만큼 저축해 둔 것도 있고 보아 줄 사람들도 있으니까요."

두 사람은 그쳤다 울고, 그쳤다 울고 서로 뒤엉켜 몇 번이나 통곡을 하더니 이윽고 조용해졌다.

배에서 기다리고 있던 화영의 수행원들이, 아무리 기다려도 화영이 돌아오지 않자 찾아 올라와 보니, 오용과 함께 나무에 목을 매고 나란히 죽어 있었다.

그들은 깜짝 놀라 고을 관아에 알리고 관을 준비해다가 두 사람을 송강의 무덤 옆에 묻어 주었다.

이렇게 해서 요아와에는 며칠 새 새무덤이 네 개로 늘었다.

초주의 백성들은 송강의 인덕과 충의를 추모해 사당을 세우고 사시로 제사를 지내 주었는데, 여기에 와서 빌면 반드시 영험이 나타났다.

한편, 도군황제는 동경 깊숙한 곳에서 송강에게 어주를 내린 후 여러 가지 의심이 들었지만, 송강으로부터는 소식이 없고 고구(高俅)·양전(楊戩) 등은 더욱 기승을 부려 어진 사람들의 출도를 막고 있었으므로 충량(忠良)한 소리를 들을 수 없었다.

그러던 어느 날, 도군황제는 이사사의 집으로 몰래 나와 울적한 마음을 풀고 있었다.

몇 잔의 술을 마시고 있는데 갑자기 휘황하던 촛불이 후

둘거리며 일진의 싸느란 기운이 스며드는가 싶더니, 그 속에서 누런 옷을 입은 한 사내가 나타났다. 천자는 머리끝이 쭈뼛, 소름이 오싹 끼쳤다.

"넌 누군데 함부로 이런 곳에 들어오느뇨?"

"저는 양산박 송강의 부하 신행태보 대종이온데, 형님의 명을 받들어 폐하를 모시러 왔습니다."

"무엄하게 나를 불러 어디로 데려가겠단 말이냐?"

"지극히 청수(淸秀)한 곳이니 어서 가시기 바라옵니다."

황제는 자리에서 일어나 안뜰로 내려갔다.

대종은 황제를 말에 태워 떠났다.

주위에는 구름과 안개 같은 것이 잔뜩 끼어 있고 귀에는 비바람 소리 같은 것만 들렸다. 이윽고 한곳에 당도해 보니, 물은 아득하고 산은 은은하며 물과 하늘이 한빛인데, 붉은 여뀌꽃은 만발하고 푸른 갈대는 물가를 뒤덮고 기러기는 모래톱에서 슬피 울고 할미새는 마른 연잎 사이에서 졸고 있었다. 단풍잎은 우수수, 버드나무 가지는 바람결에 서걱대고 원부(怨婦)의 눈썹 같은 그믐달은 찬 서릿바람에 더욱 가을을 느끼게 했다.

황제가 말을 타고 산으로 올라가 세 번째 관문(關門) 앞에 다다르니, 백여 명의 사내들이 엎드려 있는데 모두 군장을 하고 가죽띠를 두르고 투구를 쓰고 금갑(金甲)을 걸친 장수들뿐이었다.

황제가 물었다.

"저 사람들은 다 뭐하는 사람들인고?"

봉시금개(鳳翅金盔)를 쓰고 금포(錦袍)를 입고 금갑을 두른 장수가 썩 나서며 아뢰었다.

"저는 양산박의 송강입니다."

“나는 그대를 초주(楚州) 안무사로 보냈는데 어찌 이곳에
와 있단 말인고?”

황제는 충의당 앞에서 말을 내려 위로 올라가 자리를 잡
았다.

내려다보니 땅에도 안개가 자욱이 깔렸는데, 그 속에도
많은 사람들이 엎드려 있었다.

송강은 당 안으로 들어와 꿇어 엎드리더니 눈물을 흘리
면서 아뢰었다.

“저희들은 한때 천병(天兵)과 맞서 싸운 적은 있었습니다
만 그것도 충의의 뜻에서였지 다른 마음을 품었던 것은 아
니었습니다. 폐하의 칙명을 받들어 초안을 받고서 처음엔
요군(遼軍)을 물리치고 뒤에는 세 번이나 적을 토평(討平)
하느라고 수족 같은 형제를 열 중에 여덟을 잃었습니다. 저
는 폐하의 명령을 받아 초주를 지키게 되었습니다만, 부임
이래 군민간에 조금도 불미한 일이 없었다는 것은 하늘과
땅이 잘 알고 있습니다. 그러나 폐하께서는 제게다 독주를
내리시어 먹도록 하셨습니다. 저는 죽어도 괜찮습니다만,
이규가 원한을 품고 이심을 일으킬까 봐 사람을 윤주로 보
내어 이규를 불러다 손수 독주를 먹여 죽였습니다. 오용과
화영도 충의를 위해 달려와 제 무덤 옆에서 목매어 죽었으
므로 저희들 네 사람은 함께 초주 남문 밖 요아와에 묻혔는
데 지방 사람들이 가련히 여겨 무덤 앞에 사당을 지어 주었
습니다. 그러나 지금 저희들의 망혼(亡魂)은 흩어지지 않고
모두 여기 모여 폐하께 억울함을 호소하고, 처음부터 끝까
지 충정이 변치 않고 있다는 것을 아뢰오니 부디 살펴 주소
서.”

천자는 그 소리를 듣고 깜짝 놀랐다.

"나는 친히 칙사에게 황봉(黃封) 어주를 하사했는데 누가 독주로 바꿔 그대에게 주었단 말이냐?"

"폐하! 사자(使者)에게 물어 보시면 그 간악한 출처를 아시게 될 겁니다."

송강은 이곳이 양산박이라고 일러준 다음, 우리는 죽었지만 다행히 천제께서 충의의 정을 가긍히 여겨 칙명을 내려 이곳의 도토지(都土地—토지신의 우두머리)가 되어 여러 형제들과 다시 모여 살고 있었는데, 벌써부터 억울한 사정을 천자께 사뢰려 했으나 명계(冥界)의 혼백으로 구중심궁(九重深宮)을 들어갈 수 없었는데, 다행히 천자가 이사사의 집으로 나오셨기 때문에 대종을 보내어 모셔 온 것이라는 자세한 사정을 들려 주었다.

황제가 당상의 '충의당(忠義堂)'이란 커다란 세 글자를 보며 섬돌을 내려오는데 이규가 쌍도끼를 들고 뛰어오며 소리쳤다.

"황제야! 황제야! 넌 어째서 네 놈의 적신(賊臣) 말만 듣고 우리의 목숨을 빼앗았느냐? 내 이때 원한을 못 풀고 언제 풀까 보냐?"

이규는 쌍도끼로 곧 찍을 듯이 덤벼들었다.

황제는 깜짝 놀라 허둥대다가 눈을 뜨니 꿈이었다. 온몸으로 식은땀이 주르르 흘렀다.

자세히 살펴보니, 자기는 어느 사이 이사사의 집 침상에 누워 있었다.

궁으로 돌아온 황제는 태위 숙원경에게서 비슷한 꿈얘기를 듣고 또다시 놀랐다.

사람을 몰래 초주로 보내어 그 꿈이 사실이었음을 확인하였으나, 어주를 가지고 갔던 사자가 돌아오는 길에 죽어

증명할 수가 없었으므로 고구, 양전 등을 처벌할 수는 없었다.

숙태위는 거듭 송강의 충의와 영험을 천자께 상주했다.

천자도 그렇게 생각하고 송강의 동생 송청(宋淸)에게 송강의 관직을 이어받게 했지만, 송청은 신병〔風疾〕으로 벼슬살이를 할 수 없다고 상신서를 올려 사퇴했다.

천자는 송청이 운성에서 백성으로 남아 있겠다는 생각을 가긍히 여겨 돈 10만 관과 밭 3천 묘(畝)를 내리어 살림에 보태도록 하고, 장래에 아들을 낳으면 사자(嗣子)는 조정에 등용키로 했다.

뒤에 송청은 안평(安平)이란 아들 하나를 두었는데, 과거에 급제하여 비서학사(秘書學士)의 벼슬에까지 올랐다.

그리고 천자는 또 숙태위의 아룀을 받아들여 친서로써 성지를 내려 송강을 충렬의제영응후(忠烈義濟靈應侯)에 봉하고, 다시 돈을 하사하여 양산박에 묘우(廟宇)를 짓도록 하여 대규모의 사당을 세우고 송강 등 나라를 위해 죽은 여러 장령(將領)들의 신상(神像)을 만들어 앉히게 한 다음, 손수 '정충지묘(靖忠之廟)'라고 쓴 패액(牌額)을 하사하였다.

제주(濟州)에서는 칙명을 받들어 양산박에다 울긋불긋 화려하고 웅장하기 그지없는 묘우를 건립했다. 대전(大殿) 복판에는 금서(金書) 패액을 달고 두 채의 장랑(長廊)에는 출장입상(出將入相)하는 그림을 그렸는데, 홰나무 그늘에는 영성문(靈星門)이 우뚝 솟고, 버드나무 속으론 정충묘(靖忠廟)가 하늘을 찌를 듯 솟아 있었다.

황금전상(黃金殿上)에는 송공명 등 36명의 천강성(天罡星) 정장(正將)의 신상이 앉아 있고, 두 장랑에는 주무를 위시한 72좌(座)의 지살(地煞) 장군 등이 차례로 늘어서 있었다.

뒤에 송공명은 영험을 잘 나타냈기 때문에 사철 공물이 끊기지 않았는데, 양산박에 와서 비를 빌면 비를 얻고 바람을 빌면 바람을 얻었다.

그뿐 아니라, 초주의 요아와에서도 영험을 잘 나타내어 그 지방 사람들은 다시 거대한 전우(殿宇)를 세우고 두 채의 장랑(長廊)을 덧붙였으며, 천자께 상주하여 패액을 하사받는 한편 신상(神像) 36체는 정전(正殿)에, 72장은 장랑에 안치한 다음 해마다 제사를 올렸는데, 지금도 그 고적(古蹟)은 그대로 남아 있다고 한다.

옮긴이 약력

중국 남양대학에서 수업
경향신문 문화부장 및 편집부국장 역임.

저서
단편집 : ≪결혼패전≫ ≪날아다니는 코끼리≫ ≪인형의 도시≫ 등 다수
단편소설 : ≪태양은 누구를 위하여≫

역서 : ≪삼국지(전6권)≫ 서문문고 55~60

수호지(6)　　〈서문문고 080〉

초판 발행 / 1973년 4월 20일
개정판 인쇄 / 2002년 9월 20일
개정판 발행 / 2002년 9월 25일
옮긴이 / 김 광 주
펴낸이 / 최 석 로
펴낸곳 / 서 문 당
주소 / 서울시 마포구 성산동 54-18호
전화 / 322—4916~8 팩스 / 322—9154
창업일자 / 1968. 12. 24
등록일자 / 2001. 1. 10
등록번호 / 제10-2093
SeoMoonDang Publishing Co. 2001

ISBN 89-7243-280-6　　※ 잘못된 책은 바꾸어 드립니다

서문문고 목록

001~303
◆ 번호 1의 단위는 국학
◆ 번호 홀수는 명저
◆ 번호 짝수는 문학